Confessions d'une sage-femme

Diane Chamberlain

Confessions d'une sage-femme

Traduit de l'anglais (Etats-Unis)
par Francine Siety

ÉDITIONS FRANCE LOISIRS

Titre original : *The Midwife's Confession*

Édition du Club France Loisirs,
avec l'autorisation des Éditions Presses de la Cité

Éditions France Loisirs
123, boulevard de Grenelle, Paris
www.franceloisirs.com

ISBN : 978-2-298-06873-3

En souvenir de Kay Eleanor Howe
2000 - 2010

PREMIÈRE PARTIE

Noelle

1

Noelle

Wilmington, Caroline du Nord
Septembre 2010

Assise sur la marche supérieure de la véranda, dans son pavillon de Sunset Park, elle s'était adossée au pilier pour contempler la pleine lune. Le ciel nocturne, la mousse espagnole aux branches des chênes, la douceur satinée de l'air automnal... tout cela lui manquerait. Elle résista à l'attrait de sa chambre. Les comprimés. Pas encore. Elle avait le temps ; elle pouvait rester là toute la nuit si elle le souhaitait.

Après avoir levé un bras, elle décrivit du bout du doigt un cercle autour de la lune. Ses yeux étaient brûlants.

— Monde, je t'aime, murmura-t-elle.

Le poids du secret l'oppressa brusquement ; elle laissa sa main, lourde comme une pierre, retomber sur ses genoux. A son réveil, ce matin-là, elle était loin de se douter qu'elle ne pourrait supporter ce poids un jour de plus. Le soir même, elle chantonnait en coupant branches de céleri, concombres et tomates pour se composer une salade. Elle pensait au blondinet

11

prématuré né la veille – un petit être fragile qui avait besoin de son aide. Mais quand elle s'était installée avec son repas devant son ordinateur, deux énormes bras tentaculaires semblaient sortir de l'écran. Et deux mains enserraient violemment sa tête, ses épaules, puis comprimaient sa cage thoracique si bien qu'elle avait du mal à respirer.

La forme des lettres sur son écran lui lacérait la cervelle ; elle avait compris alors que le moment était venu. Elle n'éprouvait aucune crainte – et pas le moindre sentiment de panique – quand elle avait éteint l'ordinateur. Sa salade était presque intacte sur son bureau. Elle n'en avait plus envie. Tout était en ordre ; ce n'était pas difficile, car elle se préparait depuis longtemps à cette nuit-là. Elle était sortie sur la véranda pour contempler la lune, sentir la douceur de l'air, se gorger une dernière fois du monde par les yeux, les oreilles, les poumons. Elle ne reviendrait pas sur sa décision. Son soulagement était si vif qu'à l'instant où elle finit par se relever, tandis que la lune disparaissait derrière les arbres de l'autre côté de la rue, elle était à deux doigts de sourire.

2

Tara

Monter dans la chambre de Grace quand l'heure du dîner approchait était devenu la routine. Je la trouvais assise devant son ordinateur, munie de ses oreillettes qui l'empêchaient de m'entendre l'appeler depuis la cuisine. Je n'aurais su dire si c'était délibéré ou non.

Après avoir frappé, j'ai entrebâillé sa porte, car elle ne me répondait pas. Les yeux rivés sur l'écran, ma fille tapait sur son clavier.

— Le dîner est bientôt prêt, Grace. Viens mettre la table, s'il te plaît.

Twitter, notre goldendoodle, était couché de tout son long à ses pieds nus. Au mot « dîner », il s'est immédiatement approché de moi ; ma fille n'a pas suivi l'exemple du chien.

— Une minute, je finis ça d'abord, a-t-elle marmonné.

De ma place, je ne pouvais distinguer son écran, mais j'aurais juré qu'elle écrivait un mail au lieu de faire ses devoirs. Comme j'enseignais au lycée qu'elle fréquentait, je ne pouvais rien ignorer de ses résultats ; je savais donc qu'elle avait pris du retard. Grace avait été une excellente élève à Hunter High et l'une des plus douées pour l'écriture, mais un changement radical s'était produit après la mort de Sam, en mars. Tout le monde s'était montré indulgent au cours du troisième trimestre, dans l'espoir qu'elle se ressaisirait à l'automne. Cleve avait alors rompu avec elle, avant son départ pour la fac, et depuis c'était la chute libre. En tout cas, je supposais que cette rupture avait enfoncé Grace davantage. Comment aurais-je pu l'affirmer ? Ma fille ne m'adressait plus la parole ! Elle était devenue une énigme, un livre indéchiffrable. Je finissais par la considérer comme « l'inconnue du premier étage ».

Appuyée contre le montant de la porte, j'observais Grace. Nous avions les mêmes cheveux châtain clair, balayés de reflets blonds par les soins de la coiffeuse, mais le doux éclat de son abondante tignasse était le privilège de ses seize ans. Je n'aurais su dire quand mes cheveux coupés au carré avaient perdu de leur lustre.

— Je prépare des pâtes au pesto, ai-je ajouté. On mange dans deux minutes !

Sans cesser de taper sur son clavier, Grace a jeté un coup d'œil rapide par la fenêtre, et elle a dû apercevoir la Lexus de Ian, garée dans la rue.

— Ian est encore là ?

— Il dîne avec nous.

— Qu'est-ce qu'il attend pour emménager ? Il passe son temps ici !

La remarque de Grace m'a choquée : elle n'avait jamais critiqué les visites de Ian jusqu'alors. En outre, il ne venait plus qu'une ou deux fois par semaine, maintenant que la succession de Sam était réglée.

— Tu exagères, ai-je protesté. Il m'a beaucoup aidée à classer des papiers, ma chérie. En plus, il va se charger de tous les dossiers de papa, et certains d'entre eux sont à la maison, dans son bureau.

— Peu importe !

Grace a haussé les épaules jusqu'au niveau de ses oreilles, comme si elle cherchait à bloquer le passage de ma voix. Après s'être arrêtée de pianoter, elle a froncé les sourcils en regardant son écran, puis elle a levé les yeux vers moi.

— Tu pourrais demander à Noelle de me ficher la paix ?

— Noelle ? Qu'est-ce que tu racontes ?

— Elle me bombarde de mails. Elle voudrait que moi et Jenny…

— On dit : Jenny et moi.

Grace a roulé les yeux et j'ai eu envie de rentrer sous terre. Quelle gaffe ! Alors que je souhaitais qu'elle m'adresse la parole, je venais de critiquer sa manière de s'exprimer.

— Ça ne fait rien, ai-je repris. Qu'attend Noelle de vous deux ?

— Elle voudrait qu'on participe à son programme d'assistance aux bébés.

Grace m'a montré du doigt son écran.

— Maintenant, elle me répète que « le bénévolat fera bonne impression dans mes formulaires de candidature à l'université » !

— En effet…

Les doigts de Grace se sont remis à voler au-dessus des touches.

— Elle est complètement dingue. Si on pouvait comparer son cerveau avec un cerveau normal, sur une IRM, je parie qu'il n'y aurait aucun point commun.

J'ai souri malgré moi.

— En tout cas, elle t'a mise au monde et je lui en serai éternellement reconnaissante.

— Je ne risque pas de l'oublier, elle m'en parle tout le temps.

La minuterie s'est déclenchée au rez-de-chaussée.

— Le dîner est prêt, Grace. Viens !

— Deux secondes !

Ma fille s'est levée, mais, penchée vers son clavier, elle continuait à taper furieusement. Soudain, elle a poussé un cri d'horreur et reculé d'un pas en portant les mains à son visage.

— Oh non ! Non !

— Qu'y a-t-il ?

— Oh non !

Son cri n'était plus qu'un gémissement, et elle s'est affalée sur son siège, les yeux fermés.

— Ma chérie, ça ne va pas ?

J'ai esquissé un pas dans sa direction, comme si je pouvais l'aider à résoudre son problème, mais elle m'a fait signe de reculer.

— Rien de grave.

Elle a regardé fixement son écran.

— Et d'ailleurs, je n'ai pas faim !

— Tu dois te nourrir, Grace. On ne dîne presque plus jamais ensemble.

16

— Je mangerai des céréales plus tard. Pour l'instant, j'ai quelque chose à faire... Tu comprends ?

Son expression signifiait que notre conversation était terminée.

— Je comprends, ai-je marmonné en désespoir de cause. Si je peux t'aider, dis-le-moi.

Et, sur ces mots, j'ai battu en retraite.

De retour dans la cuisine, j'ai prévenu Ian que Grace déprimait et n'avait pas faim. Il s'est tourné vers moi tout en tranchant des tomates pour la salade.

— Je ferais bien de partir...

— Pas question !

J'ai versé les rigatonis, imprégnés de pesto, dans mes grands bols à pâtes blancs.

— Il faut que tu m'aides à manger tout ça. Et puis, ce n'est pas toi qu'elle fuit. Elle m'évite, moi, au maximum.

Je ne voulais pas qu'il parte. La présence de Ian me réconfortait. Il avait été, pendant plus de quinze ans, l'associé de Sam et son meilleur ami ; j'aimais être en compagnie de quelqu'un qui avait connu et aimé mon mari. Je considérais Ian comme ma planche de salut : il s'était occupé de tout après la mort de Sam, depuis la crémation jusqu'à l'assurance-vie, sans oublier la gestion de nos finances. Comment font les gens pour survivre à un deuil traumatisant quand ils n'ont pas un Ian dans leur entourage ?

Il a posé les bols sur la table, puis s'est servi un verre de vin.

— Elle doit s'imaginer que je cherche à prendre la place de Sam.

— Oh, je ne pense pas !

Ian a passé une main dans ses cheveux blonds, de plus en plus clairsemés. C'était un homme à qui la calvitie irait bien, mais je me doutais que cette perspective ne l'enchantait guère.

La réaction de Grace m'est revenue à l'esprit. Quand elle m'avait demandé ce qu'il attendait pour emménager chez nous, aurais-je dû la prier de s'expliquer ? Elle ne m'aurait sans doute pas répondu...

— A mon avis, elle déprime à cause de Cleve, ai-je ajouté. Elle souffre profondément de leur rupture, mais elle ne veut surtout pas m'en parler !

Assise en face de Ian, j'ai glissé les dents de ma fourchette dans le tube d'une de ces pâtes qui ne me mettaient pas vraiment en appétit. Depuis la mort de Sam, j'avais perdu près de dix kilos.

— Ma petite Gracie me manque...

Je me suis mordu les lèvres en guettant le regard sombre de Ian, derrière ses lunettes.

— Quand elle était petite, Grace me suivait partout dans la maison. Elle venait se blottir sur mes genoux pour se faire câliner. Je lui chantais des chansons, je lui lisais des livres, et...

Qu'était devenue cette fillette pour qui j'avais su être une bonne mère ?

— Je suppose que tous les parents éprouvent ce sentiment lorsque leurs enfants deviennent des adolescents, a suggéré Ian, lui-même sans progéniture.

18

A quarante-cinq ans, il n'avait jamais été marié, ce qui aurait pu paraître suspect à ses amis ; pourtant, nous n'avions aucun mal à admettre le célibat de Ian. Autrefois, il avait été tout près d'épouser Noelle – et il ne s'était sans doute jamais remis complètement de la fin brutale de leur relation.

— Sam aurait su lui parler ! ai-je affirmé d'une voix vibrante d'amertume. J'aime Grace de tout mon cœur, mais elle était la fille de son papa. Sam faisait office d'interprète, d'intermédiaire... Même si l'un était devant son ordinateur et l'autre le nez dans un livre, ils arrivaient à communiquer, sans avoir besoin de paroles. Quand ils étaient dans la même pièce, leur lien était presque palpable...

— Tu es si perfectionniste, Tara, a répliqué Ian. Tu devrais comprendre qu'il n'existe pas de parents parfaits.

Plongée dans mes souvenirs, comme cela m'arrivait fréquemment depuis un certain temps, j'ai souri dans le vague.

— Sais-tu ce qui les amusait tous les deux ? Quand je rentrais tard à la maison, après une réunion, je les trouvais parfois devant un film, en train d'ingurgiter un breuvage caféiné de leur invention.

— Sam et son café, à longueur de journée ! Il devait avoir un estomac en béton.

— Il a fait de Grace une accro à la caféine dès l'âge de quatorze ans !

J'ai picoré une bouchée de pâtes avant d'ajouter :

— Il lui manque terriblement.

— A moi aussi, a murmuré Ian en plantant à son tour sa fourchette dans ses rigatonis.

— Et, presque tout de suite après, il y a eu la rupture avec Cleve...

J'ai secoué la tête : ma petite fille souffrait...

— Je voudrais qu'elle me ressemble un peu plus. Non, je voudrais, moi, lui ressembler un peu plus... J'aimerais tant que nous ayons quelques points communs, que nous partagions une activité, alors que nous sommes si différentes. Au lycée, tout le monde en parle... Les autres professeurs s'imaginaient sans doute qu'elle ferait du théâtre, comme moi.

— Il ne peut y avoir qu'une seule star par famille, a plaisanté Ian.

Je lui ai décoché un coup de pied sous la table.

— Je n'ai rien d'une star, mais il m'a toujours semblé que le théâtre ferait un bien fou à Grace. Qu'en penses-tu ? Ça lui permettrait de sortir de sa coquille...

— Ce n'est pas un crime d'être introverti.

Certes ! Mais avec mon besoin quasi pathologique de vie sociale, j'avais du mal à admettre la timidité de ma fille. Contrairement à moi, Grace détestait tous les rassemblements de plus de deux personnes.

— Elle compte passer son permis de conduire ? m'a demandé Ian.

A vrai dire, Grace avait peur de conduire depuis la mort de Sam. Même quand j'étais au volant, je sentais sa tension.

— Je le lui ai suggéré plusieurs fois, mais elle refuse de m'en parler. Avec Sam, elle l'aurait fait !

J'ai pioché de nouveau dans mon bol. Assise là, face à Ian, j'étais frappée soudain par une évidence qui s'imposait parfois à l'improviste – en pleine classe, au beau milieu de la répétition d'une pièce avec mes élèves, ou pendant que je faisais tourner une machine. Sam ne reviendrait plus jamais ! On ne ferait plus jamais l'amour ensemble, je ne pourrais plus discuter avec lui au lit le soir, ni sentir ses bras m'enlacer à mon réveil. Il avait été non seulement mon mari, mais mon plus vieux copain, le plus cher de tous. Combien de femmes peuvent en dire autant de l'homme qu'elles ont épousé ?

Nous remplissions le lave-vaisselle quand mon téléphone portable a sonné. Une version électronique de *All That Jazz*. J'ai essuyé mes mains et jeté un coup d'œil à l'écran.

— C'est Emerson. Ça t'ennuie que je réponde ?

— Bien sûr que non !

Encore plus accro que moi à son BlackBerry, Ian était mal placé pour y trouver à redire.

— Salut, Em. Ça va ?

— As-tu parlé à Noelle ? m'a demandé mon amie, au volant de sa voiture, d'après ce que j'entendais.

Je l'imaginais, son téléphone à l'oreille, et ses boucles brunes retombant sur sa main.

— Tu conduis ? Si tu n'as pas de kit mains libres, je refuse de…

— Ne t'inquiète pas, j'ai mon oreillette.

Depuis l'accident de Sam, j'étais hyper-consciencieuse quant à l'utilisation du téléphone portable en voiture.

— Tu as parlé à Noelle ces deux derniers jours ? a repris Emerson.

— Hum... Il y a trois jours, peut-être... Pourquoi ?

— Impossible de la joindre ! Je vais faire un saut chez elle. Est-ce qu'elle avait évoqué un projet de départ ou je ne sais quoi ?

J'ai cherché à me remémorer ma conversation avec Noelle. Il avait été question de la grande soirée d'anniversaire que nous voulions organiser, Emerson, elle et moi, pour Suzanne Johnson, l'une des bénévoles du programme d'assistance aux bébés... et la mère de Cleve. L'idée de cette fête venait de Noelle, mais j'étais ravie de participer aux préparatifs.

— Je n'ai aucun souvenir qu'elle ait évoqué un projet de départ.

Ian m'a adressé un coup d'œil ; il savait certainement de qui nous parlions.

— Pas depuis longtemps, a dit Emerson.

— Tu m'as l'air soucieuse...

— C'est Noelle ? a chuchoté Ian en effleurant mon bras.

J'ai acquiescé d'un signe de tête.

— Elle devait passer nous voir hier soir, a expliqué Emerson, mais elle n'est pas venue. J'ai dû... Hé !... Le salaud ! Excuse-moi, Tara, la voiture devant moi vient de s'arrêter sans prévenir...

— Sois prudente, je t'en prie. On abrège ?

— Non, non, ça va. Sans doute un malentendu entre Noelle et moi, mais comme il n'y a pas moyen de la joindre, j'ai décidé d'aller lui rendre visite en rentrant de Hot !.

Hot ! était un café qu'Emerson avait ouvert depuis peu sur le front de mer.

— Elle est probablement en train de faire la collecte des dons pour les bébés.

— Probablement.

Emerson était aimante, généreuse, et tout le monde s'accordait à la trouver sympathique. Jenny ressemblait en cela à sa mère, et je me félicitais que la fille de ma meilleure amie et la mienne soient devenues de grandes copines.

— J'arrive à Sunset Park et je suis sur le point de m'engager dans la rue de Noelle, m'a annoncé Emerson. On se reparle plus tard ?

— Dis-lui bonjour de ma part.

— Compte sur moi !

Après avoir raccroché, je me suis tournée vers Ian.

— Noelle devait rendre visite à Emerson hier soir, mais elle n'a pas donné signe de vie. Em passe la voir pour vérifier que tout va bien.

— Pas de quoi s'inquiéter, a dit Ian avec un coup d'œil à sa montre. Bon, je m'en vais, tu pourras monter quelque chose à Grace. Merci pour le dîner ! Si tu veux, je viens dans quelques jours chercher le reste des dossiers de Sam.

Il m'a embrassée sur la joue et je l'ai regardé partir. Sur le point de réchauffer un bol de pâtes pour Grace, je me suis demandé si elle apprécierait ce geste. Je ne tenais pas à subir une fois encore sa froideur ce soir-là ; il m'a semblé préférable de m'atteler au nettoyage des plans de travail.

Cette tâche m'a apaisée, jusqu'au moment où je me suis trouvée nez à nez avec la photo fixée par un aimant au réfrigérateur. Sam, Grace et moi, sur la Promenade, par une longue soirée d'été, à peine plus d'un an auparavant... Adossée à l'îlot central, j'ai contemplé ma petite famille en regrettant de ne pouvoir inverser le cours du temps.

Assez ! ai-je fini par soupirer, avant de me remettre au travail.

J'imaginais Emerson arrivant chez Noelle et la saluant de ma part. On se téléphonait plusieurs fois par semaine, mais je ne l'avais pas vue en chair et en os depuis un moment. Depuis ce samedi soir où elle avait sonné à ma porte, fin juillet, alors que Grace était sortie avec Jenny et Cleve, et que je triais les papiers amassés par Sam. Fouiller dans son bureau me plongeait dans l'angoisse.

Toutes ces choses, il les avait touchées lui-même si peu de temps auparavant... J'en avais fait des piles sur le sol, bien soigneusement, avec l'intention de les confier à Ian, car j'ignorais si ces documents et ces lettres concernaient ou non certains cas dont s'occupait Sam. Encore maintenant, Ian avait du mal à s'y retrouver dans les dossiers de mon mari, un homme désordonné. Il possédait un bureau à cylindre, et nous avions conclu un accord : je supportais son désordre,

24

pourvu qu'il m'en épargne la vue. Que n'aurais-je donné maintenant pour *voir* ce fatras ?

J'ai réalisé plus tard pourquoi Noelle m'avait rendu visite ce soir-là : Emerson lui avait appris que Grace sortait avec Jenny. Je resterais donc seule un samedi soir, alors que tous les êtres humains sur terre semblaient vivre en couple. Je passais un été difficile, car je ne pouvais me réfugier dans mon travail d'enseignante et ne participais à aucun spectacle du théâtre municipal. Noelle s'attendait à me trouver triste, amère, ou en colère – trop vulnérable pour supporter une autre compagnie que la sienne. Sa présence avait le don de rassurer et on pouvait toujours compter sur elle.

Tandis que je m'effondrais sur le siège de bureau de Sam, elle s'était installée sur la causeuse pour me demander de mes nouvelles. Aux gens qui s'informaient de mon état, je répondais que j'allais bien ; mais pourquoi jouer la comédie avec Noelle ? Elle n'en croirait pas un mot.

Je lui avais dit que « tout le monde marchait sur la pointe des pieds autour de moi, comme si j'allais craquer d'une seconde à l'autre ».

Ce soir-là, Noelle portait une longue jupe vert et bleu à motif cachemire, et de grands anneaux aux oreilles, qui lui donnaient un petit air de gitane aux cheveux auburn. Elle était étrangement belle, avec sa peau presque translucide et ses yeux d'un bleu électrique. Dès qu'elle souriait, on apercevait l'éclair de ses dents blanches, régulièrement plantées, bien qu'un rien en avant. Elle était un peu plus âgée que moi, et quelques fils argentés striaient déjà sa longue chevelure bouclée. Emerson et moi la connaissions depuis la fac, et j'avais remarqué que sa pâle beauté n'attirait pas spécialement l'attention des hommes ; mais certains – parmi les âmes sensibles, les poètes et les passionnés d'informatique – étaient si troublés, quand ils la croisaient dans la rue, qu'ils en trébuchaient presque. J'avais été plus d'une fois témoin de ce phénomène, et Ian avait figuré jadis parmi ces hommes qu'elle tétanisait.

Chez moi, ce soir-là, Noelle avait envoyé promener ses sandales d'un coup de pied, avant de se pelotonner sur la causeuse.

« Tu as peur de craquer ? m'avait-elle demandé.

— Peut-être... »

Elle m'avait parlé longuement, en me guidant à travers le dédale de mes émotions, telle une psy chevronnée. J'avais évoqué ma tristesse, ma solitude, ainsi que ma colère irrationnelle contre Sam, qui m'avait quittée. Sam, qui avait imprimé de nouvelles rides sur mon front et transformé mon avenir en un point d'interrogation.

« Tu pourrais trouver un groupe de soutien pour veuves », m'avait-elle suggéré au bout d'un moment.

L'idée de m'entourer de femmes aussi déprimées que moi me faisait froid dans le dos, car je risquais de sombrer définitivement au fond de l'abîme. Il y avait en moi des vannes que je craignais d'ouvrir.

Noelle s'était reprise :

« Oublie l'idée d'un groupe de soutien ! Ce n'est pas ton style. Tu es sociable, sans aimer communiquer. »

Elle m'avait déjà fait cette remarque une fois, et cela me contrariait. Sur la défensive, j'ai protesté :

« Avec Sam, je communiquais !

— Facile, avec lui... »

Par la fenêtre, Noelle laissait son regard errer dans la nuit, comme plongée dans ses pensées ; le discours qu'elle avait prononcé, au service funèbre, m'est revenu en mémoire. Sam était *un virtuose de l'écoute*, avait-elle dit.

Oh, que oui !

J'ai promené mon regard sur les papiers à même le sol et sur son bureau – agrafeuse à piles, carnet de chèques, quatre blocs de Post-it –, puis j'ai haussé les épaules.

« Je regrette à chaque instant de ne plus pouvoir lui parler. Il me manque tellement... »

Noelle a approuvé d'un signe de tête.

« Toi et Sam... J'hésite à vous qualifier d'*âmes sœurs* : c'est trop banal et je ne crois pas vraiment à cette notion. Mais vous formiez un couple exceptionnel et il t'était dévoué corps et âme. »

J'ai effleuré le clavier de son ordinateur. Les touches « E » et « D », usées et luisantes, étaient à peine lisibles.

« Rien ne t'empêche de parler à Sam », a déclaré Noelle.

J'ai ri malgré moi.

« Pardon ?

— Je parie que tu t'adresses parfois à lui quand tu es seule. Tu pourrais lui dire, par exemple : Mon vieux Sam, qu'est-ce qui t'a pris de me quitter ? »

Les yeux fixés sur le clavier, j'ai craint que les vannes ne s'ouvrent.

« Je ne lui parle jamais ! ai-je menti.

— Essaie tout de même de lui exprimer ce que tu ressens.

— Pourquoi ? ai-je fait, gênée par l'obstination de Noelle. Je n'en vois pas l'intérêt.

— Peut-être pourrais-tu communiquer avec lui à un certain niveau. Qui sait ? »

Les bras croisés sur ma poitrine, j'ai fait pivoter mon siège vers mon amie.

« C'est scientifiquement impossible !

— La science fait de nouvelles découvertes chaque jour. »

Je n'osais pas avouer qu'au petit déjeuner ou au volant de ma voiture il m'arrivait d'entendre la voix de Sam aussi nettement que s'il était à mes côtés. Cherchait-il un contact avec moi ? J'avais de longues conversations à voix haute avec lui quand personne ne risquait de m'entendre, et j'adorais le sentir proche. Je ne croyais pas à la possibilité d'un échange avec l'au-delà, mais si par hasard je me trompais, et si Sam tentait de communiquer, je ne me pardonnerais jamais de l'avoir ignoré ! Pourtant, je trouvais dément de lui parler, et je redoutais terriblement de perdre la raison.

« Tu as toujours eu peur d'avoir des problèmes psychiatriques comme ta mère, m'a dit Noelle, qui semblait lire dans mes pensées avec une facilité déconcertante. Ne crains rien, je connais peu de personnes aussi saines d'esprit que toi ! »

Elle s'est levée, a pris une profonde inspiration en étirant ses bras au-dessus de sa tête, puis les a laissés retomber.

« Ta mère avait un problème chimique. Ce n'est pas ton cas. Absolument pas !

— Les vannes... » ai-je murmuré.

Toujours sur le siège de bureau, je ne voulais pas qu'elle me quitte.

« Les vannes... j'ai peur de les ouvrir. »

Elle s'était penchée pour me serrer dans ses bras, puis elle avait ajouté qu'elle m'aimait et que je ne devais pas hésiter à l'appeler.

J'ai astiqué l'îlot en granit jusqu'au moment où sa surface a reflété les lampes du plafonnier, et j'ai osé regarder la photo de Sam, Grace et moi sur le réfrigérateur. Noelle m'avait aidée à mettre de l'ordre dans mes idées, par cette nuit triste et chaude de juillet, mais je n'arrivais toujours pas à surmonter mon sentiment d'échec dans ma relation avec ma fille.

Debout entre son père et moi sur la photo, Grace souriait ; seul un excellent observateur aurait pu remarquer qu'elle se penchait vers Sam, tout en se détournant de moi. Il m'avait abandonnée avec une fille que je ne savais pas materner. Une fille que je désirais mieux connaître, mais qui me rejetait ; une fille qui n'avait que des reproches à m'adresser.

Il m'avait abandonnée avec l'inconnue du premier étage.

3

Emerson

Le vieux tacot de Noelle stationnait dans son allée et je me suis garée derrière. Le jour déclinait, mais tous ses autocollants étaient parfaitement visibles. *Coexister, Pas de marécages = Pas de biodiversité, Veillons sur Cape Fear River, Avez-vous du tofu ? Rendez-moi mes sages-femmes !* Les passions de Noelle – elle en avait d'innombrables – étaient affichées sur l'arrière cabossé de sa voiture, de sorte que personne ne pouvait les ignorer. Aux feux rouges, des ploucs freinaient à côté d'elle en faisant mine de la viser avec leurs doigts ; elle leur adressait un doigt d'honneur. Voilà comment était Noelle !

Elle avait cessé d'exercer son métier de sage-femme il y avait de cela à peu près un an, quand elle avait pris la résolution de se consacrer au programme d'assistance aux bébés, quitte à vivre de ses économies. Au même moment, les services de gynécologie et d'obstétrique du secteur annonçaient à grand bruit le licenciement de leurs sages-femmes ; elle avait donc estimé qu'il était temps de se diriger vers la sortie, en ayant sans doute la sensation qu'on l'amputait du bras droit. Noelle aurait eu besoin de dix vies pour mener à

30

bien tous ses projets. Une seule ne lui suffirait pas pour refaire le monde à son goût.

Mon mari et moi avions arrêté de percevoir un loyer pour la maison, bien que les fluctuations de l'économie et le lancement de Hot ! ne nous permettent pas d'envisager sereinement l'inscription prochaine de notre fille à l'université.

Ted avait acheté ce pavillon d'architecte délabré, datant des années quarante, peu avant notre mariage. Une idée qui m'avait paru débile, bien qu'il l'eût acquis pour une bouchée de pain. Personne ne semblait s'être soucié de cette maison depuis des décennies, sauf pour entasser dans le jardin un barbecue cassé, quelques pneus de bicyclette, une cuvette de W-C, tout un bric-à-brac. Ted travaillait dans l'immobilier, et sa boule de cristal lui avait prédit que Sunset Park était à l'aube d'une véritable renaissance. Sa boule de cristal avait vu juste... Ce quartier était bel et bien en train de renaître, même si le cottage de Noelle offrait encore un piteux spectacle. Le barbecue et la cuvette de W-C avaient disparu, mais les arbustes rendaient l'âme. Quand elle déménagerait – un jour ou l'autre – nous ferions un sérieux bénéfice, à condition de procéder à une rénovation totale. Laisser notre amie habiter là en ne payant que ses charges ne nous imposait donc pas un sacrifice considérable.

Au début, Ted n'était pas chaud à l'idée que Noelle ne paie pas de loyer : il finançait mon café à l'époque, et nous nous rongions les sangs à ce sujet. J'avais rêvé pendant des années d'ouvrir ce genre d'établissement, car je fantasmais à la pensée d'une file d'attente devant mes plats et mes gâteaux, autant que certaines femmes s'imaginant trouver Matthew McConaughey dans leur lit. Par chance, Hot ! tenait déjà la route. J'avais une clientèle régulière parmi les habitants du centre-ville, et je devais même engager des extras pendant la saison touristique. Ted s'était donc rallié à l'idée de mon café et du séjour gratuit de Noelle dans ce pavillon.

De l'allée envahie de mauvaises herbes, j'apercevais, sur la gauche, le jardin que Noelle avait planté à l'arrière de la maison. Elle ne s'était pas mise en quatre pour restaurer celle-ci, et le reste de la verdure dépérissait, mais mon amie nous avait surpris, quelques années plus tôt, en créant un petit chef-d'œuvre dans ce coin-là.

Une de ses nombreuses obsessions ! Elle avait découvert des plantes fleurissant tout au long de l'année. Un ami sculpteur avait réalisé, au centre du jardin, un bassin à oiseaux digne d'un musée – un modèle classique en pierre, mais une petite fille en bronze, pieds nus, se penchait au-dessus du bord pour caresser la surface de l'eau. Sa robe et ses cheveux voltigeaient derrière elle comme sous l'effet d'une légère brise. Beaucoup de gens avaient entendu parler de cette œuvre d'art. Des journalistes auraient même souhaité prendre des photos et écrire un article au sujet du sculpteur ; Noelle s'y opposait, de peur que l'on ne cherche à lui voler son trésor. Elle qui aurait donné tout ce qu'elle possédait pour secourir son prochain refusait la moindre intrusion dans son jardin. Elle arrosait, taillait, élaguait et choyait ce petit bout de terre, comme d'autres femmes leurs enfants ou leur mari.

La couleur bleuâtre du pavillon, aussi délavée que celle d'un vieux jean, avait un petit air maladif dans le rougeoiement du crépuscule. En longeant le trottoir effrité menant à la véranda en façade, j'ai vu plusieurs enveloppes dépasser de la boîte aux lettres près de la porte ; malgré la chaleur, un frisson m'a parcourue. Quelque chose ne tournait pas rond...

Noelle était censée venir dîner chez nous la veille et apporter du tissu à Jenny, qui cousait des couvertures destinées au programme d'assistance aux bébés. Ce n'était pas dans ses habitudes d'oublier ce genre de choses ! Je m'inquiétais d'autant plus qu'elle n'avait répondu à aucun de mes messages. Le premier, la veille, en début de soirée : « On se met à table, mais on garde ton assiette au chaud. » Le deuxième, vers vingt-deux heures : « Juste pour savoir ce que tu deviens... Je t'attendais ce soir à dîner, mais j'ai dû me tromper. Donne-moi de tes nouvelles. » Enfin, un autre le matin même : « Noelle ? Tu ne me réponds pas. Un problème ? Je t'embrasse. » Aucune réaction de sa part. En grimpant les marches de la véranda, j'ai éprouvé une soudaine angoisse.

Quand j'ai sonné, j'ai entendu le carillon à travers les vitres. J'ai frappé ensuite et essayé d'ouvrir la porte, verrouillée. Quelque part chez moi se trouvait une clé du pavillon, mais je n'avais pas pensé à la prendre.

Après avoir descendu les marches, j'ai emprunté l'allée, à travers le jardin maigrichon qui longeait la maison. Le porche était éclairé, j'ai cherché à entrer. La porte de derrière aussi était fermée. Par la fenêtre, j'ai aperçu le sac de Noelle sur la vieille table de cuisine. Elle ne se séparait jamais de son sac – une énorme sacoche informe, d'un brun rougeâtre, qu'elle portait à l'épaule et qui contenait la moitié de sa vie. Je la revoyais sortant de ce fourre-tout (elle l'avait déjà à l'époque) des jouets pour Jenny, encore à quatre pattes. Noelle était indissociable de son sac. Cheveux auburn, sac auburn. Si le sac était là, Noelle aussi.

J'ai frappé énergiquement à la fenêtre.

— Noelle ?

— Mamzelle Emerson ?

En me retournant, j'ai vu une fillette d'une dizaine d'années se diriger vers moi. Les journées devenant de plus en plus courtes, il m'a fallu une bonne minute pour distinguer le chat dans ses bras.

— Tu t'appelles... ?

J'ai jeté un regard à la maison voisine, habitée par une famille afro-américaine, avec trois ou quatre gosses. J'avais déjà eu l'occasion de les rencontrer, mais en ce qui concerne les noms j'ai une mémoire exécrable.

— Libby ! a claironné la fillette. Si vous cherchez mamzelle Noelle, j'peux vous dire, elle est partie depuis hier soir...

Quel soulagement ! Noelle s'était absentée. Son sac et sa voiture n'auraient pas dû être là,

34

mais je trouverais moyen d'éclaircir ce mystère plus tard. Libby avait posé un pied sur la première marche du perron et la lumière tombait sur le chat angora dans ses bras.

Je me suis penchée pour mieux voir.

— C'est Patches ?

— Oui, m'dame. Mamzelle Noelle m'a demandé de le garder chez moi cette fois-ci…

— Où est-elle allée ?

— Elle me l'a pas dit, et maman trouve que c'est pas bien de sa part !

Libby s'est mise à gratter le crâne du chat.

— D'habitude, quand je garde Patches, c'est dans la maison de mamzelle Noelle. Alors, maman pense qu'elle est partie pour longtemps, comme ça lui arrive quelquefois ; mais elle aurait dû me dire quand elle revient, et elle devrait répondre quand on l'appelle sur son portable.

Que se passait-il donc ?

— As-tu une clé de la maison, Libby ?

— Non, m'dame, mais je sais où elle la range. J'suis la seule à savoir !

— Tu peux me montrer, s'il te plaît ?

J'ai suivi Libby jusqu'au petit jardin. Nos ombres démesurées s'allongeaient devant nous. Elle s'est dirigée droit vers le bassin à oiseaux, puis s'est penchée pour soulever une pierre, au pied de la statuette en bronze.

— Elle la cache sous cette pierre, a chuchoté l'enfant en me tendant la clé.

Nous avons marché à nouveau vers la porte et je me suis arrêtée au bas des marches. A l'intérieur, je trouverais des indices m'indiquant l'endroit où se trouvait Noelle, et pourquoi elle n'avait pris ni son sac ni sa voiture. Une nouvelle vague d'angoisse m'a submergée.

Je me suis adressée à Libby :

— Rentre chez toi, mon chou, et emmène Patches, s'il te plaît. Dès que j'aurai compris ce qui se passe, je te tiendrai au courant. D'accord ?

Elle a tourné les talons lentement – comme si elle hésitait à me confier la clé – avant de traverser le jardin pour rentrer chez elle.

La clé était enrobée de boue. Je l'ai essuyée sur mon tee-shirt, preuve indéniable que je n'avais qu'une idée en tête : savoir ce que devenait Noelle. Après avoir ouvert la porte, je suis entrée dans la cuisine.

— Noelle ?

J'ai refermé derrière moi et tourné le verrou, car je commençais à me sentir parano. Son sac, masse de cuir informe, reposait sur la table ; ses clés de voiture sur le plan de travail, entre l'évier et la cuisinière. Elle avait mis les écuelles de Patches à égoutter sur un torchon, l'évier était vide et propre. La cuisine me paraissait étrangement nette, car Noelle avait l'art de semer la pagaille sur son passage.

J'ai franchi le seuil du séjour, pas plus grand qu'un timbre-poste. Les étagères croulaient sous les livres, et j'ai reconnu le vieux téléviseur, donné par Tara et Sam l'année où ils avaient acheté leur grand écran. Il y avait deux poussettes devant le poste et trois sièges-autos, entassés sur des cartons probablement remplis de layette. Des piles de paquets en équilibre précaire sur un fauteuil. C'était bien l'univers de Noelle. Sur le mur, au-dessus du canapé, elle avait accroché des photos encadrées de Jenny et Grace, à côté d'un vieux cliché en noir et blanc de sa mère, debout devant la grille d'un jardin. Ces portraits d'enfants, voisinant avec celui de sa mère, m'avaient toujours émue à l'idée qu'elle considérait la fille de Tara et la mienne comme des membres de sa famille.

Je suis passée devant la première des deux chambres, qui lui servait de bureau. Comme le salon, elle regorgeait de cartons et de paquets, et sa table de travail était jonchée de papiers et de livres. Un grand saladier, empli de feuilles de laitue et de tomates, y trônait aussi...

— Noelle ?

Un silence lugubre régnait dans la maison. Avait-elle glissé sous sa douche ? Dans ce cas, elle n'aurait pas demandé à Libby de s'occuper de Patches ! J'ai poursuivi mon chemin jusqu'à sa chambre et je l'ai aperçue par la porte ouverte. Allongée sur le dos, les mains jointes sur sa poitrine, elle semblait méditer paisiblement, mais son teint cireux et les flacons de médicaments alignés sur la table de nuit me disaient tout autre chose. Le souffle coincé quelque part derrière mon sternum, je suis restée figée sur place. Je ne comprenais pas ; je refusais de comprendre. Impossible ! ai-je pensé.

— Noelle ?

J'ai esquissé un pas dans la pièce, comme si je testais la température de l'eau, à la piscine. Soudain, prenant conscience de la réalité, j'ai foncé en avant et empoigné son épaule pour la secouer de toutes mes forces. Ses cheveux se sont répandus sur ma main : la vie semblait avoir trouvé en eux son ultime refuge. J'ai hurlé :

— Noelle ! Non ! Pas ça, je t'en supplie !

Après m'être emparée de l'un des flacons vides, je n'ai pu enregistrer aucun des mots inscrits sur l'étiquette. Je voulais détruire ce flacon. Je l'ai lancé à l'autre bout de la pièce, puis je me suis agenouillée à côté du lit, et j'ai serré la main froide de Noelle dans les miennes, en murmurant :

— Noelle, *pourquoi* ?

On est incroyablement absent quand une grande émotion nous étreint. Le papier était tout près de moi, sur sa table de nuit ; j'ai dû le frôler quand j'ai tendu la main vers son portable pour appeler à l'aide... Ce téléphone se trouvait à quelques centimètres de ses mains ! Elle aurait pu nous appeler, Tara ou moi, et nous dire : « Je viens de faire une grosse bêtise. Au secours ! » Mais elle ne nous avait pas appelées. Elle ne souhaitait pas qu'on la sauve.

Les policiers et l'équipe de secouristes ont envahi la chambre, se fondant devant moi en une masse gris et bleu. Assise sur une chaise à haut dossier que quelqu'un avait apportée de la cuisine, je tenais toujours la main de Noelle, tandis qu'elle était déclarée morte et que nous attendions l'arrivée du médecin légiste.

J'ai répondu au déluge de questions des policiers. Je connaissais personnellement l'inspecteur Whittaker : il venait tous les matins à Hot ! me commander un croissant crème-framboise et un muffin bananes-noix réchauffés. J'emplissais son mug de mon café le plus corsé, dans lequel il déversait ensuite cinq sachets de sucre en poudre.

— Vous avez joint votre mari, m'dame ?

Cet homme me donnait toujours du « m'dame », bien que je l'aie prié maintes fois de m'appeler par mon prénom. Il circulait maintenant dans la chambre minuscule de Noelle en regardant attentivement une autre photo encadrée de sa mère, sur le mur, ou en touchant du doigt le dos d'un livre dans la petite bibliothèque, sous la fenêtre. Il scrutait aussi la pelote à épingles, sur sa commode, comme s'il pouvait y trouver la réponse aux questions qu'il se posait.

— Oui, ai-je répondu.

J'avais appelé Ted avant l'arrivée de tout le monde. Il faisait visiter une maison, et je lui avais laissé un message qu'il n'avait pas encore reçu. Sinon, il m'aurait rappelée sans perdre une seconde, en m'entendant bredouiller comme si j'avais eu une attaque.

— Quel est son parent le plus proche, m'dame ?

— Sa mère, ai-je chuchoté. Une femme d'au moins quatre-vingts ans… fragile. Elle vit dans une maison de retraite pour personnes dépendantes, à Charlotte.

Je n'aurais pas la force de parler à la maman de Noelle ! Ted devrait se charger de cette mission à ma place ; à la place de Tara.

— Vous avez vu ceci ?

L'inspecteur Whittaker a saisi, de ses doigts gantés, un petit papier, sur la table de nuit de Noelle, et me l'a tendu.

Emerson et Tara, je vous demande pardon. Veillez sur mon jardin, s'il vous plaît, et faites en sorte que l'on prenne soin de ma mère ; je vous aime tous.

Les yeux fermés, j'ai murmuré « Oh non ! », car j'avais évité jusqu'alors de penser à un suicide. La vérité s'étalait maintenant en toutes lettres sous mes yeux.

— Vous reconnaissez son écriture ? s'est enquis l'inspecteur.

J'ai opiné du chef en entrouvrant à peine les paupières, comme si je ne supportais pas de revoir ce message. Ces lettres inclinées, que d'autres auraient pu trouver illisibles, m'étaient familières.

— Savez-vous, m'dame, si elle était déprimée ?

— Non, absolument pas ! Elle adorait son travail. Jamais elle n'aurait... A moins qu'elle ait été malade sans nous en parler... Et si un criminel l'avait tuée, en faisant croire à un suicide ?

J'ai examiné le papier et tous les flacons de médicaments. Le nom de Noelle était indiqué sur les étiquettes ; certains remèdes lui avaient été prescrits le mois précédent, mais d'autres dataient de plusieurs années, selon l'un des secouristes. Depuis quand les stockait-elle ?

— Avait-elle des soucis de santé, ces derniers temps ? a insisté l'inspecteur. Elle consultait des médecins ?

Je me suis frotté le front pour raviver mes souvenirs.

— Autrefois, elle s'est esquinté le dos dans un accident de voiture, mais elle ne se plaint plus de ses douleurs depuis des années.

A l'époque, la quantité de médicaments qu'elle absorbait nous avait paru alarmante, mais c'était dans un lointain passé…

— Si elle avait eu un problème, elle nous l'aurait dit, ai-je conclu.

Je devais paraître sûre de moi, car l'inspecteur Whittaker a posé une main légère sur mon épaule.

— Les gens gardent parfois leurs secrets bien enfouis, m'dame. Même ceux qui nous sont très proches, on ne les connaît jamais vraiment !

J'ai contemplé le visage de Noelle. Si beau, mais une coque vide. Elle n'était plus là, et j'ai eu l'impression d'avoir déjà oublié son sourire. C'est absurde, ai-je pensé ; il lui restait encore tant de projets à réaliser.

Il fallait absolument que j'appelle Tara, je ne pourrais gérer cela par mes propres moyens. Elle et moi, nous réfléchirions à ce qu'il fallait faire. Nous pourrions analyser ensemble ce qui s'était passé, car nous savions, à nous deux, tout ce qu'il y avait à savoir au sujet de Noelle.

J'avais pourtant, sous les yeux, le corps inanimé de notre défunte amie – preuve que nous ne savions rien du tout, en réalité.

4

Noelle

Comté de Robeson, Caroline du Nord
1979

Elle était un « oiseau de nuit », éveillée jusqu'à l'aube, comme si elle redoutait de laisser la journée finir. Elle lisait, et allait parfois – à l'insu de sa mère – errer dehors ou s'allonger dans le vieux hamac, en essayant d'apercevoir les étoiles à travers le lacis des branches.

Elle avait confondu le jour et la nuit tout au long de ses treize années, car elle était née à minuit pile, d'après sa mère. Elle préférait supposer que c'était dû à son ascendance pour un huitième indienne. Les Lumbees devaient rester toute la nuit sur le qui-vive afin de mettre en fuite leurs ennemis, n'est-ce pas ? Selon sa mère, elle avait aussi des origines en partie hollandaises et juives ; elle aimait surprendre ses camarades de classe en évoquant son hérédité quelque peu exotique pour des ruraux de Caroline du Nord. Mais il arrivait à sa mère de fabuler, et Noelle s'efforçait de faire le tri parmi les éléments de son histoire qui lui paraissaient plus ou moins crédibles.

Lors d'une nuit d'été, elle lisait *Le Seigneur des Anneaux* dans son lit quand elle entendit, par la fenêtre ouverte, le crissement de pas rapides sur le gravier. Quelqu'un courait vers la maison ; elle éteignit sa lampe pour regarder discrètement par la fenêtre. Une bicyclette lui apparut dans l'allée, à la lumière du clair de lune ; roues et guidon tordus, comme si quelque tornade l'avait projetée là.

— Sage-femme ? appelait une voix masculine tandis que l'on frappait à la porte.

Sage-femme ? Après avoir passé un short et rentré son débardeur dans la ceinture, elle fonça dans le salon au plancher de pin, en criant :

— M'man, lève-toi !

Elle alluma la lampe de la véranda et ouvrit précipitamment la porte. Un jeune Noir aux grands yeux apeurés se tenait là, un poing en l'air comme s'il était sur le point de frapper à nouveau. Elle reconnut aussitôt un certain James, légèrement plus âgé qu'elle – quinze ans, peut-être – et élève de son école, qu'elle n'avait pas vu depuis le début de l'année. Un garçon calme et timide, à propos de qui un professeur avait déclaré un jour qu'il avait « de l'avenir » : peut-être pourrait-il pousser ses études plus loin après le lycée. Un pronostic rare, s'agissant des élèves de son école, noirs, blancs, ou d'origine indienne ; mais il avait disparu ensuite, et elle n'avait plus pensé à lui jusqu'à cet instant.

Il paraissait surexcité. Allait-il la bousculer pour entrer dans la maison ?

— Va chercher ta mère ! Elle est sage-femme, non ?

— Peut-être...

Elle avait esquivé la question de James, car les gens n'étaient pas censés savoir au sujet de sa mère, bien qu'ils soient tous au courant en réalité.

— Comment ça, *peut-être* ?

Sans doute paniqué, il la poussa et elle faillit tomber, mais elle n'avait pas peur. Au même instant, sa mère entrait, drapée dans sa robe de chambre.

— Bas les pattes ! Ça ne va pas, la tête ? Ferme la porte, Noelle.

Sa mère tenta de refermer le battant, qu'elle-même bloquait en s'agrippant au loquet.

— Il dit qu'il a besoin d'une sage-femme, m'man.

Lâchant la porte, sa mère, incrédule, interrogea le gamin :

— C'est vrai ?

— Oui, m'dame.

Il paraissait embarrassé maintenant et tremblait de la tête aux pieds, car il cherchait à faire bonne impression, tout en ayant envie de hurler pour les convaincre.

— Ma sœur... Son bébé va naître et on a pas...

La mère de Noelle cligna des yeux, comme si elle distinguait au loin sa maison à travers les bois sombres.

— Tu habites là-bas, au bord de la rivière ?

— Oui, m'dame. Vous pouvez venir tout de suite ?

— Notre voiture est en panne. Vous avez appelé les urgences ?

— On a pas de téléphone.

— Ta maman est avec ta sœur ?

Il tapa du pied comme un gosse impatient.

— Y a *personne* avec elle ! Venez, m'dame, j'vous en supplie. Venez !

Sa mère se tourna vers elle.

— Appelle les urgences, Noelle, pendant que je m'habille. Et tu vas m'accompagner cette nuit ; j'aurai peut-être besoin de toi.

C'était la première fois qu'elle lui adressait une telle requête, la première fois aussi qu'un voisin venait frapper à la porte à deux heures du matin. De temps à autre, le téléphone sonnait au milieu de la nuit, et elle entendait sa mère sortir. Elle savait alors qu'elle devrait préparer son petit déjeuner toute seule, avant de partir en classe. Sa mère l'accueillerait probablement à son retour, dans l'après-midi, mais elle ne ferait aucune allusion à son absence. Noelle s'en fichait : la lecture l'intéressait beaucoup plus que l'emploi du temps maternel.

Sa mère : une vieille de cinquante-deux ans, avec des cheveux d'un brun terne, déjà striés de gris, et des rides autour des yeux et dans le cou. Les gens la prenaient souvent pour sa grand-mère, car elle était bien plus âgée que les mères de ses camarades de classe. Ces jeunes femmes avaient des ongles soigneusement coupés et vernis, du rouge à lèvres, et fréquentaient le salon de coiffure de Lumberton. L'âge et le comportement atypique de sa mère la contrariaient.

Comme elle expliquait de son mieux où habitait James, après avoir composé le numéro des urgences, elle ne se doutait guère que son point de vue allait bientôt changer.

Jamais elle n'aurait cru sa mère capable de courir ! Elles couraient pourtant sur la chaussée pleine de nids-de-poule, derrière la bicyclette de James. Malgré son sac de toile bleue contenant son matériel, sa mère la précédait. L'odeur de la rivière imprégnait l'air, et la mousse espagnole pendait aux branches des cyprès, le long de la route. Quand elles s'engagèrent sur le chemin bordant le cours d'eau, des lambeaux de mousse frôlèrent ses épaules. Sa mère lui avait raconté, quand elle était petite, qu'un chef indien, dont la femme avait désobéi, lui avait coupé les cheveux et les avait jetés sur une branche d'arbre, où ils avaient prospéré au point de recouvrir tous les arbres du voisinage. Quel rapport avec l'Espagne ? Elle n'en avait aucune idée, mais elle s'imaginait volontiers que ce chef indien figurait parmi ses lointains ancêtres.

Après le dernier tournant, sa mère et elle aperçurent une masure dont la peinture blanche, écaillée, luisait au clair de lune. Peu avant, des cris étaient déjà parvenus à leurs oreilles. Cette voix, plus bestiale qu'humaine, transperçait l'air humide. En l'entendant, sa mère avait redoublé de vitesse, tandis qu'elle-même, troublée, ralentissait le pas. Elle possédait de vagues notions au sujet de la naissance, car elle avait vu leur chatte mettre bas, mais elle n'avait jamais entendu des hurlements pareils.

— Où sont tes parents ? demanda sa mère quand James laissa tomber sa bicyclette à terre.

Il tourna la tête, une main sur le loquet de la porte d'entrée déglinguée.

— M'man est à Lumberton ; sa sœur est tombée malade.

Il ne mentionna pas son père, et la mère de Noelle ne le questionna pas. Elles se précipitèrent dans la maison, composée de deux pièces exiguës. La première était une sorte de salon-cuisine, avec un canapé d'un côté, un évier et une gazinière de l'autre, ainsi qu'un réfrigérateur de petit format. Sans prêter attention à cette pièce, sa mère se laissa guider par les cris jusqu'à la seconde, où une jeune fille filiforme – mais dont le ventre formait une sorte de globe géant – était allongée sur le dos, sur un lit double. Elle devait avoir à peine deux ans de plus que Noelle et elle était quasi nue, à l'exception d'un tee-shirt remonté sous ses seins. Entre ses jambes repliées, une grosse masse sombre faisait saillie.

— Bon Dieu, s'exclama sa mère, on voit déjà la tête !

Elle ordonna à James de mettre de l'eau à bouillir dans toutes les casseroles et les marmites de la maison. Il obtempéra, tandis que Noelle se sentait tétanisée par ce qui arrivait à cette fille, dont le corps semblait déchiré de part en part.

— Ça va aller, mon petit, marmonna sa mère.

Tout en déballant son matériel, elle insista :

— Ne pousse surtout pas ! Je sais que tu en meurs d'envie, mais c'est pas encore le moment. Tu comprends ? Je vais t'aider et tout ira bien.

— Mais non ! protesta la fille. Je ne veux pas de ce bébé.

— Pourtant, tu l'auras d'ici quelques minutes ! Sa mère se tourna vers elle.

— Trouve-moi toutes les serviettes et le linge propre qu'il y a dans cette maison.

Elle plaçait en même temps son tensiomètre sur le bras mince de la fille.

— Ensuite, va tremper un gant de toilette dans l'eau que le gamin fait bouillir, et apporte-le-moi.

Docilement, Noelle alla explorer l'étroit placard de la chambre, où des serviettes, des draps et des taies d'oreillers étaient empilés sur des étagères. Dans l'autre pièce, James tremblait devant des marmites posées sur la cuisinière. Elle lui demanda laquelle contenait l'eau la plus chaude, puis elle y trempa un gant de toilette, qu'elle essora au-dessus de l'évier, avant de l'apporter dans la chambre.

Sa mère déplia partiellement l'un des draps pour le glisser sous les fesses de la fille. Elle plaça ensuite le gant de toilette chaud sur la peau bizarrement étirée autour de la tête du bébé.

— C'est normal, m'man ? chuchota Noelle en montrant l'entrejambe sombre.

Sa mère repoussa sa main et répondit à haute voix, sans doute afin de rassurer cette fille en même temps :

— Parfaitement normal ! Si tu allais aider le gamin ?

— Non, je veux rester.

— Alors, assieds-toi là, pour qu'elle te tienne la main.

Noelle alla chercher dans la pièce à vivre une chaise à haut dossier, qu'elle traîna près du lit. La parturiente s'agrippait au bord du matelas ; elle lui desserra maladroitement les doigts pour qu'ils entourent sa propre main. La fille l'étreignit de toutes ses forces. Des larmes ruisselaient sur ses joues et des gouttelettes de transpiration perlaient sur son front. Sa peau était plus claire que celle de James ; malgré son visage défiguré par la douleur et l'angoisse, elle lui paraissait très jolie.

Se penchant, Noelle essuya ses larmes du bout des doigts.

— Comment t'appelles-tu ?

— Bea... Je vais sûrement mourir. Ce bébé est en train de me tuer.

— Mais non ! Ma mère va...

Bea l'interrompit dans un cri :

— Je sens que j'éclate !

— Chérie, jamais une femme n'a éclaté, rétorqua sa mère. Tu te dilates exactement comme il faut.

— Ça me brûle.

Bea lui lâcha la main et toucha d'un air hagard son entrejambe, cette zone hors du champ visuel de Noelle.

— Seigneur Jésus, au secours !

— Oui, ton Seigneur Jésus t'a entendue et tu peux compter sur lui, affirma en riant sa mère – aux origines juives, indiennes et hollandaises.

C'était probablement la première fois de sa vie qu'elle prononçait de telles paroles.

— Et toi, Noelle, veux-tu assister à la naissance du bébé ?

Elle se leva pour aller se placer à l'extrémité du lit. Le cercle sombre lui semblait plus immense encore, et elle retenait son souffle : comment sa mère allait-elle extraire ce bébé du corps menu de Bea ? Soudain, celle-ci hurla de plus belle, et la petite tête aux cheveux noirs et à la peau gluante surgit. Elle-même poussa un cri de stupéfaction.

— Merveilleux ! s'exclama sa mère. Tu te débrouilles comme un chef.

Elle plaça ses mains au-dessus et au-dessous de la tête du nourrisson, sans la toucher ni toucher Bea, comme si elle la maintenait dans les airs par magie. Le petit crâne se tourna sur le côté, et Noelle aperçut un minuscule visage tout contracté. La naissance avait-elle demandé autant d'efforts au bébé qu'à Bea ? A cet instant, les petits yeux et les lèvres aux veines apparentes lui semblèrent flous, et Noelle réalisa que, sans savoir précisément pourquoi, elle avait fondu en larmes.

Le bébé glissa d'un seul coup du corps de Bea entre les mains de sa mère.

— Un adorable petit garçon !

Sa mère enveloppa le nouveau-né vagissant dans une serviette et le déposa sur le ventre de

Bea, d'un geste rapide et naturel qu'elle avait certainement accompli des centaines de fois.

— Je n'en veux pas, gémit la jeune accouchée, qui souleva un coin de tissu pour toucher les cheveux humides de son fils.

— C'est ce qu'on va voir, marmotta sa mère. Pour l'instant, on a encore à faire !

Elle coupa le cordon et dégagea le placenta, tout en répondant à ses questions et en lui expliquant chacun de ses gestes. Ce n'était plus la femme qui préparait le dîner chaque soir, balayait la maison, nourrissait les poules, faisait pousser des tomates et tondait leur maigre pelouse. Des cris perçants retentissaient dans la chambre, où l'odeur de sueur et de sang rendait l'air irrespirable, et sa mère devenait sous ses yeux une autre personne – une femme mystérieuse, moitié sage, moitié magicienne. Tout en elle paraissait admirable à Noelle : chaque ride de son visage, chaque fil d'argent dans ses cheveux, et ses mains aux articulations enflées qui avaient mis l'enfant au monde avec tant de dextérité et de grâce.

A cet instant, Noelle eut l'intuition qu'elle voulait devenir *exactement* comme elle.

L'équipe des urgentistes arriva beaucoup trop tard pour se rendre vraiment utile, et l'atmosphère de la maisonnette changea aussitôt. Questions précises, matériel médical rutilant, aiguilles pointues et sacs remplis de liquide, accrochés aux pieds de perfusion. Une civière roulante.

Bea était impressionnée.

— N'aie pas peur, souffla sa mère en serrant la main de la jeune maman dans la sienne, tandis que deux secouristes la faisaient glisser du lit sur la civière. Tu as été parfaite et tout ira bien.

— Vous l'avez accouchée ? demanda l'un des hommes.

— Elle est sage-femme, fit James.

Le secouriste haussait déjà les sourcils.

— Juste une voisine, venue donner un coup de main, rectifia promptement sa mère.

Plusieurs années auparavant, elle avait été incarcérée quelques jours sous prétexte qu'elle exerçait cette activité clandestinement ; elle n'avait évidemment aucune envie de retourner en prison. En l'absence de sa mère, Doreen, la petite amie de son père, s'était installée à la maison. Une domestique, prétendait-il. Noelle n'avait que neuf ans, mais elle n'en avait pas cru un mot ! Pour finir, ses parents avaient divorcé et son père avait épousé Doreen, qu'elle détestait. Cette créature l'avait privée de son père et avait volé le mari de sa mère. « Jure-moi de ne *jamais* blesser une femme comme Doreen m'a blessée ! » lui avait demandé sa mère plus tard. Elle avait aussitôt prêté serment, persuadée de ne jamais manquer à sa parole.

Elles rentrèrent chez elles aux premières lueurs de l'aube ; d'abord d'un pas tranquille et sans un mot. La stridulation des cigales avait cédé la place à un profond silence, mais un oiseau lançait un appel intermittent du fond des bois. Ce son lui plaisait, car elle avait parfois entendu le même oiseau au cours de ses errances nocturnes.

Quand elles eurent quitté le chemin pour emprunter la route cahoteuse menant à leur maison, elle questionna sa mère :

— Comment tu as appris tout ça ?

— Grâce à ma maman ; elle-même avait tout appris de sa propre mère. Il n'y a pas de mystère, Noelle ! Aujourd'hui, les médecins affirment qu'il y en a un et qu'il faut des médicaments, des césariennes – une opération qui permet de sortir le bébé du ventre de sa mère – et des tas d'interventions compliquées pour mettre au monde un enfant. Ces choses-là arrivent quelquefois ; mais une bonne sage-femme sait si une femme peut ou non accoucher chez elle sans danger, et ça n'exige pas de longues études scientifiques.

— Je veux faire ça !

— Faire quoi ? Avoir un bébé ?

— Etre sage-femme, comme toi.

Sa mère la serra très fort dans ses bras.

— Alors, tu le feras de la bonne manière. Légalement... pour ne pas avoir à te cacher toi aussi.

— Et on fait comment ?

— Il faut d'abord devenir infirmière, ce qui n'est pas mon cas. Ça me paraît sans intérêt et même regrettable, parce qu'on bourre le crâne des élèves avec des choses inutiles. Mais les lois de Caroline du Nord sont ce qu'elles sont, et tu devras les respecter. Je ne veux pas que ma propre fille se retrouve en prison.

Noelle repensa à la petite chambre embuée de Bea, où sa mère s'était donné tant de mal.

— Cette Bea est à peine plus vieille que moi ; si j'avais un bébé, je serais contente d'être maman ! proclama-t-elle. Je me demande comment on peut ne pas vouloir son propre enfant.

— Parfois, c'est l'amour qui dicte à une femme de ne pas garder son bébé, lui répondit posément sa mère. Quand on a trop peu d'argent et une situation trop instable pour donner à son enfant un bon départ dans la vie, il vaut mieux le confier à une famille sûre.

Après avoir soupiré, elle ajouta :

— Bea devra décider par elle-même, mais on trouve plus difficilement des parents adoptifs pour les bébés noirs. J'espère qu'elle choisira de garder le sien, peut-être avec l'aide de sa maman. En tout cas, à quinze ans, on est beaucoup trop jeune pour être mère. Alors, ne tombe pas enceinte avant longtemps, de grâce !

— T'inquiète pas ! J'ai aucune envie d'embrasser un garçon et encore moins de faire un enfant.

— Ça changera, Noelle.

Elle devina que sa mère souriait. La route cabossée serpentait maintenant devant elles, sous le ciel rosissant. On pouvait déjà entrevoir le coin de leur maison, au-delà des bois.

— J'ai quelque chose à ajouter...

Soudain, sa mère lui parlait d'une voix inhabituelle, comme si elle avait été une autre.

— Une chose que j'aurais dû te dire depuis longtemps, mais après le départ de ton père et tout le reste... ça me semblait trop lourd à porter pour toi.

Noelle sentit son ventre se nouer.

— Quoi, maman ?

— Allons nous asseoir dans le jardin pendant que le soleil se lève ! Je vais nous faire du thé et on pourra causer un moment.

Noelle ralentit ses pas en s'engageant dans l'allée de gravier. Voulait-elle apprendre ce secret qui donnait à sa mère une voix si différente ? Elle avait l'étrange sensation de ne plus être du tout la personne qui était partie quelques heures plus tôt de chez elle – et elle ne se trompait pas.

5

Tara

Il me semblait que quelques semaines seulement s'étaient écoulées depuis que j'avais assisté, dans cette même église, aux obsèques de Sam, et j'avais dû me forcer pour y revenir aujourd'hui.

Nous avions organisé la cérémonie, Emerson et moi, dans un état de quasi-hébétude. Mon amie m'avait proposé de chanter, ce que je fais parfois à l'occasion de mariages ou de diverses réceptions, mais j'avais refusé catégoriquement. En écoutant l'une de mes camarades du chœur entonner *Pie Jesu* de Fauré, d'une belle voix de soprano, je me félicitais de ma décision. Cette boule dans ma gorge aurait bloqué ma voix... Pas question de chanter alors que le souvenir du service en mémoire de Sam flottait encore dans l'église, et que j'avais à peine pris conscience de la disparition de Noelle.

Assise à ma gauche, sa maman, que je n'avais pas vue depuis environ un an, présentait des symptômes de démence. Elle avait oublié mon nom, tout en se souvenant d'Emerson et même de Jenny ; et elle avait certainement réalisé que Noelle n'était plus là. Elle serrait son poing perclus de rhumatismes contre sa bouche, et hochait la tête comme si elle ne parvenait pas à croire au malheur qui venait de la frapper. Je partageais son sentiment.

Grace, qui enroulait nerveusement une mèche de ses longs cheveux autour de son index, était à ma droite, à côté de Jenny, Emerson et Ted. Elle aurait tant voulu rester à la maison ! Ce matin-là, je m'étais assise sur le bord de son lit, où elle se recroquevillait sous son drap. Son édredon à pois verts et bleus formait un tas sur le plancher ; je m'étais interdit de le ramasser pour le replier méticuleusement.

« Je sais que tu souffres, lui avais-je dit. Ça te rappelle le service funèbre de papa, mais nous nous devons d'y être pour honorer la mémoire de Noelle. Elle t'aimait et elle a été si bonne pour toi. Nous devons être là par égard pour sa mère aussi. La présence de nos amis nous a été si précieuse quand ton père est mort... »

Elle n'avait pas réagi, et le monticule formé par sa tête sous le drap n'avait pas bougé. J'osais espérer qu'elle m'écoutait.

« Ils n'étaient pas là pour *papa*, avais-je insisté, mais pour nous. Pour nous témoigner leur sympathie et partager avec nous des souvenirs...

— Bon, ça va ! »

Elle avait sorti sa tête de sous son drap, avant de me pousser en se levant. Ses longs cheveux formaient une crinière emmêlée dans son dos. Je l'avais entendue marmonner sans me regarder :

« Tu vas te taire, oui ou non ? »

De peur qu'elle ne sorte de ses gonds, je n'avais pas réagi.

J'ai alors remarqué que Grace serrait la main de Jenny entre les siennes ; ça m'a fait plaisir de la voir réconforter ainsi sa meilleure amie. Plus pâle que de coutume, Jenny avait déjà perdu son léger hâle estival, alors que la peau de Grace gardait l'éclat du caramel. Jenny avait hérité du teint clair de sa mère et de la fine chevelure sombre de Ted, qui retombait sur son front en cachant presque son œil gauche. Elle était mignonne et je l'aimais du fond du cœur, mais sous mon regard dénué d'objectivité, elle disparaissait presque à côté de ma fille. Quand je les voyais ensemble au lycée, je remarquais malgré moi la réaction des garçons en leur présence. De prime abord, ils avaient le regard rivé sur Grace... jusqu'au moment où ils engageaient la conversation. A cet instant, un aimant semblait les attirer vers Jenny, et ma discrète enfant devenait invisible.

Mais Cleve avait élu Grace, et non Jenny. Cleve, un beau garçon, avait une mère blanche – Suzanne – et un père noir. Son regard bleu et son sourire étaient irrésistibles, et je savais que Grace croyait avoir trouvé le prince charmant. Maintenant que Jenny fréquentait un certain Devon, ma fille devait se sentir seule au monde. Plus de père, plus de soupirant ; il ne lui restait qu'une mère... inadéquate.

Ian avait pris place sur le banc derrière nous. Il nous avait parlé du testament de Noelle, dont il connaissait l'existence depuis plusieurs mois, car il l'avait découvert dans les dossiers de Sam. Ne s'attendant pas à en faire usage dans un si proche avenir, il ne m'avait rien dit. Ce document, relativement récent, datait de quelques mois avant la mort de mon mari. Pourquoi Noelle – une femme pas spécialement organisée – avait-elle rédigé son testament ? Je m'étonnais plus encore qu'elle se soit adressée à Sam pour cette besogne. A vrai dire, elle nous avait connus tous les deux en même temps, et avait toujours été en bons termes avec lui, en dehors de quelques grosses prises de bec épisodiques. Mais le contenu du testament avait dû la mettre dans l'embarras quand elle lui en avait fait part, et Sam s'était certainement senti assez mal à l'aise en apprenant ses intentions.

Noelle avait désigné Emerson comme son exécutrice testamentaire, un choix qui m'avait blessée quand Ian m'en avait informée. Emerson, Noelle et moi avions toujours été très proches : un vrai trio. Tout en me sentant parfois un peu à l'écart, j'avais fini par me convaincre que je me faisais des idées. Le choix de Noelle était la preuve que j'avais vu juste. Personne n'a vraiment envie de se charger d'une tâche pareille, mais je me demandais malgré moi pourquoi Noelle ne l'avait pas partagée entre nous. Sam avait-il au moins pensé à le lui suggérer ?

Plus éloquente encore était la répartition de ses avoirs. Malgré ses revenus limités, Noelle s'était arrangée pour économiser quelque cinquante mille dollars au fil des ans. Après avoir pourvu en priorité aux besoins de sa mère, Emerson devrait placer l'argent restant au nom de Jenny et Grace (soixante-quinze pour cent et vingt-cinq pour cent, respectivement). Qu'avait éprouvé Sam en apprenant que Noelle favorisait la fille de Ted et d'Emerson aux dépens de la sienne ? En un sens, ce partage pouvait sembler équitable, car Jenny avait aidé Noelle à réaliser son programme d'assistance aux bébés, et elle avait plus d'estime que Grace pour ma défunte amie. Je me moquais de l'argent en soi ; mais je ressentais un choc en plein plexus solaire à l'idée que l'amitié entre Emerson, Noelle et moi ait été encore plus biaisée que je ne l'avais supposé.

Dans son testament, Noelle émettait aussi le souhait que Suzanne Johnson se charge après elle du programme d'assistance aux bébés « si elle voulait » – et elle « voulait » effectivement. Suzanne était assise à côté de Ian, sur le banc derrière nous. La grande soirée en l'honneur de son cinquantième anniversaire approchait et je me demandais maintenant si nous devions l'annuler. Il y a bien longtemps, Suzanne avait été la doula de Noelle (elle l'assistait au moment des accouchements) ; elles étaient restées amies, tandis que Suzanne survivait à un divorce et à deux cancers successifs. Depuis le dernier, ses cheveux bouclés étaient devenus blancs comme neige. Lorsque je l'avais saluée avant le service religieux, j'avais remarqué qu'elle paraissait en grande forme. Ses immenses yeux bleus, ronds

60

comme des billes, lui donnaient un air de petite fille émerveillée, et on pouvait difficilement la regarder sans sourire – même à l'époque où elle était malade, et chauve à cause de sa chimio.

J'avais supposé que toutes les anciennes patientes de Noelle viendraient assister au service, mais en jetant un coup d'œil derrière moi j'ai constaté que la petite église était à moitié vide. J'ai enlacé la mère de Noelle pour l'empêcher de tourner la tête : elle ne devait surtout pas réaliser ce manque d'empathie envers sa fille.

Le maire prononçait l'éloge de la défunte ; j'ai cherché à me concentrer. Quand il avait été question de lui accorder le prix du Gouverneur pour le bénévolat, elle avait refusé, ai-je appris. Noelle tout craché ! Nous savions déjà que le fait d'aider autrui ne méritait pas, selon elle, une reconnaissance particulière.

Tandis que nous écoutions le maire, j'ai senti un frisson parcourir le corps de sa mère ; j'ai resserré mon bras autour de ses épaules. A l'enterrement de Sam, j'avais tenu Grace enlacée et nous étions, ce jour-là, comme deux blocs de bois. Ses épaules me semblaient raides et figées, et mon propre bras s'était ankylosé, de sorte que j'avais dû utiliser mon autre main pour me détacher d'elle. Je nous revoyais assises si près l'une de l'autre que nos corps se frôlaient sur toute leur longueur. Une bonne distance nous séparait maintenant : plusieurs centimètres, un pour chaque mois écoulé depuis le décès de Sam. Un espace trop grand pour me permettre d'atteindre ma fille, si j'avais eu la velléité de l'étreindre.

Grace pensait-elle comme moi aux « et si » ? Et si Sam était parti cinq secondes plus tard ? Nous nous affairions tous les trois dans la cuisine, comme tous les matins, sans dire grand-chose. Sam versait son café dans l'affreuse Thermos de voyage, à rayures violettes, que Grace lui avait offerte pour son anniversaire, des années auparavant. Elle-même était à la recherche d'un livre égaré. Quant à moi, je remettais de l'ordre dans leur sillage. Dans sa hâte à partir, Sam a oublié sa Thermos, que j'ai repérée sur l'îlot central ; j'ai supposé que sa voiture n'était plus dans l'allée. Et si j'avais couru jusqu'à la porte de la maison, m'aurait-il aperçue ? En l'occurrence, il ne se serait sûrement pas arrêté à Port City Java pour prendre un café, et n'aurait pas non plus traversé le carrefour de Monkey Junction au mauvais moment. Serait-il auprès de moi à cet instant si j'avais cherché à le rattraper ?

Et si...

A ma droite, Emerson reniflait ; le mouchoir en papier, froissé dans ma main, était imprégné de mes larmes. Quand elle a cherché mon regard en s'efforçant de sourire, j'ai regretté que la présence de Grace et Jenny entre nous m'empêche de lui effleurer le bras.

Nous étions bouleversées, Em et moi. Les « et si » qui nous tourmentaient au sujet du suicide de Noelle étaient effroyables. Aurions-nous pu faire quoi que ce soit pour changer le cours des choses ? Noelle avait mis fin à ses jours. Rien à voir avec la stupide collision de deux voitures à un carrefour ! C'était une tragédie sans doute évitable si l'une de nous avait seulement repéré les signes.

Mais quels signes ? Le suicide de Noelle était pour nous incompréhensible. Noelle, toujours si « pleine de vie », souffrait-elle d'une frustration qui nous avait échappé ? Après la rupture de ses fiançailles avec Ian, il y avait de cela bien des années, elle ne s'était jamais mariée, et avait mis au monde tant d'enfants... sans jamais devenir mère. Elle nous semblait satisfaite de son sort, mais faisait-elle simplement bonne figure ? Quand elle m'avait réconfortée, ce samedi soir de juillet où je pleurais Sam, je ne pensais qu'à moi. Quelle souffrance révélatrice n'avais-je pas remarquée alors ?

Je connaissais Noelle depuis ma première année de fac, et j'avais accumulé des milliers de souvenirs d'elle. Le plus marquant étant celui de la nuit où elle m'avait aidée à mettre au monde Grace.

Sam avait accepté avec une certaine réticence que j'accouche à la maison. A vrai dire, j'aurais été moins sûre de moi si j'avais eu une autre sage-femme que Noelle. Elle m'inspirait une confiance absolue... Sam craignait que nous ne prenions des risques inutiles, et, effectivement, tout n'avait pas été simple. Mais Noelle avait gardé son calme. La présence de certaines personnes suffit à faire baisser notre tension, à apaiser notre respiration. Noelle était de celles-là ! Elle m'avait dit de me fier à elle, et je l'avais crue. Combien de femmes avait-elle encouragées de cette manière au fil des ans ? Pas une seconde, je n'avais douté de sa compétence.

La lampe qu'elle avait braquée entre mes jambes éclairait ses yeux d'un bleu électrique. Elle avait tiré en arrière sa tignasse indomptée pour dégager son visage, et quelques mèches humides s'étaient plaquées sur son front. Sous la lumière artificielle, ses cheveux rougeoyaient presque. Elle m'avait fait marcher autour de la chambre, au clair de lune, et ingurgiter du cognac ainsi que d'étranges décoctions au goût terreux. Elle m'avait placée dans des positions bizarres qui, en raison de mon gros ventre et de mes jambes tremblantes, me donnaient l'impression d'être une contorsionniste. J'avais dû me tenir d'un pied sur le tabouret qu'elle avait traîné de la cuisine jusqu'à ma chambre, et j'avais été priée de rouler mes hanches d'un côté à l'autre. Je m'appuyais en gémissant sur elle et sur mon mari inquiet. Je claquais des dents malgré la chaleur ambiante ; le sentiment d'être dépassée par les événements m'horrifiait, mais je n'avais pas d'autre solution que de m'en remettre totalement à Noelle. J'étais prête à faire tout ce qu'elle voudrait, à boire tous les breuvages qu'elle me donnerait. Je croyais plus en elle qu'en moi-même, et quand elle avait songé à appeler une ambulance, je m'étais dit que si elle faisait ce choix, c'était que c'était la seule chose possible.

Finalement, elle n'avait pas appelé l'ambulance et le reste de la nuit s'était fondu dans un brouillard douloureux. Quand je m'étais réveillée, au petit matin, j'avais trouvé Sam à mon chevet. Sa silhouette floue se détachait dans le clair-obscur, près des fenêtres. Il m'avait fallu un moment pour reprendre mes repères : je souffrais et je me sentais vide et à vif.

« Tu es une maman, Tara ; une maman merveilleusement belle et courageuse », avait murmuré mon mari en promenant ses doigts sur ma joue.

Sans mes lentilles, je ne pouvais distinguer nettement son visage, mais sa voix vibrait de joie. La bouche sèche, j'avais à peine la force de lui répondre.

« Je suis à l'hôpital ?

— Non, tu es à la maison. Noelle est parvenue à retourner le bébé ! »

Après avoir caressé mes cheveux, il avait placé sa main contre ma joue. Elle embaumait le savon.

« Ma bouche... ai-je dit en passant ma langue sur mes lèvres. On dirait du sable...

— C'est de la cendre. »

Il m'a tendu un verre en guidant la paille vers mes lèvres, et ma bouche est devenue moins râpeuse à mesure que je buvais. De la cendre ? Avais-je mal entendu ?

Sam a touché ses cheveux sombres, au-dessus de son front.

« Tu as eu un malaise après la naissance... Noelle m'a coupé une mèche de cheveux, qu'elle a brûlée, et elle a mis de la cendre sous ta langue pour que tu reprennes conscience. »

Ma tête tournait légèrement.

« Et ça a marché ? »

Sam a acquiescé d'un signe de tête.

« Je regrette que tu aies tant souffert, mais notre bébé est magnifique, Tara. On l'a mis dans tes bras... Tu t'en souviens ? »

Tout à coup me sont revenus en mémoire le miaulement de ma fille quand je m'étais penchée vers elle, le poids léger, enveloppé de flanelle, que j'avais serré contre moi, et ce tiraillement au sein. Mes souvenirs étaient nébuleux, et j'aurais voulu me remémorer les moindres détails.

J'ai cherché à apercevoir le berceau, près de la fenêtre.

« Où est-elle ? Je veux la voir !

— Noelle l'a emmenée dans la cuisine pour faire ces trucs de sage-femme. Je l'ai prévenue que tu étais en train de te réveiller et elle va bientôt te l'amener. »

Sam s'est soudain baissé, une joue contre la mienne.

« Cette nuit, j'ai cru que j'allais te perdre... que j'allais vous perdre toutes les deux. J'ai eu si peur ! Je me suis dit que nous avions commis une terrible erreur en te faisant accoucher ici, chez nous. Mais Noelle... Aucun obstétricien n'aurait fait mieux... On lui doit tout. Elle a été formidable, Tara. »

Je sentais la chaleur de sa peau moite contre la mienne, et j'ai posé une main sur sa joue.

« Le nom du bébé... »

Nous étions si certains d'avoir un garçon, un autre Samuel Vincent, que nous n'avions pas choisi de prénom pour une fille. Grace, Sarah,

Hannah avaient notre préférence, mais aucune décision n'était prise. J'ai donc suggéré Noelle.

Sam a éloigné sa figure de la mienne et j'ai surpris un éclair de doute dans ses yeux, mais il a souri en acquiesçant d'un signe de tête.

« La voilà ! » m'a-t-il annoncé alors.

Noelle entrait dans la pièce, un petit paquet dans les bras.

« Ta maman t'attend, ma chérie. »

Comme elle penchait sa tête vers ce petit paquet, j'ai éprouvé une excitation à nulle autre pareille. Pour un peu, j'aurais bondi hors du lit pour m'emparer de mon enfant, mais je me suis contentée de tendre les bras. Noelle y a déposé le bébé, et, blottis l'un contre l'autre, nous avons admiré le visage de notre fille, Sam et moi.

Après avoir fait glisser son petit bonnet jaune, j'ai constaté qu'elle avait les cheveux châtain clair. Ses joues étaient rondes et rosées, ses sourcils, de pâles croissants. Elle a cligné des yeux, puis nous a fixés d'un regard aveugle, mais avec intérêt ! Etait-elle aussi impatiente de nous voir que nous l'avions été à son sujet ? Devant un tel miracle, les larmes ont inondé mes yeux, je ne pouvais détacher mon regard de son visage ; Sam a relevé la tête pour observer Noelle, assise au pied du lit, un vague sourire aux lèvres.

« Nous l'appellerons Noelle », a-t-il annoncé.

Le sourire de mon amie s'est évanoui.

« Surtout pas ! »

J'ai insisté :

« Mais si, nous y tenons. »

Même sans mes lentilles de contact, j'ai vu Noelle rougir brusquement.

« Promettez-moi de ne pas affubler cet enfant de mon nom ! »

D'une seule voix, nous lui avons donné notre accord, Sam et moi, car nous l'avions manifestement perturbée. Mais pourquoi éprouvait-elle de l'aversion pour son prénom ? Je l'avais toujours trouvé joli et poétique. Tant pis, nous allions en trouver un autre, tout aussi beau, pour notre beau bébé !

Assise dans l'église, auprès de ma fille, née cette nuit-là, je repensais maintenant à la relation qui avait fleuri entre nous — sur le plan physique, émotionnel, spirituel — au cours de ces lointaines années. Comment notre intimité avait-elle fait place à cette distance intolérable ? Cette distance que nous ne comblerions peut-être jamais plus...

6

Emerson

J'avais l'impression d'être un zombie. C'était chez moi qu'avait lieu la réception, après le service, mais j'avais du mal à retrouver mon chemin entre les différentes pièces de ma maison. Les visages et les voix se mêlaient en un pot-pourri d'images et de sons. Presque tout le monde était vêtu de noir, sauf moi. Je portais mon chemisier vert préféré, et ma jupe à fleurs vertes et marron un peu trop serrée à la taille. Ce matin-là, je les avais sortis de ma penderie sans réfléchir. Noelle aurait détesté tout ce noir, de toute façon !

J'avais à peine conscience de ce qui se passait : Jenny et Grace montant au premier étage pour échapper aux adultes ; le traiteur, engagé par Tara, déambulant d'une pièce à l'autre avec des plateaux de *bruschettas* et de crevettes ; et Ted ne me quittant pas des yeux, où qu'il aille. Il savait que j'étais une épave. Je me félicitais que la mère de Noelle se soit éclipsée avec son chaperon après les obsèques. Je n'aurais pas supporté d'être témoin de son chagrin une seconde de plus.

Tara papillonnait, tout en restant le plus possible à côté de moi. Ted et Ian, leur petite assiette à la main, parlaient – probablement de sport – dans un coin du salon. Je n'étais pas encore habituée à voir nos hommes ensemble, sans Sam. Maintenant, Noelle nous avait quittés à son tour ; et pour couronner le tout, la maison de retraite de mon grand-père m'avait avertie dans la matinée que mon aïeul bien-aimé allait être transféré à l'hospice. Je perdais tous les êtres qui m'étaient chers. Plus rien ne tournait rond ces derniers temps !

Quelques bénévoles du programme d'assistance aux bébés étaient venues. Je connaissais la plupart, en fait pas très bien. J'essayais de bavarder de choses et d'autres avec tout le monde, de hocher la tête, de sourire, de serrer des mains. Les gens disaient des amabilités au sujet de Noelle, et personne ne m'avait encore demandé la raison de son geste. On me questionnait sur Hot !, mon café, et je répondais invariablement · « Ça marche bien. Faites un saut un de ces jours ! » Mais toutes les voix, y compris la mienne, me parvenaient à travers un épais brouillard. J'étais en quête, sans m'en rendre compte, d'une absente : Noelle. Quand je me surprenais à la chercher, je revenais à la réalité avec un sursaut d'horreur. Etais-je en train de perdre la tête ?

La réception durait depuis une heure – plus de trois, me semblait-il – quand Tara m'a arrachée à une femme qui n'en finissait pas de me parler de ses tricots pour les bébés. Elle m'a chuchoté à l'oreille : « Accorde-toi une pause. »

Ensuite, elle m'a entraînée au solarium que nous avions fait construire l'année précédente. Après m'avoir fait asseoir sur le canapé en me prenant par les épaules, elle s'est affalée sur une ottomane, face à moi. Les voix en provenance du salon n'étaient plus qu'un bourdonnement merveilleusement lointain, à travers la porte fermée de la pièce.

— Merci, Tara, ai-je soufflé avec une grimace. J'étais en train de craquer, là-bas ! Je n'arrête pas de chercher Noelle. C'est dingue, non ? Je m'imagine sans cesse qu'elle va apparaître.

— Je sais, a dit Tara. Encore maintenant, il m'arrive de voir Sam... J'ai cru le voir à l'épicerie, l'autre jour. Et quand j'ai aperçu ce type au volant, sur Water Street, j'ai failli faire demi-tour pour le suivre en voiture.

— Ça m'étonne qu'il n'y ait pas eu plus de monde au service funèbre, ai-je repris, le manque d'affluence m'ayant contrariée. J'étais persuadée que toutes les mères dont elle a mis l'enfant au monde... Tu te souviens du genre de relation qu'elle avait avec ses accouchées ? Cette inti- mité... J'avais supposé que toutes ces femmes viendraient.

Tara a frictionné ma main, posée sur ma cuisse.

— Ça m'étonne moi aussi, mais ces femmes n'ont peut-être pas lu ma nécro dans le journal.

Elle s'était brillamment sortie de la notice nécrologique, malgré une certaine emphase, mais Tara était ainsi.

71

— Qu'elles aient lu le journal ou non, la nouvelle a dû se propager, ai-je objecté.

— Ces jeunes mères sont sans doute débordées par leur marmaille.

Pour toute réponse, j'ai tapé du poing sur ma cuisse, en martelant comme un disque rayé :

— Je ne comprends toujours pas pourquoi elle a fait ça ! Quelque chose nous a échappé... Nous n'avons pas été à la hauteur, mais en quoi ?

Tara a répliqué, en se massant le front :

— Si seulement je le savais ! Elle n'avait pas de problèmes financiers, puisqu'elle avait fait des économies, n'est-ce pas ?

— Je te rappelle qu'elle se fichait éperdument de l'argent.

— Et si elle avait été malade sans nous le dire ? a suggéré Tara. Si elle n'avait pas d'assurance maladie, elle a peut-être considéré le suicide comme la seule issue possible... A-t-on déjà reçu le compte rendu d'autopsie ?

— Pas encore, mais elle n'était pas malade, à mon avis. Les résultats feront sûrement état d'une dose massive de tranquillisants et de narcotiques, rien de plus.

— Elle détestait demander de l'aide, a insisté Tara, confortablement installée sur l'ottomane.

J'ai ajouté que Noelle détestait aussi révéler ses faiblesses. Elle voulait toujours se montrer *forte*.

La porte du solarium s'est entrouverte et une femme a passé la tête.

— L'une de vous est Emerson ?

— C'est moi.

J'avais l'intention de me lever, mais mon corps n'a pas suivi ma pensée, et je suis restée scotchée au canapé.

La nouvelle venue traversait la pièce au pas de charge, pour me serrer la main. J'ai esquissé un mouvement de recul, les nerfs à fleur de peau.

— Je suis Gloria Massey, nous a annoncé cette personne d'une bonne soixantaine d'années, aux cheveux gris sagement coupés, vêtue d'un pantalon kaki et d'un blazer bleu marine.

Tara s'est levée et lui a cédé sa place ; quand elle s'est assise, j'ai deviné ses genoux cagneux sous l'étoffe de son pantalon. Gloria Massey. Ce nom m'était familier, je n'aurais su dire pourquoi. Les sourcils froncés, j'ai échangé un regard avec Tara ; elle aussi cherchait à se souvenir. Nous ne disposions pas de toutes nos facultés, et Gloria a paru s'en rendre compte.

— Je suis obstétricienne au Centre d'obstétrique de Forest Glen ; Noelle y a travaillé...

— Bien sûr !

Je lui ai désigné Tara.

— Voici Tara Vincent. Nous étions les deux meilleures amies de Noelle.

— Il me semble que vous avez étudié à l'UNC en même temps qu'elle, non ?

— Exact, mais elle avait quelques années d'avance sur nous, a acquiescé Tara.

— Eh bien, pardonnez-moi d'arriver si tard ! J'avais un accouchement ce matin, j'ai donc manqué le service. Je tenais pourtant à vous voir toutes les deux, et à vous faire part de mon émotion en apprenant ce qui est arrivé à Noelle. Une femme exceptionnelle...

— Merci, ai-je chuchoté.

— Je ne l'avais pas vue depuis... Ça doit bien faire une dizaine d'années maintenant, mais c'est le genre de personne qu'on n'oublie pas.

— Dix ans ? Vous la confondez peut-être avec quelqu'un d'autre, ai-je hasardé. Je pensais qu'elle avait quitté votre centre il y a à peine plus d'un an ?

Gloria Massey a haussé les sourcils sous l'effet de la surprise.

— Pas du tout ! J'ai d'ailleurs été troublée en lisant l'article dans le journal. Selon cet article, elle nous aurait quittés depuis deux ans, alors qu'il s'agit d'au moins dix ans, probablement douze. Laissez-moi réfléchir... C'était à peu près à l'époque où elle a lancé ce programme d'assistance aux bébés...

— Je croyais qu'elle avait continué à travailler chez vous tout ce temps...

J'ai interrogé Tara du regard.

— Suis-je complètement à côté de la plaque ? Je pensais que Noelle avait exercé au Centre d'obstétrique de Forest Glen jusqu'à sa retraite !

Tara a hoché la tête.

— Je lui ai adressé quelqu'un il n'y a pas plus de deux ans.

— On la demande souvent encore maintenant, mais nous confions ces futures mamans à l'autre sage-femme qui travaille avec nous, a précisé Gloria.

— Alors, où exerçait Noelle ?

Gloria nous a observées tour à tour, Tara et moi.

— Je suis sûre qu'elle a arrêté son métier quand elle nous a quittés. Si elle était allée travailler ailleurs, j'aurais été au courant.

Nous l'avons dévisagée, ébahies. Je me sentais entraînée dans un long tunnel sombre, et il me semblait que la moindre révélation, incompatible avec ce que je savais de Noelle, serait au-dessus de mes forces. Ma tête éclatait, et pour un peu j'aurais hurlé à la face du monde : « Noelle n'avait rien de mystérieux ! De quel droit essaye-t-on de nous tromper ? »

— Je suppose que, pour une raison ou une autre, elle n'a pas tenu à vous dire qu'elle allait travailler ailleurs, ai-je répliqué.

D'un geste précis et mécanique, Gloria a sorti son téléphone portable de son sac en bandoulière.

— Une minute ! Laurie, c'est moi. Te souviens-tu de la date à laquelle Noelle Downie nous a quittés ?

Gloria m'a scrutée en répétant ce qu'elle venait d'entendre :

— Ça fera douze ans le 1er décembre ! J'ai ma secrétaire au bout du fil. Elle s'en souvient parce que c'est, paraît-il, le jour où son mari lui a demandé le divorce. D'ailleurs, elle ne le lui a pas accordé, et ça va beaucoup mieux maintenant, n'est-ce pas, Laurie ?

Gloria souriait au téléphone, tandis que je me creusais la cervelle pour comprendre cette étrange information.

— Où est allée Noelle ? a demandé Tara.

75

— Est-elle allée pratiquer ailleurs ?

Gloria a hoché la tête en entendant la réponse de sa secrétaire.

— Hum, c'est bien ce que je pensais… Eh bien, merci. J'aurai un peu de retard.

Gloria a rangé son portable dans son sac.

— Noelle n'a pas continué à exercer après avoir quitté notre centre.

— Non ! ai-je rugi. C'est impossible !

— Je n'y comprends rien, a murmuré Tara, en s'effondrant à côté de moi sur le canapé.

J'ai suggéré que cette Laurie avait pu confondre Noelle avec une autre.

Gloria a encore hoché la tête. Elle me regardait droit dans les yeux, et j'ai deviné qu'elle me jugeait nulle en tant qu'amie, puisque j'ignorais tout au sujet de Noelle.

— Je me souviens, a-t-elle repris, qu'on en avait beaucoup parlé à l'époque, et j'avais entendu dire qu'elle voulait se concentrer sur son action bénévole pour les bébés. Elle souffrait beaucoup du dos, si j'ai bonne mémoire. Un autre centre aurait voulu l'embaucher, après avoir appris son départ de chez nous, mais elle leur a répondu qu'elle n'était plus sur le marché du travail.

— Pourtant, elle n'a pas cessé de pratiquer des accouchements pendant toute cette période !

— En effet, elle exerçait en tant que sage-femme, a confirmé aussitôt Tara.

Gloria, la tête penchée sur le côté :

— Vous en êtes sûre ? Sous le contrôle de qui ?

— Je n'en sais rien, a admis Tara, perplexe.

— Elle me disait parfois qu'elle était avec une patiente... ai-je articulé sans conviction, les doigts sur mes tempes.

Soudain, je doutais de tout... M'avait-elle vraiment dit cela ?

— Douze ans, c'est invraisemblable !

J'avais connu trois passions à Noelle au cours des douze dernières années. Son activité locale de sage-femme, son programme d'assistance aux bébés, et ce qu'elle appelait son « travail rural ». Tous les deux ans, elle s'absentait quelques mois et allait exercer bénévolement ses talents de sage-femme dans une zone rurale pauvre : elle avait passé son enfance dans une région semblable, c'était sa façon de manifester sa reconnaissance. Douze ans de sa vie avaient-ils pu s'écouler sans que nous sachions réellement où elle en était ?

— Je peux affirmer qu'il lui arrivait de faire allusion à ses patientes, a souligné Tara.

Si j'étais folle, Tara l'était aussi.

Gloria s'est levée, puis nous a donné une brève accolade, sans âme.

— Je dois vous laisser. Croyez bien que je suis navrée de vous avoir troublées toutes deux à ce point. Ce n'était absolument pas mon intention ! Veuillez accepter, à nouveau, mes sincères condoléances. Il s'agit d'une telle perte pour notre communauté...

Après le départ de Gloria, nous sommes restées un moment anéanties, Tara et moi. Elle m'a massé le dos, tandis que je gardais les yeux rivés sur la porte du solarium.

— Il doit y avoir une explication, a-t-elle chuchoté après un long silence.

— Bien sûr, Tara, et j'ai trouvé. C'est affreux, mais il faut l'accepter.

— Qu'est-ce que tu racontes ?

— Le fait est que nous ne connaissions pas vraiment Noelle.

J'ai regardé mon amie avec une étrange assurance, qui succédait brusquement à mon trouble.

— Nous devons comprendre pourquoi elle est morte, et nous allons apprendre à la connaître, maintenant ou jamais !

7

Noelle

Comté de Robeson, Caroline du Nord
1984

Debout au milieu du salon, sa mère parcourait la pièce des yeux en soupirant d'un air sombre.

— Je m'en veux de te laisser avec ce bazar. Tout va beaucoup trop vite !

— Ne t'inquiète pas, m'man, fit Noelle en guidant sa mère vers la porte. Tout ira bien.

Sa mère observait, par la porte entrouverte, les deux voitures garées dans l'allée de gravier. Sa vieille Ford, à côté de la « nouvelle » Chevrolet, décolorée et cabossée, de Noelle, qui lui avait coûté six cents dollars. Le temps menaçait de tourner à l'orage et un vent chaud agitait les cimes des arbres.

— Trop de précipitation, Noelle...

Celle-ci poussa légèrement sa mère vers la sortie.

— Oui, mais dans le bon sens ! Ce n'est pas comme si tu avais eu du plaisir à vivre ici...

— Exact, admit sa mère, un sourire aux lèvres, en lui caressant la joue. Ce que j'aurai du mal à supporter, c'est d'être loin de toi.

— Tu me manqueras aussi !

Noelle disait vrai, mais son avenir s'ouvrait à elle ; ce qui compenserait sa frustration à l'idée de quitter sa mère et la maison où elle avait grandi.

— On se revoit dans quelques jours, reprit-elle. Ce n'est pas un véritable adieu.

La voiture de sa mère, pleine comme un œuf pour le court trajet jusqu'à New Bern, ne pourrait pas tout contenir. Elle avait donc promis de lui apporter le reste quelques jours plus tard ; elle reviendrait ensuite chercher ses propres affaires, avant de prendre le chemin de l'UNC-Wilmington, *son* université.

— Souviens-toi que Mlle Wilson a une chambre d'appoint où tu pourras venir passer les vacances !

— Je m'en souviendrai, m'man.

En vérité, l'idée d'un séjour dans la maison d'une inconnue ne tentait guère Noelle, même en compagnie de sa mère. Mlle Wilson, la sœur aînée d'une amie de celle-ci, qui s'était cassé le col du fémur, l'avait engagée comme employée à domicile. Puisque Noelle serait logée par l'université, en tant que boursière, le moment était venu de vendre la maison. Presque du jour au lendemain, un jeune couple de Raleigh, désireux de s'installer à la campagne, en avait fait l'acquisition. Tout s'était passé en un rien de temps... Elles avaient donné leurs vieux meubles, mais il restait beaucoup à faire.

Sa mère la prit dans ses bras, puis recula d'un pas en cherchant à lisser sa chevelure indomptable.

— Je t'aime, ma chérie.

— Je t'aime, m'man.

A nouveau, elle poussa légèrement sa mère vers le seuil.

— Conduis prudemment !

— Toi aussi.

Les bras croisés sur sa poitrine, Noelle regarda la voiture descendre l'allée au gravier crissant, en direction du chemin de terre. Elle aimait tant sa mère qu'elle sentit venir les larmes lorsque son véhicule disparut, au-delà du tournant. Agée maintenant de cinquante-huit ans, c'était une femme dynamique et pleine de vitalité, mais cinquante-huit ans semblaient à Noelle un âge canonique... Son père était mort depuis deux ans, à cinquante-sept ans. Une lettre de Doreen leur avait annoncé la nouvelle ; une lettre guindée, qu'elle avait reçue presque un mois après le décès, avec un chèque de quatre cents dollars à son intention. *Il n'avait pas rédigé de testament*, écrivait Doreen, *mais j'ai pensé que Noelle avait le droit d'avoir quelque chose de sa fortune*. Sa « fortune » – ce mot les avait fait rire, sa mère et elle, d'un rire amer ; les quatre cents dollars lui avaient tout de même facilité l'achat de sa voiture, qu'elle avait baptisée Pops, en souhaitant que celle-ci la traiterait mieux que ne l'avait traitée son père.

A part ses propres affaires que Noelle avait triées et les cartons qu'elle déposerait chez

Mlle Wilson, il ne restait plus au domicile maternel qu'un vieux fauteuil relax. James avait emprunté une camionnette pour le rapporter chez lui. Depuis la naissance du bébé de Bea, il était devenu un habitué de la maison, venant tondre la pelouse, au début par gratitude, puis en échange des quelques dollars que sa mère tenait absolument à lui donner. Cette famille leur avait réservé des surprises. En fait, James n'était pas le frère de Bea, mais son petit ami et le papa du bébé né cette nuit-là. Ledit bébé avait maintenant cinq ans et deux petits frères, tous deux « cueillis » par sa mère (selon son expression) et avec l'aide de Noelle. Sa mère avait tenté d'initier Bea à la contraception, mais ses conseils étaient restés lettre morte. Bea était faite, apparemment, pour la maternité, et raffolait de ses enfants.

Noelle transportait des cartons jusqu'à sa voiture quand James surgit au volant de la camionnette.

— Salut, mamzelle Noelle.

Il sauta à terre.

— J'ai raté le départ de votre maman ?

— Elle est partie depuis une heure.

— Qu'est-ce qu'on va devenir sans elle ?

— Bea et toi, vous auriez intérêt à ne plus faire d'enfants ; c'est la seule solution.

James, maintenant un bel homme, décocha à Noelle un sourire irrésistible.

— Trop tard !

Les poings sur les hanches, Noelle le dévisagea.

— Encore ? Qu'est-ce que vous allez devenir avec tous ces marmots ?

— On va les aimer !

« Les gens sont libres de leurs choix, Noelle », avait objecté sa mère en l'entendant protester quand elle avait appris la dernière grossesse de Bea.

— Eh bien, je vais t'aider à transporter ce relax jusqu'à ta voiture, maugréa-t-elle.

Il leur fallut presque une demi-heure pour faire franchir au siège le seuil étroit de la maison et le hisser dans la camionnette, après avoir traversé la cour venteuse. Ensuite, James l'aida à charger le reste des cartons de sa mère.

Elle se dirigeait vers la maison quand James en laissa brusquement tomber un dans l'herbe. Bras en l'air, il donna un petit coup de talon au carton poussiéreux.

— Ma parole ! D'où est-ce qu'ils sortent ? Ils sont tout sales.

Noelle admit qu'il avait raison : des chapelets d'œufs d'araignées pendaient aux coins, et des toiles cotonneuses s'entrecroisaient sur les abattants encore ouverts.

— N'y touche plus, James ! Je crois que rien de tout cela n'est vivant, mais je ne veux pas introduire ces cartons dégoûtants chez Mlle Wilson. Je vais prendre un chiffon et tout nettoyer.

— Vous z'avez du ruban adhésif ?

James s'accroupit près d'un carton.

— Je vais vérifier le contenu de quelques-uns pour être sûr qu'ils sont pas infestés, au moins.

Trouver un chiffon dans la cuisine vide était plus facile à dire qu'à faire, et Noelle dut se résigner à sortir un gant de toilette de sa valise. Elle l'humidifia sous le robinet, puis regagna le jardin en façade. James l'attendait, debout, une chemise en papier kraft à la main ; il fronça les sourcils en la voyant.

— Vous z'avez été adoptée ?

Elle se figea. Qu'en savait-il ?

Elle-même ne l'avait appris que la nuit où était né le premier bébé de Bea. Assise à côté d'elle dans le hamac du jardin de derrière, sa mère lui avait raconté alors toute la vérité, en lui demandant pardon d'avoir gardé le silence jusque-là. « Je ne voulais pas que tu établisses un lien entre ton adoption et le départ de papa », avait-elle ajouté. Sidérée, elle avait senti un gouffre s'ouvrir devant elle, et ses questions avaient fusé :

« Ma mère ? Qui étaient ma vraie mère et mon vrai père ?

— Ton père et moi, on est tes vrais parents, avait répondu sa mère d'une petite voix. Mais ta mère biologique était une jeune fille de quinze ans, comme celle qu'on vient de quitter. Comme Bea. Ton père biologique... je crois que personne ne sait qui il était.

— Alors, je ne suis pas *ta* fille !

— Bien sûr que si, ma chérie. Ne dis plus jamais ça !

— Et je n'ai pas de sang indien ? »

Toute la magie à laquelle elle avait cru lui échappait soudain, et la mousse espagnole au-dessus du hamac n'était plus la chevelure de la femme d'un chef indien.

« Je pense que tu es un méli-mélo – un peu de ci, un peu de ça. »

Sa mère avait pris sa main et la pressait sur ses genoux.

« En tout cas, avait-elle affirmé, je peux t'assurer que tu es le plus grand bonheur de ma vie. »

Maintenant, Noelle regardait fixement James.

— Oui, j'ai été adoptée, dit-elle d'une voix égale, comme si cela n'avait aucune importance. Mais comment le sais-tu ?

Il lui tendit le dossier.

— Quelques papiers se sont envolés à cause du vent... Moi, j'm'en fiche, mais c'est p't-être intéressant pour vous.

Elle lisait dans son doux regard brun qu'il avait vu une chose qu'il n'aurait pas dû voir. Une chose qui ne le regardait pas... En lui tendant le document, il effleura sa main. Son geste n'avait rien de sensuel ; c'était le geste d'un ami qui savait que les papiers contenus dans ce dossier risquaient d'avoir une importance décisive pour elle.

8

Tara

Wilmington, Caroline du Nord
2010

Mon Dieu, comme ça me semblait bizarre !

Assise en face de Ian, à une table de la Pilot House, je me demandais si c'était un rendez-vous galant. La veille, il m'avait annoncé avec une certaine désinvolture qu'il avait deux billets pour un film à Thalian Hall. Il avait ensuite suggéré que nous pourrions grignoter quelque chose avant le spectacle ; un dîner en tête à tête, plus un film dans une salle aussi agréable que celle de Thalian Hall après rénovation, comment ne pas penser à une soirée romantique ? J'avais de l'affection pour Ian. Je le connaissais depuis si longtemps que d'une certaine façon je l'adorais, mais je ne voulais pas flirter avec lui, ni avec qui que ce soit. L'idée d'embrasser un autre que Sam, ou même de passer un moment la main dans la main avec un homme, me faisait frissonner – certainement pas de désir. J'éprouvais un réel dégoût ! La nuit, dans mon lit, je souffrais d'une profonde solitude, mais l'homme qui me manquait était mon mari, et lui seul.

— Ce n'est pas un rendez-vous galant, au moins ? ai-je demandé, après que le garçon m'eut servi un deuxième verre de vin.

— Comme tu voudras !

Ian riait ; j'ai souri, en appréciant de pouvoir lui parler aussi librement. J'avais besoin d'un ami de sexe masculin beaucoup plus que d'un amoureux.

— Tu pensais que c'en était un ?

— Je me disais juste que j'aimerais te voir sourire... comme tu le fais maintenant.

A l'instant où Ian prononçait ces mots, j'ai senti mon sourire s'évanouir. J'avais quelque chose à lui dire et je comptais attendre le lendemain pour nous ménager une soirée de détente, mais j'avais la conviction soudaine que je ne pourrais pas tenir plus longtemps ma langue.

Après les cours, dans l'après-midi, j'étais allée chez Noelle, rejoindre Emerson qui commençait à vider la maison. Elle m'attendait sur la véranda ; à peine avais-je posé le pied sur la dernière marche qu'elle m'avait pris la main, avant de s'asseoir avec moi sur la balancelle. Son visage était rouge et luisant de transpiration, car elle avait travaillé dur, mais le stress que je lisais dans ses yeux n'était pas uniquement dû à l'effort physique.

« Tu ne vas pas croire une seconde au rapport d'autopsie ! m'avait-elle lancé.

— Elle était malade, non ? »

Je voulais croire à cette hypothèse. Noelle souffrait d'une maladie en phase terminale, et je l'imaginais prenant la décision de mettre fin à ses jours, pour nous épargner le spectacle d'une interminable agonie. Ce n'était pas du tout le cas...

J'ai tourné les yeux vers mon ami, en face de moi.

— Noelle était mère...

Il m'a dévisagée en riant.

— Qu'est-ce que tu racontes ?

— Emerson a reçu aujourd'hui les conclusions de l'autopsie. Noelle est morte à la suite d'une overdose médicamenteuse, comme nous le pensions ; mais l'autopsie a démontré qu'elle a été enceinte au cours de sa vie et a mené sa grossesse à terme.

Le visage de Ian ne montrait plus le moindre signe d'hilarité.

— *Quand* ?

— Aucune idée !

J'ai hésité à peine un instant avant d'ajouter :

— Crois-tu qu'il pourrait s'agir d'un enfant de toi ?

Ian a paru troublé. J'étais certaine que nous repensions, l'un comme l'autre, à la fin brutale de ses fiançailles avec Noelle. Y avait-il un lien entre les deux événements ?

— Je ne vois pas comment... a-t-il murmuré. Si elle avait été enceinte, je l'aurais... nous l'aurions *tous* remarqué. Surtout si elle était enceinte au point d'accoucher effectivement.

— Alors, ça a dû se passer quand elle était adolescente, à une époque où nous ne la connaissions pas encore. On suppose, Emerson et moi, qu'elle a fait adopter son bébé. Cette triste expérience a peut-être pesé sur elle, sans qu'on s'en doute, pendant toutes ces années.

— C'est possible, à moins que le bébé ne soit mort, ou qu'il... On ne saura sans doute jamais... Moi qui croyais si bien la connaître à l'époque où nous étions ensemble ! Pourquoi ne m'a-t-elle rien dit ?

— Elle ne s'est pas confiée non plus à Emerson et moi, ses meilleures amies.

J'ai baissé les yeux : quelques bouchées de limande restaient dans mon assiette.

— En tout cas, ça n'a probablement rien à voir avec son suicide, ai-je conclu.

— Sauf si elle n'a jamais surmonté ce traumatisme !

Ian avait un air pitoyable ; je lui ai dit que j'aurais mieux fait de me taire. Il préférait « savoir », a-t-il rétorqué.

J'ai avalé une dernière bouchée de poisson, sans avoir vraiment conscience de son goût. Je me sentais lasse : Emerson et moi avions emballé dans des cartons – que Ted déposerait au centre d'hébergement pour femmes – tout ce que contenait la cuisine de Noelle. Pas grand-chose, en fait. Noelle vivait petitement et n'avait jamais été du genre à accumuler, mais j'avais été surprise par ses placards de cuisine presque vides. Quelques assiettes, des verres, des tasses, des bols – rien de superflu. Sa commode et sa penderie n'accueillaient que le strict nécessaire. Nous avions été émues à la vue de ses vieilles jupes longues et de ses amples blouses de coton, qu'elle ne porterait plus jamais. Il y avait enfin, dans toute la maison, les sacs-poubelles en plastique noir bourrés d'affaires pour bébés. Ted et Emerson les avaient entassés dans leur voiture pour les apporter chez eux, où Grace et Jenny avaient promis de les trier, avant de les remettre à Suzanne.

J'avais été abasourdie d'apprendre que Grace comptait participer au programme d'assistance aux bébés, selon le vœu de Noelle. Emerson lui avait donné la vieille machine à coudre de notre amie, et lui avait appris à ourler les petites couvertures incluses dans les layettes offertes aux bébés malades ou indigents. Quand Grace m'avait annoncé ses intentions, j'avais posé une main sur son front en lui demandant si elle se sentait bien, comme pour vérifier qu'elle n'était pas fiévreuse. Un geste déplacé…

Elle s'était écartée d'un bond, en marmonnant :

« Je vais bien, merci. N'en fais pas toute une histoire ! »

Du moins, elle ne risquait pas de figurer parmi les bénévoles qui iraient déposer les layettes à l'hôpital : depuis l'accident de Sam, elle avait une peur phobique des hôpitaux. Elle m'avait prévenue que si je devais un jour être hospitalisée, elle ne viendrait pas me rendre visite ; elle ne rendrait même pas visite à… Cleve. Je me sentais coupable, car lorsque j'avais foncé aux urgences, paniquée, j'étais entrée dans la salle de soins avec ma fille sur les talons. Devant le beau visage de Sam ensanglanté et méconnaissable, elle s'était évanouie, et je l'avais entendue tomber comme une pierre, derrière moi.

— Alors, m'a demandé Ian, avez-vous fait des trouvailles chez Noelle ?

— Emerson a tout passé au crible, dans l'espoir de repérer des indices. Elle pensait que quelque chose, dans sa maison, allait nous apprendre pourquoi elle s'est tuée, ou bien ce qu'est devenu son enfant, ou encore la raison de ses mensonges au sujet de sa pratique de sage-femme.

Noelle et *sage-femme.* Deux mots indissociables. Pour moi comme pour nous tous, elle était sage-femme. Pendant les dix années écoulées, chacun de nous l'avait présentée ainsi une fois au moins, et elle n'avait pas cherché à nous contredire. Un phénomène étrange...

Ian a fait tinter la base de son verre vide du bout du doigt.

— Noelle... C'était parfois impossible de savoir ce qui lui passait par la tête.

Je me suis sentie peinée pour lui : il l'avait tant aimée, autrefois.

— Tu as dû beaucoup souffrir quand elle a rompu vos fiançailles...

— Mon Dieu, Tara...

D'un geste, il a balayé ma remarque.

— C'est du passé...

— Si j'ai bonne mémoire, tu ne t'es jamais mis en colère. A ta place, beaucoup d'hommes auraient été furieux.

— Je me suis surtout inquiété à son sujet !

Il s'est déplacé sur sa chaise en ébauchant un sourire.

91

— Si on se détendait un peu ? Jusqu'à la fin de la soirée, ne parlons plus de Noelle, de Sam, ou de quoi que ce soit qui nous attriste.

— Parfait !

Il a coupé en deux une belle coquille Saint-Jacques.

— Eh bien... Quand es-tu allée pour la dernière fois voir un film en salle, au lieu de louer un DVD ?

J'ai plissé le front en me remémorant les mois qui venaient de s'écouler.

— Pas depuis... Sam.

— Nouvelle tentative ! a-t-il ironisé, les yeux au plafond, comme s'il espérait y trouver un sujet anodin.

Tout à coup, son regard s'est illuminé derrière ses lunettes, et il m'a déclaré :

— J'ai l'intention de prendre un chien.

— Sans blague ?

Je savais qu'il aimait notre Twitter, mais je ne l'imaginais pas avec un chien.

— Un jeune, un animal abandonné, ou bien... ?

— Un chiot ! Je n'en ai pas eu depuis que j'étais gamin. Je suppose que ça me donnera un surcroît de travail au début...

— A mon avis, c'est une excellente idée. Tu pourrais même en prendre deux pour qu'ils se tiennent compagnie pendant que...

— Tara ?

Quand j'ai levé la tête, une femme plus âgée que moi s'approchait de notre table. Plongée dans mes pensées au sujet du chiot que Ian comptait acquérir, je ne l'avais pas tout de suite reconnue.

— Barbara ! Que je suis contente de te revoir !

J'ai bondi de mon siège pour serrer dans mes bras Barbara Read, que je n'avais pas vue depuis son pot de départ à la retraite, quelques années auparavant. Je l'ai présentée à Ian qui s'était levé à son tour.

— Voici Barbara Read ; elle enseignait les mathématiques à Hunter.

Barbara nous a priés en souriant de nous rasseoir. Elle était en beauté, avec ses cheveux cuivrés, coupés très court, et sa peau satinée. La retraite semblait lui convenir à merveille.

— Mon chou, a-t-elle lancé à peine avais-je repris ma place, je suis contente de te voir en si bonne forme. J'ai été navrée quand j'ai appris ce qui est arrivé à Sam. Et cette pauvre Grace ! Vous traversez toutes les deux une épreuve terrible...

— Merci !

J'ai désigné Ian du menton.

— Voici Ian, l'ancien associé de Sam.

Je me faisais un devoir de justifier le fait que j'étais au restaurant avec un homme, en train de siroter un verre de vin, six mois seulement après l'enterrement de Sam. Un sourire a effleuré les lèvres de Ian : il devinait mon sentiment de culpabilité.

Barbara, pour sa part, semblait à peine m'entendre.

— Et cette pauvre Noelle Downie... Je viens d'apprendre la nouvelle. Mon Dieu, quelle tragédie !

— C'est bien triste, ai-je approuvé.

— Je sais que tu étais l'amie intime de Noelle... Elle avait si bon cœur... L'année dernière, je l'ai aperçue une ou deux fois au South Beach Grill avec Sam... J'ai du mal à réaliser qu'ils ne sont plus là ni l'un ni l'autre. Sam t'a dit qu'il m'avait rencontrée ? Je l'avais prié de te dire bonjour de ma part.

Incrédule, j'ai questionné Barbara.

— Tu as vu Sam et Noelle au South Beach Grill, à Wrightsville Beach ?

— J'adore ce restaurant ! J'y vais souvent déjeuner. Hors saison, bien sûr. L'été, je ne m'approche pas de la plage.

— Quand était-ce ?

Je ne voulais pas paraître contrariée – et encore moins jalouse – mais cela me semblait étrange : bien qu'amis, Noelle et Sam n'étaient certainement pas du genre à déjeuner en tête à tête.

Barbara a pianoté sur son menton, en regardant vers le fleuve, à travers la vitre.

— Si j'ai bonne mémoire, c'était au printemps. Peut-être en avril...

— Sam est mort début mars.

Agacée, j'ai jeté un coup d'œil à Ian, qui fronçait les sourcils.

— C'était peut-être l'hiver dernier, ou même à la fin de l'automne, a roucoulé Barbara. La retraite fait perdre la notion du temps, tu verras !

94

En tout cas, je les ai croisés deux fois et j'ai bavardé avec Sam à chaque occasion. Je ne connaissais pas Noelle personnellement, mais tout le monde a entendu parler d'elle. J'ai supposé qu'il était son avocat pour le programme d'assistance aux bébés...

— Sans doute, a dit Ian.

Il m'a regardée avec l'air de se demander ce que j'attendais pour me débarrasser de cette femme.

— Barbara, ai-je repris alors, ça m'a fait plaisir de te revoir, mais on a intérêt à se dépêcher, Ian et moi, sinon on va rater notre film.

Elle a tourné la tête dans la direction d'où elle était venue.

— Je n'ai pas intérêt à traîner, moi non plus. Mon mari doit s'imaginer que je me suis perdue dans les toilettes !

Elle s'est penchée pour me tapoter le poignet.

— Ravie de t'avoir revue, Tara, et d'avoir fait la connaissance de Ian. Une bonne soirée à vous deux !

Nous avons gardé le silence, Ian et moi, et j'ai attendu que Barbara ne puisse plus nous entendre pour l'interroger :

— Le programme d'assistance aux bébés a besoin de faire appel à un avocat ?

— Sûrement pas, mais j'avais hâte qu'elle s'en aille. Tu paraissais bouleversée.

— Je dirais plutôt... intriguée.

Ian a réfléchi un moment, en scrutant le contenu de son assiette.

— A mon avis, il s'agit du testament. Il a été rédigé en février ; je suis sûr que Sam et Noelle ont dû se retrouver plusieurs fois pour en discuter. Sam a rédigé certains papiers au sujet de la prise en charge de sa mère, et... il a probablement réfléchi avec elle à la répartition de ses avoirs.

— Pourquoi se retrouver au restaurant plutôt qu'au bureau ?

— Comme ils étaient amis, ils ont dû juger qu'ils travailleraient plus tranquillement à l'extérieur. Ça m'arrive souvent, et Sam avait tout le temps des déjeuners avec ses clients.

Ian a posé une main sur la mienne.

— Hé, tu n'es tout de même pas en train de penser que...

— Noelle et Sam ? Non, c'est inconcevable ! Sam l'aimait bien, mais il l'a toujours trouvée un peu cinglée. Je tombe de haut et je ne me doutais de rien...

Ma phrase est restée en suspens.

— Tu ne te doutais de rien parce que Sam respectait la déontologie, m'a déclaré Ian. Il ne t'a pas parlé du testament de Noelle, tout comme je ne t'ai rien dit après l'avoir découvert dans ses dossiers. Tant qu'elle était vivante, ça ne te regardait absolument pas !

— Tu as raison, ai-je admis.

Sam s'était occupé plus d'une fois, sans m'en informer, des affaires de personnes que je connaissais. Dès le début de notre mariage, j'avais appris à ne pas lui poser de questions.

Le garçon est venu nous présenter la note. Calé sur son siège, Ian a sorti son portefeuille et a posé sa carte bancaire sur la table en riant.

— Finalement, nous n'avons pas pu éviter de parler de Sam ou de Noelle !

— Impossible, ai-je marmonné. Mais si nous allions nous détendre devant un film ?

— Marché conclu !

Nous allions entrer dans la salle de cinéma quand j'ai brusquement réalisé que j'avais laissé Ian payer mon repas au restaurant.

Après tout, c'était peut-être un rendez-vous galant.

9

Emerson

L'espèce humaine a perdu quelque chose le jour où la photo numérique a été inventée. Assise en tailleur sur le plancher du petit séjour de Noelle, adossée au canapé, je feuilletais l'un de ses albums. Comme les miens, ils contenaient peu de photos récentes : elles se trouvaient toutes sur son ordinateur. Les générations futures – mes petits-enfants, par exemple – n'auront jamais l'occasion de parcourir mon album en se demandant : *Qui est ce type, et pourquoi avait-il tant d'importance pour grand-mère ?* Cela m'attriste... Les rares photos récentes de Noelle étaient des portraits scolaires (assez peu flatteurs) de Jenny et Grace, et quelques clichés pris lors de fêtes de bienfaisance – comme la grande fête des bébés qu'elle organisait tous les ans dans les locaux de notre église.

Je n'aurais su dire ce que je cherchais exactement dans cet album. Une photo d'elle en compagnie d'un inconnu ? Un grand fils ou une grande fille dont elle nous aurait caché l'existence ? Quelqu'un qui aurait pu nous donner les réponses que nous cherchions ? En feuilletant ces pages, je m'attardais en fait sur les photos de

Noelle elle-même, qui emplissaient mon cœur d'un sentiment doux-amer. Je lui en voulais de nous avoir quittés sans aucune explication et en nous mentant effrontément, mais je ne supportais pas l'idée de me sentir en colère contre elle. Le seul moyen d'éviter cela était de comprendre ce qu'elle avait fait.

Ted prenait les livres alignés sur les étagères, de chaque côté de la cheminée, et les entassait dans des cartons. Il travaillait comme un forcené tandis que je jouais les détectives. Me croyant en train de ressasser, il était malheureux pour moi : il n'avait rien compris à mon problème. Et soudain...

— J'aime ce portrait d'elle, ai-je murmuré.

— Hum !

En se penchant, il a laissé tomber une poignée de bouquins dans un carton.

Je lui avais expliqué mon désir de trouver une réponse aux questions soulevées par la vie mystérieuse de Noelle ; il m'avait conseillé de lâcher prise. C'est pourquoi je gardais mes investigations pour moi. Je n'avais jamais eu avec Ted la relation – véritablement *passionnée* – que Tara entretenait avec Sam ; mais je pouvais compter sur lui, il était un bon père et un mari fidèle, ce qui répondait à mes exigences essentielles !

Sur la photo surexposée (il y avait beaucoup trop de lumière sur son visage), Noelle se tenait devant une tenture décorative. Sa peau claire semblait d'albâtre, et de simples anneaux d'argent pendaient à ses oreilles. Cette lumière excessive faisait étinceler ses yeux bleu néon et effaçait presque ses sourcils. Je lui enviais sa minceur : elle était déjà très fine, avant même d'avoir entrepris son régime végétalien, franchement spartiate. Quant à moi, j'avais trop de plaisir à manger, et je regardais toujours les programmes de gastronomie à la télé. Je traînerais quelques kilos superflus jusqu'à la fin de mes jours, ce qui n'était pas la mer à boire. Nous avions toutes les deux la même épaisse crinière rebelle. Sur le cliché, les cheveux de Noelle étaient tirés en arrière et son visage bien dégagé ; sa coiffure habituelle. Elle tenait sous contrôle son côté indomptable, et c'est ainsi que je l'aurais décrite à quelqu'un qui ne la connaissait pas : indocile, mais sous contrôle. Cette description était encore valable maintenant : elle avait joué son jeu exactement comme elle le souhaitait, jusqu'à l'issue fatale.

Ted s'est redressé au-dessus du carton qu'il remplissait, les mains sur les reins.

— Em, on n'en finira jamais si tu passes des heures à examiner tout ce que tu trouves.

— C'est vrai, ai-je admis en riant. Assez !

Après avoir fermé l'album, je l'ai rangé dans le carton que nous allions garder. Je m'occuperais plus tard des affaires personnelles de Noelle. Pour l'instant, il fallait vider la maison, que nous comptions, Ted et moi, rénover. Nous voulions refaire la cuisine, les planchers abîmés, la peinture intérieure et extérieure, mais aussi prendre soin du jardin comme elle le souhaitait. Tara, plus experte que moi dans ce domaine, s'en chargerait. Cette tâche accomplie, nous aurions un nouveau locataire dès le printemps suivant. Suzanne Johnson se disait intéressée. Elle vivait en location depuis son divorce, qui remontait à quelques années, et avait l'intention d'emménager dans quelque chose de plus petit, car Cleve étudiait maintenant à Chapel Hill. En outre, elle adorait Sunset Park ; mais je devrais m'assurer qu'elle aimait jardiner. Mon irritation à l'égard de Noelle n'enlevait pas un atome de mon affection pour elle. Si elle désirait que son petit jardin chéri soit choyé, je veillerais à exaucer ce vœu.

Patches s'était intégré à ma maisonnée et ne semblait guère effrayé par la présence de deux chiens. Il s'habituerait. Je trouvais étrange que Noelle ait pensé à nous confier son jardin, dans son petit mot, mais pas son chat. Peut-être espérait-elle que ses voisins l'adopteraient quand ils apprendraient son décès ; mais puisque Noelle avait adoré ce chat, je ne voulais pas le laisser à des inconnus.

J'ai ouvert un nouveau carton avant de m'attaquer aux étagères à droite de la cheminée, tandis que Ted continuait à débarrasser celles de gauche. Le matin même, nous avions vidé la cuisine et la chambre, Tara et moi ; mais le salon et le bureau de Noelle semblaient le plus gros morceau. Le placard du bureau et les classeurs attendaient encore qu'on s'occupe d'eux, et j'avais différé cette corvée car ils débordaient, entre autres, de papiers. Pourtant, j'avais hâte de les avoir sous les yeux. Ted voudrait certainement les jeter, mais j'avais décidé de regarder à la loupe le moindre reçu, la moindre facture, *tout*, dans l'espoir de trouver une réponse. Je comptais aussi explorer l'ordinateur. Il n'était sans doute pas protégé par un mot de passe, et si j'accédais aux mails de Noelle, je découvrirais peut-être la clé de l'énigme. Qui sait ?

J'ai regardé le titre de l'un des livres entre mes mains : *Le Défi d'une sage-femme*. Un ouvrage publié en 1992... J'ai soupiré, car j'étais en quête d'un indice prouvant qu'elle avait cessé d'exercer peu d'années avant son suicide. Bien que j'aie appelé le bureau des licences, et appris que celle de Noelle était périmée depuis onze ans, je restais dans la dénégation. Onze ans !

— Je ne comprends toujours pas pourquoi elle nous a menti !

Ted a lâché un gros soupir : cette histoire finissait par le lasser.

— S'agit-il d'un mensonge ou de simple désinformation ?

— Elle a *menti*. Il y a deux ans, elle passait encore son temps à me parler de ses accouchements à venir ou à faire allusion à ses patientes.

Aucun exemple précis ne me venait à l'esprit, mais j'aurais juré qu'il était question de ses patientes !

— Et puis, il y avait ses séjours fréquents dans des coins perdus... Ce qu'elle appelait son « travail rural ». Elle partait pendant des mois mettre au monde des bébés ; c'est du moins ce qu'elle prétendait.

— Aurait-elle exercé clandestinement ?

— Ça m'étonnerait.

Malgré son anticonformisme, Noelle n'était pas du genre à frauder. Consciencieuse et prudente, elle dissuadait toujours ses patientes à haut risque d'accoucher à domicile. J'en savais quelque chose, car j'avais été l'une d'elles.

Tara et moi devions arriver à terme à trois semaines d'intervalle et nous souhaitions toutes deux mettre au monde notre enfant chez nous. Mais j'avais fait deux fausses couches avant d'être enceinte de Jenny, et quelques complications avaient perturbé ma grossesse... Opposée à une naissance à domicile, Noelle m'avait adressée à son obstétricien préféré. Elle voulait assister à mon accouchement en milieu hospitalier, mais rien ne s'était passé comme prévu. Ted était en voyage quand mes contractions avaient commencé avec trois semaines d'avance – la même nuit que Tara – et j'avais eu droit à une césarienne. Noelle se trouvait donc avec Tara quand Jenny avait fait sa joyeuse (et vigoureuse) entrée dans le monde. Jamais je ne m'étais sentie si seule !

— Je ne peux pas l'imaginer en train d'exercer sans licence, ai-je conclu.

Cela dit, je ne l'avais jamais imaginée commettant un suicide.

— On aurait dû chercher à la comprendre...

J'ai pris un autre livre, et Ted s'est assis sur le canapé affaissé en se frottant les reins.

— Chérie, cesse de te culpabiliser, s'il te plaît. Comme tu sais, Noelle avait d'immenses qualités, mais elle n'était pas spécialement stable.

— Elle était parfaitement stable ! Spéciale, je l'admets. Instable, non.

— Une personne stable cacherait un secret aux gens qui l'aiment ? Une personne stable aurait... combien ?... une bonne dizaine de flacons de médicaments en réserve pour le jour où elle déciderait de se supprimer... et finirait par passer à l'acte ?

— Je crois qu'elle gardait ces cachets depuis son accident de voiture, quand elle s'était fait mal au dos.

Noelle revenait d'un accouchement en pleine nuit quand sa voiture avait été emboutie à un feu rouge. Je me souvenais de la période sombre où elle avait tant souffert. Ensuite, elle avait organisé son programme d'assistance aux bébés et repris goût à la vie.

— Et ça, qu'est-ce que c'est ?

A nouveau debout, Ted se penchait pour soulever l'un des gros livres reliés, sur le rayon le plus bas de la bibliothèque. Après avoir soufflé sur la couverture poussiéreuse, il l'a feuilleté.

— C'est écrit à la main. On dirait un journal...

— Ce sont ses registres !

J'ai ouvert l'ouvrage qu'il me tendait, puis j'ai lu la première entrée, datant du 22 janvier 1991. La patiente se nommait Patty Robinson, et Noelle commentait son travail sur quatre pages et demie. J'ai souri en lisant son récit, avant de m'adresser à Ted :

— Noelle avait une personnalité si complexe... Elle donne toutes sortes de précisions vraiment techniques, et puis elle dit ceci : « J'ai quitté

Patty et son petit ange à dix heures du matin ; le chant des oiseaux nous parvenait par la fenêtre ouverte et le parfum du café embaumait l'air. »

D'autres registres reliés de cuir étaient alignés sur la même étagère.

— Donne-moi celui où elle parle de la naissance de Gracie, ai-je demandé à Ted. Le premier se termine en 1992, donc elle figure probablement dans le troisième.

Assise par terre, j'ai parcouru ce document, dont les pages sentaient le moisi, jusqu'au moment où je suis arrivée à la naissance de Grace, en septembre. D'après les notes de Noelle, l'accouchement de Tara avait été long et épuisant, comparé au mien, écourté par une césarienne.

J'ai survolé quelques lignes et fini par tomber sur ceci : « Une petite fille est venue au monde à deux heures trente, elle mesure quarante-neuf centimètres et pèse deux kilos sept cent soixante-dix. »

A l'intention de Ted, j'ai lu tout haut :

— « C'est une beauté ! Ils vont l'appeler Grace. »

J'avais l'impression qu'il ne m'écoutait pas, mais il s'est baissé pour planter un baiser sur mon crâne.

— Tu termines avec les étagères, pendant que je m'attaque au placard du bureau de Noelle ? Ça ne peut plus attendre.

— D'accord, ai-je murmuré, en m'agrippant au registre comme s'il s'était agi de Noelle. Je te rejoins dans une seconde. Surtout ne jette rien !

Une heure après, installée à la petite table de travail dans le bureau de Noelle, je passais en revue, sur l'écran de son ordinateur, des mois de mails. Des échanges avec Tara, avec moi, Jenny et Grace, mais surtout avec Suzanne et d'autres bénévoles. Rien d'extraordinaire, vraiment *rien*.

Ted a traîné au milieu de la pièce un énorme carton, tiré du placard.

— Si on flanquait tout ça à la poubelle ?

Il avait ouvert le carton, et j'apercevais enveloppes, cartes, lettres manuscrites et photos.

Intriguée, j'ai pris une poignée de documents, que j'ai posée sur la table ; puis j'ai ouvert l'enveloppe d'une carte et lu ceci :

Chère Noelle,

J'ai du mal à exprimer ce que vous avez représenté pour nous pendant ces neuf derniers mois. Je regrette seulement de ne pas avoir accouché de tous mes enfants à la maison. C'était merveilleux. Votre chaleur, votre gentillesse, et votre présence chaque fois que j'avais besoin de vous m'ont paru incroyables. (Même la nuit où je vous ai appelée à trois heures du matin, vous êtes venue immédiatement ; pourtant, vous aviez deviné qu'il s'agissait d'une fausse alerte. Merci !) Gina pousse bien et grandit à une vitesse foudroyante. Nous vous sommes tellement reconnaissants, Noelle. J'espère que vous ferez toujours partie de notre vie.

Avec toute mon affection, Zoe.

— Ce sont des cartes et des lettres de remerciements de ses patientes, ai-je signalé à Ted avant de prendre un cliché dans le carton. Il y a aussi des photos de bébés qu'elle a mis au monde. Et des indices, peut-être... J'étais pourtant sceptique, car j'avais trié des montagnes de paperasse et toutes sortes de broutilles qui me paraissaient bonnes pour la benne.

— Poubelle ? a suggéré Ted, avec une lueur d'espoir.

J'ai ouvert une autre enveloppe et lu la carte qu'elle contenait.

J'en croyais pas mes yeux quand la dame m'a apporté, à la maison d'accueil, tous ces mignons vêtements pour mon bébé. Merci, mademoiselle Noelle !

— Impossible ! ai-je protesté en fixant Ted. Pas tout de suite. Je vais emporter ce carton à la maison pour le trier dès que je trouverai le temps.

— Le temps ? Tu dois t'occuper de Hot ! et tu as dit vouloir rendre visite à ton grand-père deux fois par semaine. As-tu toujours l'intention d'organiser chez nous cette réception pour l'anniversaire de Suzanne ?

J'ai cru que le souffle allait me manquer.

— Elle m'était complètement sortie de la tête !

La réception de Suzanne. J'avais accepté qu'elle ait lieu chez nous parce que Noelle voulait inviter un monde fou, et que nous disposions d'un espace suffisant.

— Annule-la, Em !

— C'est impossible. Les invitations sont déjà parties, et...

— Compte tenu des circonstances, je suis sûr que Suzanne comprendrait.

Suzanne ne m'en avait pas touché mot, sans doute faute de savoir comment aborder ce sujet. Elle élevait seule son fils et avait deux fois mené un combat victorieux contre le cancer. Jamais elle n'aurait cru atteindre l'âge de cinquante ans ! Noelle se serait certainement battue pour que cette fête ait lieu.

— Non ! ai-je déclaré. Je maintiens cette soirée. Nous avons encore trois semaines devant nous et Tara va me donner un coup de main.

Quand il s'agissait de planifier ou d'organiser quelque chose, Tara était la personne idéale.

— Vraiment ? a maugréé Ted. J'ai l'impression que tu te surmènes.

Sans doute avait-il raison, et j'étais plus débordée que jamais, car mon grand-père était sur le point de mourir. Je pouvais difficilement penser à lui sans fondre en larmes. La veille, nous lui avions rendu visite à Jacksonville, Jenny et moi. Il avait un visage si émacié, dans son grand lit de l'hospice, que je l'avais à peine reconnu ; mais il avait été ému et heureux de nous voir. Mon enfance regorgeait de souvenirs de lui. Comme mon père voyageait beaucoup, c'était grand-papa qui m'avait appris à faire du vélo, à pêcher, et même à cuisiner. Lui rendre visite était une priorité pour moi.

Mais je n'allais tout de même pas négliger ce carton !

— Je tiens à garder cette boîte pour l'instant, ai-je martelé. Histoire de voir ce que toutes ces femmes avaient à lui dire...

— Tu ferais mieux d'y renoncer, Em. Où allons-nous caser tout ça ?

Résolue à ne pas céder, j'ai rabattu le haut du carton.

— Je m'en charge !

Peut-être – oui, peut-être... – un des éléments de ce fatras me mènerait-il au fils ou à la fille de Noelle, et pourrais-je ainsi, modestement, aider mon amie à survivre.

10

Noelle

Noelle était assise dans le salon de la résidence Galloway avec les autres assistants de résidence, en ce dernier jour de formation. Les étudiants de première année arrivaient le lendemain, et l'ambiance paisible du campus de Wilmington céderait aussitôt la place à un vrai tohu-bohu.

Elle attendait ce moment avec impatience, car elle aimait cette université...

Des cartons de pizza vides et des canettes de boissons gazeuses jonchaient les tables. Elle avait évité de toucher à ces pizzas indigestes. Après avoir envoyé promener ses sandales, elle s'était assise en tailleur sur l'un des canapés. Sa longue jupe bleue déployée, elle grignotait ses amandes et ses bâtonnets de carotte sortis du sachet en plastique qui ne la quittait pas.

Elle le tendit à Luanne, une autre étudiante installée près d'elle, qui piocha un morceau de carotte. De toutes les assistantes en formation, Luanne était la seule avec qui elle avait des

110

affinités – dans une certaine mesure. Ses collègues la respectaient, mais elle se sentait un rien trop différente pour s'intégrer. C'était ainsi depuis toujours, et elle n'en souffrait pas réellement : elle avait l'habitude de se tenir un peu en retrait. Les autres filles se montraient chaleureuses à son égard et venaient même lui exposer leurs problèmes ; mais une certaine distance persistait, et elle n'avait jamais connu ces amitiés passionnées que tant de femmes nouent entre elles.

Quant aux garçons... les dragueurs et les étudiants des fraternités avaient du mal à communiquer avec une personne comme Noelle. Ne sachant comment surmonter le malaise qu'ils éprouvaient en sa présence, ils adoptaient un air dédaigneux pour la qualifier de « bizarre ». Elle était la créature étrange que l'on voyait parfois errer, seule, à travers le campus, après minuit. On lui reconnaissait une beauté peu conventionnelle, mais elle était difficile à cerner et cela exigeait trop d'efforts. Elle semblait recouverte d'un voile impossible à déchirer ou à soulever. Tout au fond d'eux-mêmes, ces jeunes gens se rendaient compte qu'elle appartenait à un monde différent du leur.

Pourtant, elle n'était pas en manque de soupirants. Certains garçons du campus étaient pour le moins intrigués par sa personnalité : les intellectuels ou les artistes en herbe, trop timides pour parler aux étudiantes conformes à la norme, sympathisaient avec elle. Voilà pourquoi, sans avoir eu de véritable liaison pendant ses trois premières années à l'UNC, elle avait entretenu des relations allant au-delà de la simple amitié, même si elles ne duraient pas. Elle ne s'en souciait guère, car son unique objectif était de devenir sage-femme. Sa vie s'organiserait plus tard.

Elle était en dernière année de ses études d'infirmière et commençait à chercher des cursus de sage-femme pour l'année suivante. Brillante élève, elle n'aurait aucun mal à accéder à l'université de son choix. Personne ne l'avait assurée de cela, mais c'était évident. Elle travaillait dur et ses professeurs l'adoraient. Certaines règles absurdes qu'elle avait dû observer en milieu hospitalier pendant l'internat l'avaient irritée, mais elle faisait docilement ce qu'on lui demandait. Quand elle se sentait frustrée, elle appelait sa mère (toujours chez Mlle Wilson) qui s'empressait de la calmer : « Plie-toi à la règle jusqu'à ton diplôme ; ensuite, tu auras plus de liberté pour travailler selon tes principes. Tu dois t'adapter au système, Noelle ! »

Assise maintenant dans le salon avec les autres assistants de résidence, Noelle concentrait son attention sur le jeune homme appuyé au dossier de l'un des canapés. C'était un étudiant en troisième cycle de psychologie, responsable de la formation des assistants depuis quelques jours.

— Demain, le chaos ! leur annonça-t-il. Au bout d'une heure, tout le monde se plaindra de la répartition des chambres. Attendez-vous à cette réaction et ne vous laissez pas déborder. En cas de problème, vous savez comment me joindre, n'est-ce pas ?

Un murmure de lassitude lui répondit : les assistants n'en pouvaient plus d'être confinés dans cette pièce, et Noelle ne faisait pas exception. Par cette journée splendide, elle avait hâte d'être dehors, mais le formateur allait leur distribuer leurs affectations dans les différentes résidences, et s'éclipser avant d'avoir reçu la sienne était impensable.

Elle avait demandé la résidence Galloway, où elle se trouvait à ce moment précis. C'était là qu'elle avait passé sa première année à l'université. Elle se souvenait de la gentillesse de son assistante d'alors, et espérait être aussi efficace et tolérante pour une nouvelle génération d'étudiants.

Le responsable parcourait des papiers qu'il avait sous les yeux, certainement les listes d'étudiants à chaque étage des différentes résidences.

— Noelle ? fit-il en lui tendant l'un des papiers. Vous avez Galloway... Troisième étage.

— Parfait !

Noelle prit le document avant de se rasseoir à côté de Luanne ; celle-ci reçut alors sa liste.

— Galloway moi aussi ! lança-t-elle en la parcourant. Très bien.

— Quel étage ? demanda Noelle.

— Quatrième.

— Mon étage quand j'étais en première année !

Surprise de ressentir une légère envie, Noelle se mordait les lèvres. Luanne lui sourit.

— Si tu es un peu nostalgique, ça ne me gêne pas d'échanger avec toi. Je n'ai pas de préférence particulière...

Noelle gardait un excellent souvenir de cette première année d'indépendance, loin de sa mère et dans une ville qu'elle avait appréciée à chaque instant. Les étages de la résidence Galloway étant quasi identiques, elle n'avait aucune raison valable d'échanger, et pourtant...

— Ça ne t'ennuierait pas ?

— Mais non ! fit Luanne.

Son amie lui tendait la liste du quatrième étage, quand elle aperçut l'un des noms en bas de page sur sa propre liste. Elle le regarda fixement, médusée, en essayant de mettre de l'ordre dans ses idées, et reprit son papier dont elle allait se dessaisir.

— Finalement, je garde le troisième, dit-elle d'une voix tremblante. C'était stupide de ma part ! Ils ont enregistré nos étages, et je vais tout désorganiser si on intervertit.

— A mon avis, il n'y aura pas de problème, objecta Luanne, décontenancée.

— Merci, tout ira bien comme ça.

Sur ces mots, Noelle serra la liste sur son cœur, comme un trésor depuis longtemps disparu.

11

Tara

Wilmington, Caroline du Nord
2010

J'ai frappé à la porte de Grace et je l'ai entendue s'agiter un peu, comme si elle cherchait à me dissimuler quelque chose.

Elle a fini par me dire d'entrer. Quand j'ai ouvert la porte, je l'ai vue à son bureau, un livre sur les genoux. Elle avait dû passer un moment sur Facebook ou à répondre à ses mails, mais elle voulait me donner l'illusion qu'elle travaillait. C'était le dernier de mes soucis ; je voulais simplement qu'elle soit épanouie et heureuse. Elle a levé les yeux vers moi en sirotant, dans son mug noir préféré, un café, très corsé sans aucun doute. J'étais incapable de boire les mixtures qu'elle préparait avec Sam.

— Je voulais savoir si tu as besoin de mon aide pour la machine à coudre, ai-je déclaré.

— Pas maintenant, m'man. Je travaille !

— Alors, quand tu voudras.

Assise sur le bord de son lit, j'avais envie d'avoir une véritable conversation avec elle. Un contact. Twitter a posé sa grosse tête sur mon genou et j'ai promené ma main sur son échine.

— Noelle serait si contente de te voir participer à son programme pour les bébés...

— Hum !

Grace a soulevé son sac à dos, posé à terre, et en a sorti un cahier. Son regard parcourait la chambre sans s'arrêter sur moi. Je haïssais cette tension entre nous.

J'ai souri en désignant son mug.

— Je me demande comment tu peux boire du café à une heure aussi tardive.

Elle a ouvert son cahier avec un soupir exaspéré.

— Tu te poses cette question chaque fois que tu me vois avec une tasse dans l'après-midi !

— Ça me fait penser à ton père. Vous étiez si semblables sur ce plan...

Elle me fixait maintenant, droit dans les yeux.

— A propos de papa, comment s'est passé ton rendez-vous galant avec Ian ?

Habituellement, Grace n'était pas sarcastique ; sa question m'a prise de court. J'ai protesté :

— Ce n'était pas un rendez-vous galant, Grace !

J'ai supposé que la question lui avait échappé malgré elle, car elle tournait désormais les yeux vers la fenêtre, les joues écarlates.

— Papa est *mort*, et toi tu sors pour t'amuser. Je me demande comment tu peux lui faire ça !

— Ce n'était pas un rendez-vous galant, ai-je répété avec vigueur. En tout cas, pas comme tu l'imagines ! De l'eau coulera sous les ponts avant que je m'intéresse à un autre homme qu'à ton père ; mais il m'arrive d'avoir envie de dîner ou de voir un film, de temps en temps, avec un ou une amie. Comme toi avec Jenny. Nous avons besoin de sortir, toutes les deux !

Je me suis penchée en avant, tête baissée, dans l'espoir qu'elle m'accorderait à nouveau un regard.

— Tu me comprends ?

— A peu près, a-t-elle marmonné sans conviction.

— Cleve te manque, non ?

Je me suis redressée avec l'impression d'avoir touché un point sensible. Grace contemplait son cahier.

— C'est pas grave !

Je ne savais pas exactement où en étaient Grace et Cleve. Avaient-ils eu des relations sexuelles ? Ils étaient sortis ensemble pendant huit mois et, bien que je ne puisse – ou plutôt ne veuille – l'imaginer, je supposais que oui. En tout cas, j'étais convaincue qu'elle l'aimait. Encore maintenant, sa commode, son bureau, et son tableau d'affichage derrière l'ordinateur étaient constellés de photos de lui. Elle l'aimait toujours et j'aurais tant voulu la consoler...

— Je me souviens de l'époque où nous étions séparés, papa et moi, Grace.

— Séparés ? Qu'est-ce que tu racontes ?

— Quand nous n'étions pas encore mariés ! Il est parti étudier à l'université, alors que j'étais encore lycéenne.

— Oui, mais il y a une grande différence. C'est que papa n'a pas rompu avec toi avant de partir !

Grace a paru surprise de m'avoir donné un aperçu de ses émotions. Je devais tirer parti de cette opportunité.

— En effet, ça s'est passé différemment entre ton père et moi, ai-je admis, penchée vers elle. Mais j'ai supporté son absence en m'occupant, en entreprenant toutes sortes de choses, en passant à l'action... J'aimerais que tu réfléchisses au soulagement que ça pourrait t'apporter.

— Je suis très occupée ! a-t-elle rétorqué. Je travaille à l'Animalerie, je vais au lycée, et je participe à ce programme débile pour les bébés. Qu'est-ce que tu veux de plus ?

— C'est vrai, tu travailles beaucoup, mais tu pourrais aussi te distraire. J'aimerais que tu te tournes un peu vers l'extérieur, ma chérie. Tu adores Jenny, mais il te faudrait d'autres amies également. Quand nous étions séparés, papa et moi, je me suis liée avec Emerson et Noelle. Je me suis plongée dans mes études et j'ai joué dans des pièces de théâtre.

— Comme toujours, la perfection en personne !

— Ce n'est pas ce que je voulais dire. Je cherchais seulement à te suggérer quelques idées pour t'aider à tenir le coup.

Je faisais tourner mon alliance autour de mon doigt, une manie récente dès que j'étais particulièrement tendue et que j'éprouvais un besoin profond de sentir la présence de Sam à mes côtés.

— Tu t'agites tout le temps pour éviter de penser, m'a déclaré Grace. Tu as peur de voir ce qui ne tourne pas rond dans ta vie !

— Oh, Grace, pas du tout ! L'action a des effets positifs...

J'ai cessé de m'acharner sur mon alliance et posé mes mains à plat sur mes cuisses.

— Je ne t'en parle plus depuis quelque temps, mais j'aimerais que tu penses sérieusement à t'inscrire au club d'art dramatique. Rien ne t'oblige à monter sur scène. Toi qui as le goût de l'écriture, tu pourrais écrire des pièces de théâtre. Tu te dis que ça paraîtrait bizarre, parce que je suis la...

Grace a plaqué bruyamment son cahier sur son bureau.

— Tu ne me connais même pas. Je ne suis pas ton clone, tu sais ! Je ne réagis pas de la même manière que toi.

Je me suis un peu tassée sur son lit : une fois de plus, mes travaux d'approche avaient échoué.

— Bien sûr, ai-je admis. C'était juste une suggestion.

Elle a soulevé de quelques centimètres son livre de biologie toujours sur ses genoux, pour me signifier que je la dérangeais.

— Maintenant, il faut vraiment que je travaille !

— Très bien.

Après m'être relevée, j'ai voulu l'embrasser ; elle était raide comme un piquet entre mes bras. J'ai chuchoté que je l'appellerais quand le dîner serait prêt.

Une fois sur le palier, j'ai fermé la porte de sa chambre derrière moi. Je me sentais triste et frustrée. Cette fille qui me traitait avec une telle intolérance, un tel dédain, n'était pas celle que je connaissais et aimais depuis seize ans. Elle était en colère contre moi et je n'aurais su dire exactement pourquoi. Parce que j'avais repris mon travail deux semaines pile après la mort de Sam ? Mon empressement l'avait horrifiée, mais je ressentais le besoin d'agir pour survivre. M'en voulait-elle encore de m'être débarrassée des affaires de son père ? Pensait-elle que je le trahissais en voyant Ian ?

Ma seule certitude était qu'elle me blâmait, à tort ou à raison, pour la mort de Sam. Par moments, il m'arrivait de me blâmer moi-même.

12

Emerson

Ce vendredi après-midi, je pensais avoir enfin le temps d'explorer le carton contenant les cartes et les lettres de Noelle. Jenny était au lycée, Ted faisait visiter un appartement à un client, et j'avais fermé mon café après le rush de midi. On me conseillait de servir aussi le repas du soir, mais le petit déjeuner et le déjeuner étaient déjà à la limite de mes forces.

A la maison, j'ai été surprise de trouver Jenny et Grace dans le débarras au-dessus du garage, en train de trier les affaires du programme pour les bébés.

— Que faites-vous ici ? me suis-je exclamée devant ces piles de vêtements et de couvertures.

Jenny m'a embrassée. Elle était et avait toujours été une « câline », comme moi ; Ted n'y était certainement pour rien.

— C'est notre demi-journée de congé, m'man.

— Comment vas-tu, Grace ?

Tout en parlant, j'avais pris un minuscule pull jaune, tricoté main, dans l'une des piles.

— Ce vêtement est adorable !

— Ça va, mais je suis nulle en couture...

Grace m'a tendu l'une des petites couvertures, à l'ourlet froncé, qui m'a fait sourire malgré moi.

— Les autres sont mieux, a-t-elle ajouté. J'étais stressée par la machine à coudre. Maman a dû m'aider...

J'imaginais Grace devant sa machine à coudre. Y prenant peut-être du plaisir. Elle aimait les choses qu'elle pouvait faire seule. Ecrire, lire, dessiner.

— La soirée de Suzanne est prévue dans quelques semaines et nous aurions tellement besoin, Tara et moi, que quelqu'un nous donne un coup de main pour la déco, lui ai-je signalé. Aurais-tu le temps de...

Grace a levé les yeux de la couverture qu'elle était en train de plier.

— La soirée de Suzanne ?

— En l'honneur de son cinquantième anniversaire. Ça se passera ici, et...

— Cleve sera là ?

Le visage de Grace s'est éclairé ; j'ai eu du mal à soutenir son regard illuminé d'espoir. Son regard, qui avait perdu un peu de sa lumière depuis sa rupture avec Cleve.

— Aucune idée, ma chérie. Peut-être...

Elle a posé la petite couverture et sorti son téléphone de sa poche. Tandis qu'elle composait un texto, sûrement à l'intention de Cleve, j'ai remarqué l'air soucieux de ma fille.

— On pourra t'aider, m'man, m'a-t-elle dit.

— Génial ! D'autre part, Suzanne, à qui j'ai parlé ce matin, m'a appris que deux petits prématurés viennent de naître. Elle m'a demandé si l'une de vous – ou les deux – pourrait déposer des layettes cet après-midi.

— Bien sûr !

Depuis qu'elle avait son permis, Jenny était à l'affût des occasions de se mettre au volant. Grace a levé les yeux de son portable.

— Tu pourras me déposer d'abord ?

— Tu ne veux pas voir les bébés ? s'est étonnée Jenny.

Grace a secoué la tête. Son refus ne concernait pas les bébés mais l'hôpital. Tara m'avait confié que, ces derniers temps, sa fille ne pouvait plus voir un panneau de signalisation indiquant la direction de l'hôpital sans pâlir.

— La distribution doit avoir lieu cet après-midi. Vous vous débrouillerez, Jenny ?

— Pas de problème.

Je me suis dirigée vers l'escalier et, à mi-descente, j'ai entendu ma fille interroger son amie.

— Qu'est-ce qu'il t'écrit ?

Immobile, j'ai tendu l'oreille.

— « Pas le choix, si je ne veux pas qu'elle me déshérite ! »

J'imaginais Grace lisant la réponse de Cleve sur l'écran de son téléphone portable. Sa voix était enjouée, son espoir presque palpable.

Gracie, ma chérie, ai-je pensé, il a dix-huit ans et il est en fac ! Cette histoire ne te mènera à rien.

Au rez-de-chaussée, je suis allée dans le bureau que je partageais avec Ted. Le carton de Noelle m'y attendait.

Ce carton commençait à peser sur moi comme une présence étrangère, beaucoup trop lourde par rapport à son importance réelle. Il représentait notre ultime espoir, car nous n'avions trouvé aucune réponse chez Noelle. Nous avions pris contact, Tara et moi, avec les cabinets d'obstétrique, à trente kilomètres à la ronde. Tous nos interlocuteurs savaient ce que nous ignorions : Noelle n'exerçait plus son métier de sage-femme depuis des années. La plupart de nos interlocuteurs ne l'ayant pas vue récemment, nous ne les avions pas interrogés sur une éventuelle dépression. Une question que Suzanne et les autres bénévoles nous posaient, à Tara et moi, mais quels qu'aient été les soucis de Noelle, elle les avait gardés pour elle. Je doutais que ce carton nous donne la clé de l'énigme, mais il m'offrait au moins la possibilité d'espérer tant que je ne l'avais pas ouvert.

Maintenant, je n'avais plus d'excuses. J'avais le temps de m'y mettre et j'allais commencer mes investigations.

Notre bureau commun était une grande pièce basse de plafond, que les précédents propriétaires avaient fait construire pour des beaux-parents – qu'ils ne devaient pas chérir particulièrement, car ce plafond était oppressant. Mais cet espace nous convenait. Le bureau et le matériel de travail de Ted étaient d'un côté ; mon bureau, plus petit, de l'autre. Nous avions encastré des étagères dans une paroi aveugle, et placé sous les fenêtres deux longues tables, qui permettaient à mon mari de déployer ses cartes de la région. A cet instant, Shadow et Blue ronflaient sous les tables. Avant d'ouvrir Hot ! je rangeais mes dossiers dans un coin du bureau. J'avais maintenant mon meuble classeur personnel, consacré à mon café. Tout allait si bien pour moi que j'avais fini par me croire bénie des dieux. Depuis que Sam et Noelle étaient morts, et que je sentais la fin de mon grand-père imminente, j'avais perdu cette illusion – sans doute définitivement.

Assise dans mon fauteuil, près d'une fenêtre, j'ai pris une poignée de cartes et de lettres, et j'ai très vite réalisé qu'une approche distraite n'aboutirait à rien. J'avais sous les yeux une lettre datée du mois précédent, une autre écrite huit ans avant, la copie d'un mail échangé entre Noelle et une consœur, deux photos de bébés, celle d'un adolescent, une carte d'anniversaire envoyée par Jenny il y avait des années et choisie par mes soins. On aurait dit que Noelle avait mélangé le contenu de ce carton avec un mixeur géant. Si seulement Tara trouvait le temps de m'aider ! En trente minutes, elle aurait classé ce fatras par ordre alphabétique et chronologique.

Je suis allée débarrasser l'une des tables, près des fenêtres, puis j'ai commencé à trier les cartes, les lettres, les photos, et quelques coupures de presse. Ted m'incitait à jeter toutes ces choses à la poubelle, mais Noelle les avait gardées, elle leur avait accordé de l'importance. Je voulais deviner ce qu'elle éprouvait en les plaçant dans ce carton. Pourquoi les avait-elle conservées ? Ted craignait que je ne sombre dans la mélancolie à force de pleurer Noelle et de m'inquiéter au sujet de mon grand-père. Il disait que j'étais obsédée, et je l'étais peut-être, mais j'avais l'impression que ce carton était le dernier lien entre l'une de mes deux meilleures amies et moi. Elle y avait entassé des souvenirs auxquels elle tenait.

Si j'abordais ces documents dans l'ordre chronologique, j'arriverais peut-être à retracer ce qui s'était passé dans son esprit au fil des ans. Peut-être pourrais-je aussi écrire une minibiographie de Noelle ; et si je retrouvais un jour son enfant devenu adulte, il (ou elle) apprécierait ce témoignage en souvenir de sa mère biologique.

— Comme si tu avais le temps d'écrire ! ai-je articulé, en mettant de l'ordre dans la pile de cartes.

Shadow a levé les yeux vers moi, au cas où je parlerais de son repas.

J'ai aperçu la carte que j'avais adressée à Noelle pour son dernier anniversaire – le tout dernier – et je l'ai effleurée avec nostalgie, avant de prendre une autre poignée de documents dans le carton. Une coupure de presse de l'année précédente annonçait que les centres d'obstétrique de la région licenciaient leurs sages-femmes. Nous avions cru que c'était pour cela qu'elle avait cessé ses activités ; du moins avait-elle prétendu se retirer avant que la situation ne se détériore – alors qu'elle ne travaillait plus depuis longtemps. J'ai maugréé :

— Noelle, pourquoi nous as-tu caché tant de choses ?

Mon projet de classement chronologique a vite échoué, car de nombreuses lettres et cartes n'étaient pas datées. J'ai donc regroupé les documents par catégories : une première pile de cartes, une deuxième de lettres, une troisième de mails imprimés, une quatrième de coupures de presse. Au fond du carton, coincée sous un rabat, restait une carte de Saint-Valentin, œuvre de Grace quand elle avait sans doute à peine quatre ans. J'ai imaginé Noelle la tenant au-dessus de sa corbeille à papier, et décidant finalement de lui faire rejoindre sa boîte à souvenirs.

Quand j'ai entendu les filles partir, j'en ai profité pour m'accorder une pause. Je me suis préparé une tasse de thé dans la cuisine et j'ai déballé l'un des scones que j'avais rapportés du café, en émiettant les bords pour les donner aux chiens. J'ai ensuite emporté ma pâtisserie et mon thé dans mon bureau.

En entrant dans la pièce, j'ai été frappée par une carte à petits carreaux bleus et blancs, au sommet d'une pile. Après avoir déposé ma tasse et mon assiette sur mon bureau, j'ai pris cette carte et j'ai dû m'asseoir avant de l'ouvrir, car j'avais reconnu mon écriture. C'était moi qui avais envoyé cela, il y avait bien longtemps. Dix-sept ans, pour être exacte.

Noelle,
Merci de t'occuper de moi. Tu parais comprendre parfaitement à quel point j'ai souffert de cette épreuve ; et tu sais exactement ce qu'il faut

faire et dire pour m'aider. Je me demande ce que je deviendrais sans toi.

Affectueusement, Em

J'avais écrit ces phrases quelques semaines après ma deuxième fausse couche. Je venais de perdre mon second bébé. A l'époque, nous vivions près du campus, Ted et moi ; Noelle était venue s'installer chez nous quelques semaines, pour prendre le relais. Elle faisait la cuisine, le ménage, et avait pour mission essentielle de m'écouter. Ted ne trouvait plus les mots pour me réconforter, et il devait surmonter son propre chagrin. Noelle savait à quel point j'avais désiré ces enfants que j'avais perdus. Un peu plus d'un an après, je tenais Jenny dans mes bras. Elle n'avait pas compensé la perte dont j'avais souffert — et que je ressentais encore quand je repensais à mes fausses couches — mais sa naissance m'avait permis de revivre.

J'ai gardé la carte un moment dans ma main. Pourquoi la conserver ? Pourquoi m'encombrer de toutes ces missives adressées à Noelle ? J'ai pourtant remis cette carte sur sa pile : rien ne m'obligeait à prendre une décision immédiate.

J'ai bu mon thé à petites gorgées, tout en parcourant quelques lettres. Elles débordaient de gratitude et de ces sentiments que l'on exprime dans les moments de joie extrême. C'était rassérénant pour moi de les avoir sous les yeux, après avoir été troublée par la tristesse de mon propre petit mot. Le tas sur mes genoux, je survolais la plupart de ces courriers, lisais certains d'un bout à l'autre, avant de les retourner et de les placer sur le bras de mon fauteuil.

Une feuille quasiment vierge a surgi, et il m'a fallu un moment pour reconnaître le papier à lettres de Noelle. Il avait un grain particulier et une couleur pêche dont je me souvenais, bien que je ne l'aie pas vu depuis des années. Ecrivait-on encore des lettres à la main ? En tout cas, il était arrivé à Noelle de m'adresser des missives sur ce papier.

Elle n'avait écrit que deux lignes :

Chère Anna,
J'ai commencé cette lettre tant de fois, et, une fois de plus, je ne sais comment vous dire...

Rien d'autre. Deux petites lignes. Qu'avait-elle à dire ? Qui était Anna ? J'ai passé en revue lettres et cartes, au cas où j'aurais trouvé une trace d'Anna. Il y avait une carte d'une certaine Ana (avec un seul « n »), sans patronyme ni date. *Noelle, notre famille vous adore ! Ana.* La photo d'un petit garçon y était scotchée ; quand je l'ai détachée, j'ai vu un nom inscrit au dos : *Paul Delaney.*

Je ne sais comment vous dire...

C'était un vieux message, dont le papier couleur pêche s'était amolli avec l'âge. Quel intérêt pouvait-il avoir maintenant ?

Sans prêter plus d'attention à cette missive inachevée, j'ai poursuivi ma tâche en grignotant mon scone et en sirotant mon *earl grey*. J'arrivais au bas de la pile quand j'ai découvert une autre lettre incomplète, dactylographiée par Noelle. Elle était légèrement froissée, je me revoyais en train de l'aplatir avec la main quand je l'avais placée dans la pile. Je l'ai lue en retenant mon souffle, puis je me suis levée si brusquement que j'ai renversé ma tasse de thé sur le plancher.

13

Noelle

UNC Wilmington
1988

Deux jours après l'arrivée en masse des étudiantes de première année à la résidence Galloway, Noelle fit sa ronde en se réservant la chambre 305 pour la fin − comme elle gardait chaque matin pour la fin les myrtilles de sa salade de fruits. Mais elle n'éprouvait aucune inquiétude au sujet des myrtilles, alors que la chambre 305 lui inspirait une véritable angoisse...

Du couloir, elle entendit des rires provenant de cette pièce, avant même de s'approcher de la porte entrouverte. Ces deux filles, Emerson McGarrity et Tara Locke, s'entendaient bien. Elle frappa sur le montant de la porte, avant de jeter un coup d'œil à l'intérieur. Assises sur le lit le plus proche de la fenêtre, Emerson et Tara passaient en revue une pile de disques. Quand elles levèrent les yeux, elle devina aussitôt qui était Tara − la blonde aux yeux marron − et qui était Emerson, la brune aux longs cheveux bouclés. Elle savait parfaitement comme il est difficile de passer un peigne dans ce genre de chevelure.

— Salut, dit-elle avec un sourire. Je suis Noelle Downie, votre assistante de résidence. Je fais un tour pour me familiariser avec tout le monde.

La blonde bondit sur ses pieds nus pour lui serrer la main.

— Je m'appelle Tara !

Noelle se concentra alors sur Emerson qui, la pile de disques sur ses genoux, ne prit pas la peine de se lever. Elle se pencha pour lui tendre la main.

— Emerson ?

— Exactement.

Cette fille avait un gentil sourire chaleureux et Noelle eut du mal à lâcher sa main.

— Tu veux t'asseoir ?

Tara lui désignait le siège du bureau ; Noelle s'y laissa tomber avec soulagement, car ses genoux flageolaient.

— Je vous ai entendues vous esclaffer comme de vieilles copines. Vous vous connaissiez avant de venir ici ?

Elles éclatèrent de rire en se regardant.

— On donne cette impression !

Tara, certainement la plus extravertie des deux, avait les yeux brillants et une voix pleine d'assurance.

— Ça a collé tout de suite entre nous, précisa Emerson. On s'est juste téléphoné une fois cet été pour savoir ce qu'on apportait et tout, mais on ne se connaissait absolument pas.

— Et quand on s'est rencontrées, hier, c'était comme si on se connaissait depuis toujours ! On a bavardé toute la nuit.

— Super ! approuva Noelle. Ça ne se passe pas toujours si bien.

Et ça ne dure pas nécessairement, pensa-t-elle. Pour ces deux-là, elle espérait que ça serait de longue durée ! Déjà, elle souhaitait tout le bonheur du monde à Emerson. Ses sentiments si intenses, si viscéraux, l'effrayaient ; elle aurait intérêt à éviter toute forme de dérapage, et à ne faire aucune différence entre Emerson et les autres étudiantes.

Elle parcourut du regard les commodes, sur lesquelles étaient disposées des photos dans leur cadre. Quand elle réussit à se relever, elle choisit le portrait d'un jeune homme aux cheveux foncés, si longs qu'ils lui frôlaient les épaules. Son visage lui était familier. Ces traits symétriques et ce contraste entre le bleu de ses yeux et le noir de ses cheveux étaient difficilement oubliables.

— Qui est ce garçon ? demanda-t-elle en interrogeant du regard les deux amies.

Tara lui répondit avec une fierté évidente :

— Sam, mon copain ! Il va étudier le droit et il vit hors du campus.

— Ah, je crois l'avoir aperçu dans les parages. Tu préférerais qu'il habite plus près d'ici ?

— Evidemment ! s'exclama Tara en riant.

Elle riait, comme s'il s'agissait d'une question absurde, ce qui était effectivement le cas, se dit Noelle. Elle n'avait pas sa vivacité d'esprit coutumière.

— Il s'est coupé les cheveux cet été, ajouta Tara. Maintenant, il n'a plus du tout le même look.

Sur la seconde commode, Noelle prit le cliché qui l'intéressait vraiment – les myrtilles dans sa salade de fruits... Une photo de famille : Emerson était en compagnie d'un homme et d'une femme. Celle-ci avait des cheveux courts, auburn et frisés, un grand sourire ; elle paraissait jeune, entre trente-cinq et quarante ans.

— Tes parents ? demanda Noelle à Emerson.

— Oui ! Moi, je n'ai pas encore de copain ; il va falloir que je m'en trouve un.

Noelle parvint avec peine à détacher son regard du visage de la femme aux cheveux frisés.

— Où vit ta famille ?

— En Californie.

Noelle craignit d'avoir commis une erreur de jugement.

— En Californie ! Dans ce cas... Wilmington n'est pas... Tu n'as jamais vécu ici ?

Une question incongrue, dont Emerson ne sembla pas se formaliser.

— En fait, j'ai vécu ici jusqu'en première ; comme papa a été muté à Greensboro, j'ai terminé mes études secondaires là-bas. En juillet, on l'a envoyé à Los Angeles, mais j'ai préféré la Caroline du Nord. J'adore Wilmington !

— Je suis de Wake Forest, lança Tara.

Noelle eut du mal à reposer le cadre sur la commode d'Emerson.

— D'où tiens-tu ton prénom ? demanda-t-elle à celle-ci.

— C'est le nom de jeune fille de ma mère.

Oui, oui, pensa Noelle en se rasseyant.

— Si vous m'en disiez plus sur vos familles respectives ?

Elle avait interrogé les autres étudiantes sur leur emploi du temps, leurs études et leurs centres d'intérêt, sans jamais aborder ce sujet ; mais elle fit comme s'il s'agissait de questions banales permettant de faire plus ample connaissance.

Tara se jeta à l'eau la première, comme de juste. Son père était comptable, sa mère femme au foyer, et elle était fille unique.

— Moi aussi, intervint Emerson.

Non, tu te trompes, songea Noelle.

Tara lui semblait intarissable. Sa matière principale était les arts dramatiques, ce qui ne la surprit guère. D'ordinaire, elle aurait apprécié son dynamisme et son caractère extraverti, mais, en l'occurrence, elle avait hâte qu'Emerson prenne la parole à son tour.

— Tu es donc fille unique toi aussi, dit-elle dès qu'elle put la remettre sur la sellette.

— Oui. Mon père est dans la vente, pour une grande entreprise de mobilier, et ma mère est infirmière.

Infirmière !

— C'est justement ma matière principale.

Ce n'est pas de toi qu'il s'agit... se dit Noelle. Et pourtant, elle le savait pertinemment, toute la conversation se rapportait à elle. Elle jeta encore un coup d'œil à la photo des parents d'Emerson, fascinée par cette femme au grand sourire.

— Tu penses que tes parents te rendront visite à l'occasion, ou bien devras-tu aller les retrouver en Californie ?

— Pour l'instant, ils sont fous de la Californie, mais mes grands-parents habitent à Jacksonville. Il faudra bien qu'ils viennent un jour ou l'autre les voir en Caroline du Nord.

Noelle sentit son cœur palpiter. *Ses grandsparents...* Elle eut une pensée pour le dossier en papier kraft qu'elle conservait dans sa chambre, au bout du couloir ; il appartenait à sa mère, mais elle l'avait gardé.

— Tu parles des parents de ta mère ou de ton père ?

Ces deux filles allaient la prendre pour une cinglée. Elle ne posait jamais de questions aux étudiantes à propos de leurs grands-parents, normalement. Pourquoi l'aurait-elle fait ?

— Les parents de ma mère, précisa Emerson. Ceux de mon père sont morts tous les deux.

Tara intervint :

— Tous mes grands-parents sont encore en vie, mais ils habitent Asheville, où sont nés mes parents, et je ne les vois presque jamais.

— Quel dommage ! fit Noelle. Tu devrais essayer d'aller leur rendre visite un de ces jours.

En espérant ne pas se montrer trop grossière, elle se concentra à nouveau sur Emerson.

— Il y a d'autres prénoms intéressants dans ta famille ? Comment s'appelle ton père ?

— Frank, tout simplement.

Tara fronçait les sourcils ; Noelle s'en rendit compte en l'observant du coin de l'œil. Tara n'avait sûrement pas le moindre soupçon – qui aurait pu se douter une seconde de ses motivations ? – mais peut-être commençait-elle à se demander si son assistante de résidence avait toute sa tête. Pour sa part, elle avait obtenu une réponse aux questions qui la préoccupaient. Maintenant qu'elle savait ce qu'elle voulait savoir, elle ne pouvait rester une seconde de plus dans cette pièce. Si elle s'attardait, quelque chose allait craquer en elle. Elle jeta un coup d'œil à sa montre.

— Oups ! Ça fait une éternité que je suis là ! Je dois vous quitter, mais je tenais à faire votre connaissance à toutes les deux. Il y a une réunion demain soir, avec des gâteaux et des jeux. Je compte sur votre présence, bien sûr.

Une fois debout, elle dut s'agripper au dossier du siège de bureau, car elle se sentait toute faible.

— En attendant, si vous avez des questions ou un problème, vous savez où est ma chambre, n'est-ce pas ?

— Oui, fit Tara.

— Merci de ta visite, ajouta Emerson.

Noelle sortit en évitant de prendre appui sur le mur. De la chambre 305 lui parvinrent des gloussements, puis elle entendit Tara murmurer à Emerson :

— J'ai l'impression qu'elle est tombée follement amoureuse de toi…

Elle ne se trompait pas tant que ça.

De retour dans sa chambre, Noelle composa le numéro de Mlle Wilson et fut soulagée d'entendre la voix de sa mère.

— Maman, je voudrais avoir une conversation avec toi. Une conversation sérieuse !

— Tu vas bien ?

Sa mère semblait essoufflée, comme si elle avait couru pour répondre au téléphone.

— Ça va.

Elle s'assit sur son lit, elle n'allait pas bien du tout.

— Tu as le temps ?

— Laisse-moi une minute !

Il y eut un silence, un bruit de vaisselle, puis sa mère revint en ligne.

— Je suis là. Que se passe-t-il ?

Noelle avait imaginé cette discussion une centaine de fois au cours des années précédentes, même si elle ne s'attendait pas réellement à l'avoir. Ni à rencontrer Emerson. Elle ne savait même pas qu'elle existait. Cela avait tout changé.

— Quand je t'ai aidée à déménager la maison, avant ma première année de fac, j'ai vu un de tes dossiers... Je ne l'ai pas fait exprès.

Elle soupira.

— Il y avait du vent ce jour-là et... j'ai vu ce dossier à mon sujet...

— A ton sujet ?

— Au sujet de ma naissance, de mon adoption... Je l'ai emporté. Le dossier.

Comme sa mère ne bronchait pas, Noelle supposa qu'elle cherchait à se souvenir du contenu exact du document.

— Il comportait les notes de l'assistante sociale au sujet de ma mère biologique, entre autres, précisa-t-elle.

— Pourquoi m'en parles-tu maintenant ? lui demanda sa mère après un nouveau silence.

Noelle repensa à leur conversation dans le jardin, le jour où Bea avait accouché de son premier bébé : elle était une enfant abandonnée et adoptée, avait-elle appris ce jour-là.

— Tu prétendais ne pas connaître le nom de ma mère biologique. Tu m'avais seulement dit qu'elle avait quinze ans...

— Je ne voyais aucune raison de te révéler son identité. Aucun intérêt pour toi !

Noelle ferma les yeux.

— M'man, il y a une fille ici, à mon étage. Elle est en première année et elle s'appelle Emerson McGarrity.

— Emerson était le nom de famille de ta mère biologique, mais je ne vois pas pourquoi...

— McGarrity, m'man ! Son père s'appelle Frank McGarrity. Ce nom ne te dit rien ?

— Ça devrait ?

Noelle se demanda si, après tant d'années, sa mère avait réellement oublié tous ces détails.

— Je l'ai lu dans les notes de l'assistante sociale ! Susan Emerson est tombée enceinte au cours d'une soirée... Elle ne connaissait même pas le nom de famille du garçon en question, mais elle avait un fiancé, Frank McGarrity, et elle ne voulait pas qu'il apprenne ce qui s'était passé. Ses parents ne voulaient pas de ça non plus, ils l'ont donc envoyée chez sa...

— Chez sa tante, coupa sa mère avec un soupir. Je sais tout ça, Noelle. Je le sais parfaitement, même si le nom du fiancé m'était sorti de la tête... Ce n'était pas le personnage central. Mais je ne comprends toujours pas pourquoi... Mon Dieu ! D'après toi, l'étudiante de ta résidence serait... la fille de Susan Emerson ?

— Oui, m'man, ma demi-sœur. Si tu la voyais !

— Motus et bouche cousue ! Le dossier d'adoption est sous scellés. Personne ne doit savoir !

— Pourtant, les notes de l'assistante sociale n'étaient pas sous scellés. Tu les avais chez toi.

Sa mère hésita un instant avant d'en dire plus.

— C'était moi la sage-femme, Noelle... Je connaissais la tante à qui Susan a été confiée. La famille tenait à garder le secret. Tu as été placée en famille d'accueil pendant quelques mois après ta naissance – le temps que je fasse les démarches pour l'adoption avec ton père. J'étais au courant des notes de l'assistante sociale, au courant de tout... mais je n'aurais jamais dû garder ce dossier à un endroit où il risquait de te tomber sous les yeux. Tu ne peux pas utiliser ces informations, Noelle. Tu comprends ?

— C'est ma sœur !

— Sa famille a fait comme si cette histoire n'était jamais arrivée. D'autant plus qu'elle a fini par épouser son fiancé – le dénommé McGarrity – qui ne se doutait pas le moins du monde qu'elle avait eu un enfant... Tu n'as pas intérêt à t'en mêler ! Je sais que c'est difficile, Noelle. *Je sais*. Si tu as besoin de ta maman, appelle-moi, ma chérie, je t'en prie ! Et demande à changer de résidence. Tu ne devrais pas rester trop près de cette fille.

— C'est ma sœur, répéta Noelle.

— Ne reste pas trop près d'elle.

— Mais je veux rester près d'elle !

— Ne la fais pas souffrir avec ça, ma chérie. Ne fais pas souffrir cette famille non plus, et surtout ne te fais pas de mal à toi-même. Fouiller dans le passé n'est jamais une bonne chose. D'accord ?

Noelle repensait à la fille de la chambre 305 et à la photo de la femme qui était sa mère biologique. Que représentait-elle pour cette femme ? Probablement une terrible erreur. Quelque chose qu'elle prétendait n'être jamais arrivé. Quelque chose qu'elle avait voulu laisser derrière elle. Le visage d'Emerson rayonnait d'amour quand elle parlait de sa famille. Sa mère, ses grands-parents…

— D'accord, murmura-t-elle, les larmes aux yeux.

Elle savait que, désormais, il ne lui restait plus qu'à aimer sa sœur.

14

Tara

Wilmington, Caroline du Nord
2010

J'ai fait une courte pause entre mon dernier cours de la journée et la répétition de la pièce avec mes élèves de première. Assise dans la classe, à mon bureau, je glissais mon agenda dans mon sac quand j'ai remarqué que la lumière de mon portable clignotait. Il me restait trente secondes avant de rejoindre l'auditorium, mais j'ai pianoté sur une ou deux touches pour écouter mon message.

Emerson semblait surexcitée. Elle me demandait de l'appeler immédiatement, et ajoutait, dans un second temps : « Personne n'est mort, mais appelle-moi ! »

Les sourcils froncés, j'ai rangé mon téléphone dans mon sac. En étions-nous arrivées au point où nous devions compléter nos messages par « personne n'est mort » ?

Je me suis dirigée vers l'auditorium : je pouvais demander à l'un de mes élèves de prendre les autres en charge, le temps de rappeler Emerson pour m'assurer que tout allait bien.

Tous les jeunes m'attendaient déjà dans la salle.

— Madame V ! se sont exclamés quelques-uns en m'apercevant.

— Salut, vous tous !

Ils étaient debout devant les premiers sièges de la salle, ou assis au bord de la scène, souriants. Je savais qu'ils m'aimaient bien ; j'aurais voulu en dire autant de ma propre fille.

Hunter bénéficiait d'un magnifique auditorium, avec des rangées de profonds fauteuils pourpres qui descendaient en un arrondi gracieux jusqu'à l'estrade. L'acoustique était fabuleuse. Au lieu de porter mes pas vers la scène, j'ai prié Tyler, l'un des jeunes gens, de me rejoindre sur le pas de la porte.

— J'ai un coup de fil urgent à passer, lui ai-je soufflé. Pourrais-tu me remplacer un moment ?

— Moi ?

Tyler, un nouveau, sympathique et très doué sur le plan artistique, était l'un des responsables du décor.

— Oui, toi, ai-je insisté car il semblait surpris.

Je me suis tournée ensuite vers l'ensemble de mes élèves :

— Vous tous, écoutez-moi ! Pendant que je m'absente pour donner un coup de fil urgent, Tyler va vous parler du décor. Donnez-lui votre point de vue, et je serai revenue dans une minute.

Le calme régnait quand je suis sortie ; je me doutais que le chaos sévirait dès que la porte se refermerait derrière moi, mais ils pourraient survivre quelque temps si je ne traînais pas.

J'ai longé le couloir vers la salle des professeurs, en espérant ne pas avoir placé Tyler en situation d'échec. Un autre aurait pu s'en tirer plus facilement ; je connaissais plusieurs élèves beaucoup mieux que je ne le connaissais lui, et il y avait de véritables stars en première année d'art dramatique. Mais je tenais à varier mes choix, chaque fois que je confiais des responsabilités particulières à l'un d'eux. Je ne voulais pas que l'on m'accuse d'avoir un chouchou. Plus jamais !

J'avais toujours détesté le mot *chouchou*. Quand j'étais lycéenne, on l'utilisait à mon sujet, car M. Starkey, le directeur du club d'art dramatique, avait un faible pour moi. Ayant sans doute remarqué mon talent et ma passion pour le théâtre, il croyait avoir trouvé l'élève qui lui permettrait d'élever le niveau du club au-dessus de la moyenne. Son estime avait probablement nourri mon arrogance et je me voyais déjà admise à Yale – l'université de mes rêves – sans me donner trop de mal pour le reste de mes études. Rétrospectivement, je lui en voulais de m'avoir considérée comme une enfant prodige. Cela m'avait isolée des autres étudiants, qui souffraient de son intérêt excessif à mon égard, et je m'étais monté le bourrichon sur mes propres capacités. Le fait d'être la meilleure actrice de mon petit lycée ne signifiait pas que j'étais un génie. Je brillais car j'étais entourée d'élèves médiocres.

Devenue enseignante à mon tour, je m'étais promis de ne jamais avoir de chouchou. Inévitablement, j'aurais des préférences pour les élèves qui me faciliteraient la vie grâce à leur passion du théâtre, et dont les succès seraient gratifiants pour moi. Mais jamais je ne ferais preuve de favoritisme ! Je croyais avoir atteint mon but.

Et pourtant, malgré le mal que je m'étais donné pour cacher mon émerveillement chaque fois que Mattie Cafferty montait sur scène, les gens savaient... J'en avais pris conscience après l'accident, quand j'avais entendu certaines personnes ironiser sur le fait que c'était la voiture de mon étudiante préférée qui avait tué Sam. Pis encore, Grace savait. « Toi qui la croyais parfaite ! » s'était-elle esclaffée quand nous avions appris que Mattie était au volant de la voiture meurtrière. Mattie, en train d'envoyer un texto à son petit ami. Mattie, à qui j'aurais confié sans hésiter la responsabilité de mon groupe, dans l'auditorium, car je lui faisais confiance.

Tandis que je pensais à Mattie, mes joues s'étaient empourprées. A mon entrée dans la salle des enseignants, l'un des profs de sciences, qui sortait, m'a observée d'un air perplexe.

— Un problème, Tara ?

— Tout va bien, mais je suis à la bourre, comme toujours.

Grace avait raison : je croyais bel et bien Mattie parfaite.

Je donnais mon cours d'improvisation quand le policier était apparu sur le seuil de la salle. Ma première pensée avait été pour Grace, et mon cœur s'était mis à battre la chamade.

« Il s'agit de votre mari, m'avait annoncé cet homme alors que nous nous dirigions vers le bureau du principal, quelques portes plus loin. Il a été victime d'un très grave accident…

— Il est en vie ? »

Plus rien d'autre ne comptait.

« Entrons là, on parlera ici. »

Le policier avait ouvert la porte du bureau, et les deux adjoints du principal m'avaient dévisagée d'un air qui en disait long sur le fait qu'ils en savaient plus que moi.

Après s'être avancé d'un pas, l'un d'eux m'avait pris le bras en me demandant s'il devait envoyer chercher Grace.

J'ai acquiescé d'un signe de tête, tandis que le policier me faisait entrer dans l'un des bureaux du psychologue scolaire, que nous avions pour nous tout seuls.

« Il est en vie ? » ai-je répété.

Il a traîné une chaise vers moi, puis il a dû m'aider à m'asseoir, tant j'étais pétrifiée.

« Les médecins pensent qu'il n'a aucune chance… je suis désolé. Dès que votre fille sera là, je pourrai…

— Non ! Non, c'est impossible ! »

Je m'étais mise à hurler, tout en sachant que le personnel administratif m'écoutait, les yeux tournés vers la porte. Ça m'était bien égal.

« Je veux le voir, ai-je articulé.

— On ira dès que votre fille sera là. »

La porte s'est ouverte sur Grace, le regard effaré.

« M'man, que se passe-t-il ? »

Je l'ai attirée dans mes bras.

« C'est papa, ma chérie. »

J'essayais de lui parler calmement, mais ma voix dérapait, et je la serrais à nous en étouffer. J'avais conscience de lui faire peur autant qu'à moi-même.

A l'arrière de la voiture de police, j'avais agrippé la main de ma fille avec l'énergie du désespoir, tandis que le policier nous racontait l'accident. Sam traversait le carrefour de Monkey Junction quand sa nouvelle Prius avait été percutée, sur le flanc, par une jeune fille qui envoyait un texto. Il ne nous précisa pas qu'il s'agissait de Mattie. Comment aurait-il pu se douter que ce détail présentait une importance particulière ?

Le mois précédent, alors que je parcourais les journaux scolaires en ligne, dans l'espoir de trouver un commentaire d'une pièce que nous avions montée l'année d'avant, j'étais tombée sur une photo parue dans un numéro, pendant l'hiver. Nous y figurions, Mattie Cafferty et moi. *Mme Vincent dirige Mattie Cafferty dans* South Pacific. Grace avait sûrement eu connaissance de cette photo, car elle travaillait pour le journal, et peut-être était-elle l'auteur de la légende. On me voyait debout à côté de Mattie, une main sur son épaule ; sa chevelure sombre se répandait sur mon poignet. Je me souvenais de mon état d'esprit quand je montais cette pièce avec elle : je croyais avoir découvert une nouvelle Meryl Streep... Qu'éprouverait Grace si elle tombait maintenant sur une photo de Mattie ? Si seulement j'avais pu vider les dossiers du lycée de tous les souvenirs de cette fille, ou supprimer au moins ce cliché sur lequel mon attachement n'était que trop visible.

Les parents de Mattie l'avaient retirée de Hunter tout de suite après l'accident. Ils s'étaient installés en Floride, et j'avais reçu, au bout d'un mois, une lettre touchante et navrée de Mattie : *Je ne peux pas vous demander de me pardonner,* m'écrivait-elle, *mais je tiens à vous dire que je pense chaque jour à vous, à M. Vincent et à Grace.*

Je lui avais pardonné. Elle s'était montrée irresponsable et stupide, mais Grace aurait pu en faire autant, et moi aussi à son âge. Jamais Grace ne lui accorderait son pardon ; j'avais l'impression qu'elle ne m'absoudrait pas non plus d'avoir eu de l'affection pour Mattie, et de meilleurs rapports avec mon élève qu'avec elle.

Dans un coin tranquille de la salle des professeurs, j'ai récupéré mon portable au fond de mon sac.

— Tara ! s'est écriée Emerson.

— Qu'est-ce qui se passe ?

— Il faut que je te parle. Dînons ensemble ce soir !

— Tu as découvert quelque chose à propos de Noelle ou de son bébé ?

— Je ne peux rien te dire au téléphone. Oh, mon Dieu, Tara...

— Quoi ?

— Chez Henry's à six heures, d'accord ? Il faudra vraiment que ça reste entre nous...

Emerson ne semblait absolument pas dans son assiette et je me suis alarmée.

— Tu es malade ?

J'étais au bord de la panique, à l'idée de perdre une autre amie très chère.

— Non, ne t'inquiète pas. Six heures, ça te va ?

— Oui, très bien.

Inquiète malgré tout, j'ai raccroché. Elle n'est pas malade et personne n'est mort, ai-je songé en rangeant mon téléphone dans mon sac. Je pourrais donc assumer, quoi qu'il arrive.

15

Emerson

Je me sentais aussi à l'aise chez Henry's que dans mon propre salon. Il y avait toujours dans la salle cette lumière ambrée, probablement due aux boiseries, à l'éclairage et aux sièges de cuir couleur moka des box, qui avait sur moi un effet apaisant. Mais, ce soir-là, il en aurait fallu beaucoup plus…

Tara m'attendait déjà près de la fenêtre, dans le box que nous considérions comme notre propriété privée. Il ne manque plus qu'une plaque au nom des « filles de Galloway », avait plaisanté mon amie, à l'époque où nous parvenions encore à nous voir toutes les semaines. Avant que notre vie ne déraille…

Elle s'est levée et m'a serrée dans ses bras sans un sourire ; l'heure était grave.

La serveuse a pris notre commande de boissons et, comme nous connaissions le menu par cœur, nous avons commandé notre repas en même temps : un steak-pommes au four pour Tara, une salade maison pour moi. Je ne mangeais plus grand-chose depuis que j'avais découvert la lettre, et je doutais même de venir à bout de ma salade. En revanche, j'étais sûre de pouvoir ingurgiter sans problème un verre de vin blanc.

— Tu ne prends rien d'autre ? m'a demandé Tara.

— Je manque d'appétit, mais je suis ravie que le tien soit redevenu normal.

J'ai ébauché un sourire. Tara avait la chance de pouvoir manger de tout sans prendre un seul gramme. Cela dit, elle était devenue presque squelettique après la mort de Sam, et nous avions eu, Noelle et moi, des inquiétudes à son sujet.

— J'ai oublié le sens du mot *normal* !

Elle ne soupçonnait pas que je cachais une véritable bombe au fond de mon sac et que plus rien ne serait comme avant dans quelques minutes... Malgré la lumière tamisée, ma vieille amie a remarqué que j'étais sur le point de fondre en larmes.

— Ma chérie...

Elle a tendu sa main à travers la table pour serrer la mienne.

— Qu'y a-t-il ? Ton grand-père... ?

J'ai inspiré longuement en me disant que c'était le moment ou jamais.

— Non, j'ai trouvé quelque chose chez Noelle.

La serveuse a posé un verre de vin blanc devant moi et un verre de rouge devant Tara. J'ai avalé d'un trait une longue gorgée, tandis qu'elle attendait des précisions. Ma tête s'est mise à tourner.

— Il y avait un carton de lettres... surtout des lettres de remerciements de ses patientes, des choses sans importance.

J'ai tambouriné sur la table ; ma main tremblait.

151

— J'ai tout lu. Il le fallait, pour me sentir proche d'elle. Tu comprends ?

— Bien sûr, a murmuré Tara.

Elle m'avait raconté qu'après la mort de Sam elle avait lu certains de ses comptes rendus juridiques, très ennuyeux, simplement pour se sentir en contact avec son mari.

— J'ai trouvé ces deux lettres !

J'ai plongé mes mains moites dans mon sac où se trouvaient les deux documents ; puis j'ai déplié le papier à lettres couleur pêche, sur lequel était griffonné un bref message.

— Ces lettres ne sont pas adressées à Noelle ; c'est elle qui en est l'auteur. Sur la première, il y a une seule ligne.

Penchée vers Tara, j'ai lissé le papier de la paume et j'ai lu :

Chère Anna,
J'ai commencé cette lettre tant de fois, et, une fois de plus, je ne sais comment vous dire...

— Qui est Anna ? m'a demandé Tara.

Nos têtes se frôlaient presque au-dessus de la table.

— Aucune idée, ai-je fait avant de prendre une autre gorgée de vin blanc. Par contre, je sais ce que Noelle avait à dire !

J'ai glissé le papier couleur pêche sous la feuille blanche.

— Voici la seconde lettre. Elle l'a évidemment imprimée après l'avoir tapée sur son ordinateur, mais elle ne l'a pas finie, et je ne sais...

Tara m'a interrompue :

— Lis-la-moi !

— C'est daté du 8 juillet 2003, ai-je soufflé, avant de lire d'une voix étranglée :

Chère Anna,

J'ai lu dans le journal un article à votre sujet et j'ai décidé de vous écrire. Ce que j'ai à vous dire est difficile à avouer, mais je pense que ça sera encore plus difficile pour vous de me lire ; j'en suis vraiment désolée.

Je suis sage-femme, du moins je l'étais.

Il y a des années, j'ai pris des analgésiques pour des douleurs dans le dos, et ces médicaments ont dû affecter mon équilibre ainsi que mon jugement. J'ai laissé tomber accidentellement un nouveau-né, qui est mort sur le coup. Paniquée, j'ai perdu la tête, et j'ai pris un bébé (à peu près semblable) à l'hôpital où j'exerçais, pour le substituer à celui que j'avais... tué. Ce mot me fait horreur, et il s'agissait d'un horrible accident.

Je réalise maintenant que le bébé que j'ai pris était le vôtre. Je suis profondément désolée de vous avoir fait du mal ; mais je tenais à vous dire que votre fille a des parents formidables, qu'elle est aimée et...

— C'est tout, ai-je dit à Tara, qui ouvrait de grands yeux, elle n'a rien écrit de plus.

DEUXIÈME PARTIE

Anna

16

Anna

Alexandria, Virginie

Je n'embrassais jamais ma fille en la quittant, le matin, sans penser que c'était peut-être notre dernier baiser. Quand j'allais travailler, quand elle partait rejoindre des amis, je l'étreignais comme si c'était la dernière fois. Elle ne protestait pas, mais je ne perdais rien pour attendre : à douze ans, bientôt treize, la rébellion couvait. Eh bien, je me ferais une raison ! Je désirais qu'elle vive assez longtemps pour me crier « Maman, je te hais ! » dans cette danse guerrière incontournable de toutes les mères et filles de la planète. Quand elle avait suivi Bryan, en oubliant de me dire au revoir, après avoir mis son casque et sorti son vélo du garage, je ne l'avais pas rappelée pour la serrer dans mes bras et lui prodiguer des conseils de prudence. Je m'étais simplement mordu les lèvres...

Bryan avait refait surface depuis bientôt deux mois, mais j'étais loin de me sentir détendue en les voyant s'éloigner ensemble. Il l'emmenait aujourd'hui se promener à vélo le long du

Potomac, un événement que j'aurais dû applaudir à deux mains.

Primo, Haley se sentait en assez bonne forme pour ce genre d'exploit. C'était la huitième semaine de son traitement : une semaine de pause hors de l'hôpital et sans chimiothérapie, au cours de laquelle ma fille pourrait se comporter comme tous les enfants de son âge. Que souhaiter de mieux ? Malgré son visage gonflé par les stéroïdes et ses mouvements d'humeur occasionnels – son côté pimbêche que j'applaudissais secrètement – elle était telle que je l'avais toujours connue.

Secundo, Bryan jouait les pères modèles, ce dont je n'avais pas encore l'habitude : deux mois de présence ne compensaient pas dix années de désertion, et au fond de moi, je bouillais encore de rage. Certes, il m'avait adressé des chèques tous les mois depuis qu'il nous avait plaquées pour partir au soleil de Californie, où l'avait envoyé sa banque. Il expédiait à Haley des cadeaux d'anniversaire prouvant qu'il n'avait pas la moindre idée de ses centres d'intérêt. Des poupées Barbie et des bijoux de pacotille ? Jamais. On se calme ! ai-je pensé en les regardant pédaler vers la piste cyclable du Mount Vernon. Il est revenu, il se donne du mal, et Haley est ravie. Elle l'aime.

Je suis montée m'installer dans la pièce que je considère comme « mon bureau hors du bureau ». De ma table de travail, j'ai une vue plongeante sur le fleuve ; et même après avoir vécu sept ans dans cette maison, il me faut quelques minutes pour détacher mon regard du lointain rivage, planté d'arbres, du Maryland. Mais j'avais du retard dans mon travail, et j'ai fini par répondre au tas de mails qui s'étaient accumulés en quelques heures.

C'était d'ailleurs par courriel que j'avais annoncé à Bryan la rechute de Haley, trois jours après avoir appris la nouvelle. Je lui avais écrit dès que j'avais pu refouler mes larmes assez longtemps pour voir clairement l'écran. Je nous avais crues à l'abri du danger : dix ans de rémission, ça compte en principe ! Elle était ma fille chérie, vive et pétillante, et si agréable à vivre que je préférais sa compagnie à celle de mes copines. Qui aurait pu se douter qu'elle avait été si malade pendant sa petite enfance ? Elle-même ne gardait que de très vagues souvenirs de ces dix-huit mois de cauchemar ; mais ses nombreux bleus, ses fièvres et sa fatigue inhabituelle m'avaient effrayée. J'hésitais à l'emmener chez le médecin, de peur d'entendre son diagnostic. Quand j'ai fini par consulter, j'ai appris sans surprise que sa leucémie aiguë lymphoblastique avait rechuté. Sans surprise, mais avec un profond désespoir.

Ce qui m'avait étonnée, en revanche, c'était la réaction de Bryan. La première attaque de la maladie l'avait décidé à plier bagage. En fait, il n'y avait pas que ça, mais la leucémie avait été le coup de grâce. Il avait quitté la Virginie pour la Californie, le plus loin possible de sa fille malade et de sa femme. Je pensais donc que cette rechute l'inciterait à disparaître une fois pour toutes de notre horizon.

Contrairement à mon attente, il m'avait appelée. Il venait, paraît-il, d'être licencié. Je ne me souviens pas précisément de l'activité qu'il exerçait. (Quelque chose dans les logiciels, pour une société de la Silicon Valley ?) En tout cas, il m'annonçait son arrivée en Virginie, avec l'intention de se rendre utile. A la suite de son coup de fil, j'avais traversé une période de nervosité extrême. Haley commençait à absorber des doses massives de stéroïdes et je n'aurais su dire laquelle de nous deux était la plus agitée. J'en voulais à Bryan de son aide tardive. Pendant les dix années écoulées, nous avions appris, Haley et moi, à nous passer de lui, au point de former maintenant une véritable équipe.

Quand elle m'aidait à réparer la plomberie dans notre maison ou à ratisser les feuilles du jardin, nous proclamions que nous n'avions pas besoin d'un « mec puant ». Je me demandais donc comment il trouverait sa place parmi nous. Prétendrait-il avoir son mot à dire sur le plan médical ? Pas question ! Et comment Haley allait-elle réagir en sa présence ? Elle ne se souvenait plus de lui et n'avait jamais semblé apprécier les cartes et les cadeaux qu'il lui envoyait. Habitant la Vieille Ville d'Alexandria, elle avait des amis appartenant à des familles monoparentales, recomposées, homosexuelles, noires, hispaniques, musulmanes. Et j'en passe ! Selon moi, l'absence de son père ne lui avait jamais posé de problème majeur.

En somme, j'avais fini par me convaincre que Bryan ne lui inspirait aucun intérêt ; mais quand je lui avais demandé si elle souhaitait son retour, elle s'était exclamée : « Bien sûr que oui ! Il était temps. » J'avais ri, car elle n'y allait pas par quatre chemins, malgré ses douze ans. Puisque je savais de qui elle tenait ce trait de caractère, comment aurais-je pu m'en formaliser ?

Bryan était réapparu deux semaines après notre conversation téléphonique, et j'avais été sidérée que Haley l'accueille avec tant de naturel. Un bon point pour moi, car j'avais fait en sorte de ne jamais la monter contre son père, un exploit dans certains cas. Je lui avais laissé entendre qu'elle avait hérité de ses dons en informatique. (Cela allait de soi !) Elle avait créé, pratiquement seule, un site destiné aux frères et sœurs d'enfants disparus. Par ailleurs, en lui expliquant les raisons de notre divorce, j'avais trouvé des justifications à la quasi-disparition de Bryan : « Il t'aimait si fort, Haley, qu'il ne pouvait supporter de te voir souffrir. Ensuite, il a trouvé ce job en Californie, et c'était difficile pour lui de traverser tout le continent. » J'étais persuadée qu'elle n'en avait pas cru un seul mot, mais elle s'en fichait, car elle *voulait* son père.

Elle ne gardait aucun souvenir de lui. C'était donc un étranger qui avait surgi dans sa chambre d'hôpital au cours de sa troisième semaine de chimio. Il tenait sa cuvette quand elle vomissait ; s'asseyait à son chevet, les sourcils froncés et les mains jointes sous son menton, quand elle dormait profondément après l'aspiration de sa moelle osseuse. Il lui offrait des bonbons au citron quand elle se sentait écœurée après la chimio et des bandanas de toutes les couleurs de l'arc-en-ciel, car elle avait horreur d'être chauve. Cependant, il n'avait pas reconnu Fred, l'ours en peluche usé (et son premier cadeau d'anniversaire à sa fille) qui était devenu son compagnon de tous les instants.

Dès le début, elle avait paru à l'aise avec lui. Sûrement plus que moi, en tout cas. Elle ne lui ressemblait absolument pas, alors que sa ressemblance avec moi était frappante depuis sa naissance. Mêmes cheveux châtain clair et mêmes yeux verts, alors que Bryan avait – ou plutôt avait eu – une chevelure très sombre. Il était réapparu avec des cheveux poivre et sel, à la George Clooney. Ses yeux marron aux longs cils, derrière des lunettes aux verres rectangulaires, n'avaient pas changé, ni son nez d'empereur romain (bien qu'il fût d'origine anglaise et germanique). Je me rappelais un bel homme de trente-cinq ans ; il s'était un peu empâté et quelques rides se creusaient autour de ses yeux, mais je devais admettre que mon animosité à son égard n'avait atténué en rien mon ancienne attirance.

Il avait loué un appartement aux abords de la Vieille Ville, puis s'était mis en quête d'un nouvel emploi, qu'il n'avait pas encore trouvé ; ce dont nous nous réjouissions tous les trois. A vrai dire, il nous aidait énormément.

J'allais accéder à la direction du Bureau des enfants disparus – un poste que je guignais – quand Haley avait rechuté. Après avoir travaillé des années durant pour cet organisme dont la gestion laissait à désirer, je souhaitais en prendre la tête ; vu les circonstances, je prévoyais de céder ma place à quelqu'un d'autre, mais j'avais pu accepter ces responsabilités grâce à la présence de Bryan. Haley passait presque toute la semaine à l'hôpital pour enfants de Washington et la plupart des week-ends à la maison. J'emportais du travail à l'hôpital, et quand je devais assister à une réunion ou je ne sais quoi, Bryan prenait ma place à son chevet. Cette semaine, il l'avait emmenée deux fois chez le médecin pour ses prises de sang. Une sortie de loisir comme aujourd'hui était la meilleure des contributions. Il traitait Haley comme une enfant normale, comme sa fille. Malgré tout, je ne me fiais pas totalement à lui. Au bout du rouleau, allait-il regagner sans prévenir la côte Ouest ? Je le tuerais s'il blessait Haley de la sorte. Oui, je le tuerais...

Haley lui avait manifestement pardonné la manière dont il l'avait traitée ; peut-être n'avait-elle jamais ressenti la moindre haine à son égard. Il l'avait récupérée à temps : elle n'avait pas encore l'attitude vindicative des adolescents envers leurs parents, bien que les stéroïdes provoquent parfois chez elle une irritabilité dont je faisais les frais mais qui épargnait son père. Adorable avec lui, elle avait peur, je l'aurais juré, de le perdre à nouveau.

Je travaillais depuis une bonne heure sur mon ordinateur quand j'ai entendu Haley et Bryan se diriger vers la cuisine. Ils venaient du garage et je suis descendue les rejoindre. Ils riaient de bon cœur et Haley renouait son bandana bleu autour de sa tête. Quand elle avait perdu tous ses cheveux en une seule journée, elle avait pleuré comme une madeleine. Elle n'avait pas pleuré depuis, me semblait-il.

— Contents de votre balade ?

— Elle est formidable à vélo ! m'a répondu Bryan, une main fièrement posée sur l'épaule de Haley, comme s'il avait joué un rôle dans l'éducation de sa fille.

En toute franchise, j'ignore quelle part de responsabilité j'ai dans la personne qu'est devenue Haley. Elle m'a toujours paru intelligente, sûre d'elle et indépendante. Ce dernier point me pose un problème, car j'aurais voulu la garder enchaînée à moi. Depuis que j'ai perdu mon premier enfant, j'ai la hantise de la perdre elle aussi.

— Papa n'est pas monté à vélo depuis longtemps, a-t-elle ironisé, mais il n'a fait que trois chutes.

— Deux, a rectifié Bryan.

Haley semblait enchantée de prononcer le mot « papa ». Elle le savourait comme une compensation pour toutes ces années où elle n'avait pu en faire usage.

J'ai proposé à mon ex-mari de dîner avec nous ; il a secoué la tête en chuchotant qu'il préférait nous laisser « entre filles », puis il a serré Haley dans ses bras.

— Tu veux recommencer demain ?

— Bien sûr !

Elle tenait son travail scolaire à jour même pendant les semaines qu'elle passait à l'hôpital,

afin de ne pas se laisser distancer par ses camarades de classe. A sa place, je n'aurais sans doute
pas été aussi motivée.

— Tu as des devoirs ? lui ai-je demandé.

— Un peu...

— Fais-les pendant que je termine mon
travail, et nous dînerons ensuite.

— D'accord !

En montant l'escalier, elle s'est tournée vers
nous.

— Salut, p'pa.

— A demain, a répondu Bryan.

Je l'ai remercié de m'avoir aidée ce jour-là et je
lui ai dit que Haley était heureuse d'apprendre à
le connaître.

— Et moi donc !

En entendant sa réponse, j'ai senti la colère
monter d'un coup ; je lui ai tourné le dos pour
prendre deux assiettes dans le placard au-dessus
de l'évier. Nous avions eu de longues discussions
au sujet de la maladie de notre fille et de son traitement. Je lui avais montré des vidéos de Haley
à son cours de danse, jouant au t-ball, ou battant
à plate couture une équipe de nageuses adverse
grâce à sa brasse phénoménale. Nous avions
donc parlé de Haley, mais pas de la manière dont
il m'avait quittée, de sa lâcheté, de sa mesqui-
nerie. « Je ne supporte pas l'idée de perdre un
autre enfant », m'avait-il dit avant de nous aban-
donner, la première fois que Haley était tombée
malade. Je ne supportais pas cette idée mieux
que lui, mais cela ne m'autorisait pas à prendre
la tangente !

Il n'avait pas été question de Lily. J'avais guetté sa réaction en lui annonçant que j'avais été nommée directrice du Bureau des enfants disparus ; son visage était resté de marbre, comme s'il s'agissait d'une maison d'édition ou d'une école maternelle sans aucun rapport avec notre vie passée.

Tôt ou tard, il me faudrait avoir une conversation avec lui, sinon j'allais éclater. J'étais outrée qu'il s'autorise à s'immiscer chez nous, dans notre monde, avec un tel sans-gêne ; mais, pour l'instant, je ne voulais surtout pas compromettre la relation qu'il était en train de forger avec Haley.

J'ai posé les assiettes sur le plan de travail, avant de me diriger vers la porte du garage.

— Alors, à demain ?

— Oui.

Bryan s'est approché de la porte et m'a fait face, un sourire aux lèvres.

— Elle va te ressembler de plus en plus, a-t-il ajouté. Déjà, elle me fait penser à toi...

— Que veux-tu dire ?

— C'est assez incroyable, mais...

Il a haussé les épaules, penaud, et j'ai surpris une lueur de regret dans son regard.

— A demain.

Je l'ai regardé traverser le garage pour regagner sa voiture garée dans la rue, et je me suis promis de ne jamais retomber sous son charme. Trop d'eau avait coulé sous les ponts...

Le saumon cuisait dans le four quand le téléphone a sonné, une heure plus tard. J'ai décroché le combiné, près du réfrigérateur : je réponds *toujours* sans vérifier qui m'appelle ; j'ai passé tant d'années à guetter la sonnerie du téléphone. Je réponds toujours avec une voix vibrante d'espoir...

J'ai baissé le feu sous le riz.

— Allô ?

— Jeff Jackson à l'appareil.

Oh non ! L'oncologue de Haley. Un appel à six heures du soir n'annonçait rien de bon. Je me suis crispée.

— Un problème ?

J'ai failli ajouter que ma fille allait bien et supplier qu'on la laisse en paix jusqu'à la fin de la semaine.

— Je viens de recevoir les résultats du labo. Son hémogramme est inférieur à la normale.

— Pas possible, Jeff ! ai-je dit en passant la main dans mes cheveux. Elle a l'air en forme. Aujourd'hui, elle a fait une grande balade à vélo, et...

— Il lui faut une transfusion.

— Maintenant ? ai-je demandé en fermant les yeux.

— J'en ai peur, oui.

— Seigneur...

— Je passe un coup de fil à l'hôpital pour qu'on lui prépare une chambre. Désolé ! a ajouté Jeff d'une voix plus douce.

Il m'a fallu quelques minutes pour trouver la force de monter au premier étage, puis j'ai attendu en silence devant la porte de Haley. Sans se douter de ma présence, elle papotait sur Skype avec l'une de ses cousines. Madison ou Mandy ? J'étais incapable de distinguer les jumelles l'une de l'autre. En tout cas, Madison ou Mandy, à l'écran, lui parlait en riant. Elle serrait dans ses bras un petit westie, qu'elle entraînait à saluer la caméra de sa patte. Marilyn Collier, la sœur de Bryan, vivait à Fredericksburg – à une heure en voiture de chez nous – et comptait beaucoup dans notre vie, ainsi que ses quatre filles, malgré la désertion de Bryan. J'écoutais donc, les larmes aux yeux, Haley bavarder comme une pie avec Madison/Mandy.

L'idée de gâcher cet instant de détente me faisait horreur, mais j'ai frappé discrètement à la porte.

— Oups !

Haley a vite éteint l'écran, en faisant pivoter son siège pour me regarder en face, une innocence absolue dans ses yeux verts.

— J'ai fini mes maths, m'man ; alors je passais une minute sur Skype avec Mandy.

Elle pouvait profiter de Skype à sa guise. Si elle mentait, c'était le dernier de mes soucis !

— Très bien, ai-je soupiré, mais le Dr Jackson vient de m'appeler, ma chérie. Ton hémogramme est trop bas.

— Merde.

— Ne dis pas *merde* !

— Toi, tu le dis tout le temps.

— Eh bien, j'ai tort.

— Je ne veux pas aller à l'hôpital, m'man.

Elle me suppliait du regard, et je sentais mon cœur se briser.

— Désolée, ma chérie, mais il le faut.

Elle s'est levée à contrecœur.

— Je déteste ça !

— Je te comprends parfaitement.

— Est-ce que ça signifie que je n'aurai pas de chimio la semaine prochaine ?

Je n'aurais su dire si elle désirait être dispensée de chimio, ou si elle craignait que ses semaines de chimio soient prolongées d'autant.

— Ça dépendra de ta formule sanguine ! Va prendre tes affaires et on se met en route.

Une main crispée sur l'accoudoir de son siège, elle a froncé les sourcils.

— M'man ? Tu n'en parles pas à papa, d'accord ?

J'ai compris aussitôt le fond de sa pensée. Elle était anxieuse parce que sa maladie avait été à l'origine du départ de Bryan, bien des années avant. Maintenant qu'ils avaient passé ensemble plusieurs journées saines et joyeuses, elle redoutait de lui donner à nouveau le spectacle de sa maladie.

— Il ne repartira pas, ma chérie, ai-je soufflé, en espérant de tout mon cœur ne pas lui mentir.

17

Emerson

Wilmington, Caroline du Nord

— Mon Dieu, a soupiré Tara.

Elle a pris la lettre et l'a lue en silence d'un bout à l'autre.

Mon cœur battait la chamade. J'ai murmuré que je ne savais que faire de cette missive. Tara a fini par lever les yeux vers moi.

— Je n'aurais jamais cru Noelle capable d'une chose pareille.

— Moi non plus, ai-je admis. Ça me paraît impossible...

— Et voilà !

La serveuse était réapparue à notre table, avec ma salade et le steak de Tara. Elle a posé une petite coupelle de vinaigrette devant mon assiette.

— Je ne savais pas si vous vouliez l'assaisonnement à part ou dessus...

— C'est parfait.

J'aurais pu lui répondre que, de toute façon, je ne mangerais pas cette salade. Un seul point m'importait : qu'elle dépose tout sur la table et s'en aille.

— Vous désirez autre chose ?

Tara a marmonné un refus. Dès que la serveuse s'est éloignée, elle a repoussé son assiette sur le côté. Apparemment, elle n'avait pas plus d'appétit que moi.

— On comprend mieux pourquoi Noelle a cessé d'exercer...

Bien sûr ! Comment n'y avais-je pas pensé plus tôt ?

— J'ai l'impression de ne l'avoir jamais connue... Plus ça va, plus j'en suis persuadée ! Je me demande si je dois la détester ou la plaindre d'avoir gardé cet abominable secret pendant tant d'années.

— Et si par hasard on se trompait ? a lancé Tara. Elle aurait pu écrire un roman... ou je ne sais quoi, et il s'agirait d'un simple exercice littéraire...

— J'adore cette idée... mais tu y crois vraiment ?

Tara a secoué légèrement la tête et articulé comme si elle pesait chaque mot :

— Elle a tué un bébé, et une pauvre femme n'a même pas su que son enfant était mort.

— Et qu'elle élevait l'enfant d'une autre !

— Un bébé que Noelle a kidnappé...

Tara a agité la lettre dans les airs.

— Tu penses qu'elle a écrit un mail, ou une autre lettre qu'Anna aurait bel et bien reçue cette fois ?

— Je me suis posé la question, mais on en aurait entendu parler. Il y aurait eu un procès retentissant....

Quand j'ai voulu soulever mon verre de vin, ma tête s'est mise à tourner. J'ai replacé ma main sur mes genoux.

— Est-ce que tu as trouvé chez elle des documents concernant un éventuel procès ? m'a demandé Tara.

— Non, aucun.

— Elle a peut-être envoyé une lettre, en s'arrangeant pour garder l'anonymat...

— A mon avis, celle qu'on tient là aurait été anonyme. Il est question simplement de « parents formidables » pour que cette... Anna sache que sa fille se trouve en lieu sûr. Elle ne comptait pas révéler leur identité... pas plus que la sienne, d'ailleurs.

— Que veut-elle dire quand elle évoque cet article paru dans le journal ?

— Aucune idée !

— Et Ted, il en dit quoi ?

— Je ne lui en ai pas parlé.

J'avais évité, pour l'instant, d'informer qui que ce soit, car je cherchais à oublier ce que j'avais appris ; mais je n'aurais pas le courage de garder un tel secret toute ma vie.

— Que faire, Tara ? ai-je insisté. On peut ignorer ces choses ?

— Non, je ne pense pas.

— C'est horrible ! Ted a cherché à me dissuader d'emporter le carton de papiers à la maison ; je regrette de ne pas l'avoir écouté. Si j'avais jeté tout ce fatras à la poubelle, je ne saurais rien.

— Maintenant, tu sais. *Nous* savons...

— Si nous prévenons la police... les médias vont s'exciter... Et Noelle... sa réputation... Elle qui a fait tant de bien... On va la traîner dans la boue !

Tara s'est adossée à la paroi du box.

— Ecoute-moi... On dispose de très, très peu d'éléments. En fait, elle écrivait peut-être une nouvelle... Je pense que le plus urgent est de trouver qui est Anna. Si on découvre l'existence d'une véritable Anna et si cette histoire a vraiment eu lieu, alors il sera temps de réfléchir à l'étape suivante.

— Désolée de t'avoir mise dans le bain.

Malgré tout, j'éprouvais un certain soulagement depuis que Tara était au courant.

— Tu aurais pu t'en passer, étant donné les circonstances ; mais je ne supportais pas l'idée d'être la seule à savoir.

— Tu n'es plus seule, mon chou.

J'ai tourné la lettre de manière à l'avoir sous les yeux, mais les mots me semblaient légèrement flous.

— Alors... comment s'y prendre pour découvrir qui est Anna ? Noelle affirme avoir lu un article à son sujet dans la presse. Si nous passions au crible les vieux journaux ?

— Le bébé mort pourrait être le dernier que Noelle a mis au monde...

Tara avait frissonné en prononçant ces mots. Glacée à mon tour de la tête aux pieds, j'ai murmuré que j'étais en possession de ses registres. Etais-je si près de savoir à qui appartenait le bébé que Noelle avait laissé choir ?

La serveuse s'approchait de notre table et scrutait nos assiettes pleines.

— Tout va bien ici ?

— Ça va, lui a répondu Tara avec un geste un rien trop brusque, aussi explicite que si elle l'avait priée de nous laisser en paix.

J'ai attendu qu'elle ait tourné les talons pour préciser mes intentions :

— Je vais lire le dernier paragraphe de son registre, et si c'est une fille...

J'ai regardé Tara en haussant les épaules.

— Si c'est une fille, a-t-elle conclu, nous verrons ce qu'il convient de faire.

18

Noelle

UNC Wilmington
1988

Noelle n'avait jamais été aussi heureuse de sa vie. Ses cours et ses stages se déroulaient bien, et ses fonctions d'assistante de résidence l'enchantaient. Les jeunes filles de son étage lui confiaient volontiers leurs soucis, et il n'était pas rare de la trouver assise par terre au bout du couloir, en train de bavarder avec un groupe d'étudiantes à propos de leurs flirts, de leurs professeurs et de leurs relations réciproques. Ces réunions étaient comme de minigroupes de soutien, pourvus d'une réelle substance. Elle tenait par ailleurs à ce que tout le monde se sente bien accueilli : ces causeries du bout de couloir ne devaient surtout pas sembler réservées à une clique.

Les autres assistantes de résidence estimaient qu'elle s'occupait trop des étudiantes. « Tu devrais être là uniquement en cas de nécessité », lui disaient-elles, mais Noelle se donnait pour mission de veiller sur ces jeunes filles ; d'être leur ange gardien. La nuit où l'une d'elles avait frôlé la mort à la suite d'une intoxication alcoolique, elle avait pleuré en se reprochant de ne pas avoir vu le drame venir. Elle avait décelé à temps la boulimie d'une autre, et aidé une troisième à prendre une décision au sujet d'une grossesse non désirée – bien qu'elle ait été secrètement navrée quand cette étudiante avait opté pour un avortement.

En tout cas, elle aimait « ses filles », et si l'une d'elles avait sa préférence, c'était une chose qu'elle apprenait à dissimuler.

Elle parvenait dans une certaine mesure à maîtriser ses émotions en présence d'Emerson McGarrity et faisait son possible pour la traiter comme toutes les autres résidentes de son étage. Si elle lui prêtait un peu plus d'attention, si son visage s'illuminait à sa vue, et si elle la questionnait plus longuement au sujet de son adaptation à la vie du campus, de ses cours, de sa famille, personne ne lui en disait mot. Elle n'éprouvait plus le besoin de révéler à Emerson le lien qui les unissait ; il lui suffisait d'être proche de sa sœur, de participer à sa vie. Manifestement, Emerson ignorait la grossesse précoce de sa mère ; l'existence de Noelle était restée « sous le tapis » et elle avait décidé qu'il en serait toujours ainsi. Elle ne ferait jamais de mal à Emerson ou à sa famille, mais, quoi qu'il arrive, elle ne la perdrait plus maintenant qu'elle l'avait trouvée.

Elle finissait aussi par aimer Tara, dont l'exubérance était un bon contrepoids à la nature douce et paisible d'Emerson ; Tara était d'ailleurs beaucoup plus profonde qu'il n'y paraissait. Depuis sa naissance, sa mère avait multiplié les séjours en hôpital psychiatrique. Tara n'en parlait pas volontiers. Noelle avait été émue par cette confidence et aurait juré que, par son amour du théâtre, Tara cherchait à fuir une enfance et une adolescence particulièrement douloureuses.

Un seul et unique petit problème perturbait pourtant la vie de Noelle : Sam Vincent.

De nombreux garçons du campus s'intéressaient à elle, alors qu'elle n'avait été attirée sérieusement que par deux hommes au cours de sa vie. Sam était le numéro trois.

Elle avait fait sa connaissance lors de la deuxième semaine de cours, en passant dans la chambre de Tara et Emerson pour leur offrir quelques barres Granola. Il s'y trouvait seul, car elles étaient en train de confectionner des cookies dans la cuisine de la résidence. Allongé sur le lit soigneusement bordé de Tara, il était occupé à écrire dans un carnet. Après avoir relevé la tête, il lui avait décoché un sourire. Le tour était joué ! Ce sourire fugace l'avait anéantie. Elle s'était sentie fondre et son cœur battait aussi vite que le jour où elle avait posé pour la première fois son regard sur Emerson.

« Tu es Sam… », avait-elle murmuré en observant la photo du garçon aux cheveux longs, qui trônait sur la commode.

Elle avait sous les yeux un tout autre Sam. Le garçon du cliché était devenu l'homme aux cheveux courts sur le lit. Un homme svelte, à la virilité discrète. (Noelle n'appréciait guère les

177

machos.) Des cils de jais ourlaient ses yeux bleus, et il avait des lèvres charnues, un rien boudeuses. Sans la ligne énergique de son menton, ses traits auraient paru trop harmonieux...

« Je suis Sam et j'attends Tara. Tu habites ici ? »

Elle s'était présentée : Noelle, l'assistante de résidence. Après s'être adossé au mur, il avait posé son carnet sur le lit et croisé ses bras sur sa poitrine.

« Ah oui ! Tara m'a parlé de toi. Elle dit que tu es sympa. »

Elle s'était assise sur le siège de bureau d'Emerson.

« Moi aussi, je l'apprécie beaucoup... A quoi travailles-tu ? »

Elle avait eu un mouvement de tête en direction du carnet ; Sam l'avait ramassé et placé sur sa cuisse avec un sourire vaguement gêné. Il avait des bras très bronzés, ombrés d'un duvet.

« A mon journal... J'essaye de coucher sur le papier mes pensées les plus intimes et les plus sombres... »

Quelle réponse ! Un garçon qui écrivait son journal... Si elle ne l'avait pas déjà catalogué comme exceptionnel, c'était chose faite.

Ils avaient discuté un moment de l'UNC, où il étudiait le droit. Tara et lui s'étaient connus enfants, elle le savait déjà. A vrai dire, il ne lui avait rien appris de neuf, car Tara parlait constamment de son amoureux.

Quant à elle et Sam, les mots qu'ils échangeaient n'avaient aucune importance. Ils auraient tout aussi bien pu discuter de la pluie et du beau temps ou du dîner de la veille. La communication s'était établie à un autre niveau, plus profond. Elle ressentait une attirance charnelle et son corps affamé lui disait que Sam éprouvait la même sensation, car il avait une manière particulière de soutenir son regard et de sourire tout en parlant.

Elle lui avait offert une des barres Granola et avait contemplé ses longs doigts minces et bronzés qui en retiraient l'emballage. Après une première bouchée, il avait léché une miette sur ses lèvres, en la scrutant de son regard bleu. Elle l'avait imaginé dans son lit – nus tous les deux, étroitement enlacés – et n'avait même pas tenté de chasser cette image de son esprit. Si Sam n'avait pas été le fiancé de Tara, elle lui aurait proposé sans hésiter de faire l'amour. Pourquoi tourner autour du pot ? Et Sam aurait dit oui…

Mais il appartenait à Tara et elle avait l'intuition que c'était pour la vie.

19

Anna

Washington, DC
2010

Savoir Haley sous anesthésie générale figurait parmi les choses que je détestais le plus au monde. Pendant une, deux ou trois heures, j'avais l'impression qu'elle n'était plus parmi nous. Je m'évertuais alors à me rassurer en me disant qu'au moins elle ne souffrait pas dans ces périodes d'inconscience ; j'étais malgré tout effrayée de la sentir absente et insaisissable.

On l'avait transfusée quelques jours avant et le nombre de ses globules rouges avait joliment rebondi ; maintenant, le chirurgien déplaçait son cathéter d'un côté à l'autre de sa poitrine douloureuse, tout en aspirant sa moelle osseuse. On lui faisait endurer d'interminables tortures. Haley, qui s'était montrée stoïque en apprenant les intentions du chirurgien, aurait sans doute protesté si Bryan n'avait été là. Elle se comportait de manière exemplaire en sa présence ; je préférais son côté bagarreur. J'aimais qu'elle s'insurge contre les médecins, car elle se faisait du mal en refoulant sa colère. Mais elle souhaitait que son papa la voie comme une fille délicieuse – ce qu'elle était la plupart du temps, à condition de ne pas être saturée de stéroïdes pour survivre.

Haley ne semblait pas avoir une conscience claire des implications d'une aspiration de la moelle osseuse. On vérifierait son niveau de MRI (minimum résiduel imperceptible). S'il était trop élevé, la chimiothérapie serait jugée insuffisante et il faudrait pratiquer une greffe de moelle. Cette éventualité m'affolait... Elle signifiait une prolongation de son épuisante chimio, ainsi qu'une irradiation totale de son corps pour détruire son système immunitaire – et cela tout simplement pour la préparer à la transplantation. Bien sûr, il faudrait trouver un donneur ! Si j'avais été du genre à prier, j'aurais prié jour et nuit pour qu'elle ait un niveau bas, très bas, de MRI. Quand elle était petite, deux longues années de chimio avaient eu raison de son cancer. J'espérais qu'il en serait de même cette fois-ci.

Après m'être assurée que le personnel avait le numéro de mon portable, je suis descendue prendre un café à la cafétéria et passer un coup de fil à mon bureau. Bryan était à Bethesda pour un entretien d'embauche. Quand il m'avait proposé de l'annuler en raison de l'intervention, je l'avais incité à y aller. *Je me suis toujours débrouillée seule avec elle*, avais-je failli ajouter, mais je m'étais retenue. Ce n'était pas le moment de le culpabiliser.

Au lieu de regagner directement l'aile est, je me suis dirigée vers l'unité néonatale de soins intensifs. Ce n'était pas la première fois que j'allais errer dans ces couloirs depuis la rechute de Haley. On mettait maintenant les nouveau-nés prudemment à l'abri dans des chambres individuelles et je n'ai pu les apercevoir comme autrefois. Je me suis sincèrement réjouie qu'ils ne soient plus visibles.

Mon travail m'entraînait parfois dans des hôpitaux et je cherchais systématiquement à voir les bébés. Ces êtres minuscules me bouleversaient. Tant de fils et de tubes ! Et toutes ces petites cages thoraciques pompant l'air au prix d'efforts énormes. Ils étaient si vulnérables et dépendants...

Pourquoi m'imposer cela ? Pourquoi observer ces bébés ? Pourquoi analyser leurs traits, à l'affût de celui qui ressemblerait à Lily ? J'avais parfois du mal à partir... Je devais monter la garde, car les infirmières ne pouvaient veiller à chaque instant sur chaque nouveau-né. Même dans cette unité remodelée, je guettais les mauvaises intentions sur les visages des gens autour de moi. Arrivée à ce stade, j'avais conscience qu'il était temps de m'éloigner.

J'étais devenue directrice du Bureau des enfants disparus à cause de mon chagrin et de ma passion, mais aussi parce que j'avais réussi à préserver ma santé mentale. J'étais donc capable de prendre mes distances par rapport à ma souffrance et d'exercer mes fonctions en toute lucidité. Néanmoins, je devais partir dès que je commençais à imaginer que quelqu'un – l'une des infirmières ? une inconnue ? – entrait dans le service de néonatologie, détachait de ses tubes et de ses fils l'un de ces nourrissons sans défense, et s'enfuyait avec lui.

C'était pour cette unique raison que j'avais voulu accoucher de Haley chez moi. Je n'avais jamais été une adepte de l'accouchement à domicile, ni l'une de ces femmes qui se méfient du système de santé ou redoutent une césarienne sous prétexte que leur obstétricien veut aller jouer au golf. Je tenais pourtant à mettre au monde Haley en toute confiance, dans l'intimité, avec l'aide d'une sage-femme dont j'avais vérifié les références pendant des heures et d'une doula que je connaissais depuis toujours.

Mon téléphone a sonné alors que je me dirigeais vers le service d'oncologie. Le chirurgien de Haley m'appelait ; j'ai interrompu ma marche pour l'écouter.

— Elle est en salle de réveil, m'a-t-il annoncé. Tout va bien.

— J'arrive immédiatement !

En chemin, j'ai appelé Bryan pour l'avertir que Haley reprenait conscience. Je distinguais une voix de femme à l'arrière-plan, des rires. Etait-il réellement à un entretien d'embauche ? J'ai ressenti une bouffée de méfiance. J'ai dû faire un effort pour me rappeler qu'il n'était pas revenu pour moi, mais pour Haley. Un point essentiel, que je ne devais surtout pas oublier.

— Comment va-t-elle ? a-t-il ajouté.

— Tout va bien, apparemment.

— Je serai là dans quelques heures. Ça ira ?

— Ça ira, ai-je répondu, non sans une certaine froideur.

— Je peux t'apporter quelque chose ?

— Non, je n'ai besoin de rien.

J'ai pressé le pas en me rapprochant de la salle de réveil.

— J'ai hâte de la voir...

En salle de réveil, j'ai glissé ma main dans celle de Haley. Son petit visage bouffi semblait paisible. Assise à son chevet, j'ai guetté le tressaillement de ses paupières, la vibration de ses lèvres livides – tout ce qui pourrait m'indiquer qu'elle *me* revenait. Au cours des derniers mois, elle avait subi trois anesthésies générales, et j'avais craint chaque fois qu'elle ne soit plus la même, que l'anesthésie l'ait plus ou moins changée. Mais quand Haley a ouvert les yeux, j'ai reconnu ma courageuse petite fille dans son sourire fatigué.

— Alors ?

J'ai effleuré sa joue.

— Ça s'est très bien passé. Tout va bien !

Une infirmière a baissé la blouse bleue de l'hôpital de quelques centimètres pour vérifier la peau rose, autour du nouveau cathéter placé dans la poitrine de Haley.

— A quel niveau se situe ta douleur sur une échelle de un à...

— Trois ! a répondu Haley, sans attendre la fin de la question.

— Avec toi, trois est l'équivalent de six pour la moyenne des patients, a rétorqué l'infirmière.

Cette femme connaissait bien ma fille. Tout le monde la connaissait à l'hôpital. Haley était un « oiseau de retour », comme on surnommait les enfants revenant périodiquement dans ce service.

— Ah oui, a marmonné Haley avant de lever les yeux vers moi. Où est papa ?

— Il arrive !

— C'est bien.

J'ai deviné l'ébauche d'un sourire aux commissures de ses lèvres, tandis qu'elle replongeait dans le sommeil.

Une heure plus tard, j'étais toujours assise dans la chambre d'hôpital citron vert de Haley. En salle de réveil, elle avait émergé par instants ; maintenant, elle dormait profondément. Installée sur le canapé-lit avec mon ordinateur portable, je travaillais un peu : des questions administratives, sans intérêt mais incontournables. Je m'interrompais régulièrement pour observer le visage de ma fille, ses joues trop pâles et gonflées, les dernières traces d'une éruption de boutons sur le cou (provoquée par l'un de ses médicaments). Fred, que j'avais déposé dans ses bras, regardait dans le vide de ses grands yeux en plastique brun.

Au bout d'un moment, un infirmier est entré : un Afro-Américain à lunettes, maigre comme un clou. Je l'ai tout de suite reconnu.

— Tom !

— Bonjour, madame Knightly, vous vous souvenez de moi ?

— Bien sûr !

Je me suis levée pour le serrer dans mes bras. Dix ans plus tôt, Tom avait été l'infirmier préféré de Haley – et le mien. Il n'avait pas changé d'un iota.

— Je n'arrive pas à croire que vous êtes toujours là ! ai-je ajouté.

— Où voulez-vous que j'aille ?

Il a ri de bon cœur.

— En fait, je me suis absenté quelques mois pour régler des affaires de famille… et à mon retour, ce matin, j'ai vu que Haley Hope Knightly était parmi nous… Je suis navré qu'elle doive endurer tout cela encore une fois.

— Moi aussi.

Je me souvenais d'une maladresse qu'il avait commise autrefois, en me parlant des nombreux enfants revenus dans l'unité d'oncologie après des années de rémission. Bizarrement, ce sont des choses qu'on n'oublie pas, des souvenirs dont on ne peut se défaire… Je me rappelais aussi qu'il s'était repris immédiatement ! Il avait fait machine arrière en m'assurant que la plupart des jeunes patients s'en tiraient et que ce serait bien sûr le cas de Haley.

Il vérifiait maintenant les signes vitaux de ma fille, puis il a ajusté l'un des sacs de la perfusion. Son regard s'est posé ensuite sur la photo enca-drée de Haley et de mes nièces, bien en vue sur la table de nuit.

— Les cousines !

Il a saisi le cadre.

— Mon Dieu, comme elles ont grandi !

— Vous vous souvenez d'elles ?

— Impossible de les oublier... Elles déferlaient ici comme un troupeau d'oies, en jacassant comme des folles, et je croyais voir des quintuplées plutôt que des sœurs.

— Des quadruplées, ai-je rectifié. Elles sont quatre, mais elles ont dû vous paraître plus nombreuses. Deux jumelles, et deux autres, avec à peine deux ans d'écart.

— Franchement, j'avais horreur des jours où elles rendaient visite à Haley. C'était un vrai champ de bataille et elles nous apportaient tous leurs microbes d'enfants.

— Haley adorait pourtant les voir...

Tom a désigné le centre du cliché.

— Et voici notre demoiselle...

La photo avait été prise l'été précédent sur les Outer Banks ; on apercevait le phare de brique rouge de Corolla, derrière les fillettes qui posaient en maillot de bain comme de petites vamps. Madison et Mandy se tenaient à gauche, Megan et Melanie à droite. Chacune d'elles arborait une queue-de-cheval sombre, passée sur l'épaule. Haley se distinguait de ses cousines par ses cheveux d'un brun plus clair, ses yeux plus clairs aussi. Elle riait si fort que j'avais eu du mal à la faire tenir tranquille, le temps de la photo. Elle paraissait en parfaite santé : aucun signe de la rechute qui couvait déjà dans son corps. Malgré ma réticence, elle tenait à emporter ce cliché à chaque hospitalisation. Comment pouvait-elle supporter d'avoir chaque jour sous les yeux cette ancienne version radieuse de sa personne ?

— Il paraît que son papa est tout le temps avec vous, a lancé Tom.

Après avoir reposé le cadre, il écrivait quelque chose dans le dossier de Haley.

Plusieurs réponses me sont venues à l'esprit ; j'ai opté pour la plus charitable.

— Effectivement... Il vivait en Californie, mais il est revenu dès que je lui ai appris pour Haley.

— Je me rappelle que, la dernière fois, vous étiez seule avec elle.

Après avoir fini d'écrire, Tom m'a observée un instant.

— J'oublie un grand nombre de mes patients, mais je me souviens très bien de vous deux : Haley avait beau être une enfant, elle se comportait comme une petite adulte qui veillait sur vous autant que vous sur elle.

Une remarque étrange et pourtant juste. Haley avait toujours senti qu'il y avait une fêlure en moi, même si je m'efforçais de la dissimuler au reste du monde. Quand ma fille avait été assez grande pour que je lui parle de Lily, elle avait enfin pu comprendre l'origine de ma détresse. Et elle semblait la ressentir elle-même...

— A l'époque, vous étiez représentante en pharmacie, n'est-ce pas ?

— Hum ! ai-je murmuré en fermant mon ordinateur. J'ai démissionné quand Haley est tombée malade.

Mon travail était déjà devenu problématique : j'avais refusé de voyager dès la naissance de ma fille, alors que les déplacements étaient essentiels à mon activité. Je détestais me rendre à Wilmington, une ville que j'avais beaucoup aimée jadis.

— Bryan venait de quitter l'armée et travaillait pour IBM.

— Je n'ai aucun souvenir de lui, m'a confié Tom.

— En fait, il est parti aussitôt que Haley a déclaré sa leucémie. Il ne supportait pas sa maladie.

Entre autres...

— Vous étiez mariés depuis combien de temps ?

Tom portait une alliance ; je n'aurais su dire s'il était déjà marié la dernière fois que je l'avais vu.

— Six ans.

Six années, qui se partageaient, dans mon esprit, en trois périodes distinctes.

D'abord, les deux années merveilleuses où nous n'étions que deux. Nous vivions sur la base militaire de Fort Belvoir, et j'adorais travailler dans la vente de produits pharmaceutiques. Nous étions jeunes, si jeunes... Notre relation avait une force, une ardeur, dont je conserve à peine le souvenir.

Ensuite, tout avait dérapé. Bryan était sous les drapeaux en Somalie, où il avait frôlé la mort. Lily était née, et j'avais subi un choc dont j'avais failli mourir à mon tour. Un vrai cauchemar. Une tension continuelle régnait dans notre couple sans âme, et Bryan était reparti au-delà des mers ; une bonne chose à mon avis. Au cours de l'une de ses permissions, j'étais tombée enceinte de Haley, sans le désirer et malgré les conseils du médecin. Preuve que les pilules contraceptives n'étaient pas efficaces à cent pour cent. Preuve également que l'on peut continuer à faire l'amour même après avoir perdu le goût de vivre. Ma grossesse avait semé la panique dans mon équipe soignante, mais ma tension artérielle était restée normale ; je me sentais bien et pleine d'espoir. Pendant l'année qui avait suivi la naissance de Haley, une sorte de joie avait régné chez nous.

Bryan avait quitté l'armée et pris un emploi chez IBM pour ne plus avoir à s'éloigner. Je me rappelais m'être dit qu'il était là pour nous garder, parce qu'il se reprochait de ne pas nous avoir assez bien protégées, sa première fille et moi. Un bonheur fragile s'installait et nous commencions à y croire quand les fièvres de Haley s'étaient déclarées. Bryan nous avait abandonnées si brusquement que je n'avais rien vu venir. En une seconde, il s'était volatilisé. Comment avait-il pu nous quitter, Haley et moi, et perdre tout contact avec son enfant ? Une réaction non seulement incroyable, mais impardonnable à mes yeux.

— Il a fini par revenir, a constaté Tom. Juste au moment où elle a besoin de lui...

J'ai acquiescé d'un signe de tête en ravalant ma colère. Parviendrais-je un jour à tirer un trait sur cette période sombre de ma vie ?

Vingt minutes plus tard, j'avais rouvert mon ordinateur portable quand Bryan est entré dans la chambre. Après m'avoir à peine accordé un regard, il a foncé vers le lit de Haley.

— Comment va-t-elle ?

Il a délicatement effleuré son bras et scruté son visage.

— Elle a demandé à te voir dès son réveil.

— Vraiment ?

Les lunettes de Bryan réverbéraient le soleil entrant par les grandes baies vitrées. Malgré moi, je me suis sentie émue par son intonation.

— Vraiment ! Et comment s'est passé ton entretien ?

— Pas mal... mais l'avenir le dira.

Les éclats de rire en arrière-fond, quand nous nous téléphonions, me sont revenus à l'esprit. Pourquoi éprouver une telle contrariété ? Je veillais notre fille inconsciente tandis qu'il riait avec une femme. Et alors ? Je ne savais pas exactement ce que j'attendais de lui.

— Quand les médecins sauront-ils quel est son niveau de MRI ? a ajouté Bryan.

— Pas avant un jour ou deux.

— As-tu besoin d'une pause ? Je resterai avec elle un moment.

J'ai regardé ma fille endormie. Si elle avait été réveillée, j'aurais peut-être accepté l'offre de Bryan, mais j'étais incapable de la quitter alors qu'elle me semblait si épuisée et fragile. Je ne laisserais pas mon enfant sans défense hors de ma vue. Plus jamais ça !

Le lendemain soir, Jeff Jackson m'a téléphoné pour me communiquer les résultats de l'aspiration de moelle osseuse.

— La chimio ne suffit pas. Je suis navré...

— Merde !

J'étais à la cafétéria, en train de lire mes mails, tandis que Bryan tenait compagnie à Haley ; ils jouaient aux anagrammes quand je les avais quittés. La nouvelle arrivait plus vite que prévu et elle n'était pas celle que j'espérais.

— On doit envisager une transplantation ? ai-je demandé.

— Il faudra maintenir Haley en chimiothérapie pour la stabiliser pendant que nous recherchons un donneur. Le MRI est plus haut que je ne l'aurais souhaité et on n'a pas de temps à perdre. Vous allez rencontrer Doug Davis dès demain ; il dirige l'équipe de transplantation et il vous fournira les informations nécessaires.

— Il nous fera un test, à Bryan et moi, pour savoir si nous sommes compatibles ? On peut le faire immédiatement ?

— Doug discutera de tout cela avec vous.

— Donc...

Je regardais mon ordinateur sans le voir.

— En fin de compte, est-ce une bonne ou une mauvaise nouvelle ?

— Ni bonne ni mauvaise. C'est comme ça...

Une expression détestable. Jamais je n'aurais osé dire à la famille d'un enfant disparu : « Eh bien, c'est comme ça. »

— Vous pourriez préciser votre pensée ?

192

— J'aurais préféré vous donner des nouvelles plus positives, m'a répondu Jeff Jackson après avoir hésité.

C'était tout ce que je pouvais attendre de lui. Je l'ai remercié et j'ai raccroché avec un immense sentiment de solitude ; puis j'ai pensé à Bryan, assis au chevet de Haley dans l'unité d'oncologie. Elle commençait à développer une réelle affection pour lui ; une affection qui vibrait dans sa voix quand elle lui parlait. « Papa » était désormais un mot essentiel de son vocabulaire. Je le revoyais entrant, la veille, dans la chambre de Haley après l'intervention : il avait marché droit vers le lit et caressé son bras. Finalement, je n'étais peut-être pas seule. Peut-être...

20

Tara

Je me suis réveillée brusquement avec l'impression de hurler ; j'ai bondi hors de mon lit et réalisé que ce n'était pas ma voix que j'entendais, mais celle de Grace. M'imaginant que quelqu'un était en train de l'agresser, j'ai foncé vers sa chambre, pour arracher les yeux de l'intrus de mes mains nues.

Mais elle était seule. Assise dans son lit, à la pâle lueur de la lune, elle était pliée en deux, les mains sur les oreilles. Quand je l'ai rejointe, elle chuchotait d'une voix étranglée, à peine audible :

— Au secours ! Au secours !

J'ai refermé mes bras sur elle comme un cocon.

— Grace, ma chérie, tout va bien...

Elle s'est blottie contre ma poitrine et je l'ai bercée.

— C'est un mauvais rêve. Juste un mauvais rêve !

Quand elle était petite, je pouvais me permettre de la tenir ainsi dans mes bras ; tout en haïssant sa frayeur, je me suis sentie heureuse de la serrer contre moi sans qu'elle me repousse.

— Qu'y a-t-il, ma chérie ? Tu veux me parler ?

Grace avait toujours raconté ses rêves à Sam : elle s'épanchait sans réserve et il l'écoutait comme si le moindre détail était un vrai joyau.

Je l'ai sentie hocher la tête sous mon menton. Elle attrapait mon bras, le lâchait, puis le reprenait. Cela me rappelait la manière dont elle ouvrait et fermait son poing sur mon sein quand elle était un nourrisson que j'allaitais.

— Il s'agissait de papa ?

Je me suis mordu les lèvres : elle détestait ma curiosité.

— C'est ma faute si Noelle est morte !

J'ai cru avoir mal entendu, car elle s'exprimait d'une voix étouffée.

— Ta faute ? Bien sûr que non, Gracie ! Comment peux-tu avoir une pareille idée ?

Elle a hoché la tête à nouveau et j'ai répété :

— Comment peux-tu avoir une pareille idée ?

Elle s'est écartée, mais si peu que nos corps se frôlaient encore. Quand j'ai tendu un bras pour lui caresser le dos, elle n'a pas reculé.

— Le jour de sa mort, elle m'a envoyé un mail. Comme à chaque fois, elle essayait de me culpabiliser pour que je fasse du bénévolat.

— Hum...

— J'avais reçu aussi un message de Cleve. J'étais en train de lui répondre, en lui disant à quel point Noelle était pénible... et toutes sortes de choses négatives à son sujet... qu'elle était cinglée, etc. Juste après avoir appuyé sur la touche d'envoi, j'ai réalisé que j'avais expédié mon mail à Noelle au lieu de Cleve.

— Oh !

Par chance, Grace ne pouvait voir mon sourire dans l'obscurité. J'avais commis ce genre d'erreur plus d'une fois, comme tout le monde... Mais je compatissais avec elle, et avec Noelle qui avait reçu un tel message d'une jeune fille qu'elle adorait.

— Tout le monde fait cette gaffe au moins...

Grace m'a interrompue :

— Ensuite, elle s'est tuée, quelques heures ou peut-être quelques minutes après avoir reçu mon mail ! Elle a lu toutes ces horreurs que je disais sur elle et elle s'est tuée.

— Non, tu n'as pas à te sentir responsable de son suicide, ai-je protesté. Elle n'a peut-être jamais lu ton mail, et même si elle l'a lu, il en faut plus pour faire craquer quelqu'un. Elle souffrait d'un grave problème, et depuis très longtemps...

Quant à moi, je souffrais d'insomnie depuis qu'Emerson m'avait montré, il y avait de cela deux jours, la lettre qu'elle avait découverte. Cette lettre m'obsédait et l'image d'un bébé glissant des mains de Noelle me hantait. Quand ? Où ? Comme elle avait dû se sentir mal ! J'essayais en vain de chasser cette image de mon esprit. J'aurais aimé confier tout cela à Grace pour la déculpabiliser, mais c'était un secret que nous devions garder, Emerson et moi – pour l'instant, et peut-être pour toujours...

Selon mon habitude, j'étais incapable de supporter le gouffre de silence qui se rouvrait maintenant que le cauchemar de ma fille s'était dissipé.

— Je sais certaines choses au sujet de Noelle, ai-je murmuré afin de combler ce silence et de rester proche de Grace. Certaines raisons expliquent sa dépression et son suicide, ma chérie, et je t'assure qu'elles n'ont rien à voir avec toi. Que tu aies envoyé ce message ou non, ça n'aurait rien changé !

Les yeux de Haley brillaient au clair de lune ; elle m'a jeté un regard presque soupçonneux.

— C'est quoi, ces choses ?

— Je ne peux pas encore t'en parler. Nous cherchons à comprendre, Emerson et moi, pourquoi Noelle était si déprimée. Nous pensons qu'il lui est arrivé quelque chose, il y a très longtemps, et que...

— Une agression sexuelle ?

— Non, absolument pas.

J'aurais mieux fait de me taire. Il était fort probable que je ne pourrais jamais révéler à Grace ce que j'avais appris au sujet de Noelle.

— J'ignore les détails, ai-je ajouté, mais je tenais à te rassurer. Tu n'as rien à voir avec ce qui est arrivé à Noelle ! D'accord ?

Elle a hoché légèrement la tête avant de s'allonger.

— Tu pourras te rendormir ?

— Ça ira.

Elle s'est pelotonnée sous sa couverture en se tournant vers le mur. Mon corps me semblait glacé, là où il avait touché le sien. Je ne voulais pas la quitter. J'ai posé une main sur son épaule et je l'ai frictionnée.

— Tu travailles demain après-midi ?

— Non.

— Je peux te ramener en voiture à la maison.

— Jenny me déposera.

— Tu es encore toute remuée, je le sens... Tu me fais tellement penser à ton père, ma chérie. Tu rumines et ce n'est pas bon pour toi. Cette nuit, nous pourrions peut-être...

— Maman ! Laisse-moi dormir !

Grace a roulé sur le dos. Sans voir nettement son visage, j'étais certaine que ses yeux lançaient des éclairs.

— Bien...

Déçue, j'ai souri malgré tout. Elle m'avait accordé quelques centimètres et j'avais tenté d'obtenir un kilomètre.

— Je t'aime, ma chérie, ai-je murmuré en me penchant pour l'embrasser sur la joue. Dors bien !

Le lendemain, je mourais d'envie de m'assurer que Grace allait mieux, après sa nuit agitée. Enseigner au lycée que fréquentait ma fille présentait un avantage et un inconvénient : lui accéder était beaucoup trop facile. Elle n'aurait pas apprécié mon intrusion et j'ai fait mon possible pour l'éviter.

A mon retour chez moi, après ma journée de travail, le voyant de la messagerie clignotait sur le téléphone de la cuisine. J'ai composé le code confidentiel et placé le récepteur contre mon oreille.

« Salut, Tara, disait Ian. Je t'avoue que j'ai un coup au cœur chaque fois que j'entends le message d'accueil de Sam sur ta boîte vocale. Pourtant, c'est bon... oui, c'est bon d'entendre sa voix... Donc, je t'appelais pour prendre de vos nouvelles. J'espère que vous allez bien, Grace et toi. »

J'ai reposé le combiné.

Bon.

J'avais complètement oublié que Sam avait enregistré notre message d'accueil... Emerson me l'avait signalé quelques semaines après sa mort, mais tout me passait au-dessus de la tête à cette époque. Depuis, personne n'avait osé m'adresser cette remarque – à part Ian qui avait procédé avec une grande délicatesse.

A l'aide de mon portable, j'ai composé le numéro de notre téléphone fixe. L'appareil posé sur l'îlot central a sonné quatre fois. J'attendais, en me mordant les lèvres, que le répondeur se déclenche : « Bonjour, vous êtes bien chez Sam, Tara et Grace. Nous espérons que vous nous laisserez un message. A bientôt ! »

Hébétée, j'ai gardé un moment le téléphone entre mes mains, avant de me mettre à pleurer en le serrant contre mon cœur. Assise sur un tabouret, j'ai ensuite sangloté si fort que mes larmes formaient une mare sur le granit. Moi qui croyais en avoir fini avec cette phase dévastatrice du deuil, je me trompais donc.

Il m'a fallu une vingtaine de minutes pour me calmer. J'ai alors regardé l'appareil d'un air résolu : je devais changer ce message – mais je ne savais absolument pas comment m'y prendre.

Et que dirait Grace ? Je me souvenais de sa réaction quand elle avait constaté, en entrant dans notre chambre, que j'avais entassé tous les vêtements de Sam dans de grands sacs-poubelles, destinés à un magasin solidaire. Il nous avait quittées depuis deux semaines, et j'avais hâte de me débarrasser des affaires qu'il ne pourrait plus jamais porter. On m'avait dit que certaines femmes s'accrochaient pendant des années aux vêtements de leur défunt mari ; mais mon cœur volait en éclats, chaque matin, à la vue de ces costumes, chemises, pantalons et survêtements restés dans la penderie.

« Tu effaces ses traces ! » avait crié Grace en apercevant les sacs.

J'avais voulu la prendre dans mes bras pour que nous pleurions *ensemble*, mais elle m'avait repoussée avant de courir dans sa chambre. Elle me parlera demain, avais-je pensé ; deux cents lendemains s'étaient succédé, et elle me tenait toujours à distance. Pourquoi m'étais-je débarrassée si vite des affaires de Sam ? Etait-ce normal ? Ne plus voir ses tenues dans la penderie chaque matin aurait dû me soulager. Je n'avais pas songé que le vide qui les remplaçait serait aussi pénible.

J'ai pris le téléphone et enfoncé plusieurs touches pour modifier le message. Grace ne s'en apercevrait sans doute pas, car elle n'utilisait jamais la ligne fixe.

Alors que j'écoutais les instructions, elle a fait irruption dans la cuisine. J'ai sursauté. Je n'avais pas réalisé qu'elle était rentrée à la maison avant moi et j'ai craint qu'elle n'ait entendu ma crise de désespoir. Je n'avais plus qu'à raccrocher, car je ne voulais pas poursuivre en sa présence.

— Qu'est-ce que tu fais ?

Debout de l'autre côté de l'îlot, elle observait l'appareil d'un œil soupçonneux.

— Je me disais qu'il était temps de changer notre message d'accueil, ai-je admis. Mais je ne sais pas comment m'y prendre...

— Comment t'y prendre pour enlever la voix de papa ?

En me demandant dans quelle mesure ses mots étaient accusateurs, j'ai répété :

— Oui, je crois qu'il est temps.

Grace a promené son regard sur le combiné que je tenais toujours, puis elle a tendu la main.

— Je peux le faire à ta place, si tu veux.

— Ça me rendrait service !

Elle a appuyé rapidement sur plusieurs touches et dit : « Allô, ici Grace... », puis m'a tendu le téléphone que j'ai regardé fixement, sans bien savoir ce qu'elle attendait de moi. Comme si elle me prenait pour une débile mentale, elle a appuyé à nouveau sur une touche.

— Je vais dire « Allô, ici Grace », tu ajouteras « Et Tara » ; ensuite je terminerai le message. D'accord ?

201

— D'accord.

Je me suis approchée d'elle. Nos têtes se frôlaient et je pouvais humer l'odeur de son shampooing. Cette odeur qui me manquait tant m'a noué la gorge.

Après l'enregistrement, Grace a raccroché.

— Merci, ai-je murmuré en souriant.

— Quand tu veux.

Elle a pris une pomme dans la corbeille à fruits et tourné les talons en direction du vestibule. Je mourais d'envie de la rattraper au vol, de la garder dans la cuisine avec moi, et de la questionner. *Tu as eu du mal à te rendormir, la nuit dernière, après ton cauchemar ? Comment s'est passée ta journée ? Quel est ton professeur préféré ce trimestre ? As-tu parlé à Cleve récemment ?* J'ai réussi malgré tout à me taire : ce qui venait de se passer entre nous, bien qu'insignifiant en apparence, me semblait miraculeux. Je n'allais pas gâcher un pareil instant.

21

Anna

Washington, DC

Bryan et moi étions assis en face de Doug Davis, le spécialiste des transplantations de l'hôpital pour enfants, tandis qu'il feuilletait l'épais dossier de Haley. Il en a sorti un papier, l'a posé sur son bureau et l'a tapoté du doigt.

— J'ai ici le compte rendu sur la moelle osseuse de Haley. Son type cellulaire est assez difficilement compatible, mais il n'y a aucune impossibilité. Il n'y a donc pas de raison d'être pessimiste.

Il me regardait droit dans les yeux. Avais-je l'air pessimiste ? Je mourais de peur, ce qui revenait peut-être au même.

Etre à l'hôpital de pédiatrie sans Haley me semblait bizarre. Elle passait un long week-end avec Marilyn et ses filles ; j'attendais avec impatience le récit qu'elle me ferait le soir même. Cette évasion était une bonne chose, mais, au bout de trois jours de séparation, je me sentais en manque. Je souffrais aussi d'avoir à la ramener le lendemain à l'hôpital pour une autre dose de sa chimiothérapie d'entretien.

Elle m'avait appelée dans la matinée et j'avais compris qu'elle s'éclatait avec ses cousines. Ensemble, elles avaient patiné sur une piste couverte, acclamé le match de foot de Megan, campé au fond du jardin, vu des films et déambulé pendant des heures au centre commercial. Je n'appréciais pas spécialement que des gamines traînent dans ce genre de lieu, mais je souhaitais que ma fille prenne un maximum de bon temps. Si elle avait envie de traîner au centre commercial, encadrée par ses quatre cousines, pourquoi pas, mon Dieu ?

— On peut nous tester aujourd'hui ? a demandé Bryan au Dr Davis. Je m'étonne que l'on ne se précipite pas sur nous, dès maintenant, pour effectuer un prélèvement sur nos joues !

Le Dr Davis a souri. Il était si jeune... Tous les médecins auxquels j'avais affaire étaient devenus, d'un jour à l'autre, plus jeunes que moi.

— Nous verrons si vous êtes compatibles, mais nous n'avons recours aux parents qu'en dernier ressort. Ils sont rarement compatibles. Un frère ou une sœur le sont beaucoup plus, comme de juste. Haley a-t-elle des frères ou des sœurs ?

J'allais répondre, mais Bryan m'a devancée :

— Nous avons eu un autre enfant.

Il s'est éclairci la voix, a ajusté ses lunettes.

— Une fille... Elle a disparu peu de temps après sa naissance. Nous ne savons même pas si elle est encore en vie.

Ses mots m'ont touchée : c'étaient les miens, ceux que j'employais d'ordinaire, et qui me serraient la gorge chaque fois que je les prononçais à haute voix. Il n'avait jamais fait aucune allusion à Lily depuis son irruption soudaine dans la chambre d'hôpital de Haley, deux mois auparavant. Avait-il oublié notre enfant perdu ? Sa voix vibrait d'un profond chagrin, alors que je m'étais crue seule avec ma peine, des années durant.

Le Dr Davis a retiré ses lunettes.

— Quelle tragédie ! A la fois pour cette petite fille et pour Haley. Il y a une chance sur quatre pour qu'un frère ou une sœur soit compatible. En ce qui concerne l'ensemble de la population, le pourcentage est autour de vingt-cinq pour mille.

Mon accès de colère contre Bryan, contre le monde entier, m'a surprise ; je me suis efforcée de n'en rien laisser paraître. Si nous n'avions pas perdu Lily, nous aurions eu une chance sur quatre de sauver Haley, tout simplement.

— Elle a des cousines, ai-je signalé au médecin, en me demandant où elles se situaient sur l'échelle des donneurs. Quatre filles... les enfants de la sœur de Bryan.

— Nous allons tester chacune d'elles, mais nous aurons probablement recours à la base de données globale des donneurs. Si l'un d'eux est compatible, on lui demandera un échantillon de sang. On trouve presque toujours des donneurs, a affirmé le docteur ; c'est seulement une question de temps.

J'ai repensé à toutes les histoires que j'avais entendues au sujet de personnes mortes en attendant une greffe. Un petit garçon, en traitement dans ce même hôpital quand Haley marchait à peine, n'avait pas pu être transplanté à temps... J'ai frissonné comme si mon corps se glaçait.

— Nous poursuivrons la chimiothérapie d'entretien tant que nous n'aurons pas trouvé de donneur. J'ai d'ailleurs une bonne nouvelle pour vous : ses cheveux vont probablement repousser.

Le Dr Davis a souri avant d'ajouter :

— Du moins, pendant un certain temps.

— Un certain temps seulement ? a demandé Bryan.

J'ai réalisé alors qu'il n'avait pas vu les cheveux de Haley depuis qu'elle avait un an. A l'époque, ils étaient duveteux et plutôt blonds. A douze ans, elle les portait négligemment en queue-de-cheval ; de longues mèches s'échappaient de l'élastique et encadraient son visage. Elle ne se préoccupait guère de son apparence. Je faisais le vœu qu'elle atteigne l'âge où elle s'y intéresserait. Pour ma part, je n'y étais jamais réellement parvenue : je n'étais pas du genre à me mettre en frais, je n'avais pas l'habitude de me maquiller, sauf quand je devais participer à un colloque. Je me moquais qu'elle soit comme moi ou non. Je voulais juste qu'elle ait au moins la possibilité de choisir le genre de femme qu'elle souhaitait être.

— Dès que nous aurons trouvé un donneur, nous la préparerons à la transplantation, a ajouté le médecin. Elle aura plusieurs semaines de chimiothérapie intensive et d'irradiation ; elle perdra donc ses cheveux à nouveau. Après la greffe, elle passera au moins un mois à l'hôpital et quatre mois environ de convalescence à la maison.

Il nous a parlé de son isolement en chambre stérile et des mesures d'hygiène extrêmes qu'exigerait de nous l'état de Haley.

— Oh ! a murmuré Bryan, apparemment aussi bouleversé que moi.

Ce que je venais d'entendre ne me surprenait guère. J'avais pris des renseignements de mon côté ; j'avais vu d'autres enfants et leur famille traverser cette épreuve dans la même unité hospitalière. Mais la réalité de la situation ne me frappait que maintenant. Il s'agissait de Haley, et je prenais conscience du calvaire que nous allions vivre.

Sur le chemin du retour, nous n'avons pas dit grand-chose, Bryan et moi, tandis que nous roulions vers Alexandria. Après un arrêt dans la Vieille Ville pour prendre des *latte*, nous avons emporté nos gobelets sur un banc, au bord du fleuve. Par cette journée splendide, un bateau blanc, à quai sur notre gauche, étincelait au soleil. Le Potomac avait des reflets d'argent. J'aurais aimé partager cette beauté avec Haley. J'aurais voulu qu'elle voie ce bateau et qu'elle s'y embarque pour une promenade, qu'elle s'asseye sur ce banc et admire l'eau argentée, qu'elle déguste un *latte* au caramel. Impossible pour moi de voir, sentir ou toucher quoi que ce soit sans souhaiter désespérément qu'elle puisse en faire autant.

Nous avons gardé le silence quelques minutes devant cette vue superbe, en essayant d'assimiler tout ce que nous avait expliqué le Dr Davis.

— J'ai peur, ai-je finalement avoué. Même s'ils trouvent un donneur, tant de choses pourraient mal tourner...

Bryan ne m'a pas répondu tout de suite. Il buvait son café à petites gorgées, le regard fixé sur l'eau. J'allais revenir à la charge quand il s'est décidé à parler :

— Ecoute, Anna... Je tiens à te dire que je n'ai pas l'intention de m'éloigner. Je ne repartirai pas.

Alors qu'il cherchait sans doute à me rassurer, ma riposte a fusé :

— Tu n'as pas intérêt ! Surtout pas, maintenant que Haley s'est attachée à toi !

— Bien sûr.

J'ai laissé mon regard planer sur l'eau, en me préparant à en dire plus.

— Ton allusion à Lily m'a surprise...

— Pourquoi ? Tu t'imagines que j'aurais pu l'oublier ?

— Je me posais la question.

— Oh, Anna ! Sérieusement ?

Je me suis tournée vers lui.

— Tu nous as abandonnées, Bryan. Tu t'es jeté dans une vie nouvelle. Evidemment, tu as discuté avec la police et les autorités, autrefois ; mais depuis, pendant toutes ces années, tu ne m'as jamais parlé d'elle !

— C'était une période si difficile...

— Difficile, c'est le moins qu'on puisse dire.

Bryan a enlevé ses lunettes de soleil et frotté l'arête de son nez.

— J'ai des regrets.

Il y a de quoi ! ai-je pensé. Je voulais qu'il me rende des comptes précis, pour me prouver qu'il n'omettait aucun de ses torts.

— Explique-moi tes regrets.

Il m'a dévisagée longuement, le temps de décider s'il allait ou non mordre à l'hameçon.

— Avant tout, je regrette de ne pas avoir été un père pour Haley. Rien n'explique ma conduite, si ce n'est... ma lâcheté. Dès le début, je n'ai pas été un bon père. J'évitais de m'investir, de peur qu'elle disparaisse comme Lily. Une réaction irrationnelle, mais je n'y pouvais rien.

Je me souvenais de son peu d'intérêt pour Haley au cours de sa première année. Son attitude m'avait semblé banale : les bébés sont si soudés à leur mère que j'admettais sans mal qu'un père ait du mal à trouver sa place dans le tableau. Pouvais-je me douter que c'était son angoisse qui l'empêchait de se lier à sa fille ?

— Quand sa maladie s'est déclarée, ç'a été la goutte d'eau. Il a fallu que je m'enfuie. Je n'ai pas eu de cran. Je sais.

— Tu cours encore le risque de la perdre maintenant... Alors, pourquoi être revenu ?

Bryan a ébauché un sourire.

— La crise de la quarantaine, à ma manière ! Quand ils constatent que leur vie leur échappe, certains types comblent le vide avec une voiture ou une petite amie sexy. J'ai ressenti ce vide et j'ai compris que ce qui me manquait, ce n'était pas une voiture ou une petite amie sexy. C'était ma fille...

Il a remis ses lunettes.

— Je me demandais comment réapparaître élégamment dans sa vie quand tu m'as appelé. J'ai aussitôt réalisé que ça ne serait pas « élégant », mais que je n'avais pas le choix. Je devais être présent pour elle, pour toi aussi. J'avais une peur bleue, Anna ! Ça me terrorise toujours autant, a ajouté Bryan, ses yeux dans les miens, mais s'il arrivait malheur à Haley sans que j'aie fait l'effort de la connaître, je me sentirais impardonnable. Il y a déjà tant de choses que je ne me pardonne pas. On m'a décerné la médaille du courage à l'armée, mais je me suis conduit comme un lâche dans ma propre famille. J'ai songé à rendre cette décoration...

Je me suis attendrie, car il paraissait sincère.

— Tu fais bien de me raconter ça, ai-je murmuré. C'est un peu tard, mais j'apprécie tout de même.

— Autre chose... J'ai un ami ici. Sa femme et lui sont concessionnaires de voitures dans le Maryland. La semaine dernière, quand je t'ai dit que j'avais un entretien d'embauche, en fait je suis allé les voir.

Au moment où Bryan m'appelait, ce jour-là, j'avais entendu un rire de femme. J'ai froncé les sourcils en me demandant où il voulait en venir.

— Un de leurs enfants est mort d'une leucémie, il y a des années. Je leur ai parlé de Haley avant de venir ici. Ils m'ont assuré que si elle avait finalement besoin d'une transplantation, ils étaient prêts à parrainer une collecte de moelle osseuse. On en a discuté au cas où… Et, justement, elle en a besoin…

— Ah !

Je me sentais coupable d'avoir douté de Bryan.

— Si j'ai bien compris, a-t-il précisé, la probabilité de trouver un donneur grâce à une collecte est faible, mais ça a le mérite de toucher un plus large éventail de gens. Ces amis m'ont dit aussi que si vous acceptez, Haley et toi, de vous exprimer en public au sujet de… son histoire, votre participation aidera à attirer du monde. Mais rien ne vous y oblige.

Cela demandait réflexion. Nous avions vécu tous les trois une histoire poignante, étant donné la disparition de Lily et le premier combat livré par Haley contre la leucémie ; mais je ne tenais pas spécialement à mettre ma fille sur la sellette.

— Je lui en parlerai… ou plutôt, *nous* pouvons lui en parler. En tout cas, merci d'y avoir pensé et d'avoir pris cette initiative.

J'ai observé une file de touristes attendant le moment de monter sur le bateau. Je n'en revenais toujours pas que Bryan ait cette possibilité d'une collecte dans sa manche, qu'il se soit soucié de l'avenir.

— Tu sais, a-t-il repris, toute cette histoire avec Lily… Il m'a fallu longtemps pour comprendre ce qui s'était passé, et j'ai encore beaucoup de mal à l'évoquer. Tu m'en as voulu de ne pas aller à Wilmington, à l'époque, pour veiller sur elle. J'aurais dû, mais je n'arrivais pas à te quitter. Je croyais Lily tirée d'affaire, alors que je pouvais te perdre d'une minute à l'autre. Tu étais entre la vie et la mort...

— Je sais. Je sais que tu as fait pour le mieux.

A dire vrai, je regrettais encore aujourd'hui qu'il n'ait pas cherché à en faire plus, qu'il n'ait pas appelé plus tôt l'hôpital de Wilmington et n'ait pas insisté pour obtenir davantage d'informations. Mais comment aurait-il pu se douter que Lily s'était volatilisée ? Qui aurait pu ?

— J'ai eu l'impression que c'était arrivé par ma faute.

— C'est moi qui t'ai donné cette impression.

Moi qui souhaitais quelques secondes avant qu'il me présente des excuses, je prenais soudain la mesure de ma propre culpabilité. Je l'avais blâmé, faute d'avoir quelqu'un d'autre à accuser. Il m'avait trouvée dans le coma, à l'hôpital universitaire de Duke, quand on l'avait rappelé de Somalie ; j'étais donc sa préoccupation majeure. Mais quand nous avions appris, après ma sortie du coma, que Lily avait tout bonnement disparu de l'hôpital de Wilmington, je m'étais indignée qu'il ne soit pas allé la voir et je l'avais tenu à distance.

— Nous étions traumatisés, l'un comme l'autre, ai-je conclu, et nous avions besoin d'un sérieux soutien psychologique.

Bryan m'a souri.

— Et même d'un psychologue à domicile !

Il a avalé une gorgée de café.

— Es-ce que tu... est-ce que tu as obtenu des précisions au sujet de ce qui lui est arrivé ?

— Comme tu le sais, les enquêteurs ont supposé qu'elle était morte. Peut-être une erreur médicale que quelqu'un a cherché à couvrir, mais je n'ai jamais pu accepter cette hypothèse.

Je refusais de l'accepter !

— Ensuite, il y a eu toutes sortes de fausses pistes... On m'a téléphoné un jour, Haley avait environ trois ans. Une femme de Caroline du Sud venait de contacter la police parce qu'elle pensait que la fille de sa cousine était en fait Lily. Sa cousine était apparue avec un bébé sur les bras à peu près au moment de la disparition de Lily, ce qui lui semblait bizarre. Pourquoi cette femme avait-elle attendu si longtemps pour se manifester ? Elle prétendait ne pas vouloir mettre sa cousine dans le pétrin ; mais comme celle-ci s'était mise à maltraiter sa fille, elle avait décidé de prévenir les autorités. En fin de compte, la cousine avait effectivement kidnappé un bébé, mais pas le mien, pas le nôtre...

Je me rappelais encore ma déception quand l'inspecteur de police m'avait appelée pour m'annoncer les résultats de l'analyse ADN.

— Je n'ai jamais cessé d'espérer, Bryan. Après l'entrée en rémission de Haley, quand elle avait presque quatre ans, j'ai enfin pu penser à autre chose qu'à sa santé, et nous avons passé une semaine à Wilmington. Tandis que nous nous promenions dans les rues, j'étais à l'affût d'une petite fille de sept ans qui pourrait être Lily. Je rôdais autour des écoles... C'était un peu fou de ma part, étant donné que l'hôpital où elle est née couvrait une zone immense. Lily aurait pu se trouver à bien des endroits ! Je me suis toujours accrochée à l'idée qu'une personne, désespérément en manque d'enfant, avait remarqué le plus beau bébé de l'hôpital et l'avait emmené. Dans ce cas, elle a été aimée et choyée.

— Je n'ai jamais pu la voir, a chuchoté Bryan, le visage défait.

— Je sais. Au moins, je l'ai eue pendant quelques heures.

— Haley est au courant ?

— Bien sûr.

Bryan n'était pas habitué aux vérités difficiles à dire. Il lui avait fallu deux mois pour évoquer Lily.

— Je lui en ai parlé très tôt, ai-je ajouté. Elle devait avoir cinq ou six ans, au plus. Haley n'est pas une petite fille comme les autres, vois-tu.

— Oui, elle est fantastique.

— Je ne sais pas si c'est à cause de ce qu'elle a enduré sur le plan médical quand elle était toute petite… mais elle a toujours été différente des autres enfants de son âge. Elle m'aide même à rechercher Lily.

— Comment ça ? s'est étonné Bryan.

— Elle s'intéresse aux activités du Bureau des enfants disparus. Par exemple, elle parcourt les données que nous recevons, au cas où il y aurait des éléments en rapport avec sa sœur. Elle vient me voir quelquefois à mon travail, et nous sommes retournées deux fois ensemble à Wilmington pour essayer de retrouver Lily. Nous avons toutes les deux un trou immense au

214

cœur... Elle a même créé un site, appelé « Frères et sœurs des disparus ».

— Elle l'a vraiment créé elle-même ?

— Comme son père, c'est un as de l'informatique.

La tête en arrière, Bryan a contemplé le ciel.

— Je l'aime, a-t-il murmuré. Pendant des années, j'ai envoyé de l'argent, des cadeaux de Noël et je ne sais quoi, mais je ne l'aimais pas. Je me sentais coupable d'être un père aussi nul. Maintenant, je l'aime vraiment... et je peux dire, en toute sincérité, que je n'ai jamais rien éprouvé de semblable. Dès l'instant où je l'ai vue dans sa chambre d'hôpital, chauve et nauséeuse, j'aurais voulu lui donner ma santé et prendre sa place sur ce lit.

— Oui, je connais ce sentiment.

— Je m'en veux tellement !

L'envie que j'avais ressentie, au fil des ans, d'entendre Bryan exprimer des regrets s'était dissipée.

— Ne parlons plus du passé, ai-je chuchoté. Maintenant, tu es là, et tu vas la gagner, cette médaille du courage.

22

Emerson

Wilmington, Caroline du Nord

La cuisine de Hot ! était beaucoup plus nette que celle de la maison. Effectivement, il n'y avait pas de contrôle sanitaire chez moi, alors qu'un tel contrôle pouvait survenir à tout moment sur mon lieu de travail. Notre notation était de quatre-vingt-dix-neuf sur cent ; j'aspirais à cent sur cent, raison pour laquelle j'avais demandé à Jenny de nettoyer la machine à glace et de récurer chaque centimètre carré du plan de travail.

— Je vais passer à la bibliothèque avant de rentrer, lui ai-je annoncé, en vérifiant, dans le réfrigérateur, que nous avions assez de demi-crème pour le lendemain matin. Il reste du chili à la courge... Tu l'emporteras à la maison pour ton dîner avec papa ?

Jenny a levé les yeux.

— Tu ne rentres pas dîner ?

A l'entendre, on aurait dit que j'allais m'envoler pour la lune, mais je ne pouvais pas lui en vouloir : en dehors de rares soirées entre filles avec Tara, je dînais toujours à la maison. Ce soir-là, j'avais d'autres projets, et j'étais, malheureusement, dans l'obligation de mentir à leur sujet.

— Je dois faire des recherches sur des recettes du terroir, que je voudrais ajouter au menu du déjeuner, ai-je prétendu. Je n'y ai pas accès avec Google, mais c'est possible à la bibliothèque.

Ma réponse approximative a payé. Le regard de Jenny s'est terni quand elle a entendu le mot « recherches ». J'avais réussi mon coup avec Ted aussi : quand je lui avais raconté la même histoire, le mot « terroir » avait été dissuasif. D'autres mensonges seraient inévitables, en attendant que j'y voie plus clair.

— On est d'accord ? ai-je ajouté en accrochant mon tablier derrière la porte du fond. Tu t'occuperas du repas ?

— OK, a marmonné Jenny en vaporisant un spray d'un grand geste, avant de se mettre à frotter. Mais je voudrais te parler de mon travail... J'aimerais faire moins d'heures.

— Comme tout le monde, non ?

Elle a évité mon regard et je me suis demandé si elle s'attendait à ce que je m'apitoie sur son sort. En vérité, j'aurais pu me passer d'elle assez facilement ces temps-ci : Sandra (mon assistante), mon autre serveuse et un cuisinier se tiraient d'affaire en général. Mais Jenny avait besoin de cet argent et me rendait de précieux services les jours où elle travaillait.

— Je te parle sérieusement ! a-t-elle protesté en déplaçant le grille-pain pour nettoyer derrière.

Depuis combien de temps n'avais-je pas fait ce geste chez moi ?

— Et je m'occupe beaucoup plus des bébés, maintenant que Noelle... tu sais...

— Tu voudrais être plus souvent avec Devon ?

Jenny, déconcertée, a rougi en baissant les yeux.

— Je n'ai pas beaucoup de loisirs en ce moment.

Elle était sous le charme de ce garçon et j'étais si préoccupée par mes propres problèmes que j'avais à peine remarqué ce qui lui arrivait.

— Moins d'heures signifie moins d'argent dans ta poche.

— Evidemment.

J'ai débarrassé les bols qui séchaient sur l'égouttoir.

— Mets au point un nouvel horaire avec Sandra, et on verra à quoi ça ressemble.

Jenny était une gentille fille, tellement semblable à moi... Facile à vivre, sociable, elle n'était pas d'une ambition folle ; mais, à mon avis, il valait mieux être aimée qu'enviée. Peu importe si tout le monde ne partage pas mon opinion ! Jenny était donc appréciée par tous ceux – jeunes ou moins jeunes – qui la connaissaient. Je préférais qu'elle ne soit pas du genre à donner un coup de poignard dans le dos pour se tailler une place.

Tous les garçons qu'elle avait fréquentés m'avaient semblé sérieux. Leur relation n'était pas allée très loin, autant que je sache, et c'était bien ainsi. Peut-être était-ce différent avec

Devon. J'avais apprécié leurs sorties à quatre – avec Grace et Cleve – pendant l'été. On court moins de risques en groupe, pensais-je, à tort ou à raison.

— Comment réagit Grace ? ai-je demandé en refermant la porte du placard.

— Tu veux dire, à propos de Cleve ?

— Ça doit être dur pour elle, d'autant plus que tu es toujours fourrée avec Devon.

— Elle va mal, et Cleve est un crétin.

J'ai sorti le chili du réfrigérateur, de peur que Jenny l'oublie.

— Son attitude peut se justifier... Il veut probablement vivre sa vie d'étudiant, loin de chez lui, sans se sentir lié.

— Rien à voir avec ça ! a protesté Jenny. Je parle de la manière dont il se comporte maintenant. Il passe son temps à lui envoyer des textos et des mails, et il lui donne l'illusion qu'ils finiront par se remettre ensemble.

— Oh non !

— En fait, c'est elle qui a commencé avec les textos et tout le reste, mais Cleve lui répond toujours. Donc, elle croit qu'il tient encore à elle.

— Il tient certainement à elle.

— Pas comme elle voudrait ! Je le trouve égoïste.

Jenny a rangé le vaporisateur dans le placard sous l'évier, et jeté les serviettes en papier à la poubelle, tandis que je glissais le récipient de chili dans un sac en plastique.

— Une double tuile pour cette pauvre Grace !
ai-je constaté. D'abord son père, ensuite Cleve...
Je la plains.

Grace avait été si proche de son père. C'était
une relation que j'enviais, car Jenny ne s'était
jamais entendue avec Ted comme Grace avec
Sam.

Après s'être lavé les mains, Jenny les a séchées
avec une serviette en papier, en s'appuyant au
comptoir.

— Je la plains moi aussi. Je ne supporte pas
l'idée que papa pourrait mourir. C'est déjà assez
dur avec la mort de Noelle et grand-papi à
l'hospice !

— Je sais, ma chérie.

L'une des infirmières de l'hospice m'avait
appelée le matin même pour me prévenir que
mon grand-père souhaitait me voir seule la
prochaine fois, sans Ted ni Jenny. J'ignorais
pourquoi, mais j'étais prête à tout pour lui
donner satisfaction.

Je me suis approchée de Jenny et j'ai balayé
d'un geste la mèche qui cachait presque son œil
gauche, avant de planter un baiser sur sa tempe.

— Je t'aime, Jenny.

— Moi aussi.

Elle a secoué la tête pour faire retomber le
rideau de cheveux sur son front.

— Tu vas fermer ? m'a-t-elle demandé en
regardant le sac en plastique posé sur le plan de
travail.

J'ai glissé un bras autour de sa taille et nous
nous sommes dirigées vers la porte du fond.

Si elle restreignait son temps de travail au café, ces heures passées en sa compagnie me manqueraient.

— Ça devient sérieux avec Devon ?

A peine la question posée, j'ai senti un mur invisible s'élever entre nous : le moment d'intimité mère-fille était passé. Je n'avais plus rien à attendre ce soir-là, mais c'était bien ainsi. Ces quelques minutes avec Jenny me reviendraient à l'esprit tandis que je chercherais à retrouver la trace d'Anna, la femme qui n'avait jamais eu le bonheur de connaître sa fille, par la faute de Noelle.

A la bibliothèque, je me suis assise devant un ordinateur, et une fois connectée au site de NC Live, j'ai tapé le mot de passe donné à l'accueil. Chez moi, quand j'avais cherché sur Google – *Anna*, puis *bébé*, *Wilmington* et *hôpital* –, je n'avais obtenu que des informations sans intérêt. J'espérais que NC Live me donnerait du grain à moudre.

D'après les registres de Noelle, le dernier bébé mis au monde par ses soins était un garçon ; l'hypothèse qu'elle ait cessé d'exercer après l'accident était donc erronée. A moins qu'elle n'ait pas mentionné cet accouchement désastreux dans ses archives. Je voulais donc trouver l'article évoqué par Noelle dans sa lettre du 8 juillet 2003 : une tâche peut-être vouée à l'échec, mais j'allais m'y atteler.

Il m'a fallu un certain temps et l'aide d'une bibliothécaire pour repérer la page de recherche du *Wilmington Star*. La lettre de Noelle ne précisait pas quand elle avait lu l'article au sujet d'Anna. NC Live ne présentent les numéros du *Star* qu'à partir d'avril 2003, j'ai espéré que cet article était ultérieur. Peut-être datait-il du 8 juillet, et Noelle avait-elle décidé d'écrire sa lettre en le lisant...

Optimiste, j'ai décidé de chercher, dans les numéros de juin et juillet 2003, tous les articles où figurait le prénom Anna. Combien ? Cinquante-sept... J'étais submergée par les Anna ! J'ai commencé à parcourir les textes : notices nécrologiques, résultats d'équipes d'athlétisme, un shérif malhonnête, quelques naissances. Je me limitais aux papiers concernant les femmes en âge de procréer pendant les années où Noelle exerçait. L'une d'elles avait remporté le prix du « plus joli jardin du mois », une autre était une athlète olympique, et il y en avait également une qui avait volé de la bière dans une grande surface.

J'ai noté le nom de famille – Fischelle – de la meilleure jardinière, qui me semblait la seule hypothèse valable. Elle habitait le centre-ville et je l'imaginais consacrant toute son énergie à l'entretien de son jardin, pour tenter de combler le vide laissé par son enfant disparu. J'ai donc poursuivi mon exploration et n'ai trouvé qu'une seule Anna Fischelle : elle vivait effectivement à Wilmington, mais était âgée de soixante-dix-huit ans, d'après ce que j'ai pu déduire du site des Pages Blanches.

D'autres investigations, dans le journal de Wilmington, en utilisant les mots *hôpital, bébé, disparu*, n'ont donné aucun résultat positif. J'ai fixé l'é ·ran de mon ordinateur d'un œil mauvais.

Voyons un peu ! Noelle avait été une dévoreuse de journaux... Jadis, elle recevait même le *New York Times*, mais c'était avant de pouvoir le parcourir en ligne. Je savais qu'elle lisait le *Washington Post*, car elle se plaignait constamment qu'il soit devenu affreusement conservateur. Elle le lisait cependant, de sorte qu'elle avait un prétexte pour s'insurger contre les puissants de ce monde.

J'ai donc attaqué par le *Post*, en cherchant une Anna entre le 1ᵉʳ juin et le 8 juillet 2003 ; très vite, j'ai obtenu dix pages, avec deux cent deux résultats. Une bataille perdue d'avance ? Je me sentais déjà stupide de chercher dans le *Post*, mais n'était-ce pas encore plus absurde de m'intéresser au *New York Times* ? L'enlèvement ayant eu lieu à Wilmington, l'article était probablement dans le journal de cette ville. J'allais revenir au *Star* quand j'ai aperçu un titre à mi-niveau, sur la première page de résultats : *La police se justifie dans l'affaire d'une fillette de trois ans disparue*. Le mot *disparue* accrochait mon regard, mais ce n'était pas ce que je cherchais : l'enfant enlevé par Noelle était un nouveau-né ! Sans doute entraînée par le flot de mes recherches, j'ai tout de même cliqué sur ce titre et j'ai lu l'article en diagonale, en quête du prénom *Anna*.

Le 3 juin 2003, une petite fille du Maryland avait disparu du camping de Shenandoah Valley où elle séjournait avec sa famille. Il y avait eu, apparemment, une controverse à propos de la manière dont la police avait géré l'affaire, et c'est là qu'Anna entrait en jeu. Elle apparaissait dans la toute dernière phrase :

Anna Knightly, porte-parole du Bureau des enfants disparus, a défendu le point de vue de la police : « Déclencher une alerte Amber avec uniquement une description physique de l'enfant aurait été inapproprié », a-t-elle déclaré.

Il ne s'agissait pas de « notre Anna », à mon avis, mais j'ai tout de même tenté ma chance sur Google. Le nom d'Anna Knightly était plus commun que je ne l'aurais cru. Certaines des femmes ainsi nommées élevaient des chiens, étaient des blogueuses passionnées de point de croix, ou enseignaient. Quand j'ai ajouté le mot *disparu* à ma recherche, un article au-delà de tout ce que je pouvais imaginer a surgi. Paru dans le *Washington Post* du 14 septembre 2010 – le jour du suicide de Noelle – il annonçait, dans un style clair et concis, la nomination d'une nouvelle directrice du Bureau des enfants disparus :

Anna Knightly a été nommée directrice du Bureau des enfants disparus. Mme Knightly y a occupé différents postes depuis 2001, motivée par la disparition de sa propre fille, mise au monde dans un hôpital de Caroline du Nord. Depuis cette époque, elle se dévoue à la cause des enfants disparus et de leurs parents.

Affalée sur mon siège, j'ai senti une sueur glacée inonder mon corps. Jusqu'alors, je n'avais pas cru réellement à cette lettre ébauchée par Noelle. Je ne l'imaginais pas volant un paquet de chewing-gums, alors un nouveau-né ! Je ne l'imaginais pas non plus vivant dans le mensonge, et pourtant j'en avais la preuve sous les yeux.

Maintenant, que devais-je faire de tout cela ?

23

Noelle

— Salut, les demoiselles de Galloway ! lança Sam, depuis la porte de derrière du petit cottage en bord de mer. Voici ma contribution au dîner de ce soir.

Flanquée d'Emerson et de Tara, Noelle traversa le salon à l'odeur de renfermé et jeta un coup d'œil dans le seau. Quatre poissons au regard éteint et aux écailles argentées étaient entassés au fond.

— Formidable ! s'écria Tara.

— Qu'est-ce que c'est ? fit Emerson.

— Des poissons ! proclama Sam, fièrement.

Emerson lui tapota le bras.

— Je voulais savoir quel *genre* de poisson.

— Peu importe !

Sam riait. Ils avaient passé deux jours à la plage tous les quatre ; sa peau avait déjà pris une teinte caramel, et ses yeux étaient du même bleu que le ciel.

L'un des poissons vivait encore et respirait difficilement, remarqua Noelle avec un frisson. Elle leva les yeux vers Sam.

— Tu es un sauvage.

— Je suppose qu'ils n'ont pas trop souffert, marmonna-t-il en observant à son tour le contenu du seau.

Son air quelque peu gêné toucha Noelle. Sam était un tendre…

Il se pencha pour déposer un baiser sur la joue de Tara.

— Je voulais juste vous les montrer avant de les vider !

La maison en front de mer de Wrightsville Beach était exiguë et sentait mauvais, mais n'en était pas moins parfaite. Tara et Sam occupaient la plus grande chambre, Emerson la plus agréable des deux petites. Elle l'aurait volontiers tirée à la courte paille, mais Noelle, qui ne reculait devant rien pour lui faire plaisir, lui avait dit de la prendre.

Elle ne mentait pas en affirmant ne pas avoir de préférence. Il suffisait à son bonheur d'être à la mer avec des amis qu'elle avait appris à aimer au cours des dix derniers mois. Tara et Emerson étaient unies par un lien profond qu'elle ne partagerait jamais, étant leur aînée de trois ans et leur responsable de résidence de l'année écoulée ; mais elle n'avait jamais eu d'amies aussi intimes. Après avoir craint au début de passer pour une intruse, elle avait fini par se convaincre de la sincérité de leur affection.

Mieux que quiconque, elles acceptaient ses bizarreries.

En un sens, elle était pourtant encore plus proche de Sam.

Au début du semestre, il avait été son assistant en Médecine et Droit, ce qui lui avait permis de constater qu'il n'était pas seulement beau gosse. Alors que son professeur insistait sur la manière dont le personnel médical peut se mettre à l'abri des procédures judiciaires, Sam semblait se préoccuper en priorité des patients ; elle appréciait particulièrement son point de vue.

Il s'était intégré à son univers, à la fois dans le cadre de ses études et à l'extérieur. Quand elle le retrouvait à la cafétéria des étudiants pendant la pause, elle lui parlait des patients qu'elle voyait en stage, et il semblait toujours intéressé, sinon fasciné. Elle avait tendance à prendre les avocats pour des filous calculateurs, prêts à jouer sur les mots afin de tirer d'affaire leurs clients ; mais Sam ne serait jamais ainsi. Elle espérait que la fac de droit n'entamerait pas son honnêteté. Il partait en septembre et elle le sermonnait, au moins une fois par semaine, pour qu'il s'accroche à ses valeurs, comme elle aux siennes dans ses études d'infirmière.

Leurs conversations, à la cafétéria, adoptaient parfois un tour personnel, et elle lui faisait des confidences dont il était l'unique dépositaire. La désertion de son père. Les dons de sage-femme de sa mère. Elle lui désignait les hommes avec qui elle avait couché, et ceux dont elle avait repoussé les avances.

« Tu as un faible pour les excentriques, avait-il déduit.

— Que veux-tu dire ?

— Les types comme lui... »

A la table voisine, un étudiant, penché sur un livre, avait une longue natte lui descendant jusqu'à la taille.

« Pas dans la norme... »

Effectivement, mais Sam était de leur espèce, et s'il n'avait déjà été pris, elle aurait aimé qu'il se passe quelque chose entre eux. D'ailleurs, elle avait conscience de l'attirer, bien qu'il soit aussi fortement attaché à Tara que s'ils avaient été promis l'un à l'autre dès la naissance.

A l'automne, tout allait changer, ce qui rendait d'autant plus précieux ces moments entre amis. Sam serait à la faculté de droit de Wake Forest et elle entrerait à l'école de sages-femmes de Greenville. Malgré sa joie à l'idée qu'elle approchait du but, elle s'attristait d'être séparée d'Emerson, Tara et Sam.

Surtout d'Emerson, bien sûr.

Sa mère, qui la savait très liée avec Emerson, la croyait en paix à ce sujet. Effectivement, elle avait renoncé à dire quoi que ce soit, car elle ne voulait faire de tort à personne. Mais quant à être en paix...

Tout au long de l'année, elle avait espéré que les parents d'Emerson viendraient, de Californie, lui rendre visite. Elle ferait ainsi connaissance avec sa mère biologique... L'événement n'avait jamais eu lieu. Les grands-parents d'Emerson étaient venus une fois à l'improviste de Jacksonville, mais elle était arrivée à la résidence quelques minutes après leur départ. Ironie du sort, elle avait éprouvé un certain soulagement, car elle craignait qu'une rencontre surprise ne l'incite à commettre une gaffe qu'elle regretterait plus tard. Elle voulait les rencontrer à condition d'être préparée.

Au cours de la quatrième nuit au cottage de Wrightsville Beach, Noelle se réveilla en sursaut. Allongée dans le noir, elle se demandait ce qui l'avait arrachée au sommeil. Des voix ? Le téléphone ? Tout semblait si calme...

La porte de sa chambre s'ouvrit d'un coup.

— Noelle, réveille-toi !

Sam s'approchait de son lit et la secouait par l'épaule. Elle s'assit aussitôt, en rejetant ses cheveux en arrière.

— Qu'y a-t-il ?

— La mère d'Emerson vient de mourir. Elle a...

— Quoi ?

— Son père a appelé. Ils se promenaient à vélo et une voiture l'a renversée. Emerson est...

— Oh non !

Noelle enfila précipitamment son short, les mains tremblantes. Tout mais pas ça !

— Où est Emerson ?

— Elle a couru du côté de la plage, dit Sam en marchant vers le salon. En pleine hystérie... Tara l'a rejointe et je me prépare à y aller.

— Je viens aussi !

Ils traversèrent le séjour en courant. Une fois sur la véranda, Sam ouvrit la porte-écran et Noelle le suivit jusqu'à la plage. Sa propre mère était morte ? Non, non, et non.

L'air était noir et épais comme du goudron, et la mer si calme qu'ils purent entendre Emerson avant de l'apercevoir. Des lamentations déchirantes... Ils la trouvèrent assise sur le sable, ou plutôt effondrée comme une poupée de chiffon. Tara la serrait maternellement dans ses bras.

— Je ne peux pas y croire ! Je ne peux pas y croire ! gémissait Emerson.

Noelle et Sam se laissèrent tomber à côté d'elle, en enveloppant dans leurs bras Emerson et Tara. Sam et Tara murmuraient des paroles de réconfort, tandis que Noelle avait perdu sa voix. Les mots restaient coincés au fond de sa gorge, et elle se réjouissait que l'obscurité lui permette de verser des larmes pour la mère qu'elle n'aurait jamais la chance de connaître.

Aucun d'eux ne ferma l'œil cette nuit-là. Il y eut des dizaines de coups de téléphone, des dispositions à prendre, des places d'avion à réserver. Tara décida d'accompagner Emerson en Californie. Noelle ne fut pas informée que les grands-parents d'Emerson passeraient les chercher pour se rendre à l'aéroport. Elle ouvrit donc la porte, par hasard, à un homme dont les yeux bleus rappelaient beaucoup les siens. Ayant deviné immédiatement de qui il s'agissait, elle resta comme tétanisée, une main agrippée au loquet.

— Je suis le grand-père d'Emerson, annonça l'homme au regard bleu. Sont-elles prêtes ?

Il avait des faisceaux de rides aux coins des yeux, signe qu'il riait souvent à gorge déployée. En l'occurrence, il ne riait pas du tout. Noelle aurait dû lui présenter ses condoléances, mais, la bouche sèche, elle était incapable de dire quoi que ce soit.

— Je vais les chercher, souffla-t-elle enfin au prix d'un grand effort.

En se retournant, elle aperçut Sam, qui se dirigeait vers la porte.

— Va prévenir Emerson que son grand-père est ici, lui dit-elle, avant de foncer vers les toilettes. Je ne me sens pas bien

Au lieu de faire ses adieux à ses amies et de les embrasser, elle resta assise, tout habillée, sur le siège des toilettes, en attendant leur départ. A travers la porte lui parvenaient des voix étouffées – celles de sa sœur et de son grand-père –, puis, par la fenêtre, elle entendit les portières d'une voiture claquer.

Elle resta figée sur place jusqu'au moment où Sam vint frapper à la porte.

— Noelle ? Ça va ?

Après s'être passé le visage à l'eau froide, elle sortit dans l'entrée.

— Ça va.

Elle évitait de regarder Sam, car son expression risquait de la trahir.

— Tara et Emerson désiraient te dire au revoir...

— J'ai été prise de nausées, brusquement.

Sam consulta sa montre.

— A peine quatorze heures. Pourtant, on dirait que plusieurs journées se sont écoulées depuis ce matin !

— C'est vrai, approuva Noelle, qui sentait son regard peser sur elle. Je vais aller lire dans ma chambre...

— Tu te sens bien ?

— Lequel d'entre nous se sent bien en ce moment ?

— Aucun, je suppose.

Il dévisageait Noelle avec un mélange d'inquiétude et de curiosité qui l'obligea à se détourner.

Noelle avait envie d'appeler sa mère pour lui raconter ce qui s'était passé, mais le moment n'était pas encore venu. Ses sanglots l'inquiéteraient et elle ne saurait pas se montrer assez compatissante, car ses sentiments étaient déjà plus que mitigés au sujet de son intimité avec sa famille biologique...

Plusieurs fois, elle prit le récepteur du téléphone et composa le numéro de Mlle Wilson avant de raccrocher aussitôt. Finalement, elle alla sur la plage où Sam était assis, un livre ouvert sur ses cuisses nues. Agenouillée près de son siège, comme en prière, elle saisit son bras de ses deux mains – son bras chaud sous ses paumes.

— Je peux te parler, Sam ?

Il abandonna sa lecture, et bien qu'elle ne puisse distinguer ses yeux, derrière ses lunettes de soleil, elle sentit son attention en éveil.

— Bien sûr !

Elle tendit un bras pour lui remonter ses lunettes sur le front.

— Je ne vois pas ton regard... J'ai besoin de le voir.

Il cligna des yeux en l'observant un moment.

— Ça ne va pas ?

Elle hocha la tête.

— Rentrons à la maison !

Il lui tendit son livre, avant de se relever et de plier son siège de plage. Tout en le portant d'une main, il passa un bras autour de ses épaules, tandis qu'ils regagnaient le cottage.

Noelle avait la gorge nouée. Pouvait-elle se permettre de lui raconter ? Trouverait-elle les mots justes ? Devait-elle les trouver ?

Sam lui désigna les rocking-chairs de la véranda. Ils s'assirent.

— Parle-moi, dit-il.

Quand elle ouvrit la bouche, sa voix se bloqua dans sa gorge ; elle baissa la tête. Sam tira alors son rocking-chair face au sien, et elle sentit ses mains de chaque côté de sa tête, ses lèvres contre sa tempe. Exactement ce dont elle avait besoin. Le réconfort d'un ami – du plus aimant des amis.

Elle releva la tête, essuya ses larmes, et Sam se cala dans son fauteuil d'un air grave. Il posa alors sa main sur son genou nu, en attendant qu'elle maîtrise ses émotions.

— Ce que je vais te dire... Sam, peux-tu me promettre de ne jamais répéter ce que je vais te confier ? Pas même à Tara. Jamais.

Un sillon s'était creusé entre les sourcils de Sam.

— Oui, je te le promets, fit-il après un instant d'hésitation.

Noelle passa sa langue sur ses lèvres et murmura :

— Emerson est ma demi-sœur.

La tête penchée sur le côté et les sourcils de plus en plus froncés, Sam semblait se demander s'il avait bien compris.

— Emerson est... Qu'est-ce que tu racontes ?

— Sa mère était ma mère.

— Mais j'ai rencontré ta mère !

— Tu as rencontré ma mère adoptive.

Sam, perplexe, se balançait dans son fauteuil.

— Bordel de merde ! fit-il enfin.

— Personne n'est au courant, à part ma mère adoptive, moi, et maintenant toi.

Elle expliqua tout à Sam. Le dossier qu'elle avait découvert. Son émotion quand elle avait vu le nom d'Emerson sur la liste des résidentes de Galloway. Le serment prêté à sa mère de ne jamais parler de tout cela à quiconque.

— Ton adoption était... légale ? demanda Sam.

— Oui, même si peut-être... Je suppose que mes parents ont eu droit à un traitement de faveur parce que ma mère a participé à l'accouchement. Je n'en sais rien, et ce n'est pas mon problème actuellement.

— Donc... fit Sam qui ouvrait de grands yeux. Tu viens d'apprendre la mort de ta mère biologique et tu ne peux en parler à personne !

La lèvre inférieure de Noelle se mit à trembler.

— A personne, sauf à toi.

— Et ton père... Sais-tu qui est ton père ?

Noelle secoua la tête en regardant les doigts bronzés de Sam, toujours posés sur sa peau claire.

— Un garçon qu'elle a rencontré à une soirée. Je ne connais même pas son nom.

Noelle frappa son genou du poing.

— Et c'était mon grand-père que j'ai vu tout à l'heure à la porte ! Je suis restée muette devant lui...

— Ma pauvre Noelle...

— Pour cette famille, je n'existe pas. Je ne pouvais rien dire.

Sam laissa errer son regard au loin, sur la plage.

— Peut-être que... Certaines femmes dont l'enfant a été adopté acceptent ensuite que le dossier soit descellé, à condition que les deux parties soient...

— Ce n'est pas le cas ; j'ai vérifié. Pour ma mère, je n'étais que la trace monstrueuse d'une faute qu'elle avait commise. Peu importe. J'ai la chance d'avoir une mère adoptive formidable, mais j'espérais...

Noelle s'interrompit, la voix brisée.

— ... j'espérais rencontrer un jour ou l'autre ma mère biologique, et je croyais avoir du temps devant moi.

Sam se leva et lui tendit la main.

— Viens ici !

Elle s'approcha et il referma ses bras autour d'elle, tandis qu'elle fondait en larmes. Bien des hommes auraient été effrayés par ses confidences et se seraient méfiés d'une pareille intimité ; le poids d'une révélation aussi monumentale les aurait écrasés. Mais Sam était un roc. Elle pouvait compter sur son soutien et lui parler de ses désirs les plus intimes, de ses plus grands secrets. Elle pourrait toujours se fier à lui...

Ils passèrent les trois journées suivantes ensemble, au cottage. Tara devait revenir le soir du troisième jour, mais Emerson resterait encore une semaine dans sa famille, en Californie. Toute sa vie, Noelle se souviendrait de ces trois jours avec Sam. Trois jours d'une amitié qui croissait d'heure en heure. Le seul écueil était qu'il y avait un seul Sam sur terre, et il ne lui appartenait pas. Elle s'était toujours crue capable de vivre sans homme ; mais, cet homme-là, elle n'était pas si sûre de pouvoir s'en passer.

Le matin du troisième jour, elle avait retrouvé son sourire. Sam et elle cuisinaient ensemble, étaient allés dîner dehors un soir, s'enduisaient mutuellement le dos de crème solaire, nageaient dans la mer, et parlaient, parlaient, à n'en plus finir. Les mots avaient un effet aphrodisiaque sur Noelle, mais elle luttait contre son désir. Sam appartenait à une autre. « Ne blesse jamais une femme comme Doreen m'a blessée », lui avait dit un jour sa mère. Jamais, se dit-elle, allongée sur son lit en regrettant que Sam ne soit pas à ses côtés. Jamais.

— Je voudrais te confier quelque chose, lui murmura Sam, la veille du retour de Tara.

— Quoi ?

Ils avaient allumé un petit feu de bois clandestin sur la plage, et faisaient griller des marshmallows sur des brochettes en bambou trouvées au cottage.

Noelle léchait le sucre collé sur son bâton. Sam contemplait le sien pour éviter son regard.

— Voilà. Je t'aime... Je t'aime, Noelle, mais, comme tu le sais, Tara m'est destinée.

Prise de vertiges à cause de la chaleur de la nuit et de cet aveu, elle lui répondit qu'elle l'aimait aussi.

Il hocha la tête, nullement surpris.

— Tu comprends ce qu'il y a entre Tara et moi, n'est-ce pas ? Notre histoire... Nous avons toujours su que nous construirions notre vie ensemble...

— Moi aussi, j'aime Tara, dit-elle avec sincérité. Si moi je ne peux pas t'avoir, alors c'est bien que ce soit elle.

Sam semblait perdu dans ses pensées.

— Avec Tara, je pourrai mener le genre de vie que je désire. Une vie normale et rangée...

— Et moi, pour qui me prends-tu ? Pour une marginale ?

La sentant un peu froissée, il lui répondit en riant :

— Tu es différente, Noelle. Merveilleusement différente. Tu ne rêveras jamais d'une grande maison à clôture blanche, avec deux gosses et un chien.

Etait-ce vraiment là son souhait ? Une bonne part de Sam Vincent ne correspondait pas à ce modèle, mais elle craignait de lui faire de la peine, et une discussion sur les mérites d'une vie rangée risquait de déraper.

— Tu resteras mon ami pour toujours ? lui demanda-t-elle.

— Absolument.

Il lui tendit sa brochette pour lui offrir un marshmallow doré à point. Elle le fit glisser du bout des doigts dans sa bouche, fière de ne pas trop attendre de Sam, de ne pas nuire à Tara, et sans oser songer que *pour toujours* durait très, très longtemps.

24

Tara

Wilmington, Caroline du Nord
2010

La maison de Noelle m'a paru sinistre quand je me suis garée dans l'allée. Les peintres avaient gratté presque tout le bleu de la façade, et les revêtements extérieurs étaient vilains. Le soleil venait de se lever ; une lueur rose brillait aux fenêtres. On était samedi, jour de congé des ouvriers, du moins l'espérais-je, car je venais travailler au jardin et je voulais pouvoir réfléchir...

Emerson avait retrouvé Anna. Elle dirigeait une organisation s'intéressant aux enfants disparus, ce qui faisait d'elle un être humain, fait de chair et d'os, une femme qui avait traversé une épreuve terrible, dont elle était sortie forte et déterminée. Mon ventre s'était contracté quand mon amie m'avait appelée pour me tenir au courant. Chaque information nouvelle rendrait l'histoire de cette femme plus concrète et notre besoin d'agir plus impératif... Emerson devait passer me voir dans l'après-midi pour que nous discutions de la marche à suivre. Je savais déjà qu'elle regrettait d'avoir ouvert le carton de lettres.

Une fois sortie de ma camionnette, j'ai fait un tour d'horizon. Côté rue, une surabondance de végétation et d'herbes folles. Noelle ne s'intéressait pas à l'horticulture, à une exception près : son jardin derrière la maison. Bien que j'en sois responsable jusqu'à l'arrivée du prochain locataire, j'avais eu tout juste le temps d'arroser et d'arracher quelques mauvaises herbes. Trois semaines après le décès de Noelle, une sérieuse reprise en main s'imposait. J'imaginais des gens s'arrêtant devant la maison et la végétation sauvage, en chuchotant : « Un drame a dû survenir ici. » La réalité était pire que tout ce qu'ils pouvaient imaginer...

Emerson avait laissé les outils de jardinage de Noelle dans un grand panier, sur les marches de derrière, mais j'avais apporté les miens. Assise sur ces marches pour enfiler mes gants et mes genouillères, j'ai observé le petit espace vert avec son herbe fatiguée et son arbre rabougri. Quelqu'un avait tondu le gazon récemment. La végétation des voisins empiétait de chaque côté ; un triste spectacle, à l'exception du « jardin ». Le soleil levant semblait se focaliser sur ce coin, qu'il éclairait comme un joyau.

Dans mon dos, la maison était si lugubre que je me suis relevée en frissonnant de la tête aux pieds, puis j'ai marché vers le jardinet. Quand on a une amie très chère, que l'on aime de tout son cœur, doit-on cesser de l'aimer si l'on apprend qu'elle a commis un acte abominable ? Malgré les dernières révélations, je refusais d'oublier ce que Noelle avait représenté pour nous – pour *moi*. J'étais obsédée par sa requête, griffonnée sur un papier : que l'on s'occupe de son jardin. Je m'acquitterais de cette tâche pour mon amie, telle que je l'avais connue et aimée. La femme qui nous avait trompées était certainement dans la détresse ; je nous en voulais de ne pas avoir été plus vigilantes, de n'avoir rien fait pour lui venir en aide.

Le jardin de forme triangulaire, dont les côtés devaient mesurer à peine plus de deux mètres, était un feu d'artifice de couleurs en plein mois d'octobre. Des pots, de tailles et de formes diverses, débordaient de chrysanthèmes. Je me suis mise au travail et j'ai taillé les dahlias, avant de nettoyer autour des impatiens. J'avais apporté un lit de pensées que j'ai plantées autour du bain à oiseaux. La petite fille en bronze, dressée sur la pointe des pieds, me semblait si réelle que je n'ai pas résisté à l'envie de lui parler.

— Regarde toutes ces herbes aromatiques, ai-je chuchoté en désherbant autour du persil.

Noelle avait fait pousser de la sauge tricolore, de la sauge ananas, du romarin, ainsi qu'un merveilleux basilic thaïlandais. J'en ai coupé des brins pour les offrir à Emerson.

J'enlevais les fleurs fanées des dahlias quand je me suis souvenue d'une conversation avec Sam, longtemps avant sa mort. Une nuit, au lit, il m'avait demandé :

« Le jardin de Noelle a quelque chose de particulier ?

— Que veux-tu dire ? »

Sa question me semblait assez incongrue, mais il avait peu d'occasions d'aller chez Noelle, et sans doute n'avait-il jamais vu son jardin.

« Elle m'en a parlé...

— Eh bien, il est ravissant, quoique minuscule. Elle l'adore et elle a les pouces verts. On ne s'en douterait pas à la vue de la végétation devant sa maison.

— Elle a, paraît-il, un bassin à oiseaux spécial... »

J'avais décrit à Sam ledit bassin, en ajoutant que plusieurs journalistes souhaitaient rédiger un article à son sujet, mais que Noelle s'y opposait.

A l'époque, la question de Sam ne m'avait pas surprise outre mesure : Noelle avait dû le coincer au cours d'une soirée et lui rebattre les oreilles avec son bassin à oiseaux. Je me demandais maintenant si cette conversation avait eu lieu pendant un déjeuner à Wrightsville Beach. J'étais encore perturbée à l'idée de ce genre de rencontres... Sans pour autant soupçonner Sam et Noelle d'avoir eu une liaison, je n'arrivais pas à comprendre pourquoi aucun d'eux n'avait fait allusion à leurs rendez-vous. Ian pensait, peut-être à juste titre, qu'il s'agissait du testament de Noelle ; dans cette hypothèse, le silence de Sam se justifiait. En tout cas, je n'aurais jamais la clé de l'énigme ; c'était ce qui me troublait le plus.

Quelques heures plus tard, j'étais dans ma cuisine en train de préparer un café, avant l'arrivée d'Emerson. La veille au soir, j'avais confectionné une salade de fruits, en espérant que Grace y goûterait avant que je la dépose à l'Animalerie ce matin. Elle avait préféré une *pop-tart* et je n'y pouvais rien.

Emerson apporterait un peu de sa quiche au gruyère et aux *zucchini* et de son gâteau au café maison. J'avais du mal à comprendre qu'elle puisse cuisiner en de telles circonstances, mais faire de la pâtisserie – et en manger – l'avait toujours aidée à surmonter son stress. Pour ma part, je me calmais en m'occupant de mon intérieur, raison pour laquelle j'avais nettoyé les vitres de la cuisine avant d'aller jardiner.

J'ai donc ouvert le placard au-dessus de la machine à café et sorti mes tasses à fleurs bleues et blanches. Derrière elles, aussi voyant que le nez au milieu de la figure, le vilain mug de voyage rayé de violet que Sam avait utilisé quotidiennement. Mon cœur cessait de battre chaque fois que je l'avais sous les yeux, et je regrettais de ne pas m'en être débarrassée quand j'avais donné ses vêtements et vidé son bureau. Après avoir mis deux tasses bleu et blanc sur l'îlot, j'ai saisi délicatement le mug. Je suis allée ensuite le placer dans le carton que je comptais déposer au magasin solidaire pendant la semaine. Cette boîte, pleine à ras bord, était prête à partir.

Bizarrement, me séparer du mug de Sam me semblait encore plus décisif qu'effacer son message enregistré sur la boîte vocale. Je me sentais mélancolique quand j'ai refermé les deux volets du carton, car je revoyais mon mari avec ce mug chaque matin – sauf ce dernier matin... Si Emerson n'avait sonné à cet instant, je l'aurais sans doute ressorti.

Nous nous sommes assises sur le canapé du salon, avec nos assiettes de quiche et nos tasses de café. Sur la table basse, Emerson avait disposé les registres de Noelle, ainsi qu'une photocopie de l'article – au sujet d'Anna Knightly – qu'elle avait trouvé. Je l'ai relu une fois de plus.

Ces quelques lignes me glaçaient les sangs.

— Eh bien, ai-je murmuré, nous avons découvert la femme que nous cherchons, notre Anna...

Depuis quand avais-je pris l'habitude de la considérer comme *notre* Anna, comme si notre responsabilité était engagée ?

— Il faut maintenant retrouver la personne qui a « eu » son bébé.

— Si nous allons jusque-là, nous devrons avertir les autorités.

— Je sais... a soupiré Emerson. C'est si embrouillé que je n'ai pu trouver aucun indice concernant la date exacte de l'enlèvement. D'après l'article, c'est arrivé autour de l'année 2000 ; mais Noelle emploie l'expression « il y a des années » dans sa lettre, ce qui suggère qu'un temps plus long s'est écoulé.

— Noelle a écrit sa lettre en 2003 !

— Pourtant, « des années » évoque une plus longue période, a insisté Emerson.

— Quel est le dernier registre ?

Elle m'a tendu le volume au sommet de la pile.

— La théorie du dernier bébé ne colle pas puisqu'il s'agit d'un garçon, m'a-t-elle rappelé. D'autre part, je te signale que ses registres ne sont pas tenus aussi... méthodiquement qu'avant, pendant les six derniers mois environ.

Le dernier registre datait de 1998.

— J'ai du mal à croire qu'elle a cessé d'exercer à cette date sans que nous le sachions.

— Si tu regardes bien, tu verras qu'elle avait vraiment ralenti son rythme *avant*. Il s'écoule plusieurs semaines entre deux accouchements vers la fin... On pourrait supposer qu'elle avait d'autres registres, rangés ailleurs ; mais j'ai épluché tous ses papiers et on a maintenant vidé la maison, Ted et moi. On n'a rien trouvé d'autre.

— Elle a peut-être détruit certaines de ses notes avant sa mort, ai-je suggéré en parcourant les pages. De peur que nous découvrions ses secrets !

Une feuille entièrement passée au marqueur noir m'est tombée sous les yeux.

— C'est peut-être ça... Sinon, pourquoi biffer toutes ces lignes ?

— Tu as sans doute raison. Et regarde ! a ajouté Emerson.

Elle a ouvert le registre sur la table basse en lissant les pages. Je me suis penchée et j'ai remarqué que l'une d'elles avait été arrachée.

— C'est celle qui suit la page caviardée ?

— Oui, on dirait.

— Tu as essayé de déchiffrer ce qu'il y a sous le marqueur ?

— Impossible de distinguer quoi que ce soit, m'a déclaré Emerson.

— De quelle année s'agit-il ?

— Les bébés nés avant et après cette page sont tous les deux de 1997.

— Pourquoi ne l'a-t-elle pas déchirée aussi ?

— A mon avis, parce qu'il y a au verso des notes sur un autre cas.

— Et si ce garçon n'était pas réellement le dernier bébé qu'elle a mis au monde ? Elle a peut-être arraché des pages après cette date...

— Non, Tara. Aucune page n'a été arrachée après la naissance de ce petit garçon.

J'ai désigné la page biffée à Emerson.

— Tu me permets de la découper ? En l'exposant à la lumière, on pourrait peut-être lire les lignes noircies.

— Si tu veux.

— Il nous faut un couteau !

J'ai bondi jusqu'à la cuisine, où j'ai pris le meilleur couteau dans son bloc, que j'ai apporté à Emerson. Elle a fait courir la lame le long du bord interne de la page, puis elle l'a découpée soigneusement, comme si elle pratiquait chaque jour ce genre de chirurgie.

Sans attendre, je me suis approchée de la fenêtre pour plaquer la feuille contre la vitre. On distinguait difficilement les lettres derrière le marqueur noir, car elles se fondaient dans ce qui était écrit au dos.

— R-a-b-a-e-e-a... Non, les deux premiers *a* sont des *e*... Rebecca ?

Emerson était maintenant debout derrière moi, si proche que je sentais son souffle dans mon cou.

— Tu peux lire le nom suivant ? m'a-t-elle demandé.

— Est-ce que la première lettre est un *b* ?

Ma vue commençait à se brouiller. J'ai fait un pas de côté afin de lui laisser ma place.

— Baker ? a-t-elle articulé. Rebecca Baker.

— Bon travail ! Nous n'avons plus qu'à réfléchir à ce que nous allons faire de ce nom.

Emerson cherchait toujours à déchiffrer la page plaquée contre la vitre.

— Impossible de lire l'adresse !

— On peut la chercher sur Internet...

Je me suis replongée dans le registre.

— Je persiste à croire que Noelle a décidé de s'arrêter après le drame. Pas toi, Em ? Or, il y a des tas de bébés nés après cette Rebecca. Tu as lu le paragraphe sur la naissance de la dernière petite fille ?

— Oui, le dernier-né était un garçon, mais il y a une fille juste avant. Les notes paraissent normales, simplement un peu... négligées.

J'ai cherché le nom de l'avant-dernière patiente de Noelle.

— La mère de la dernière petite fille s'appelle Denise Abernathy ! Je pense que nous devrions faire des vérifications à son sujet en plus de celles sur Rebecca.

Emerson s'est rassise sur le canapé, la feuille de papier biffée à la main, puis elle a tapoté ses lèvres du bout des doigts.

— Comment allons-nous procéder ? Faut-il essayer de rencontrer ces femmes pour voir si leurs filles leur ressemblent ou non ?

J'étais perplexe moi aussi devant tous ces noms...

— Eh bien, on pourrait inventer un prétexte pour leur parler.

Ce procédé me déplaisait, mais je ne voyais pas d'autre solution... Emerson m'a approuvée d'un signe de tête.

— Si j'essayais de retrouver Denise, et toi Rebecca ?

Elle semblait hésitante. Selon mon habitude, je me sentais excitée à cette idée, malgré l'aspect plutôt glauque de notre projet. Je me suis souvenue alors des paroles de Grace : « Tu t'agites tout le temps, de peur de voir ce qui ne tourne pas rond dans ta vie ! »

Après tout, ai-je conclu, qu'y a-t-il de mal à ça ?

25

Anna

Alexandria, Virginie

Assise à la table de la cuisine, Haley était plongée dans ses devoirs, un dimanche matin, tandis que nous débarrassions, Bryan et moi, après un petit déjeuner tardif. Elle portait un bandana à pois bleus et jaunes, son préféré. Pendant tout le week-end, elle avait été à la maison, faisant du vélo avec son père, m'aidant à rattraper mon travail en retard, et regardant des films avec une copine, au sous-sol. Ce jour-là, les cousines Collier venaient chez nous, comme tous les ans, pour le festival d'automne d'Alexandria, et Haley s'en réjouissait.

Les rues de la Vieille Ville, interdites à la circulation, accueilleraient des stands de gastronomie et d'artisanat. Nous habitions à quelques pâtés de maisons du cœur du vieux quartier, et les filles pourraient facilement y aller à pied, tandis que Marilyn, Bryan et moi resterions à la maison.

Les années précédentes, j'étais seule en compagnie de Marilyn, et je me demandais comment Bryan se sentirait avec nous. Je m'étais toujours bien entendue avec Marilyn, divorcée elle aussi. Nous parlions surtout de nos enfants. Jadis, nous nous apitoyions sur l'imbécillité de Bryan, qui nous avait abandonnées, Haley et moi ; mais au bout d'un moment, il n'avait guère plus figuré dans nos conversations que dans nos vies. Elle avait partagé ma stupeur lorsqu'il était brusquement réapparu et elle lui en voulait encore un peu ; mais elle savait que j'avais maintenant passé l'éponge. *La vie est trop courte et il est formidable avec Haley* ; *c'est tout ce qui compte*, lui avais-je confié dans un mail, une semaine plus tôt.

La première semaine de recherche d'un donneur avait été vaine, mais, d'après le Dr Davis, ce n'était pas alarmant. Il nous recommandait de ne pas paniquer. Je n'avais paniqué – vraiment paniqué – qu'une fois dans ma vie : à l'instant où j'avais réalisé que Lily s'était volatilisée, comme si elle n'avait jamais existé. Je n'avais pas paniqué quand Haley avait eu son premier épisode de leucémie ni même quand on avait diagnostiqué le second. Comme si ma capacité à atteindre ce niveau d'angoisse s'était évanouie avec la disparition de mon bébé. Evidemment, j'avais peur, mais je savais qu'il faudrait procéder par étapes, et la résistance de Haley me facilitait la tâche.

Ses tests sanguins donnaient satisfaction, elle-même semblait aller bien. Il m'arrivait de songer à l'éventualité d'une erreur de diagnostic. Une hypothèse absurde, mais sa bonne santé apparente faisait illusion.

— Regardez les cardinaux rouges ! s'est exclamé Bryan, debout devant l'évier de la cuisine.

Haley s'est approchée de la fenêtre.

— Génial... Ils ne viennent jamais se nourrir dans la mangeoire. C'est grâce aux nouvelles graines qu'on a achetées, m'man.

— Peut-être...

A vrai dire, je ne regardais pas les oiseaux ; je n'avais d'yeux que pour Bryan penché à la fenêtre pour les observer. Depuis son retour, j'avais tout juste remarqué quelques rides sur son visage, et le fait que ses cheveux ne tarderaient pas à grisonner. Mais le soleil scintillait dans ses yeux, et pour la première fois depuis la naissance de Lily et l'effondrement de tout mon univers, j'éprouvais un désir physique pour un homme – pour *lui*. Cette sensation m'était devenue si étrangère que je l'ai à peine reconnue...

Après le départ de Bryan, toute ma vie avait gravité autour des enfants : Haley, et ma recherche des enfants disparus, qui m'aidait à gérer mon propre deuil. Les hommes ne comptaient plus. J'avais des amies, mariées ou célibataires, qui en parlaient sans cesse. Mon indifférence à ce sujet leur faisait secouer la tête. Je poursuivais seulement deux objectifs : élever Haley dans les meilleures conditions possible, et permettre au Bureau des enfants disparus d'accomplir des miracles pour les familles traumatisées.

Malgré tout, je n'avais pas totalement renoncé à ma sensualité féminine. Il m'arrivait encore d'avoir les genoux qui flageolent à la vue de certaines célébrités masculines, mais je ne me sentais pas prête à avoir des relations avec des hommes ordinaires, compliqués et trop souvent indignes de ma confiance.

Et voilà que Bryan était de retour ! Depuis les toutes dernières semaines, je commençais à m'attendrir à son sujet, et j'avais même l'impression de l'apprécier en tant que personne. Il n'était plus le beau mec dont j'étais tombée amoureuse à vingt et un ans, ni l'homme qui m'avait abandonnée quand Haley était malade. Il était devenu un nouvel individu – plus âgé, plus sage, plus courageux, et contrit... Il paraissait très attaché à Haley, elle-même de plus en plus à l'aise avec lui. Pourrait-il y avoir, maintenant, quelque chose d'autre entre nous ? Un lien différent, de meilleure qualité.

Manifestement, il n'avait pas l'intention de repartir. A l'occasion d'un entretien d'embauche, il y avait de cela quelques jours, on l'avait prié de se rendre à San Francisco pour une entrevue au siège de l'entreprise. Il avait accepté, pourvu que son job soit dans le district de Columbia, preuve qu'il n'allait plus nous quitter.

— Quelle heure est-il ?

Haley était revenue s'asseoir à table.

— Bientôt onze heures. Elles vont arriver d'une minute à l'autre.

— Qu'est-ce qu'elles attendent ?

Après avoir fermé son livre d'histoire, elle s'est relevée. Je la sentais agitée et anxieuse ce matin, car elle avait rendez-vous le lendemain à l'hôpital pour enfants pour sa chimiothérapie de maintien.

— Ça doit être dur pour toi de penser que tu retournes à l'hôpital demain, ai-je dit en versant de l'eau dans la cafetière électrique.

Elle a fait la grimace.

— C'est justement pour cette raison que j'évite d'y penser, m'man ! Pourquoi faut-il toujours que tu en parles ?

Bryan m'a jeté un regard compatissant. Les stéroïdes rendaient Haley très irritable, mais je ne lui en voulais pas de me répondre sur ce ton. Elle était bien plus douée que moi pour vivre dans l'instant. Puisqu'on n'injectait pas, aujourd'hui, un redoutable poison dans ses veines, je n'avais qu'à la laisser savourer chaque seconde de répit.

Je venais de déclencher la cafetière quand nous avons entendu une portière de voiture claquer devant chez nous.

— Les voilà ! s'est exclamée Haley en fonçant vers le salon.

Je suis arrivée dans la pièce au moment où elle ouvrait la porte d'entrée et criait « Oh, bon Dieu ! » assez fort pour qu'on l'entende à l'autre bout d'Alexandria.

— M'man, regarde !

Marilyn sortait de la voiture, et quatre fillettes chauves remontaient déjà l'allée.

Emue aux larmes, j'ai ri de bon cœur. Haley s'est précipitée dans l'allée et j'ai regardé les quatre têtes chauves et le bandana à pois bleus et jaunes sautiller sur place, tandis que les filles s'embrassaient.

— Bryan ! ai-je lancé, en direction de la cuisine. Apporte ton appareil photo.

Il m'a rejointe sur le seuil.

— Ça alors !

En souriant, il a pris une photo, puis il m'a enlacée, ce qui m'a paru naturel. Il a exercé une pression sur mon épaule, et laissé retomber sa main.

Marilyn a escorté les fillettes le long de l'allée, et m'a souri à son tour en montant les marches du porche.

— C'était leur idée...

Elle m'a serrée énergiquement dans ses bras, avant de donner une accolade plus brève et moins chaleureuse à son frère.

— Adorable, ai-je murmuré.

Je désignais du doigt l'une des jumelles – je n'aurais su dire laquelle – en train de distribuer à Haley et à ses sœurs des casquettes de baseball turquoise. Elles s'étaient fait faire un prélèvement à la joue la semaine précédente, et je savais qu'aucune d'elles n'était compatible avec ma fille. Ni de près ni de loin.

Haley a arraché son bandana, et les cinq filles ont mis leur couvre-chef, en se dirigeant vers nous avec des éclats de rire et toutes sortes de mimiques.

— Vous m'avez épatée, ai-je déclaré à mes nièces.

— C'est un très beau geste de votre part, a insisté Bryan.

On pouvait à peine distinguer mes quatre nièces les unes des autres quand elles avaient des cheveux ; chauves, moins que jamais ! Seule Melanie, âgée de douze ans, était identifiable : plus mince, plus fine, une poitrine moins développée que celle de ses sœurs, bien qu'elle ait les mêmes yeux ronds et bruns, le même menton discret, et le même semis de taches de rousseur sur le nez.

— On a dû dévier d'une dizaine de pâtés de maisons parce que les rues sont bloquées en raison du festival, a expliqué l'une d'elles.

— Tu nous donnes de l'argent, m'man ? demandait Melanie à Marilyn. J'aurai sûrement envie de m'acheter des tas de choses !

Marilyn a distribué un billet de vingt dollars à chacune de ses filles. J'allais prendre mon sac, accroché à la rampe, quand Bryan m'a devancée en glissant un billet dans la main de Haley, qui l'a remercié avec un grand sourire.

Les filles se sont alors éclipsées aussi vite qu'elles étaient apparues, véritable tourbillon dévalant le trottoir, cette fois avec Haley au centre.

— Elle a vraiment l'air en forme ! a déclaré Marilyn, alors que nous suivions Bryan jusqu'à la cuisine. A part la rondeur de son visage et ses cheveux, ou plutôt son absence de cheveux, rien ne permet de penser qu'elle est si gravement malade.

— Je sais, elle déborde de vitalité...

— Et toi, tu tiens le coup ?

Marilyn a cessé de marcher et m'a fait pivoter pour scruter mon visage, en me tenant par les épaules. Puis elle s'est penchée vers moi en chuchotant :

— C'est un réconfort ou un problème d'avoir Bryan dans les parages ?

C'était... *merveilleux*.

— Un réconfort immense, ai-je admis. La collecte de moelle osseuse doit avoir lieu la semaine prochaine et c'est lui qui a tout organisé.

— Je suis si contente que tu puisses compter sur lui !

— De quoi parlez-vous, toutes les deux ? s'est enquis Bryan en nous voyant surgir dans la cuisine.

Marilyn l'a enlacé.

— On parlait de toi ! Dis-moi tout au sujet de la collecte de moelle. Comment pourrais-je me rendre utile ?

— Si nous prenions d'abord un café ?

Marilyn a accepté ma proposition d'un signe de tête et s'est assise sur un tabouret de bar, devant l'îlot central.

— Eh bien... a fait Bryan en déplaçant un siège pour s'installer en face de sa sœur. On va s'adresser à la presse. Le *Post* enverra quelqu'un interviewer Haley et Anna à l'hôpital de pédiatrie. Juste avant la collecte, l'une des chaînes de télévision fera aussi un reportage à leur sujet.

— Vraiment ? s'est étonnée Marilyn, avant de s'adresser à moi : Qu'en pense Haley ?

— Elle comprend nos raisons. Une collecte ne lui procurera pas nécessairement un donneur compatible, mais si elle permet une centaine de nouvelles inscriptions à la banque de données, ça peut aider quelqu'un d'autre.

Je m'étais toujours posé des questions sur ma propre histoire : comment la perte de Lily avait-elle suscité mon envie passionnée de retrouver les enfants disparus ? De même, je n'étais pas très à l'aise avec l'idée de divulguer l'histoire de Haley au monde entier. Mais, d'après ce que j'avais entendu dire, le meilleur moyen d'inciter les gens à participer à une collecte de moelle était de personnaliser la demande.

Nous avons discuté encore un moment, après avoir bu notre café, puis Marilyn a regardé par la fenêtre.

— Quelle journée splendide ! On pourrait aller faire un tour au festival nous aussi, non ?

Aussitôt dit, aussitôt fait. Nous avons déambulé le long de King Street, parmi les stands et une foule de visiteurs apparemment venus de tout le nord de la Virginie. Quand nous apercevions, par hasard, cinq casquettes de base-ball turquoise, nous prenions la direction opposée. Nos filles devaient profiter de leur indépendance ! Mon cœur se serrait alors, car Haley ne se sentirait plus aussi bien avant longtemps. C'était l'une des dernières journées où elle pouvait se comporter comme une enfant de son âge. Elle n'était que « l'une des cinq filles chauves, coiffées d'une casquette de base-ball turquoise ».

Au milieu de la foule, je m'efforçais de vivre dans l'instant, selon la philosophie de ma fille. J'évitais de penser qu'elle retournait le lendemain à l'hôpital et je humais les odeurs de hot-dogs et de pop-corn, ainsi que celle du fleuve. Je me délectais de mon amitié avec ma belle-sœur et de cette intimité inattendue avec mon ex-mari. Je me sentais, momentanément, en harmonie avec le monde et pleine d'espoir.

26

Tara

Assise dans ma camionnette devant la maison de Rebecca Baker, j'avais des doutes au sujet de notre stratégie. On avait échangé, Emerson et moi, des dizaines de mails pour décider de ce que nous dirions aux deux femmes que nous allions contacter.

Il me semblait souhaitable d'être aussi sincères que possible, sans pour autant révéler ce que nous savions. Nous dirions à ces femmes que nous étions les deux amies les plus intimes de Noelle et que son suicide nous avait bouleversées. Puisque Noelle avait eu des problèmes personnels à l'époque de la naissance de leurs enfants – où elles étaient en contact étroit –, nous espérions qu'elles pourraient nous aider à comprendre ce qui s'était passé. Nous cherchions, dirions-nous, à mieux cerner la personnalité de Noelle, un fait incontestable. Avec un peu de chance, des photos de leurs filles tomberaient sous nos yeux ; et, comme par miracle, une absence totale de ressemblance ferait apparaître la vérité.

Dans le cas de Denise Abernathy, ce scénario est tombé à l'eau. Emerson avait pris son courage à deux mains pour se présenter à sa porte. Quand elle avait annoncé à Denise la raison de sa visite, celle-ci l'avait invitée à entrer et s'était répandue en louanges au sujet de Noelle.

Je crois qu'elle n'est pas la bonne personne, m'avait annoncé mon amie par mail, après sa rencontre : il y a quatre gosses, blonds aux yeux bleus comme leur mère. Selon Denise, Noelle a été merveilleuse, et son accouchement, une expérience exceptionnelle. Noelle avait mis au monde sa fille aînée aussi, et elle avait été désolée d'apprendre que sa sage-femme préférée n'exerçait plus, pour la naissance de ses deux derniers enfants. « Je parie que ça sera *ta* Rebecca », ajoutait Emerson.

Ma Rebecca...

Sam aurait été de bon conseil, en tant qu'avocat. Notre démarche était-elle légale ? Sûrement pas éthique, mais avions-nous le choix ? Même si Sam avait encore été des nôtres, je n'aurais pas pu lui confier cela ; et il était hors de question que j'interroge Ian. Emerson et moi devions porter notre fardeau toutes seules.

Assise maintenant devant la maison de Rebecca Baker, je me persuadais que je pouvais m'en tirer haut la main puisque j'étais actrice.

J'avais traîné le plus longtemps possible, après mes derniers cours au lycée. Nous fêtions l'anniversaire de Suzanne trois jours plus tard ; j'avais donc rencontré le traiteur pour mettre au point certains détails de dernière minute. J'étais également passée commander, au magasin de cotillons, plusieurs dizaines de ballons gonflés à l'hélium. Il ne me restait plus d'excuses pour différer mon entrevue avec cette femme. Une fois sortie de mon véhicule, je me suis engagée dans la longue allée, en espérant qu'il n'y aurait personne à la maison.

Rebecca Baker avait été plus difficile à trouver que Denise. Denise vivait toujours à l'adresse notée par Noelle dans son registre, alors que celle de Rebecca avait été biffée en même temps que son nom. En fin de compte, Emerson l'avait repérée grâce au site professionnel LinkedIn. Rebecca Baker était comptable. Son profil ne mentionnait ni mari ni enfants, mais son âge et l'endroit où elle habitait correspondaient à la femme que nous cherchions. Quand j'ai sonné à la porte donnant sur la véranda, un carillon prolongé a retenti dans la maison. J'ai entendu les aboiements d'un chien, puis des pas, et une fille – plus jeune que Grace de quelques années – m'a ouvert.

— Salut !

C'était une brune athlétique. Ses sourcils en point d'interrogation semblaient me demander ce que je voulais.

Après m'être présentée, je lui ai annoncé que je cherchais Rebecca Baker. Elle a foncé en direction de la cuisine d'où provenait un bruit de plats et de casseroles qui s'entrechoquent.

— M'man, y a quelqu'un pour toi !

Une femme en survêtement a surgi, les sourcils haussés de la même manière que sa fille, bien qu'elle ne lui ressemble pas. Cette blonde platinée, aux yeux d'un bleu profond, n'avait rien de commun avec la brunette qui m'avait accueillie.

— Désolée de vous déranger, ai-je dit. Ma visite risque de vous paraître bizarre, mais je m'appelle Tara Vincent et j'étais une amie intime de Noelle Downie.

Mon interlocutrice a froncé les sourcils : elle essayait de suivre ma pensée, non sans difficulté.

— J'ai appris que Noelle s'est suicidée...

— Oui, en effet... et je souhaiterais vous parler quelques minutes si cela vous est possible. Mais je peux revenir un autre jour...

— Me parler de quoi ?

— Avez-vous un moment à me consacrer tout de suite ?

La jeune femme a regardé par-dessus son épaule.

— Vous m'arrachez au nettoyage de ma cuisine... mais ce genre d'interruption n'est pas pour me déplaire.

Elle m'a désigné l'un des rocking-chairs, sur la véranda.

— Prenez donc un siège !

Je l'ai remerciée et nous nous sommes assises. Les rocking-chairs étaient poussiéreux, presque crasseux. Moi qui portais un cardigan blanc, je me suis retenue d'épousseter le fauteuil avec un mouchoir en papier avant d'y prendre place.

— J'avoue que le suicide de Noelle ne m'a pas surprise, a dit Rebecca en s'installant confortablement. Vous étiez son amie et je compatis à votre chagrin, mais ça ne m'étonne pas du tout !

Ces paroles m'ont intriguée. Toutes les personnes proches de Noelle avaient été surprises. Une inconnue savait-elle des choses que nous ignorions ?

— Ah bon ? Vraiment ?

— Elle paraissait si mal en point quand je l'ai vue pour la dernière fois !

— Quand était-ce ?

— Oh, il y a bien longtemps... Elle a été ma sage-femme pour mes deux premiers enfants. Mon fils, et ma fille, Petra, que vous avez vue à la porte — bien qu'elle ne l'ait pas mise au monde finalement. Une longue histoire ! Mais de quoi vouliez-vous me parler ?

J'avais le tournis. Noelle n'avait pas mis Petra au monde ? En quoi cet élément pouvait-il s'intégrer au puzzle que nous tentions de reconstituer ?

— Le suicide de Noelle nous a traumatisées, ai-je admis. En un sens, vous semblez l'avoir connue mieux que nous... Nous cherchons à comprendre pourquoi Noelle a mis fin à ses jours. Puisqu'elle a cessé d'exercer il y a plus de dix ans, nous nous demandons si un fait particulier s'est produit à cette époque. Un fait qui serait à l'origine de son effondrement...

Un effondrement que nous n'avions pas remarqué.

— Nous aimerions donc parler à certaines des dernières patientes de Noelle, dans l'espoir de comprendre les raisons de sa dépression, ai-je conclu.

Mon explication me semblait ridiculement sentimentale, mais Rebecca opinait du chef comme si cela coulait de source.

— Eh bien, a-t-elle soupiré, je dois d'abord vous dire que Noelle a été formidable quand elle m'a accouchée de mon fils. Je l'aimais beaucoup et j'attendais avec impatience qu'elle m'assiste pour la naissance de Petra. Mais quand mes contractions ont commencé, elle est arrivée, très mal en point, comme je viens de vous le dire. Je n'étais pas en meilleur état ! J'avais des douleurs lombaires depuis plusieurs jours et le bébé était mal placé. Si Noelle avait été bicéphale, je ne l'aurais même pas remarqué, mais mon mari s'en est tout de suite aperçu.

— Qu'entendez-vous par « mal en point » ?

— Elle planait.

— Elle planait ? ai-je répété bêtement.

— Ecoutez, elle était complètement à l'ouest, alors que, pour mon fils, elle avait pris la situation en main avec le plus grand calme. Je m'étais sentie absolument en confiance...

J'ai acquiescé, et Rebecca m'a donné des précisions.

— Rien à voir avec la femme qui a débarqué quand mes contractions ont commencé pour Petra ! Elle titubait, ses yeux étaient vitreux. Si je ne m'étais pas souciée avant tout de mon état, je me serais inquiétée pour elle. Franchement, je ne savais pas quoi faire... Comme il était à peu près trois heures du matin, j'ai supposé qu'elle était groggy parce que nous l'avions réveillée en sursaut. Une heure après, elle n'allait toujours pas mieux ! A la fin, mon mari l'a priée de partir. Il avait raison, mais j'étais terrifiée, car ça signifiait accoucher à l'hôpital, avec un médecin inconnu... Je l'ai entendu lui déclarer carrément derrière la porte, dans le couloir, qu'elle avait l'air droguée, et qu'il allait m'emmener à l'hôpital puisqu'il ne pouvait pas se fier à elle.

— Qu'a-t-elle répondu ?

— Elle parlait trop bas pour que je l'entende ; mais elle n'a pas protesté, à ce qu'il m'a dit, presque comme si elle partageait son point de vue... Après lui avoir présenté des excuses, Noelle lui a expliqué qu'elle souffrait du dos et qu'elle avait sans doute pris trop de médicaments. Elle paraissait navrée et honteuse, de sorte qu'il a fini par lui remonter le moral. Elle a appelé une autre sage-femme, Jane Rogers, pour la remplacer. Jane est venue immédiatement, et tout s'est bien passé.

— Il lui arrivait de prendre des analgésiques... Je regrette que ce problème ait eu un tel impact sur vous.

— Mon mari s'est demandé si elle se droguait.

— Je ne pense pas, ai-je répliqué.

Mais qu'en savais-je ?

Notre théorie selon laquelle le nom biffé appartenait à la femme dont le bébé avait été « remplacé » s'effondrait. Le nom de cette femme avait été caviardé parce que Noelle n'avait *pas* mis au monde son bébé ! Et pourtant, Petra n'avait aucune ressemblance avec cette blonde élancée.

S'était-il passé quelque chose quand Jane avait procédé à l'accouchement ? Noelle aurait-elle aidé sa consœur à dissimuler un accident ? J'étais tentée d'interroger Rebecca. Le bébé s'était-il trouvé un moment hors de sa vue ? Se pouvait-il que Noelle soit revenue ? De telles questions auraient paru absurdes, compte tenu de la raison alléguée pour ma visite.

— Au moins, ai-je conclu, Noelle a eu le bon sens de céder la place à quelqu'un d'autre.

— Effectivement ! A l'époque, j'étais furieuse. Mon mari pensait qu'il fallait porter plainte, mais Noelle s'était fait remplacer par quelqu'un de compétent, et nous avions un beau bébé, en parfaite santé. Pour nous, c'était l'essentiel.

— Votre fille est charmante... J'ai une fille ado à la maison, moi aussi.

— Alors, vous connaissez le problème, a plaisanté Rebecca.

Ces quelques mots m'ont mis du baume au cœur. Je n'étais donc pas la seule mère confrontée à une adolescente. Emerson avait si peu de problèmes avec Jenny que nous ne pouvions pas nous apitoyer mutuellement sur notre sort.

— Oh oui ! ai-je dit en me levant. Je vous remercie d'avoir pris le temps de me rencontrer.

— Je vous ai aidée ?

— Certainement, car vous avez remarqué une chose qui nous avait échappé à l'époque. Je m'en veux...

— Vous savez, une amie de Petra s'est suicidée l'an dernier... Depuis, elle se sent coupable, bien que personne n'ait remarqué les signes précurseurs. On ne peut pas aider quelqu'un qui refuse toute assistance.

Au volant de ma voiture, je ne pensais plus à Noelle, mais au commentaire de Rebecca au sujet de l'amie de Petra. Des adolescentes se suicidaient... Je pensais à l'humeur maussade de Grace, à ses cauchemars. J'avais passé un temps fou à m'interroger sur Noelle, alors que ma propre fille était une énigme plus grande et plus immédiate. J'ai eu une bouffée d'angoisse : étais-je en train de négliger une chose grave qui se produisait sous mon nez ? Comment savoir ?

— Gracie, accepte de me parler, ai-je murmuré en conduisant. Je t'en prie, ma chérie !

27

Emerson

Jacksonville, Caroline du Nord

Grand-papa semblait en meilleure forme quand je suis entrée dans sa chambre de l'hospice ; à moins que je ne me sois simplement habituée à son visage émacié aux traits tirés.

— Bonjour, ma chérie !

Il a souri en me voyant et m'a tendu un bras frêle pour m'embrasser, tandis que je me penchais vers lui.

Je me suis assise à son chevet.

— Tu as l'air d'aller mieux...

Il a passé une main tremblante sur son menton.

— En ton honneur, je les ai autorisés à me raser...

— Je t'ai apporté du pain au potiron, mais je l'ai laissé à la femme de service pour qu'elle te le donne au dîner.

— J'ai toujours adoré ton pain au potiron.

— Parce que c'est toi qui m'as appris à le faire.

— Tu parles ! A dix ans, tu me surpassais déjà en matière de boulangerie-pâtisserie.

Grand-papa a cessé de sourire pour me regarder droit dans les yeux et j'ai senti que l'heure était grave. L'infirmière m'avait prévenue qu'il souhaitait me voir seule, sans Jenny ni Ted. Je me doutais donc qu'il considérait cette occasion comme une sorte de visite d'adieu ; à cette idée, j'ai eu les larmes aux yeux.

— Tu ne vas pas pleurer, a-t-il ajouté. Je ne t'ai encore rien dit !

J'ai tendu un bras au-dessus de la barre du lit pour lui prendre la main.

— Tu voulais me voir seule...

— En effet, j'ai besoin de te parler et je crains de te choquer un peu, ma chérie.

Les lèvres pincées, je me demandais où il voulait en venir. Il semblait préoccupé...

— Aucun problème ! Tu peux me dire tout ce que tu voudras.

— Tu as une grande amie... Noelle Downie.

Bien qu'il ait rencontré Noelle un certain nombre de fois, au fil des ans, je m'étonnais qu'il me parle d'elle à cet instant. Je n'avais pas jugé nécessaire de lui annoncer sa mort, et quelque chose dans sa voix me suggérait de le faire sans tarder.

— Eh bien, a-t-il repris, Noelle est ta demi-sœur.

Je me suis penchée vers lui, de plus en plus perplexe. Il lui était arrivé plusieurs fois, ces dernières semaines, de tenir des propos incohérents : « Il y a des papillons dans la salle de bains », ou bien « Ici, on me donne toujours des spaghettis au petit déjeuner ». D'après le personnel médical, c'était à cause de certains de ses médicaments. Recommençait-il à divaguer ?

— Que veux-tu dire, grand-papa ?

— Je veux dire que Noelle est ta sœur et ma petite-fille ; mais tu n'aurais jamais dû le savoir…

— Pourrais-tu t'expliquer ?

— Bien sûr !

Il s'est détourné pour scruter le paysage par la fenêtre.

— Je ne peux pas mourir sans te révéler la vérité au sujet de Noelle.

Une larme a coulé de chacun de ses yeux bleus ; j'ai pris un mouchoir en papier pour tamponner ses joues. Mon esprit cherchait vainement à appréhender ce qu'il était en train de me raconter.

— Ta mère a eu un bébé à l'âge de quinze ans, Emerson.

J'imaginais ma mère adolescente, se trouvant enceinte et dans l'obligation de prendre une décision.

— Oh non ! C'était… Noelle ?

Il a passé la langue sur ses lèvres parcheminées.

— Susan fréquentait Frank à l'époque, mais un autre homme l'a mise enceinte. Nous l'avons appris quand sa grossesse était déjà très avancée. Frank n'en savait rien ; personne n'en savait rien… C'était ce que souhaitait Susan ! Nous l'avons envoyée chez ta grand-tante Leta, dans le comté de Robeson. Elle a fait croire à Frank… En fait, je ne me rappelle plus exactement ce qu'elle lui a raconté. Sans doute que Leta était malade et avait besoin de son aide. Leta a trouvé une

271

sage-femme qui s'est occupée de ta mère... et qui a résolu le problème, en quelque sorte.

Une sage-femme ? Noelle ? J'étais abasourdie.

— Je ne vois pas comment...

— Cette sage-femme désirait un enfant. Son mari et elle ont adopté le bébé.

— Mais comment sais-tu qu'il s'agit de Noelle ?

Une douleur intense m'oppressait, depuis que la perte de l'une de mes meilleures amies prenait des proportions que je n'aurais jamais pu imaginer.

— A l'époque où tes parents se sont installés en Californie, ta mère a vaguement songé à retrouver sa fille, mais elle a différé... Elle redoutait d'avouer la vérité à ton père, même si longtemps après, et qu'il ne lui pardonne pas de lui avoir menti. Elle connaissait pourtant le nom de famille de la sage-femme – Downie – et l'endroit où elle vivait. Je suppose qu'elle n'a pas eu trop de mal à trouver le prénom de Noelle. Elle a découvert tout cela juste avant sa mort ; et nous avons réalisé par la suite qu'elle... que Noelle était ton amie. Nous avons eu un choc, ta grand-mère et moi, la première fois que tu as prononcé son nom en notre présence ! Coïncidence surprenante, vous étiez toutes les deux étudiantes à l'UNCW, mais, en plus, il y avait cette amitié entre vous... Crois-tu qu'elle était au courant de quelque chose ? a conclu mon grand-père en me regardant avec insistance.

Je me suis souvenue que Noelle m'avait désignée comme exécutrice testamentaire et qu'elle avait légué soixante-quinze pour cent de ses avoirs à Jenny. J'ai repensé aussi à notre première rencontre, dans la chambre que nous partagions à la résidence, Tara et moi ; des années après, nous en plaisantions encore entre nous. La manière dont Noelle m'avait interrogée sur ma famille, mon prénom, mes grands-parents nous avait paru si étrange ce jour-là...

— Elle savait, ai-je balbutié. Je me demande comment elle l'a appris, mais elle savait !

— Nous avons décidé, ta grand-mère et moi, de ne rien dire, puisque ton père n'avait jamais entendu parler d'elle. Il n'était pas question de compromettre le souvenir qu'il gardait de Susan ! Maintenant que ton père n'est plus là et que je me prépare à quitter ce bas monde moi aussi, le moment est venu...

Une lueur a brillé dans les yeux bleus de grand-papa, et j'ai cru revoir Noelle en un éclair.

— Je voudrais te demander une faveur, Emerson. Une grande faveur...

— Tout ce que tu voudras !

Les lèvres du vieil homme tremblaient d'une manière insupportable.

— Je souhaite que Noelle apprenne la vérité et j'aimerais passer un moment avec elle... ma petite-fille. Tu n'y vois pas d'inconvénient ?

— Oh, grand-papa !

J'ai repris sa main pour la serrer dans la mienne, puis je lui ai raconté ce que je savais, moi, de l'histoire de Noelle. Sa fin...

28

Tara

Wilmington, Caroline du Nord

Assises côte à côte sur les marches, derrière la maison de Noelle, nous nous tenions par les épaules, Emerson et moi, en regardant vers le jardin. Nous attendions que Suzanne passe voir le pavillon, dans l'espoir qu'elle serait la prochaine locataire. Son bail actuel courait jusqu'au printemps, ce qui ne posait pas de problème à Emerson et Ted, car ils voulaient prendre le temps de tout rénover.

Suzanne avait eu mille occasions d'entrer chez Noelle au cours des dernières années, mais il régnait un tel bazar à l'intérieur qu'elle avait fait la grimace avant de répondre « peut-être », le jour où Emerson lui avait demandé si elle souhaitait le louer. Elle devrait faire abstraction des planchers rayés, des murs sales, et des espaces vides dans la cuisine, là où seraient installés de nouveaux appareils ménagers. Nous espérions qu'elle serait capable de voir le potentiel de ce lieu, car nous désirions qu'une personne ayant aimé Noelle lui succède.

Nous avions aussi l'intention de sonder un peu Suzanne, au cas où elle détiendrait plus d'informations que nous sur les années où Noelle était sur le déclin, professionnellement parlant. Nous en doutions, car Suzanne avait paru sidérée elle aussi en apprenant que Noelle n'exerçait plus. Tout de même, quelques questions ne seraient pas du luxe.

Nous étions surtout, Emerson et moi, en train de faire une seconde fois notre deuil de Noelle ; Noelle... la sœur d'Emerson. Depuis une bonne demi-heure, nous nous remémorions l'époque lointaine de notre première rencontre à la résidence Galloway. Nous ne nous sentions pas peu fières, alors, que cette fille plus mûre – presque une *femme* – se soit liée avec nous plutôt qu'avec d'autres étudiantes. Pourquoi n'avait-elle jamais dit la vérité à Emerson ? Si seulement Emerson et elle avaient pu profiter au grand jour de leur lien entre sœurs ! Ce secret expliquait tant de choses... Je ne m'étonnais plus de m'être toujours sentie très vaguement exclue, ni du fait que Noelle semblait aimer Emerson un soupçon plus que moi. Si Sam était encore en vie, je pourrais lui raconter tout cela ; il n'en croirait pas ses oreilles.

Pour l'instant, pas question de mettre Jenny et Grace au courant. Notre vie était devenue trop chaotique ; et d'ailleurs Emerson devait prendre le temps de digérer toute l'histoire. Evidemment, elle en avait parlé à Ted, et moi à Ian – avec son autorisation. Ian, qui était venu dîner la veille, tandis que Grace allait au cinéma avec

Jenny. J'avais besoin de me détendre avec lui de temps en temps. Rien d'autre entre nous qu'une solide amitié, mais Grace se montrait si hostile que je n'osais même plus prononcer son nom en sa présence.

Quand je lui avais appris que Noelle et Emerson étaient sœurs, il en était resté bouche bée. Debout au milieu de la cuisine, il hochait la tête sans y croire tout à fait.

« J'ai été fiancé à une femme que je ne connaissais pas, marmonnait-il en passant sa main dans ses cheveux blonds, de plus en plus clairsemés. Mais *qui* la connaissait ? Noelle était si solitaire… »

J'avais réalisé brusquement qu'il l'aimait encore un peu – juste assez pour que son amour transparaisse dans ses yeux et sa voix.

— Salut !

La voix de notre amie venait de l'intérieur de la maison : nous avions laissé la porte d'entrée ouverte pour elle.

— On est dehors, Suzanne !

Tout en se relevant, Emerson me désignait le jardin.

— Montrons-lui d'abord ce qu'il y a de mieux….

Après avoir poussé la porte-écran, Suzanne nous a rejointes sous le porche, en écarquillant ses yeux bleus, selon son habitude. Elle nous a serrées dans ses bras d'un air lourd de reproches.

— Les filles, il faut absolument que je vous aide à préparer ma fête !

— Tout est en ordre, ai-je protesté.

Ce qui était plus ou moins vrai.

— On tenait à te faire plaisir, a renchéri Emerson.

J'ai espéré que Suzanne ne remarquerait pas ses yeux légèrement injectés de sang.

— La maison paraît si différente maintenant qu'il n'y a plus les affaires de Noelle. Je pourrai donner mon avis pour les peintures ? a-t-elle demandé à Emerson.

— Naturellement, et tu auras ton mot à dire pour la teinte des planchers et le carrelage de la cuisine.

Suzanne a descendu les marches ; nous lui avons emboîté le pas.

— Vous avez vu le jardin ? Dans mon souvenir, il est spectaculaire au printemps.

— C'était la joie et l'orgueil de Noelle.

— Et son bassin à oiseaux... Rien de plus charmant ! Les herbes aromatiques... Elle m'offrait toujours quelques brins de son basilic thaïlandais... a-t-elle ajouté en se baissant pour l'effleurer. Maintenant, c'est moi qui vous en cueillerai...

Derrière son dos, Emerson a levé les deux pouces.

— On espérait que tu aimais le jardinage !

— J'adore, mais je manque de place dans mon petit jardin de rien du tout. Tu es sûre de pouvoir attendre jusqu'en mars pour louer ? Je sais que c'est long...

— Pas de problème.

— Cleve a l'intention de passer l'été avec toi ?

277

La maison était parfaite pour une personne seule ; mais la présence d'un jeune homme me laissait sceptique.

— Il participe à un programme de Habitat for Humanity. Il veut aussi rester quelque temps en Pennsylvanie avec son père, et encore je ne sais quoi... Je pourrai lui installer un lit de camp dans la seconde chambre et mettre mon bureau dans le séjour. Et puis, Cleve ne va pas vivre avec moi éternellement, j'espère !

Elle a cherché mon regard et ajouté d'une voix compatissante :

— Comment va Grace ?

— Bien !

Je tenais à protéger Grace. Pour rien au monde je n'aurais avoué à Suzanne que ma fille avait un mal fou à se passer de son fils !

— C'est une jolie fille, bien élevée.

J'ai souri à Suzanne : Grace était effectivement une jolie fille, et j'apprenais avec joie que son éducation ne laissait pas trop à désirer, du moins hors de chez elle.

— Suzanne, connais-tu une certaine Jane Rogers ? a demandé Emerson. C'était une sage-femme qui travaillait avec...

— Bien sûr, elle travaillait au Centre d'obstétrique ! Elle a pris sa retraite il y a des années et émigré en Australie.

— En Australie ! s'est exclamée Emerson.

— Tu voulais lui apprendre la nouvelle au sujet de Noelle ?

J'ai hésité avant de répondre :

278

— En fait, nous avons parlé à une ancienne patiente de Noelle... Comme elle se sentait mal au moment où le travail a commencé, Noelle aurait appelé Jane à la rescousse. On aimerait donc savoir qui était Jane.

Suzanne a hoché la tête.

— Eh bien, elles se remplaçaient mutuellement. Mais je ne travaillais pas à l'époque... Après la naissance de Cleve, j'ai eu envie de le materner quelque temps.

Suzanne a cueilli une feuille de sauge qu'elle a humée avant d'ajouter :

— Quelque chose m'intrigue : si Noelle n'exerçait plus depuis tant d'années, pourquoi a-t-elle continué à faire son « travail rural » presque tous les ans ?

Emerson semblait aussi perplexe que moi et je suppose que nous nous posions la même question : les patientes que Noelle voyait lors de son travail rural figuraient-elles ou non sur ses registres ?

— Aucune idée, Suzanne, ai-je répondu avec lenteur. Il y a tant de questions auxquelles on n'aura sans doute jamais de réponse...

— Sais-tu exactement où elle allait ? lui a demandé Emerson.

— J'ai toujours pensé qu'elle retournait dans sa région natale. Un coin très pauvre, avec beaucoup d'Indiens...

— Des Lumbees, ai-je précisé. Elle est née dans le comté de Robeson.

Etait-ce là qu'elle se rendait ? Nous l'avait-elle dit ou l'avions-nous imaginé ? Elle restait toujours en contact avec nous par mail ou par téléphone portable, mais nous n'avions probablement jamais connu son adresse exacte.

Suzanne a humé la sauge une seconde fois.

— Ecoutez, je vais faire le tour de la maison, en réfléchissant à la manière de disposer mes meubles. D'accord ?

— Excellente idée ! a approuvé Emerson. Appelle-nous si tu as besoin d'un renseignement.

— Nous sommes des imbéciles, lui ai-je chuchoté. Est-ce que les mois d'absence de Noelle figurent dans ses registres ?

— Sans doute pas ; sinon j'aurais remarqué des adresses loin d'ici. Je parie que ça a eu lieu pendant ces périodes-là.

— Oui. Bien que... ai-je fait tandis que l'article au sujet d'Anna Knightly me revenait à l'esprit. Ce n'est pas évident ! Je te rappelle que le bébé d'Anna Knightly a été enlevé d'un hôpital de Wilmington. Donc, à environ... une heure et demie du comté de Robeson.

Emerson a pris sa tête entre ses mains comme si elle allait hurler.

— Encore un problème à élucider !

Mon portable s'est déclenché et *All That Jazz* a retenti. Sur l'écran, j'ai lu *Ian*.

— Salut, Ian.

— Où es-tu ?

Son ton, d'une brusquerie inhabituelle, m'a déconcertée.

— Je suis chez Noelle, avec Emerson. Suzanne est en train de visiter...

— Vous pouvez venir tout de suite à mon bureau ?

— Tout de suite ? Nous avons des choses à préparer pour la soirée de demain.

— C'est important, a insisté Ian. Je sais maintenant à quelle date Noelle a eu un bébé.

29

Noelle

C'est la chose la plus méprisable et la plus insensée que tu aies jamais faite, pensait-elle en traversant le hall silencieux et à peine éclairé du Blockade Runner. A deux heures du matin, Wrightsville Beach dormait quand elle s'était garée sur le parking du majestueux hôtel en front de mer. Une grande discrétion s'imposait et elle souhaitait que tout le monde soit plongé dans le sommeil – à part une seule et unique personne.

En entrant dans le foyer vide, elle aperçut un grand panneau : Bienvenue LSAS ! Elle ignorait la signification de ces lettres. Sans doute *L* pour *loi* ou *législation*... Mais elle n'en avait cure : le congrès ne présentait aucun intérêt pour elle.

Elle menait depuis quelque temps une vie bien remplie qu'elle appréciait. Selon son vœu le plus cher depuis l'âge de douze ans, elle était devenue sage-femme. A dix minutes de chez Emerson et Ted, jeunes mariés, elle louait le pavillon qu'avait habité Ted quand il était célibataire. Une maisonnette sur Sunset Park, dans un quartier qu'elle adorait : animé, sans prétention, et où la sociabilité se développait de jour en jour. Emerson, déjà enceinte, paraissait très heureuse ; et quand Emerson était heureuse, elle l'était aussi.

Paradoxalement, Ted et Emerson, qui se connaissaient depuis moins d'un an, avaient déjà convolé, Tara et Sam pas encore : leur mariage devait avoir lieu dans deux semaines. Tara aurait été ravie de se faire passer l'anneau au doigt le lendemain de son diplôme, mais Sam envisageait l'avenir à un rythme plus lent. Il voulait que tout soit en place le jour où il prendrait une épouse et fonderait une famille – ce qui était presque le cas. Tara commençait sa première année d'enseignement, et il avait intégré le cabinet de Ian Cutler, après avoir passé l'examen du barreau. Sam ne pouvait plus *différer*, ainsi que Noelle qualifiait sa réticence à fixer la date de ses noces. Il devait avoir des doutes, et même s'il n'en disait rien, elle était convaincue d'en être la cause.

Comment pouvait-il épouser une femme alors qu'il éprouvait des sentiments à l'égard d'une autre ? Elle ne baisserait pas la garde sans se battre, car elle avait besoin de Sam pour donner un sens à sa vie. Et la date de son mariage, de plus en plus proche, lui semblait une véritable épée de Damoclès.

Elle trouva facilement sa chambre : rez-de-chaussée, face à l'océan. On pouvait entendre la mer si on laissait les portes-fenêtres ouvertes. Tara lui avait indiqué le numéro quand elle avait demandé à consulter Sam au sujet d'un problème professionnel. Ce mensonge lui avait paru odieux – peut-être plus encore que ce qu'elle était en train de faire – car Tara lui avait répondu en toute confiance.

Ce n'était pas la première fois que Noelle consultait Sam au sujet de l'une de ses patientes. Il se spécialisait en droit médical, et elle pensait être pour quelque chose dans ce choix, car il se montrait toujours attentif à ses propos concernant la santé de la mère et de l'enfant. Quand ils se retrouvaient tous les cinq, Sam et elle finissaient souvent par parler boutique, tandis que les autres discutaient de leurs projets de mariage ou du marché immobilier. Elle se sentait plus proche de lui que jamais : lui seul savait qu'elle était la sœur d'Emerson ; lui seul pouvait l'entendre évoquer cette relation qui était pour elle une source de joie et de chagrin mêlés.

Elle frappa à la porte de sa chambre, attendit en silence, frappa une seconde fois – plus fort.

Sam vint lui ouvrir. De toute évidence, elle l'avait réveillé : ses cheveux sombres étaient ébouriffés et il était torse nu, jean ouvert. Il roula des yeux étonnés à sa vue ; ses longs cils projetaient des ombres sur ses joues, à la lumière du couloir.

— Que se passe-t-il ? Tara va bien ?

Elle le rassura :

— Tout le monde va bien. Je voulais simplement te voir.

Il hésita un instant, comme s'il cherchait à deviner ce qu'elle faisait là, à deux heures du matin, deux semaines avant son mariage.

Il lui saisit le poignet et l'entraîna à l'intérieur. Elle alla directement s'asseoir au bord du lit défait. Que lisait-il sur son visage éclairé par la lampe de chevet ?

Les mains sur les hanches, il la dévisageait en silence.

— Ah, Noelle ! dit-il enfin, son intonation trahissant sa lassitude et un certain découragement. Pourquoi es-tu là ?

— Je voudrais t'empêcher de commettre une erreur. Une erreur pour Tara et toi. Et pour moi...

Pour la première fois depuis qu'elle avait pris la décision de venir, elle se sentait nerveuse.

Il tourna les yeux vers les portes-fenêtres.

— Je refuse de discuter dans ma chambre.

Après avoir désigné le lit d'un mouvement du menton, comme si celui-ci pouvait les entendre, il repoussa les rideaux. Les vagues écumantes, à l'assaut du rivage, étaient visibles à travers les vitres.

Il remonta la fermeture de son jean et fit glisser l'un des panneaux.

— Allons nous promener !

Elle le suivit dans le patio en tenant ses sandales du bout des doigts. Ils enjambèrent ensuite la rambarde métallique, puis traversèrent la pelouse menant à la plage sombre, imprégnée d'une odeur de sel, où déferlaient les vagues. La lune découpait un croissant de lumière sur l'océan.

Il lui prit la main avant de la questionner. C'était bon de savoir qu'il ne lui en voulait pas d'être venue.

— Pas d'accouchement ce soir ?

— Non... Hier soir, j'ai mis au monde le premier-né de ma doula. Tout s'est bien passé.

Une naissance paisible dans la chambre de Suzanne, éclairée aux chandelles. Zeke, son mari, ne l'avait pas quittée une seconde. Le nourrisson au nom interminable – Cleveland Ezekiel Johnson – avait glissé entre ses mains avec une facilité déconcertante. Emerson envisageait maintenant un accouchement à domicile. Accoucher une parente était mal vu, mais l'idée de mettre au monde son propre neveu (ou sa propre nièce) ravissait Noelle ; et personne n'en saurait rien, à part Sam.

— Tu seras là quand ce sera notre tour, à Tara et moi, n'est-ce pas ?

— Sam... chuchota Noelle, troublée au contact de sa main dans la sienne. Tu peux changer d'avis... C'est ton droit... Quand les gens réalisent qu'ils font une énorme erreur dont l'impact...

— Chut ! fit Sam en exerçant une forte pression sur sa main. Arrête de me harceler... J'ai bien réfléchi depuis deux ans, comme tu le sais, Noelle. Je me suis débattu avec ce problème et j'ai fait un choix. Respecte-le, s'il te plaît !

— Tu m'aimes, Sam.

Il se garda de la contredire.

— L'amour n'a pas la priorité…

— Je ne partage pas ton point de vue.

— J'aime Tara aussi, et nous sommes mieux assortis que toi et moi ; tu le sais parfaitement. Il me faut une maison entourée d'un jardin…

— Une clôture blanche, un chien, des gosses… Je connais la chanson, mais…

Il l'interrompit :

— Tu es une personne d'une valeur immense… Parmi les femmes exceptionnelles que je connais, tu arrives en tête avec Tara. D'une certaine manière, tu la devances, mais elle et moi nous sommes sur la même longueur d'onde ! Tu dois l'admettre, Noelle… Tu te vois en train de recevoir une flopée d'avocats ? De participer aux mondanités de Wilmington ? Ma carrière nous imposera ce mode de vie, à ma femme et moi.

Elle ne pipa mot, car il disait vrai. Rien de tout cela ne la tentait, mais elle était persuadée qu'en son âme et conscience Sam n'aspirait pas vraiment à ce genre d'existence.

Quand il cessa de marcher et lui fit face, elle vit deux petits croissants de lune argentés scintiller dans ses pupilles.

— Tu es mon rêve, et Tara ma réalité, reprit-il. J'ai toujours l'impression que si je te touchais, ma main passerait à travers toi. Tu es une véritable apparition…

Elle souleva la main de Sam et la posa sous sa tunique, sur son sein nu.

— As-tu l'impression de rêver ?

Elle lâcha sa main, qu'il laissa sur son sein en y promenant le pouce. Il était en train de prendre une décision – une décision en rien incompatible avec son mariage imminent. Il s'agissait uniquement d'une nuit, elle l'avait tout de suite compris.

Sam se pencha et pressa ses lèvres contre les siennes ; son érection était évidente à travers son jean, à travers sa jupe. Elle n'était pas venue pour un moment de plaisir ; elle *le* voulait pour la vie entière ! Mais en sentant son mamelon durcir sous les caresses, et le feu entre ses cuisses, elle oublia ses intentions initiales. Elle accepterait tout ce qu'il lui donnerait ce soir-là et s'en contenterait jusqu'à la fin de ses jours – tandis qu'il évoluerait dans son monde de clôtures blanches et de mondanités ; elle dans son univers bohème, ponctué d'appels nocturnes où se jouaient la naissance et la mort.

S'il ne pouvait lui offrir qu'une nuit, elle ferait en sorte que cette nuit soit inoubliable.

Plus tard, ils passèrent un moment étendus sur le sable, à contempler la voûte céleste.

Sa jupe roulée en boule lui servait d'oreiller, tandis que Sam avait surélevé sa tête avec son jean. Elle sentit l'écume des vagues sur sa peau nue quand elle se tourna vers lui, une main sur son torse.

— Ça va ?

Il plongea doucement ses doigts dans sa chevelure.

— Je devrais me sentir bien plus mal que je ne le suis.

— Tu te sens coupable de ne pas te sentir coupable ?

— Je n'ai pas encore réalisé, tu sais. C'est la première fois que je trompe Tara... On se connaît depuis sept ans et je ne l'avais jamais trompée !

— N'emploie pas ce mot, s'il te plaît.

— Ce qui vient de se passer... ne changera rien. Tu comprends ? fit Sam, les lèvres contre son menton.

— Ça change quelque chose pour moi, Sam. J'aurai un souvenir auquel me raccrocher !

— Tu pourrais avoir tous les hommes que tu veux, Noelle.

Il enroulait maintenant une mèche de ses cheveux autour d'un doigt.

— Ian, par exemple...

Elle resta d'abord muette. Elle n'ignorait pas que l'associé de Sam avait un faible pour elle, mais cette attirance n'était pas réciproque. Ian ne manquait ni de gentillesse ni de charme ; il pétillait d'intelligence. L'idée de faire l'amour avec lui l'avait effleurée, mais elle avait conclu que ce serait se compliquer la vie, car Ian ne se contenterait pas d'une aventure sans lendemain. Pour envisager une relation de longue durée, il lui fallait un clone de Sam – ce que Ian n'était en rien.

— Ne t'inquiète pas à propos de... de cette nuit, dit-elle enfin. Ça ne se reproduira pas, jamais. Si tu es sûr d'avoir raison d'épouser Tara, je ne chercherai pas à t'influencer, parce que je vous aime tous les deux.

Surprise d'entendre sa voix se briser, elle ajouta qu'elle essaierait de fréquenter Ian quelque temps pour lui donner sa chance.

— Bien, approuva Sam. Tu en feras un homme heureux !

Elle s'assit en soupirant, prit ses vêtements et enfila sa tunique.

— Il est temps que je parte...

Sur ces mots, elle se leva, épousseta le sable sur ses cuisses, tandis que Sam commençait à s'habiller.

Elle ne se sentait pas coupable, bien qu'elle eût trahi l'une de ses meilleures amies, un regret qui la hanterait longtemps. Si elle avait agi ainsi, c'était pour mieux renoncer à Sam. Dans le cas contraire, elle aurait couru le risque de rêver à lui pendant des années – des dizaines d'années –, ce qui, à la longue, n'aurait fait que nuire à son amitié avec Tara. Fini ! se dit-elle en passant sa jupe. Le chapitre du désir était clos.

— Ma voiture est de l'autre côté, lui annonça-t-elle en lui désignant le parking de l'hôtel.

Ils marchèrent sur la plage, enlacés. Le silence de Sam inquiétait Noelle, mais une fois à sa voiture il l'étreignit longuement. Elle plaqua ses mains sur son dos nu.

— N'aie aucun regret, Sam. Je t'en supplie !

Il se détacha d'elle sans hâte et promena sa paume le long de son bras, avant d'ouvrir sa portière.

— Bonne chance, murmura-t-il.

— A toi aussi.

Une fois au volant, elle démarra sans un regard en arrière. Ses larmes soudaines la surprirent : son corps était secoué de sanglots et elle distinguait à peine la route. Elle traversa dans la nuit noire le pont menant au continent, puis s'arrêta à un feu rouge. Aucune voiture en vue. Le visage entre les mains, elle aurait voulu échapper à son enveloppe charnelle...

Brusquement, un grincement de freins résonna dans sa tête. Quand elle ouvrit les yeux, les faisceaux de deux phares fonçaient dans sa direction. Elle braqua aussitôt à gauche en poussant un cri, et écrasa l'accélérateur. Le véhicule venu en sens inverse accrocha son pare-chocs du côté droit et la projeta – elle n'avait pas bouclé sa ceinture de sécurité – contre le tableau de bord. Le pied sur la pédale de frein, elle crut sentir claquer tous les muscles de son dos, tandis que sa voiture s'arrêtait dans une embardée.

Un homme bondit de l'autre véhicule en hurlant, avec de grands gestes. Elle verrouilla ses portières. S'agissait-il d'un fou furieux ? Au bout d'un moment, elle finit par comprendre ce qu'il lui disait :

— Pauvre conne ! Et tes phares alors ?

Mon Dieu ! Où avait-elle la tête ? D'une main tremblante, elle alluma ses feux qu'elle avait oubliés. L'homme sortait un mobile de sa poche. Il appelait la police... Supplantant toutes les autres, une pensée s'imposa : elle ne voulait à aucun prix s'expliquer sur sa présence à Wrightsville Beach en pleine nuit.

Elle enfonça la pédale de l'accélérateur et s'éloigna à toute vitesse de l'homme et de ses vociférations, en espérant être avalée par l'obscurité avant qu'il ne lise sa plaque d'immatriculation. Quelques rues plus loin, elle se gara dans un parking désert, coupa le contact et attendit que les battements de son cœur s'apaisent. Mais à mesure qu'ils retrouvaient leur rythme normal, les muscles de son dos se contractaient avec une violence infernale. Elle comprit alors que le fait d'avoir trahi son amie Tara ne serait pas le seul souvenir de cette nuit-là qui la hanterait désormais.

30

Tara

Wilmington, Caroline du Nord
2010

Je n'étais pas allée au bureau de Sam depuis sa mort. Ian m'avait apporté deux cartons d'affaires personnelles quelques jours après son décès. Sa paire de lunettes de soleil d'appoint, plusieurs diplômes professionnels, des photos encadrées de Grace et moi, et d'autres babioles que j'aurais préféré ne pas voir.

Emerson et moi, installées sur le canapé, face aux fenêtres, attendions Ian. Il n'y avait plus qu'un écran d'ordinateur et un clavier sur la table de travail de Sam. Restaient encore quelques meubles, les étagères croulant sous les ouvrages de droit, et trois classeurs anciens, au bois brillant. Ian les avait passés au peigne fin pour sélectionner les dossiers qui requéraient son attention.

— Vous voulez une boisson fraîche ? De l'eau ? Un soda ?

Il venait d'entrer, un dossier en papier kraft à la main. Un dossier ni mince ni épais, aux bords usés.

Je lui ai répondu que nous n'avions besoin de rien. Nous voulions surtout qu'il aille droit au but.

Il s'est assis sur l'un des sièges de cuir, devant le bureau, et m'a regardée d'un air contrit.

— Eh bien... Noelle n'a pas fini de nous surprendre.

— Ian ! s'est impatientée Emerson. Qu'as-tu trouvé ?

Il a brandi son document.

— J'ai trouvé ceci dans les dossiers de Sam. C'est au nom de Sharon Byerton ; un faux nom, j'en suis sûr.

— Pourquoi un faux nom ?

— Eh bien, moi aussi j'y ai recours quand je travaille pour un client dont je veux protéger l'identité. Mais j'ai découvert...

Ian avait l'air incrédule, comme s'il ne parvenait toujours pas à prendre la mesure de ce qu'il avait trouvé. Il a ouvert le dossier et j'ai aperçu l'épais papier couleur crème dont Sam se servait pour tout ce qui touchait au juridique.

— Vous souvenez-vous du soi-disant travail rural de Noelle ?

Nous avons acquiescé.

— En réalité, elle n'exerçait pas son métier de sage-femme, sauf peut-être sur elle-même...

— Qu'est-ce que tu racontes ? a marmonné Emerson.

— Ce sont des contrats... Elle était mère porteuse !

— Mère...

La suite m'est restée coincée dans la gorge.

— Elle l'a été cinq fois. Quand elle s'absentait pour son « travail rural », elle allait à Asheville, Raleigh ou Charlotte, passer les derniers mois de sa grossesse et remettre un bébé à ses parents biologiques.

J'étais toujours incapable de prononcer un mot et Emerson semblait avoir perdu sa voix elle aussi. C'en était trop, beaucoup trop...

— Mon Dieu, pourquoi...

Mon amie me regardait fixement.

— Pourquoi a-t-elle fait ça ?

— Tu en es sûr ? ai-je fini par demander à Ian.

Il s'est penché pour tendre un contrat à chacune de nous, et j'ai vu des pages entières de jargon juridique. Il y avait des noms inconnus dans les espaces correspondant à *père génétique* et *mère génétique*, et celui de Noelle à la rubrique *mère porteuse*.

— Ian, qui sont ces gens ?

— Je dispose uniquement des informations se trouvant dans les contrats. Ils sont correctement rédigés, mais il ne s'agit pas de contrats types – ça j'en suis sûr, sans être expert en la matière. D'habitude, les mères porteuses ont une vie de famille, et leur mari signe aussi le contrat. Evidemment, ce n'est pas le cas ici. Chaque contrat a été établi antérieurement à la fécondation in vitro, ce que j'approuve. Je suis content de voir qu'elle s'était bien protégée – ou plutôt que Sam s'en était chargé. Dans tous les cas, les parents ont réglé la totalité des frais, avec un supplément de quinze mille dollars – ce qui n'est pas cher payé, à mon avis. Noelle jugeait sans

295

doute cette somme suffisante ; elle avait peu de dépenses personnelles.

— Nous ne lui demandions pas un gros loyer, a dit Emerson d'une voix rauque.

— Les restrictions habituelles figurent dans ces contrats, a précisé Ian. La mère porteuse ne doit pas se mêler de l'éducation de l'enfant, ni revendiquer ses droits parentaux. D'autre part...

— Quand a-t-elle commencé ? l'a coupé Emerson.

— Le premier contrat date d'avril 1998.

Ian s'est raclé la gorge, les yeux rivés aux documents posés sur ses genoux.

— On trouve généralement trace d'une évaluation psychiatrique de la mère porteuse. Il n'y en a pas ici, et je...

Sa phrase est restée en suspens. Il a baissé la tête en se frottant le menton, les larmes aux yeux. Emue par sa réaction, j'ai traversé la pièce pour le serrer dans mes bras.

— Elle ne tournait pas rond, Ian. Aucun de nous ne s'en était rendu compte...

— Je voudrais avertir certains de ces parents, est intervenue Emerson. Le dernier couple au moins. Je peux ?

Plus calme, Ian a relevé la tête et pris mon bras d'un geste reconnaissant.

— Je les contacterai pour tâter le terrain.

Debout près de son siège, j'avais gardé une main sur son épaule. A mon tour, j'avais les yeux embués – non pas à cause de Noelle, mais parce que je me souciais de Ian plus que je n'aurais cru.

— Nous n'avons pas remarqué ses grossesses. Ses cinq grossesses ! a insisté Emerson.

— Elle portait des vêtements qui lui permettaient de dissimuler...

— C'est à cause de ces contrats que Sam et elle se retrouvaient dans un restaurant de Wrightsville Beach ?

— Peut-être, Emerson, a dit Ian. Quoique... le dernier remonte à 2007, et elle est morte à quarante-quatre ans... trop tard à mon avis pour ce genre de fécondation. Qui s'adresserait à une mère porteuse aussi âgée ?

Je me suis rassise à côté de mon amie.

— Après tout, on a fait appel à ses services bien qu'elle soit célibataire et sans enfants ! Mais je m'étonne que Sam l'ait aidée...

Le rôle joué par Sam me sidérait, et surtout le fait qu'il ait su tant de choses que chacun de nous ignorait.

— Etait-ce conforme à l'éthique ? ai-je ajouté. Il aurait dû chercher à la dissuader, non ?

— Je suppose qu'il l'a fait. Sans doute considérait-il ces contrats comme la seule aide qu'il pouvait lui fournir. Il ne manque pas un seul point sur les « i », ni une seule barre sur les « t ».

Ian a soulevé le dossier d'une main.

— Ça m'ennuie que ses problèmes psychologiques nous aient échappé – mais si elle avait pris la décision d'être mère porteuse et si elle refusait d'entreprendre une psychothérapie, on peut se fier à Sam : il a certainement protégé ses intérêts au mieux, grâce à ces contrats.

Ian a rouvert le dossier.

— Il n'a laissé aucune note sur leurs rendez-vous, ce qui ne m'étonne pas. Il m'arrive à moi aussi de détruire mes notes, surtout si elles concernent des sujets délicats. La seule chose, à l'exception des contrats, est ceci.

Il m'a tendu le dossier en me désignant la page de garde. De ma place, j'apercevais un mot écrit au crayon, sans pouvoir le déchiffrer.

— Qu'est-ce que c'est ?

— Juste un mot, suivi d'un point d'interrogation : *Pénitence ?*

31

Noelle

Dans la salle d'attente de l'unité mère-enfant où elle attendait Tara, elle s'efforçait de faire bonne figure malgré son chagrin, et de ne pas pleurer devant ces familles et ces mômes pétris d'angoisse.

Elle avait laissé Ted en salle de repos, avec Emerson, encore dans les vapes après son curetage. Alors que sa première grossesse s'était interrompue juste avant l'étape de la douzième semaine, elle avait tenu dix-huit semaines cette fois-ci, et tout semblait aller pour le mieux quand... La prochaine fois, elle refuserait d'être sa sage-femme. Avec une patiente quelconque, une fausse couche l'affectait déjà ; s'agissant d'Emerson, la tristesse était insupportable.

Tara, qui avait fait irruption dans la salle d'attente, anxieuse mais toujours aussi dynamique, l'embrassa.

— J'ai brûlé un feu rouge ! Où est-elle ?

— En salle de repos, avec Ted.

Tara se laissa choir sur un siège à côté du sien. Elle avait tiré ses cheveux blond cendré en queue-de-cheval, sans prendre le temps de se maquiller, preuve qu'elle était partie en coup de vent.

— Comment pourra-t-elle surmonter à nouveau cette épreuve ? C'était si dur la première fois, Noelle. J'ai peur que ce soit encore pire désormais.

Elle avait raison. A la suite de sa première fausse couche, Emerson avait sombré dans une profonde dépression durant des semaines. Incapable de travailler à l'agence immobilière de Ted comme elle le faisait déjà avant leur mariage, de s'occuper des courses, ou de tenir sa maisonnée, elle n'arrivait pas toujours à sortir de son lit le matin.

— Les hormones... grommela Noelle. La dépression postnatale... Il lui faudra sans doute un traitement cette fois-ci. J'ai proposé à Ted de m'installer quelques jours chez eux ; il est tout à fait d'accord.

Tara lui attrapa la main.

— Fantastique ! Et quel soulagement de te savoir là-bas ! Je pourrai vous apporter les repas...

— Comme ça, nous veillerons toutes les deux sur elle.

Noelle changea de position sur son siège : son dos lui faisait mal, ce qui lui arrivait souvent depuis son accident. Il lui était même impossible, parfois, de trouver une posture qui ne la fasse pas souffrir.

— Tu crois que je peux la voir maintenant ? s'inquiéta Tara.

— Viens, je vais leur demander de te laisser entrer.

Elles traversèrent le vestibule, en direction de la salle de repos.

— Ses fausses couches m'effraient, chuchota Tara. Elle se donne tant de mal pour faire tout comme il faut... Si c'était moi, je ne sais pas si je pourrais supporter...

Noelle posa une main sur son dos.

— Evidemment que si ! Tu es forte, mais espérons que tu n'auras jamais ce problème.

Tara et Sam cherchaient déjà à concevoir un enfant ; elle leur souhaitait un succès rapide. Le jour de leur mariage, environ huit mois plus tôt, avait été l'un des plus pénibles de sa vie. Elle se sentait si mal ce matin-là qu'assister à la cérémonie, surtout en tant que demoiselle d'honneur, lui semblait au-dessus de ses forces. Elle éprouvait une souffrance plus morale que physique : un véritable dégoût envers elle-même... Pourquoi le sexe rend-il les gens si stupides ? Pourquoi est-ce si difficile de dire simplement « non » ? Quand elle avait réalisé au cours de cette nuit, à Wrightsville Beach, que Sam ne renoncerait pas à Tara, elle aurait dû comprendre et avoir la sagesse de partir ! Cette douleur tenace dans le dos et cette culpabilité qui la rongeait n'auraient jamais existé.

En outre, elle n'aurait pas compromis une amitié précieuse entre toutes. Sam prenait maintenant ses distances et faisait en sorte de ne jamais rester en tête à tête avec elle. Tara elle-même avait remarqué le changement. « Vous vous êtes disputés, Sam et toi ? » lui avait-elle demandé quelques semaines après son mariage, inquiète à l'idée d'un conflit entre deux personnes qui lui étaient chères. Tara, si candide, si confiante, quand il était question de Sam... Après avoir protesté en riant, elle l'avait serrée dans ses bras, avec le sentiment d'être impardonnable.

Quand Tara pénétra dans la salle de repos, Noelle jugea préférable de ne pas la suivre. Les infirmières n'auraient guère apprécié qu'il y ait foule autour du lit d'Emerson. Dans les toilettes, elle avala quelques cachets gardés au fond de sa poche. Le dos au mur d'une agréable fraîcheur, les yeux fermés, elle n'avait plus qu'à attendre l'apaisement.

Elle avait raconté à tout le monde qu'un ivrogne avait brûlé un feu rouge et embouti sa voiture, alors qu'elle rentrait après un accouchement nocturne à Wilmington. Ian, qu'elle fréquentait depuis le mariage de Sam et Tara, lui conseillait d'intenter un procès ; elle avait prétendu que l'incident semblait si minime sur le moment qu'elle avait négligé de noter le nom du chauffard. Ian avait été prié de ne pas la harceler à ce sujet, pour que ce souvenir puisse s'effacer.

Une femme entra dans les toilettes. Elle s'écarta du mur, se lava les mains, sortit, et regagna directement le parking. Elle avait hâte d'être chez elle pour jeter quelques affaires dans une valise, avant de s'installer auprès de sa sœur.

Dans sa voiture, le Valium et le Percodan commencèrent à agir. Grâce au ciel... Elle consommait de plus en plus de médicaments ces derniers temps. Un véritable cocktail qu'elle cherchait à doser de manière à rendre ses douleurs tolérables tout en exerçant son métier de sage-femme avec lucidité. Pas question pour elle de se compromettre sur le plan professionnel ou de faire courir un danger à ses patientes ! Elle avait connu des médecins et des infirmières vraiment drogués et s'était juré de ne jamais leur ressembler ; ses douleurs la rendaient dorénavant plus indulgente à leur égard. L'acupuncture, la relaxation, le repos, la chaleur, la glace, elle avait tout tenté, mais rien n'était aussi efficace qu'une bonne dose de narcotiques. Elle s'efforçait de n'en prendre que quand elle se savait à l'abri d'un coup de téléphone. Sinon, elle travaillait dans la souffrance. Une souffrance qu'elle pensait mériter...

Chez Ted et Emerson, elle s'installa dans la chambre d'amis, avec quelques vêtements, ses fournitures médicales, ses médicaments et ses registres. C'était la première fois depuis qu'elle avait quitté sa mère, huit ans auparavant, qu'elle se sentait en famille. Elle cuisinait, faisait le ménage et les courses, tout en aidant sa sœur à revenir progressivement à la vie. Emerson lui parlait du bébé – un garçon – qu'elle avait perdu, des projets et des espoirs qu'elle avait nourris à son sujet. Il irait à l'école, ferait de bonnes études, se marierait et aurait des enfants à son tour. Elle l'imaginait musicien et artiste, bien que Ted et elle ne soient pas spécialement doués dans ce domaine. Il aurait été gentil et aimant, ce dont Noelle ne doutait absolument pas. Pensive, elle écoutait Emerson en pleurant silencieusement son neveu...

Toutes les sages-femmes de sa connaissance avaient des enfants ; son désir accru de fonder sa propre famille l'incitait à voir Ian sous un jour nouveau.

Une nuit, alors qu'ils venaient de faire l'amour sans bruit (de peur d'être entendus) dans le lit double de la chambre d'amis, il lui dit combien il l'admirait pour son aide généreuse.

Il ne se contentait pas de l'admirer, il la vénérait, comme beaucoup d'hommes qui avaient croisé son chemin. Elle ne tenait pas à cette vénération. L'aimait-elle ? Oui, autant que ses autres amis. Cela devrait suffire, car il n'y avait aucun double de Sam dans les parages. Ian serait un bon père et un mari fidèle – plus fidèle qu'elle ne le méritait.

— C'est facile pour moi d'aider Emerson, lui répondit-elle. Je l'aime et je ne souhaite que son bonheur !

— Ted et elle semblent former un beau couple...

— C'est aussi mon impression.

Ted ne faisait pas étalage de ses sentiments, mais Noelle était fréquemment émue par son attitude. Elle le surprenait en train de caresser tendrement la joue d'Emerson tout en regardant la télévision, et elle l'avait vu, la mine sombre, emballer dans un plastique le siège de bébé devenu inutile avant de le ranger au grenier. De tels gestes éveillaient en elle l'envie d'avoir quelque chose de plus dans sa vie.

— Le spectacle de leur harmonie conjugale te donne des idées ? la taquina Ian.

D'ordinaire, elle s'en tirait par une pirouette. Il lui avait déjà proposé plusieurs fois de l'épouser ; c'était beaucoup trop tôt pour parler mariage, répliquait-elle. Mais en pensant à l'harmonie qui régnait entre Ted et Emerson malgré leurs personnalités si différentes, elle hésita ce soir-là.

— Oui, ça me fait envie, admit-elle enfin.

— Tu accepterais donc de m'épouser ?

Elle rit de bon cœur, en se soulevant sur un coude pour le regarder.

— Je te demande une faveur...

Il balaya une mèche de ses cheveux au-dessus de son épaule.

— Quelle faveur, Noelle ?

— Continue à me poser cette question ! Un de ces jours, ma réponse pourrait te surprendre...

32

Emerson

Wilmington, Caroline du Nord
2010

Cette nuit-là, j'étais allongée sur mon lit, épuisée mais incapable de trouver le sommeil. Après avoir appris par Ian que Noelle avait fait fonction de mère porteuse, j'avais quitté son bureau et roulé jusqu'à Jacksonville pour une visite trop rapide à mon grand-père. Le vieil homme n'avait pas cessé de dormir en ma présence. Après tout, tant mieux ! Il était navré de ne jamais avoir eu l'occasion de rencontrer Noelle ; sa souffrance et ses regrets m'éprouvaient profondément.

A mon retour chez moi, j'avais trouvé le numéro, laissé par Ian, de la dernière femme dont Noelle avait porté l'enfant. Puisque Ted et Jenny n'étaient pas encore rentrés, j'en avais profité pour m'asseoir dans ma cuisine et composer ce numéro. Cette Angela semblait au bord des larmes en découvrant qui j'étais et la raison de mon appel.

« L'avocat m'a appris qu'elle s'est suicidée... Je suis bouleversée, m'avait-elle confié. On l'aimait tellement. Sans Noelle, nous n'aurions jamais eu nos deux enfants.

— Nous ignorions que Noelle était une mère porteuse. Il vous l'a dit ?

— Oui. Ça ne m'a pas étonnée outre mesure, parce qu'elle était si discrète... On ne savait pas grand-chose à son sujet, Rob et moi. Au début, on était un peu réticents car elle n'avait pas d'enfants. Il paraît qu'une mère porteuse doit toujours avoir sa propre famille. Mais on a discuté avec un autre couple qu'elle avait aidé, et il nous l'a si chaudement recommandée qu'on lui a fait confiance sans hésiter.

— Alors... »

J'avais du mal à formuler mes questions, auxquelles j'avais réfléchi à l'avance.

« Alors, où vivait-elle avant la naissance des enfants ?

— Quand elle attendait notre fils, on l'avait installée à l'hôtel. Pour notre fille, on se sentait nettement plus à l'aise avec cette histoire, donc elle a passé avec nous les trois derniers mois de sa grossesse. On lui doit beaucoup !

— Vous a-t-elle dit pourquoi elle faisait cela ?

— Elle parlait d'une "vocation". C'étaient ses propres termes...

— Avez-vous eu, à un moment ou à un autre, l'impression qu'elle se droguait ? »

Cette question m'avait échappé...

« Pourquoi ? s'est étonnée Angela, après avoir pris le temps de réfléchir. Le contrat spécifiait qu'elle ne devait absorber aucune substance toxique sans l'avis de son médecin… et notre approbation.

— Ses problèmes de dos l'ont obligée à prendre des analgésiques pendant un certain temps. Je me demandais comment elle avait réussi à s'en abstenir.

— Elle m'avait parlé de son dos, m'a affirmé Angela. Il lui arrivait d'avoir des douleurs, mais elle s'en accommodait. Et puis, elle a passé sept jours sur sept avec nous pendant les trois derniers mois ; nous aurions donc été au courant si elle avait eu besoin de médicaments. Je lui faisais totalement confiance.

— Vous pensez qu'elle était mentalement stable ?

— Je dirais plutôt qu'elle était… folle à sa manière, a plaisanté Angela. Adorablement folle, et sûrement pas un cas psychiatrique ! Elle aimait par-dessus tout ce qu'elle faisait ; à mon avis, ça la rendait heureuse. Je suis navrée que vous ayez perdu votre amie… J'ai beaucoup de mal à imaginer qu'elle a mis fin à ses jours.

— Vous a-t-elle parlé de sa famille ? Pardonnez-moi de vous importuner avec mes questions, mais…

— Oh, je vous en prie ! J'aurais la même réaction si j'apprenais qu'une personne proche a mené une vie clandestine. Oui, elle m'a beaucoup parlé de sa sœur – de vous. Elle vantait vos talents pour la cuisine et la pâtisserie.

— Elle m'appelait sa "sœur" ?

— Vous ne l'êtes pas ?

— Si, mais je ne l'ai appris que récemment.

— Oh ! Elle a toujours parlé de vous comme de sa sœur… à moins qu'elle en ait eu une autre.

— Non, il n'y a que moi. »

Mais comment avoir la certitude que Noelle ne m'avait rien caché ?

« Juste une dernière question. A-t-elle jamais mentionné devant vous une certaine Anna Knightly ?

— Anna Knightly… »

Angela semblait se répéter ce nom dans sa tête.

« Je ne pense pas ! Est-ce une autre mère que Noelle a aidée ? »

Pas exactement, me suis-je dit en fermant les yeux, et j'ai murmuré qu'il s'agissait d'une femme dont je cherchais à retrouver la trace.

Dans mon lit, je ne pouvais penser qu'à Noelle et ses secrets, tout en contemplant le reflet du clair de lune au plafond. Ted avait fini par s'endormir à mes côtés, non sans difficulté. L'idée que Noelle avait été une mère porteuse le troublait cent fois plus que moi. Il réalisait à peine qu'elle était ma sœur quand je lui avais donné le coup de grâce en lui annonçant le véritable objectif de son « travail rural ». Nous en avions discuté tard dans la nuit, mais je pense que nous étions allés tous les deux nous coucher sans avoir totalement admis la vérité. D'ailleurs, Ted ne connaissait qu'une demi-vérité : j'aurais aimé lui parler d'Anna Knightly, mais je me faisais un devoir de protéger Noelle. Puisqu'il se rembrunissait dès que je prononçais son nom, je redoutais sa réaction si je lui avais tout révélé.

Nous pensions, Tara et moi, avoir deviné la motivation de Noelle : ayant volé un enfant, elle avait trouvé le moyen, en étant mère porteuse, d'en restituer un. C'était sa *pénitence*. Mais un seul enfant ne lui avait pas permis de s'absoudre ; elle s'était efforcée de donner, et donner encore. Le bébé qu'elle avait tué accidentellement et celui qu'elle avait volé avaient dû la hanter chaque jour de sa vie, jusqu'à ce qu'elle trouve une forme d'apaisement. Cette idée me désolait. Elle qui adorait les gosses s'était jugée indigne d'en avoir. Si seulement elle m'avait appris que nous étions sœurs, j'aurais peut-être pu lui venir en aide !

Je me représentais ces contrats, rédigés avec l'aide de Sam. Il était au courant que Noelle était mère porteuse. En savait-il plus ?

Quant aux registres de Noelle... L'identité de la femme dont le bébé était mort se dissimulait-elle dans l'une de leurs pages, ou étions-nous en train de faire fausse route ? Il m'arrivait de penser que la page arrachée contenait la réponse à nos questions, et que cette page n'existait plus. Nous n'avions aucun moyen de connaître l'identité de cette patiente...

Le Centre des naissances ne nous fournirait pas cette information – au cas où elle serait en sa possession. Pour obtenir l'autorisation d'étudier les vieux dossiers, il faudrait recourir à la voie juridique ; or nous n'étions pas prêtes à en arriver là, Tara et moi. Une part de moi-même était tentée par la dénégation et je devais me remémorer la lettre écrite par Noelle à Anna

310

Knightly pour me persuader que cette sale histoire était réelle.

Je pensais constamment aux enfants blonds aux yeux verts de Denise Abernathy. La fille de Denise avait été la dernière mise au monde par Noelle. Allongée à côté de Ted, les yeux grands ouverts, j'imaginais Noelle cherchant désespérément un bébé dont les yeux pourraient devenir verts comme ceux de sa mère et de sa sœur aînée. Douée d'un sixième sens pour la couleur des yeux, elle était capable – contrairement à la plupart des gens – de prédire l'évolution de celle-ci. Je l'imaginais donc errant dans l'hôpital, en pleine nuit, et soulevant les paupières des nouveau-nés afin de déterminer la couleur de leurs iris. Une idée un peu folle et pour le moins bizarre – à peine plus bizarre que le fait qu'elle ait été mère porteuse cinq fois de suite.

Si seulement nous connaissions la date de naissance du bébé d'Anna Knightly, tout s'éclairerait ! Nous saurions alors si la fille blonde aux yeux verts de Denise Abernathy était celle que nous cherchions. Nous pourrions enfin savoir si Noelle avait enregistré cette naissance qui avait si mal tourné. Je me suis assise brusquement dans mon lit. Les listes des naissances étaient-elles consultables en ligne ?

Je me suis levée avec l'intention de vérifier sans plus attendre.

Au rez-de-chaussée, j'ai escamoté dans le réfrigérateur l'un des champignons farcis, destinés à la fête de Suzanne, et je l'ai emporté sur une serviette en papier dans mon bureau. Après l'avoir grignoté en attendant que mon ordinateur prenne vie, j'ai fouiné un peu pour trouver le site des naissances de la Caroline du Nord. Mais je n'ai pu obtenir aucune information sans un nom... et un prénom.

Les yeux rivés sur l'écran, je songeais à Anna Knightly, la directrice du Bureau des enfants disparus. Elle avait sublimé son chagrin en se vouant au service d'autrui. Le peu que je savais d'elle me touchait et m'inspirait une vive sympathie. Qu'avait-elle éprouvé en réalisant que son bébé avait tout simplement disparu ? Qu'était-elle devenue ensuite ? Et comment Noelle avait-elle pu lui faire tant de mal ?

Je ne tenais pas à en savoir trop sur sa personne ; néanmoins, je voulais connaître la date de la disparition de son bébé. Anna elle-même devait rester pour moi un visage anonyme. Une fois que nous saurions chez qui était son enfant, les autorités se chargeraient de prendre contact avec elle. J'espérais ne jamais avoir à la rencontrer.

Mais puisque je devais me passer du Centre des naissances, comment découvrir la date de disparition de son bébé sans l'avoir retrouvée *elle* ? J'ai aussitôt surfé sur le site du Bureau des enfants disparus, que j'avais déjà brièvement, et vainement, consulté dans l'espoir d'y trouver une biographie détaillée. Ce site contenait tant d'informations que je me demandais par où commencer. Renseignements à l'intention des familles, formulaires à remplir pour donner le signalement d'enfants disparus, précisions sur les alertes Amber... J'ai aperçu au bout d'un moment un bulletin dans lequel Anna Knightly commentait des cas spécifiques, mais toujours rien de personnel à son sujet.

Pourtant, je suis arrivée à mes fins.

Sur ce site, à combien d'années en arrière pouvait remonter la recherche d'un enfant perdu ? J'ai indiqué dans le questionnaire de recherche les quelques informations dont je disposais : Caroline du Nord, sexe féminin, Knightly. De quand datait la disparition ? Treize ans, puisque Noelle avait cessé d'exercer depuis douze ans et commencé alors son activité de mère porteuse. J'ai cliqué sur OK, et obtenu « zéro résultat ». Le bébé avait-il un nom différent ?

Affalée sur mon siège, je contemplais l'écran une fois encore, quand j'ai remarqué, en bas de page, de petites lettres vertes : *recherche de site*. J'ai cliqué sur elles, la boîte de recherche s'est ouverte. Enfin ! J'avais sous les yeux la photo d'Anna Knightly et une courte biographie. Trop tard pour détourner mon regard... Son visage arrondi était d'une grande douceur ; elle avait des cheveux châtains coupés au carré et ondulés, de grands yeux très verts. Verts comme ceux des enfants de Denise Abernathy. Son sourire, surtout, m'a frappée. Le sourire – chaleureux, assuré, mais discret – qui convient à une femme occupant un poste à responsabilités. « Je prends ma tâche au sérieux et je compte faire le maximum pour retrouver vos enfants », disait-il.

J'ai lu les quelques lignes sous la photo :

Anna Chester Knightly, la directrice du Bureau des enfants disparus, est âgée de 44 ans et travaille depuis dix ans pour cet organisme. Lily, sa première fille, a disparu après sa naissance, en 1994, d'un hôpital de Wilmington, Caroline du Nord. Elle a une autre fille, Haley.

J'étais heureuse qu'Anna ait eu une autre fille !

Mais 1994 ? Il y avait si longtemps ? Nous nous étions trompées du tout au tout dans nos dates. Je suis revenue au formulaire de recherche, j'ai remplacé treize ans par seize, et le nom de Lily Ann Knightly est apparu. Pas de photo, une seule ligne :

Lily Ann Knightly, née le 29 août 1994 et disparue d'un hôpital de Wilmington, peu après sa naissance.

Mon cœur n'a fait qu'un bond. *Le 29 août 1994.* Après avoir repoussé mon siège, je me suis dirigée vers la longue table, près de la fenêtre, sur laquelle s'entassaient les registres de Noelle. J'ai pris celui dont l'étiquette indiquait mars 1994-novembre 1994, je l'ai ouvert lentement, puis je l'ai feuilleté en retenant mon souffle.

— Non ! ai-je crié une fois parvenue à la feuille que je cherchais.

Je me doutais pourtant de ce que j'allais lire. En haut de la page figurait le nom de la patiente : Tara Vincent. La date – 31 août 1994 – était le jour de la naissance de Jenny, par césarienne, et celui où avaient commencé les contractions de Tara, annonciatrices de la naissance de Grace. Pour la première fois, j'ai remercié le ciel de n'avoir pu accoucher à domicile, avec l'assistance de Noelle.

J'ai relu ses notes au sujet des contractions longues et affreusement pénibles de Tara, et de son accouchement problématique le 1er septembre au matin. J'ai ensuite parcouru rapidement les pages, en espérant que Noelle avait pratiqué un autre accouchement peu après ; mais la naissance suivante datait du 15 septembre et il s'agissait d'un garçon.

J'ai donc repris la lecture de la délivrance de Tara. En scrutant les toutes dernières lignes, j'espérais détecter l'endroit où l'écriture précise et ferme d'une sage-femme deviendrait celle d'une femme aux abois, qui vient de laisser tomber accidentellement le bébé de son amie. Une femme sur le point de courir à l'hôpital chercher un nouveau-né en remplacement... J'ai examiné de près toutes ses notes, mais elle avait bien caché son jeu. En relisant la dernière phrase – « C'est une beauté ! Ils vont l'appeler Grace » – je me suis demandé si sa remarque concernait Grace, le bébé que Tara avait effectivement mis au monde, ou Grace, l'enfant que j'avais aimée et vue grandir au fil des ans.

L'enfant d'une autre...

TROISIÈME PARTIE

Grace

33

Grace

Quand je me suis réveillée à six heures ce matin, je n'ai pas cherché à me rendormir : Cleve serait là à peine quelques heures plus tard pour l'anniversaire de sa mère. Son mail de la veille m'annonçait son arrivée en voiture avec un copain aux alentours de midi – sans même me proposer de venir déjeuner avec lui... Pourtant, courriels et textos s'étaient multipliés depuis quelques jours, comme s'il pensait beaucoup plus à moi maintenant qu'il rentrait à la maison. Hier, il finissait son message par : *A bientôt !* Je me repassais ces deux mots en boucle. Le point d'exclamation me plaisait particulièrement.

J'avais planifié notre journée. S'il faisait beau, on pourrait aller faire un tour sur la Promenade et parler. Parler vraiment, comme autrefois... Bien sûr, j'espérais qu'on allait se remettre ensemble. C'était un long week-end de trois jours : si je ne l'avais pas persuadé avant ce soir qu'on était faits l'un pour l'autre, il me resterait encore deux jours pour agir.

J'étais sur Facebook, vers huit heures, quand ma mère a passé la tête à ma porte.

— Déjà levée ?

— La réponse va de soi, il me semble.

— Grosse maligne !

Je la trouvais bizarre ces derniers jours et son sourire n'en était pas un.

— Tu veux venir faire des courses avec moi, Grace ? Il me reste des millions de choses à préparer pour ce soir.

— Désolée, impossible. J'ai une dissert à écrire et Cleve revient pour quelques jours.

Quelle idée de lui donner cette information ! J'aurais mieux fait de me taire, car un vrai interrogatoire allait immanquablement suivre.

— Tu vas le voir ?

Manifestement, elle n'était pas enthousiaste.

— Je veux dire... en dehors de la soirée de Suzanne ?

J'ai haussé les épaules avec désinvolture.

— Oui, je suppose.

— Tu pourras lui parler de ses cours et lui demander ce qui lui plaît à Chapel Hill.

Je l'ai regardée comme si j'avais affaire à une Martienne.

— Je sais ce que j'ai à lui dire, m'man !

— Et comment vas-tu t'habiller ce soir ?

Elle était d'humeur à me bombarder de questions. D'habitude, je trouvais moyen de lui clouer le bec, mais j'étais si fière de ma tenue que j'ai décidé de la lui montrer. Lundi, après les cours, on avait fait du shopping, Jenny et moi, et j'étais folle de la robe que j'avais achetée. J'ai pris le cintre dans la penderie et j'ai soulevé la housse ; maman a poussé un cri admiratif, exactement comme moi dans le magasin.

— Oh, Gracie, que c'est mignon !

Mignon n'était pas le mot que j'attendais. J'aurais préféré *sexy* et *chic*, mais je voyais ce qu'elle voulait dire. Ma robe était rouge, courte, sans bretelles, dans un tissu satiné, avec une ceinture argentée. Elle était peut-être « mignonne » sur le cintre, mais sexy sur moi ; Jenny me l'avait juré plusieurs fois.

— Tu mettras quelles chaussures ? a ajouté ma mère.

J'ai sorti les chaussures rouges à brides, qui m'avaient pratiquement ruinée.

— Parfait, Grace ! Pas trop de talons... Je n'ai même pas réfléchi à ce que j'allais porter.

Elle a jeté un coup d'œil à sa montre.

— Tu as mangé ?

— Pas encore.

— Veux-tu que je te prépare...

Je me suis rassise devant mon ordinateur.

— Non, merci. C'est bon.

— Tu n'as vraiment pas envie de venir avec moi ? Tu seras à la maison avant midi.

— J'ai ce devoir à faire, m'man, ai-je répondu en me réjouissant qu'elle ne puisse pas voir l'écran de mon ordi.

— Alors, bonne journée !

Je n'ai pas fait ma dissertation, évidemment. Je n'ai même pas essayé. J'ai fait quelques exercices de maths, mangé une banane, lavé mes cheveux, regardé mon téléphone un million de fois pour vérifier qu'il était allumé, et échangé des commentaires avec des tas d'amis de

321

Facebook que je n'ai jamais vus en chair et en os. A midi, n'y tenant plus, j'ai envoyé un texto à Cleve.

« Tu es rentré ? »

Moins d'une minute après, il m'a répondu : « Depuis une heure. On se voit à la réception ? »

Les bras m'en sont tombés. Se voir à la réception ? Pourquoi pas immédiatement ? Nous avions tout l'après-midi devant nous... On pouvait aller sur la Promenade, discuter, rire ensemble. Il se payait ma tête !

J'ai tapé sur mon mobile : « Tu es libre maintenant ? Je ne travaille pas. » Sa réponse : « J'aide ma mère. A plus ! »

Je me suis assise sur mon lit, en larmes. Anéantie... J'allais presque aussi mal que le jour où il avait décidé de rompre. J'ai appelé Jenny, qui n'a pas décroché. Twitter s'est mis à geindre et je l'ai laissé grimper sur mon lit. Comme il me sentait malheureuse, il s'est blotti contre moi, et j'ai enfoui mon visage dans son cou en sanglotant.

Au bout d'une heure ou presque, je me suis levée pour me regarder dans le miroir de la salle de bains. J'étais écarlate : mon nez, mes yeux, mes joues. Il fallait que je me calme, sinon je serais de la même couleur que ma robe, à la soirée. Je me suis reprise et je me suis passé un gant humide sur le visage.

Je n'avais pas faim du tout, mais j'avais besoin de caféine. Dans la cuisine, il restait du café, froid. Tant pis. J'ai ouvert le placard pour chercher une tasse. Quelque chose avait changé. Mon mug noir préféré était là, je l'ai sorti, mais j'aurais parié qu'il manquait un objet. Maman a la manie très agaçante de tout déplacer. Subitement, ça m'a frappée : le mug de voyage violet que j'avais offert à mon père... J'aime ce mug et j'étais contente d'avoir chaque jour sous les yeux ce souvenir de lui. J'ai eu beau chercher dans tous les placards, il avait disparu.

Pas question de pleurer, je venais juste de me recomposer un visage normal. A la place, j'ai empoigné mon téléphone et j'ai appelé ma mère.

34

Tara

Ma camionnette était pleine de ballons. Quand la jeune vendeuse, couverte de *piercings*, m'avait interrogée sur mes couleurs préférées, je lui avais suggéré de me surprendre. En temps normal, j'aurais fait mon choix, mais mon esprit filait à cent à l'heure entre les préparatifs de la soirée de Suzanne et la découverte que Noelle avait été une mère porteuse. J'étais éberluée que Sam l'ait su. Pendant des années, il avait été au courant... Il devait mourir d'envie de m'en parler ! J'admirais sa rigueur professionnelle. A sa place, aurais-je été capable de me taire ? J'étais contente, malgré tout, que Noelle se soit tournée vers lui. Qu'elle ait pu compter sur lui.

Dans mon rétroviseur, je ne voyais qu'une mer de ballons. J'ai donc roulé lentement jusqu'à la pâtisserie pour y récupérer le gâteau d'anniversaire de Suzanne. Conduire un véhicule empli de ballons n'était pas moins dangereux que conduire en envoyant des textos, ai-je pensé en me garant à une cinquantaine de mètres du magasin. J'ai effectué une marche arrière, guidée par mes seuls rétroviseurs latéraux.

Mon portable a sonné au moment où je coupais le contact. Emerson avait dû penser à une course de dernière minute. J'ai répondu sans regarder la présentation du nom.

— Allô, Em ?

— Comment as-tu osé faire ça ?

Grace hurlait si fort que j'ai dû éloigner le téléphone de mon oreille. Tout en n'ayant aucune idée de ce qu'elle me reprochait, je me sentais déjà coupable.

— Tu ne pouvais pas conserver une seule chose ayant appartenu à papa ?

Sa voix vibrait d'une telle fureur que j'avais l'impression d'entendre une inconnue. Quel crime avais-je encore commis ? J'ai pensé au vide de la penderie, du côté de Sam. Sa table de nuit, où s'entassaient ses livres, ses stylos et sa lampe de lecture, ne contenait plus qu'une lampe de poche et quelques piles de rechange. J'avais donné son meuble de classement ; mon papier à lettres et mes fournitures scolaires étaient rangés dans ses tiroirs de bureau.

— Que veux-tu dire, Grace ?

— Son mug... Le mug violet que je lui avais donné...

Je me suis souvenue de cet objet sans charme, désormais inutile, qui encombrait mon placard. Pourquoi le conserver ? Je l'avais fourré dans le carton destiné au magasin solidaire.

— Oh non, ma chérie ! ai-je balbutié. Je n'avais pas réalisé... Tu me connais, je ne supporte pas le désordre, et j'avais oublié que...

— C'est ça, il n'y a que toi au monde ! Puisque tu ne supportes pas le désordre, alors le mug devait disparaître. Tu ne prends même pas la peine de me demander mon avis. Si tu le détestais, ce mug, tu n'avais qu'à me le donner et je l'aurais gardé dans ma chambre, parce que le désordre ne me pose aucun problème, à moi. J'en ai rien à foutre, putain !

Elle a raccroché et je suis restée agrippée à mon téléphone. Jamais elle ne m'avait parlé sur ce ton et avec ces mots-là. Quelle grossièreté ! Pourtant, elle avait raison. Je m'étais comportée d'une manière égoïste et stupide. Ce mug, qu'elle avait offert à Sam, était un souvenir pénible pour moi ; pour elle, il représentait un lien précieux avec un être aimé. La gorge nouée, je l'ai rappelée, mais elle ne m'a pas répondu. Elle m'avait dit tout ce qu'elle avait à me dire.

J'ai redémarré. Le gâteau d'anniversaire attendrait. Après avoir garé ma voiture remplie de ballons devant le magasin solidaire, j'ai couru vers la porte d'entrée. Dans la petite pièce des dépôts, une femme tendait un tabouret de cuisine au jeune homme sombre et dégingandé qui réceptionnait les objets.

— Excusez-moi, ai-je marmonné, j'ai déposé une chose ici l'autre jour... Je voudrais la récupérer... C'est possible ?

Le jeune homme a pris le tabouret qu'on lui tendait et l'a posé de guingois sur une pile de cartons.

— Non, c'est pas possible.

Par une porte ouverte derrière lui, j'entre-voyais, dans une grande salle, des femmes gantées qui triaient des sacs et des caisses conte-nant toutes sortes de vieilleries. J'ai cherché à apercevoir mon petit carton personnel, mais peine perdue. Une aiguille dans une meule de foin.

J'ai regagné ma camionnette, puis roulé douce-ment et prudemment jusqu'à la pâtisserie, sans cesser de penser au chagrin de Grace quand elle avait constaté, en ouvrant le placard, la dispari-tion de son dernier lien tangible avec son père. Je ressentais moi-même ce chagrin, comme si j'avais été dans sa peau. C'était à peine tolérable.

Avec mon nuage de ballons au-dessus de ma tête, je flottais presque en marchant de mon véhi-cule à la maison d'Emerson. Sa porte d'entrée n'était pas verrouillée ; je suis entrée et j'ai lâché les ballons dans son grand salon.

— Em ?

— Je suis dans la cuisine.

— J'arrive, mais j'ai des choses à prendre dans ma voiture.

Je suis ressortie chercher le gâteau que j'ai déposé dans la cuisine, en entrant directement par la porte latérale. Shadow et Blue flairaient l'air autour de moi, j'ai donc placé le carton sur le comptoir de granit.

Emerson, qui lavait un saladier, m'a regardée d'un air absent.

— J'ai fait de la place dans le frigo. Merci de t'en être chargée.

J'ai trouvé un espace disponible sur l'étagère du bas ; les autres étaient bourrées de je ne sais quoi. Le réfrigérateur d'Emerson n'était jamais beau à voir.

— Les ballons sont dans le séjour, je les disperserai un peu plus tard, ai-je annoncé.

— On a un petit problème…

Emerson s'acharnait sur le saladier ; elle paraissait stressée.

— La sœur de Suzanne nous a envoyé un tas de photos, a-t-elle précisé. Jenny essayait d'en faire un collage, mais elle s'est sentie mal… Elle est montée se coucher. Tu aurais le temps de t'en occuper à sa place ? Les photos sont dans mon bureau.

— Bien sûr ! Je suis prête à tout pour me changer les idées.

Emerson, éreintée, n'a pas réagi à mon sourire. Je lui ai demandé ce qui clochait avec Jenny. Elle a rincé le saladier une dernière fois et l'a posé sur l'égouttoir, avant de me répondre :

— Elle croit avoir pris froid… Selon elle, elle avait déjà mal à la gorge en se réveillant. Elle m'a aidée à mettre la table dans la salle à manger, et puis elle a craqué. Je suppose qu'elle n'a pas très envie de m'aider et qu'elle se portera mieux ce soir.

J'ai tendu une main vers la cafetière.

— Tu permets ?

— Si ça ne t'ennuie pas de le réchauffer…

Emerson s'est essuyé les mains à un torchon, puis elle a filé dans l'office sans un regard dans ma direction.

— Ça va, Em ?

En choisissant une tasse dans son placard, je pensais malgré moi à *mon* placard, impeccablement rangé maintenant que le mug de voyage violet ne déparait plus.

— Ça va.

Elle a pris un paquet de serviettes en papier dans l'office, en hochant la tête.

— Mais, tu sais...

J'ai passé un bras autour de ses épaules. J'étais au courant de sa conversation avec la femme dont Noelle avait porté le bébé, mais nous avions à peine discuté de ces révélations – sans doute encore plus éprouvantes pour Emerson que pour moi. Cela nous pesait lourdement. Après la réception, nous pourrions enfin reprendre notre souffle. Il nous aurait presque fallu un second service funèbre pour Noelle : au premier, nous avions pleuré une femme que nous ne connaissions pas réellement.

— Bon, je viens de faire une énorme gaffe, ai-je dit en me servant un café.

Emerson avait plongé sa main dans un tiroir ; elle en a tiré une paire de ciseaux qu'elle tenait maintenant au-dessus de l'emballage plastifié des serviettes.

— C'est-à-dire ?

Elle me regardait pour la première fois depuis mon arrivée.

— Je viens de jeter le mug de voyage de Sam.

Après avoir placé ma tasse dans le micro-ondes, j'ai tourné le programmateur.

— Je ne me souvenais plus que Grace lui en avait fait cadeau, ou plutôt... je n'en ai pas tenu compte. Elle m'a téléphoné alors que j'allais chercher le gâteau et j'ai eu droit à une scène pas possible. Je ne l'avais jamais vue aussi furieuse contre moi.

Emerson a coupé le plastique et rangé les ciseaux dans le tiroir.

— Ça s'arrangera. Elle va se calmer.

— Et toi, comment te sens-tu ? Tu n'as pas l'air dans ton assiette.

— Non, je...

Emerson s'est mise à compter les serviettes. Vingt-quatre. Je n'ai pas eu le cœur de lui indiquer que c'était écrit en toutes lettres sur l'emballage.

— ... j'aimerais juste que tout se passe bien ce soir.

— Ne t'inquiète pas, mon chou !

Le micro-ondes a sonné. J'ai pris ma tasse en ajoutant que je me faisais tout de même du souci au sujet de Grace et Cleve.

— Tu pourrais t'occuper du collage ?

Elle me questionnait comme si je n'avais rien dit. En cet instant elle me ressemblait beaucoup : préoccupée par les moindres détails et excessivement perfectionniste. Dès que j'en aurais fini avec le collage, je regarderais ce qui restait à faire.

L'immense carton blanc du collage inachevé reposait sur l'une des tables du bureau que partageaient Ted et Emerson. J'ai balancé dessus le tas de photos et le bâton de colle, et j'ai emporté le tout dans la cuisine afin de bavarder avec Emerson en travaillant.

Elle sortait des verres à vin d'un placard et ne s'attendait pas à me voir revenir.

— Tu pourrais t'étaler plus confortablement au bureau, a-t-elle déclaré.

— Je me sens trop seule là-bas !

J'ai posé mon matériel sur la table et pris un siège, avant de passer en revue les clichés. Sur certains, Suzanne était en compagnie de Noelle ; j'ai eu du mal à les regarder. Noelle était-elle enceinte sur celui-ci ? Et sur celui-là ? Cette pensée m'obsédait.

Il y avait des tas de portraits de Cleve à divers âges. Une peau de la couleur des noix de pécan, les cheveux de jais de son père, et les yeux bleus de sa mère. Un bel enfant et un jeune homme particulièrement séduisant.

— Cleve était un gosse adorable, ai-je repris.

A l'aide d'un torchon, Emerson nettoyait des traces de calcaire sur les verres, sans m'entendre apparemment. Grace avait prétendu, un jour, que je n'avais pas besoin d'interlocuteur dans une conversation, car je faisais à moi seule les questions et les réponses. En l'occurrence, ça n'était pas le cas.

Je me suis approchée de l'évier en brandissant une photo de Cleve sous le nez d'Emerson.

— Là-dessus, il doit avoir environ trois ans. Il est craquant, non ?

Après y avoir à peine jeté un coup d'œil, elle a posé brusquement le verre et le torchon sur le comptoir pour m'attirer dans ses bras. Elle me serrait avec force. Presque trop...

Prise de court, je lui ai tapoté le dos.

— Voyons, Em. Ça ne va pas ?

— Je t'aime tant, mais je suis si anxieuse...

J'ai reculé de quelques pas. Des larmes brillaient dans les yeux de mon amie.

— Emerson...

J'ai baissé le ton au cas où Jenny ou Ted auraient été dans les parages.

— Cette affaire avec Noelle te perturbe ? A moins que ton grand-père... Il n'est pas...

— Non, non. Grand-père va bien. Ça doit être mes règles...

— Dans ce cas, tu devrais aller t'allonger. Je m'occupe de tout.

N'ayant jamais entendu Emerson mentionner ce genre de malaise, j'avais des doutes ; mais mon offre l'a rassérénée.

— Ça ne t'ennuie pas, Tara ? J'ai mal dormi la nuit dernière et je...

Je l'ai poussée avec douceur vers le couloir.

— Vas-y ! Tout est sous contrôle. Tu n'as aucun souci à te faire.

Je l'ai suivie du regard. Elle avait besoin d'une bonne sieste, qu'elle ne pourrait probablement pas s'offrir avant le lendemain. Les révélations au sujet de Noelle, le transfert de son grand-père à l'hospice, la réception de Suzanne... Sous un pareil fardeau, il n'était pas surprenant qu'elle s'effondre.

Je me suis rassise devant les clichés. Dès que j'aurais achevé le collage, je m'assurerais que tout était prêt pour le traiteur, puis je rentrerais m'habiller. Je voulais prendre une photo de Grace dans sa nouvelle robe rouge, mais je doutais d'obtenir son autorisation. Je nous imaginais en train de rouler toutes les deux, dans ma camionnette, jusqu'à la maison d'Emerson. Moi, parlant à tort et à travers ; elle, silencieuse et toujours fâchée. Nous devions régler cette querelle avant la réception, ai-je conclu en plaçant une photo de Suzanne et Noelle dans un coin, au bas du collage. Il fallait absolument en finir avec cette histoire.

J'ai plongé ma main dans mon sac et appuyé sur la touche de rappel de mon portable. Grace n'a pas répondu. Elle n'allait pas me faciliter la tâche...

35

Noelle

Wilmington, Caroline du Nord
1994

— Je voudrais faire simple, dit Noelle.

Ian et elle étaient dans son salon de Sunset Park avec Tara et Emerson, qui les aidaient à organiser leur mariage, prévu en novembre. Elle n'avait aucune expérience et, manifestement, aucun don dans ce domaine.

— Bien sûr, mais je tiens à inviter tous nos amis, fit Ian.

Noelle avait conscience de l'exaspérer avec son exigence de simplicité. Elle s'était déjà opposée à un mariage à l'église – qu'il aurait souhaité – et à la location d'une salle de réception. Sa bague de fiançailles, un solitaire, lui pesait tant qu'elle avait insisté pour l'échanger contre quelque chose de moins voyant. Alors qu'il voulait convoler en août, elle avait préféré novembre, pour que Tara et Emerson soient tout à fait remises de leur grossesse. Le bébé de Tara était attendu fin août (dans près d'un mois) et celui d'Emerson à la mi-septembre. Elles seraient ses demoiselles d'honneur, à égalité comme toujours.

— Il faudrait peut-être définir ce que chacun de vous entend par « simple », suggéra Tara.

Assise à l'extrémité du vieux canapé de Noelle, un bloc-notes sur les genoux, elle avait les yeux brillants d'excitation à l'idée d'organiser des noces. Emerson occupait l'autre bout : deux femmes en fin de grossesse, comme deux contrepoids équilibrant son canapé, se dit Noelle. Emerson allait devenir mère cette fois, bien que ses nombreux problèmes aient mis leurs nerfs à rude épreuve. Noelle avait refusé catégoriquement de pratiquer un accouchement à domicile, trop risqué ; mais elle l'assisterait à l'hôpital, en présence d'un obstétricien. Du moment que tout continuait à aller bien pour Tara, en revanche, son bébé naîtrait à la maison.

— « Simple » signifie que je voudrais me marier dans un vêtement confortable, comme ceux que je porte tous les jours...

Ian laissa échapper un petit grognement en cherchant le regard de Tara et d'Emerson.

— Vous voyez ce qu'elle m'impose ?

Mais sa voix vibrait de tant d'amour que Noelle se pencha pour l'embrasser sur la joue. C'était un garçon délicieux, et elle ferait en sorte que leur union soit une réussite.

— Un peu de sérieux, s'il vous plaît ! dit Tara qui fit cliqueter son stylo. En novembre, il fait trop froid pour un mariage en plein air ; et puisque tu ne veux pas d'église, Noelle, la réception pourrait avoir lieu chez moi. Nous avons assez de place... même si tout le monde ne pourra pas s'asseoir pendant la cérémonie.

— Je pourrais faire un peu de cuisine...
suggéra Emerson.

Noelle l'interrompit. Se marier chez Sam,
après tout ce qui s'était passé entre eux, la
mettait mal à l'aise.

— Pas question que vous vous donniez tant de
mal ! Vous serez toutes les deux de jeunes
mamans, en manque de sommeil.

— Je t'en prie ! insista Tara. Ça nous ferait
tellement plaisir.

Ian fixa alors son regard sur Noelle.

— L'idée de me marier chez Tara et Sam me
tente. On pourrait embaucher quelqu'un pour
déplacer les meubles et faire le ménage. Et toi, tu
pourrais t'habiller comme tu veux.

— Sûrement pas ! protesta Tara. Em et moi
allons l'emmener faire du shopping. Je refuse de
la mener à l'autel dans ses vieilles nippes.

Noelle bondit sur place.

— A l'autel ? Il n'y aura pas d'autel !

— C'est une métaphore. Tu peux te marier
devant notre cheminée si tu en as envie.

Une jolie image : Ian et elle devant la
cheminée, les mains jointes, entourés de leurs
amis. Noelle, émue, les larmes aux yeux, finit par
céder.

— Eh bien, d'accord, mais à condition que ça
ne pose pas de problème à Sam.

— Sam sera enchanté !

Noelle n'en était pas si sûre. Sa relation avec
Tara s'était approfondie pendant les mois de
préparation à l'accouchement, et elle avait
constaté que son intimité avec ses patientes

s'intensifiait encore quand il s'agissait d'amies. Une certaine tension persistait pourtant entre Sam et elle... Il était réticent à l'idée qu'elle soit la sage-femme de Tara, non qu'il doute de ses capacités, mais parce qu'il se sentait mal en sa présence dans des situations où ses émotions étaient en jeu. Bien sûr, c'était une chose qu'il n'avait jamais formulée en sa présence, car ils ne se parlaient plus à cœur ouvert. C'était justement cette absence de communication qui révélait son malaise. Leurs conversations lui manquaient et elle se reprochait d'avoir créé cette distance entre eux.

Les torsions douloureuses de son dos et les nuits blanches quand ses muscles restaient contractés lui rappelaient leur nuit sur la plage. Elle recourait de plus en plus aux médicaments dans la journée, et la nuit aussi – à condition qu'aucun accouchement ne s'annonce. Sa dépendance croissante l'inquiétait. A cet instant où elle planifiait ses noces, elle profitait d'un moment de répit grâce au Percodan, dont elle ne pouvait plus se passer. Elle n'aurait su dire quelle part de ses maux était liée à sa culpabilité ; mais il était temps qu'elle se libère de ce désir qui ne la lâchait pas...

— Finalement, Ian, ça m'est égal, lança-t-elle. J'accepte tout ce que tu voudras, du moment que je deviens ta femme.

— Hourra ! fit Emerson en battant des mains.

— Parfait, dit Tara en griffonnant quelque chose sur son bloc-notes.

Ian, ému, sourit à Noelle et tenta sa chance :

— Et l'église, tu es d'accord pour l'église ?

Noelle hocha la tête avec conviction.

— Oui, si tu y tiens, nous irons à l'église !

Pourquoi pas ? Son vœu le plus cher était d'épouser Ian : elle l'aimait autant qu'elle était capable d'aimer et elle ne reculerait devant rien pour le rendre heureux. Avec un peu de chance, ils ne tarderaient pas à avoir des enfants eux aussi... Pour l'instant, elle était assise entre un homme qui l'adorait et ses deux meilleures amies ; elle avait absorbé suffisamment d'analgésiques pour soulager son dos et atteindre un état proche de la plénitude. Que demander de plus ?

36

Emerson

Wilmington, Caroline du Nord
2010

Mon Dieu, comment faire ?

J'aurais voulu me surpasser pour l'anniversaire de Suzanne, mais j'étais si chamboulée par les dernières révélations concernant Tara et Grace que j'avais la sensation d'être sous l'eau, tandis que les gens mangeaient, buvaient, riaient et parlaient. Les visages me semblaient flous et j'avais du mal à distinguer les mots que j'entendais. J'aurais aimé que la soirée soit déjà finie, et surtout ne plus être seule avec ce que je savais. J'allais d'une pièce à l'autre, écartelée entre mon chagrin et mon indécision. Oui, comment faire ?

Les gens paraissaient contents. Groupés autour de Suzanne, ils portaient des toasts et lançaient des plaisanteries pour célébrer ses cinquante années, durement gagnées. Même si je n'avais pas été si perturbée, je me serais sentie mal : la présence de tant de bénévoles du programme d'assistance aux bébés me rappelait trop la réunion qui avait suivi le service funèbre de Noelle, trois semaines auparavant. Trois semaines qui me laissaient l'impression d'une vie entière. Tout allait trop vite et semblait échapper à mon contrôle.

J'étais debout entre le séjour et la salle à manger, un verre à la main, quand Ted s'est approché. Il m'a frictionné l'épaule.

— Bon travail, Em. Tu tiens le coup ? Je me doute que tu n'as pas beaucoup dormi la nuit dernière.

— Ça va !

Je lui ai adressé un sourire ; du moins espérais-je que c'en était un, car je ne savais plus vraiment ce que je faisais, anesthésiée comme je l'étais par la fatigue et l'angoisse. Je n'avais pas fermé l'œil de la nuit. Dans l'après-midi, j'avais menti en disant à Tara que j'avais besoin d'une sieste : je voulais simplement m'éloigner d'elle. Je ne supportais pas de l'avoir sous les yeux. Comme si j'avais su que ma meilleure amie allait mourir, sans pouvoir faire quoi que ce soit pour la protéger ou la prévenir.

Je m'en voulais d'avoir fouiné dans le passé de Noelle, au lieu de me débarrasser de ce carton de cartes et de lettres, comme me l'avait conseillé Ted. Ce n'était peut-être pas trop tard. Je pouvais encore flanquer à la poubelle cette lettre, ces articles, ces registres, et m'évader de mon cauchemar. Il me suffirait ensuite de garder la bouche close, mais je me sentais incapable de vivre avec un pareil secret jusqu'à la fin de mes jours.

Grace et Tara étaient arrivées en avance pour m'aider à mettre la touche finale à nos préparatifs. Un mur de glace les séparait, et je devinais Tara frustrée de ne pas parvenir à le briser. Manifestement, Grace ne lui avait pas pardonné… quoi ? D'avoir jeté le mug de Sam ? Une peccadille selon moi, mais Grace ne s'était toujours pas départie de sa colère. Elle m'avait à peine dit bonjour avant de foncer dans l'escalier pour rejoindre Jenny dans sa chambre. Pendant ce temps, Tara s'entretenait avec le traiteur et le barman, et je me déplaçais dans la maison, raide comme un piquet, l'air faussement affairée.

Les jeunes – Cleve, Jenny et Grace – étaient maintenant à l'étage. Avant de disparaître, ils avaient passé juste le temps nécessaire avec les adultes pour se montrer polis. Jenny reniflait à cause d'un léger rhume, mais semblait relativement en forme, bien que déçue par l'absence de Devon : il était parti en week-end avec ses parents. Cleve était plus beau que jamais après un mois et demi d'absence, mais toute mon attention se concentrait sur Grace.

J'analysais ses traits en y cherchant une trace de Tara ou de Sam. Je la trouvais *belle*, un terme que je ne lui avais jamais appliqué jusque-là. Mignonne sans doute, mais belle ? Sa robe bustier, très ajustée, mettait discrètement en valeur le galbe de ses petits seins. (Cleve dardait sans cesse des regards dans cette direction.) Son épaisse chevelure formait un rideau de soie sur son dos, et son fard à paupières fumé accentuait légèrement son regard. Elle avait toujours eu des yeux spéciaux : marron comme ceux de Tara, mais vus de près, ils scintillaient de paillettes couleur jade. Sans doute grâce au maquillage, ils semblaient ce soir d'un vert inhabituel.

Soudain, Grace ne se ressemblait plus du tout à elle-même, et je cherchais fébrilement à reconnaître, dans cette inconnue, la jeune fille que j'aimais. D'habitude, je retrouvais Sam, dans ses mimiques plutôt que dans les traits de son visage. Elle avait le même sourire – chaleureux et affable chez lui, mais trahissant chez elle une certaine fragilité. Son manque d'assurance lorsqu'elle essayait de s'adresser aux adultes qu'elle ne connaissait pas me fendait le cœur.

Elle était des nôtres, nous l'avions aimée et élevée. Nous ne pouvions en aucun cas nous passer d'elle ; de même que je ne pouvais en aucun cas admettre que Tara perde sa fille aussitôt après avoir perdu son mari. La perdrait-elle ? Pas physiquement. On ne pouvait arracher Grace à sa mère à l'âge de seize ans. Mais que savais-je de la législation concernant une situation aussi bizarre ? En outre, je pensais au désespoir de Tara si elle apprenait que le bébé auquel elle avait donné naissance était mort. Qu'en avait fait Noelle ? J'osais à peine imaginer ce nouveau-né oublié, que personne n'avait pleuré.

Je pouvais garder tout cela pour moi, me suis-je dit à nouveau. Ne révéler à personne la vérité sur Grace, pleurer seule le bébé de Tara... Tout en envisageant cette éventualité, je songeais à Ian. J'éprouvais le besoin de partager ce fardeau avec une personne qui aurait de la sympathie pour Tara – c'était le cas de Ian – et connaîtrait les implications juridiques d'une telle affaire.

Il bavardait justement, dans la salle à manger, avec Tara et d'autres invités. Je l'ai tenu à l'œil en attendant qu'il s'approche du bar, où je l'ai coincé, seul.

— Je voudrais te parler, Ian.

— Au sujet de ta conversation avec Angela ?

— Avec qui ?

J'avais presque oublié qui était Angela...

— Non, c'est une chose dont je ne veux pas discuter ici. Pourrais-tu faire un saut chez moi demain, en début d'après-midi ?

Ted serait en train de faire visiter des maisons et Jenny certainement sortie avec Cleve et Grace.

— Ça ne peut pas attendre, Em ? Je m'absente demain soir et je suis un peu débordé...

Il a dû réaliser que j'étais au bord des larmes, car il a ajouté en me tapotant le bras :

— Très bien, je viendrai.

— Surtout pas un mot à Tara !

J'ai regardé nerveusement par-dessus mon épaule, en espérant que personne ne m'avait entendue.

Ian fronçait les sourcils.

— Em, que se passe-t-il ?

— Je t'expliquerai.

Je me suis aussitôt fondue dans la masse des invités. Ma décision était prise, enfin. Pourtant, je n'éprouvais aucun soulagement.

37

Grace

Comment peut-on changer à ce point en un mois et demi ? Sérieusement, Cleve n'était plus le même. Quand il est arrivé avec Suzanne, j'ai eu l'impression de ne pas le reconnaître. J'aurais juré qu'il avait grandi, que son visage avait une autre forme... Il a tout de même marché droit sur moi et il m'a prise dans ses bras.

Il m'a dit qu'il me trouvait « super ». La seule chose qui n'avait pas changé était son odeur. J'aurais voulu m'accrocher à lui et respirer, encore et encore.

On a passé un moment avec les invités, et ensuite, Jenny, Cleve et moi, on est montés au premier étage pour discuter. Un peu comme à l'époque où on était seulement copains, sauf que je ne trouvais pas grand-chose à dire. On lui a montré les affaires pour le programme des bébés, y compris les sacs de layette que j'ai appris à composer. Il nous a félicitées pour notre action, mais j'ai senti qu'il s'ennuyait. Il a beaucoup parlé de ses cours, de basket-ball et des Tar Heels.

— Je veux aller à l'UNC, a dit Jenny. Chapel Hill, ça serait cool...

On s'est assises sur le futon, pieds nus. En position debout, ma robe était top, mais assise... Je passais mon temps à tirer la jupe vers le bas, le bustier vers le haut. Jenny portait une robe ample, très mignonne, mais elle avait une sale tête à cause de son rhume. Elle parlait d'une voix éraillée et serrait des mouchoirs en papier dans sa main.

— Tu ne peux pas aller à Chapel Hill si tu n'as aucune idée de ce que tu veux faire dans ta vie, Jen !

Vautré sur le pouf, Cleve avait pris un hochet dans les affaires de bébé et jouait avec.

— Tu es populaire comme pas deux, mais tes notes laissent à désirer, non ?

— Va te faire fiche ! a répliqué Jenny. Si tu as été admis, je peux l'être.

— J'ai eu une excellente moyenne générale.

— Tu es surtout à demi noir, c'est la raison pour laquelle on t'a accepté.

J'ai décoché un coup de pied dans la jambe de Jenny.

— C'est super mal élevé de dire ça !

Sans doute mes premiers mots depuis que nous étions montés... Pourquoi me sentais-je soudain si timide en présence de Cleve ?

— Ça n'a sans doute pas fait de mal, a-t-il reconnu en riant.

— J'ai encore du temps devant moi pour réfléchir, a annoncé Jenny. Mais je veux exercer une profession qui me permettra de me rendre utile !

— Infirmière, par exemple ?

— Peut-être médecin, espèce de macho !

Ils se parlaient toujours sur ce ton.

— Ou bien professeur, psychologue... Je voudrais aider les gens, pas comme les architectes qui n'aident que les bâtiments.

Cleve a ricané.

— Pauvre ignorante ! Et qui vit et travaille dans ces bâtiments, à ton avis ?

Il continuait à tripoter le hochet et j'observais ses mains ; je les imaginais remontant sur mes cuisses, sous ma jupe. Si Jenny n'avait pas été là, je me serais levée, j'aurais baissé ma fermeture éclair, et je me serais jetée sur lui. Enfin, peut-être pas, mais j'en avais tellement envie !

— Au moins, Grace a de l'ambition.

Je ne m'attendais pas à entendre Cleve prononcer mon nom.

— Connais-tu beaucoup de gens capables d'écrire aussi bien qu'elle ?

— C'est difficile de gagner sa vie en écrivant...

— Difficile, mais pas impossible. Et puis, elle fait ce qu'elle aime. C'est tout ce qui compte.

Ils parlaient en ma présence comme si j'étais absente, mais ça ne me dérangeait pas. Cleve me souriait d'un vraiment bon sourire. Je me suis dit qu'il tenait toujours à moi. Si seulement Jenny avait pu disparaître, seule avec lui j'aurais été beaucoup plus à l'aise.

Cleve a jeté le hochet en l'air d'une main, l'a rattrapé de l'autre et s'est levé. Il a dit :

— Si on allait au parc ?

On y avait passé tant de soirées ensemble ! C'était là que nous avions fait l'amour pour la première fois, la nuit avant qu'il ne me quitte. Je

346

m'étais toujours demandé s'il y avait un lien entre ces deux événements : nos relations sexuelles et la rupture.

Jenny s'est levée à son tour.

— Bonne idée !

— Je vous rejoins.

Cleve s'est éclipsé, sans doute pour aller aux toilettes, et j'ai retenu Jenny par le bras en haut de l'escalier.

— Tu peux rester ici, Jen ? S'il te plaît ? Désolée, mais j'ai besoin de lui parler en tête à tête.

Elle a paru surprise, à peine une seconde.

— Aucun problème, Grace. D'ailleurs, je ne me sens vraiment pas bien. Dis-lui que ma mère m'a demandé de lui donner un coup de main.

— Tu es un amour !

Je l'ai embrassée et elle a simplement froncé le nez.

— Mais... ne te fais pas de mal, OK ?

— Sûrement pas !

J'avais déjà descendu la moitié des marches, et l'idée de me faire du mal ne m'était pas venue un instant à l'esprit.

J'ai attendu Cleve sur la pelouse devant la maison et je l'ai vu remonter l'allée. Il était sorti par la porte de derrière, probablement pour éviter tous les gens dans le salon.

Quand il a été assez près de moi pour m'entendre, je lui ai annoncé que Jenny devait aider Emerson. Il a dit « bon », d'un ton neutre, et on a marché vers le parc en traversant les flaques de lumière des réverbères.

Au bout d'une minute il a marmonné que Jenny aurait dû rester avec nous.

— Pourquoi, Cleve ?

— Ce n'est pas une très bonne idée de nous laisser seuls ensemble.

J'ai ricané :

— Tu penses que nous avons besoin d'un chaperon ?

— C'est que... tu es tellement sexy, ce soir !

— Merci.

— Sérieusement, tout à l'heure je t'admirais en me disant que j'ai été idiot de rompre avec toi.

Mon Dieu ! Il voulait peut-être qu'on se remette ensemble. Sur le point de le questionner, je n'ai pas voulu tenter le diable.

— Oui, tu m'admirais...

— Et pourtant, Grace, il n'y a pas d'autre solution. Tu es carrément magnifique ce soir, mais j'ai trop peur de te faire du mal. Trois heures de route nous séparent, et je veux pouvoir rencontrer d'autres gens sans me sentir coupable.

On avait déjà abordé ce sujet.

— D'autres filles, tu veux dire ?

Il a fourré ses mains dans ses poches.

— Des filles, des garçons, des gens nouveaux... Pour l'instant, j'ai besoin de liberté.

— Je sais. N'en parlons plus !

Ce genre de discussion m'avait fait suffisamment souffrir la première fois.

— J'ai pigé et ce n'est pas la peine de reprendre tout depuis le début.

— Bien !

On est restés silencieux pendant quelques minutes. A l'entrée du parc, on s'est dirigés les yeux fermés vers l'aire de jeux. Honnêtement, je ne savais pas quoi lui dire, en dehors du fait qu'on devrait se remettre ensemble. Avant notre rupture, j'arrivais à lui parler assez facilement ; maintenant, tout ce que je pouvais lui dire risquait de me faire fondre en larmes.

Il s'est assis sur l'une des balançoires. Après avoir ôté mes chaussures, je me suis assise sur la balançoire la plus proche. Une phrase m'a échappé :

— Ça ne me pose pas de problème que nous soyons loin l'un de l'autre...

— Grace, tu ne vas pas commencer !

— Tu peux même sortir avec d'autres filles, à condition de ne pas... Je comprends que tu aies besoin de te faire des amis, et tout.

— Ecoute, Grace, personne ne sait ce que l'avenir nous réserve. Mais, pour l'instant, nous devons faire nos propres expériences, toi comme moi. Tant que nous n'avons pas connu d'autres gens, comment savoir si nous sommes vraiment faits l'un pour l'autre ?

Je croyais deviner sa pensée : *Tu es la femme que je veux, mais je dois pouvoir dire que je suis sorti avec d'autres filles, pour n'avoir aucun doute quand je te reviendrai.*

Au lieu de se balancer, on se retenait aux chaînes, en poussant légèrement avec nos pieds. Tout à coup, je n'ai plus supporté la distance qui nous séparait. Je me suis levée et j'ai rejoint sa balançoire. Je savais comment inverser la vapeur en moins d'une minute.

Après m'être accrochée aux chaînes, juste au-dessus de ses mains, je me suis penchée pour l'embrasser. Comme je m'y attendais, il n'a pas résisté. J'ai ensuite détaché mes lèvres des siennes et j'ai effleuré son pénis, dur sous son pantalon. Il m'a pris la main, davantage pour la maintenir là que pour l'éloigner de lui ; mais j'ai reculé d'un pas, j'ai soulevé ma robe et glissé mes pouces dans le haut de mon slip.

— Oh non, Gracie !

Evidemment, il n'en pensait pas un mot. Quand je me suis assise à califourchon sur le siège – sur lui –, il était aussi incapable de se contrôler que moi.

38

Grace

Au petit déjeuner, le lendemain, j'ai déclaré à ma mère (elle mangeait ses flocons d'avoine avec des bananes, et moi j'étais trop nerveuse pour goûter le toast dans mon assiette) que je n'irais pas à l'église ce matin-là.

Sa réponse a fusé :

— Oh, allez, ma chérie, viens avec moi ! Je chante en solo aujourd'hui.

Elle portait déjà sa tenue dominicale – pantalon beige, chemisier blanc, veste bleue et foulard à carreaux blancs et bleus autour du cou – et moi j'étais toujours en pantalon de pyjama et tee-shirt.

— Trop fatiguée, m'man. Je préfère rester à la maison.

Elle m'a semblé déçue, peut-être même peinée, mais je n'ai jamais vraiment aimé aller à l'église. Je détestais rester debout à la sortie pour parler aux gens ; bien sûr, c'était son moment préféré. En général, ça pouvait aller parce que Jenny était là, mais je me doutais qu'elle resterait chez elle à cause de son rhume.

Et puis, j'attendais le coup de fil de Cleve. Il fallait absolument que je le voie avant son départ. C'était un week-end de trois jours, mais son copain devait repartir le soir même. Cleve n'avait pas d'autre moyen de locomotion, donc il était coincé.

Tard dans la nuit, j'avais appelé Jenny pour l'informer des derniers événements.

« Vous vous êtes remis ensemble ? »

Elle était si enrouée que je l'entendais à peine. Je lui ai répondu que nous n'avions pas abordé précisément la question. C'était une nuit d'action, et non de conversation... J'ai grignoté le bord de mon toast, et je me suis souvenue en souriant que ma mère m'avait conseillé, il y avait de cela quelques semaines, de « passer à l'action ». *Eh bien, m'man, c'est fait ; tu avais raison.*

Un moment inoubliable. Après, Cleve n'arrêtait pas de répéter « Sacré bordel ! » en couvrant mes cheveux de baisers. Quelle nuit !

— Ça s'est bien passé avec Cleve ? m'a demandé ma mère.

J'ai relevé brusquement la tête, avec l'impression qu'elle lisait dans mes pensées.

— Que veux-tu dire, m'man ?

— Quand vous vous êtes revus...

Elle buvait son café à petites gorgées.

— Je craignais que ça ne soit pénible pour toi...

— Pas de problème... Tout va bien.

Elle m'observait d'un air un peu incrédule. Je me suis levée pour aller mettre mon assiette dans l'évier et échapper à son regard.

— Alors, tant mieux. Et qu'as-tu pensé de la réception ?

— C'était sympa...

J'ai jeté mon toast dans la poubelle, sous l'évier.

— Gracie, tu sais, je m'en veux toujours à propos du mug.

Je lui ai répondu que je ne voulais pas en parler. Je n'étais pas prête à lui pardonner ça.

Elle s'est levée, a jeté un coup d'œil à sa montre. J'avais hâte qu'elle parte, d'autant que Cleve risquait de téléphoner d'une seconde à l'autre. Mon portable était sur l'îlot et je guettais des yeux le moment où l'écran allait s'éclairer.

— En fin d'après-midi, j'ai rendez-vous avec le comité de la chorale, à Port City Java, pour programmer la musique pour le reste de l'année. Ça te dit de venir ? Tu pourrais faire tes devoirs là-bas et on mangerait un morceau après...

Comment pouvait-elle supporter ne serait-ce que la vue de Port City Java, le dernier endroit où s'était trouvé mon père ?

— Non, merci, je dois voir Jenny.

Je me suis lavé les mains, en m'interdisant de lui parler de Cleve. Si je lui disais que nous allions passer l'après-midi ensemble, je déclencherais une nouvelle série de questions.

Elle s'est dirigée vers la porte.

— Pourrais-tu nettoyer ta salle de bains ? Ça ne lui ferait pas de mal...

Je lui ai dit « d'accord ». Du moment qu'elle s'en allait...

A dix heures trente, j'ai emporté mon téléphone dans le salon et je me suis allongée sur le canapé. Il devait être réveillé, donc je lui ai envoyé un texto : « Déjà levé ? » Quelques secondes après, il me répondait qu'il était en route pour Chapel Hill.

Quoi ? Je me suis assise d'un bond. « Tu avais dit ce soir ! » Après avoir tapé mon message, j'ai attendu, agrippée au portable.

« Désolé, mon copain était pressé ! »

Stop avec les textos ! J'ai décidé de lui parler. J'ai appelé son numéro et lancé :

— Je crois rêver : tu pars sans me prévenir !

— Ecoute, Grace, je regrette pour hier soir.

— Comment ça ?

— Je n'aurais pas dû profiter de toi.

— Tu n'as pas profité de moi, c'est moi qui voulais !

— Oui, mais j'ai profité du fait que tu voulais.

— Cleve, je...

— Tu voulais faire l'amour parce que tu aimerais qu'on se remette ensemble, et ce n'est pas mon intention.

— Mais si !

— Rien n'a changé, tu m'entends, Grace ? Je t'ai déjà dit qu'on devait faire d'autres rencontres et se sentir libres... C'est toujours vrai.

— Cleve !

— Tu sais que je tiens beaucoup à toi ?

— Oui.

— Ça ne changera jamais, quoi qu'il arrive, mais j'ai eu tort de t'envoyer des mails et des textos après notre rupture.

— Qu'est-ce que tu racontes ?

— Je ne voulais pas te laisser tomber froidement... Mais en gardant un contact avec toi, je t'ai donné l'impression qu'on n'avait pas réellement rompu. Il faut couper totalement les ponts, pour quelques mois au moins.

Quelques mois ? A l'idée de ne plus pouvoir m'adresser à lui, j'avais la mort dans l'âme ; j'ai fondu en larmes, d'abord sans qu'il s'en aperçoive. Comme je n'arrivais plus à parler, il a deviné. Ma vie était d'un vide absolu. J'avais perdu papa, Jenny passait de plus en plus de temps avec Devon, et maintenant Cleve disparaissait de mon existence.

Il a murmuré :

— Grace, je t'en prie ! Je regrette, mais c'est la seule solution. J'aurais dû commencer tout de suite par là. Mon copain me dit que c'est comme quand on retire un pansement... Il faut aller vite. Ça fait terriblement mal pendant quelques instants, mais c'est mieux ! Je t'ai donné des illusions en restant en contact avec toi.

— Et en me baisant hier soir !

— Ne parle pas comme ça !

— Pourtant, c'est exactement ce que tu viens de me dire.

Je l'ai entendu pousser un profond soupir.

— Cette discussion ne nous mènera nulle part. Je n'arrive pas à rompre avec toi, mais c'est nécessaire. Il le faut, Grace ! A partir du moment où nous aurons raccroché, plus de textos ni rien. C'est de cette manière que tu apprendras à vivre ta vie sans moi.

— Parce que toi tu veux vivre ta vie sans moi !

— Oui. Parce que c'est ce qu'il me faut pour l'instant.

J'ai raccroché et je l'ai rappelé aussitôt ; il n'a pas décroché. Je lui ai envoyé un texto : « Désolée d'avoir raccroché. » Rien n'est apparu sur l'écran de mon téléphone, rien. Il ne me répondrait pas...

Je me suis souvenue de la nuit précédente, si extraordinaire. Quand il était avec moi, il me désirait ; mais dès qu'il était loin de moi, il tombait sous la coupe de ses imbéciles d'amis.

Il fallait que je le voie à tout prix.

Encore de l'action...

39

Tara

Grace était dans la cuisine quand je suis rentrée de l'église. Elle avait posé devant elle, sur la table, un mug de café et son téléphone.

— Comment était ton solo ?

J'étais pourtant persuadée qu'elle n'avait pas entendu mon allusion à ce sujet, plus tôt dans la matinée.

— Ça s'est bien passé.

Les gens m'avaient complimentée et j'avais retrouvé la sensation étrange de remplir ce bel espace de ma voix. Mais je me sentais vide, et ce n'était qu'au volant de ma voiture que j'avais compris pourquoi : Sam n'était plus là. M'entendre chanter l'avait toujours ému ; il me le faisait savoir moins par des mots que par la manière dont il me tenait la main une fois que j'avais regagné mon banc.

— Tu sors ?

Elle portait un pantalon court et un tee-shirt rayé, à manches longues. Ses cheveux étaient humides.

— Dans un petit moment. J'ai lavé ma salle de bains.

— Formidable !

C'était rare que j'aie à lui demander les choses une seule fois. Je me suis penchée pour l'embrasser, ses cheveux frais et humides contre ma joue.

Elle tenait ses mains croisées si fort que ses articulations avaient blanchi.

— Ecoute, m'man ! Je sais que tu vas me dire non, mais je te demande de bien m'écouter avant de réagir. D'accord ?

Elle ne m'avait pas adressé une phrase aussi longue depuis des mois.

— D'accord !

Adossée au plan de travail j'ai décidé de la laisser parler sans rien dire.

— Je vais à Chapel Hill cet après-midi. J'y passerai la nuit...

— Chapel Hill, aujourd'hui ? Pour quelle raison ?

Elle m'a jeté un regard embarrassé.

— A cause de cette fille... Une étudiante de troisième cycle que connaît Jenny... Elle veut aller voir des amis à Chapel Hill et elle n'a pas de voiture, donc elle viendra avec moi, elle supervisera ma conduite, et je rentrerai demain.

Pour une fois dans ma vie, j'en suis restée comme deux ronds de flan. Grace était terrorisée à l'idée de prendre le volant et je l'étais tout autant qu'elle conduise.

— Premièrement, il n'est pas question que tu y ailles.

— M'man, je t'ai demandé de ne pas réagir trop vite !

Elle pressait ses mains de plus en plus fort et ouvrait de grands yeux implorants.

— Ecoute-moi jusqu'au bout, je t'en supplie.

— Est-ce que ça a un rapport avec Cleve ?

Ma question était absurde : Cleve venait de rentrer pour le week-end, alors pourquoi aurait-elle souhaité aller à Chapel Hill ?

— Oui, m'man. Il a dû repartir aujourd'hui et je dois absolument le voir. En plus, je veux visiter l'UNC parce que je m'y inscrirai probablement.

Ça ne tenait pas debout. Elle s'y inscrirait peut-être, mais cette envie soudaine de visiter l'université était un si mauvais prétexte qu'elle-même en avait conscience. Incapable de soutenir mon regard, elle a détourné la tête.

— Ça ne rime à rien, Grace, ai-je déclaré. Si tu veux voir Cleve, aie au moins l'honnêteté de le reconnaître, et ne fais pas semblant de vouloir brusquement visiter l'UNC.

Elle a posé ses mains à plat sur la table.

— Cleve n'avait pas réalisé qu'il devrait repartir aujourd'hui. On n'a pas fini de parler hier soir, alors il m'a demandé si je pouvais venir.

— Vous êtes de nouveau ensemble ?

J'ai senti que Grace se demandait dans quelle mesure elle pouvait se confier à moi.

— M'man, il ne sait pas exactement ce qu'il souhaite. Il pense que notre rupture est nécessaire pour l'instant, mais il faut qu'on en discute encore, et on n'a pas eu le temps. Je dois lui parler de vive voix ! a-t-elle conclu en fronçant les sourcils.

— Et où allez-vous passer la nuit ?

— Chez l'amie de Jenny.

— Comment s'appelle-t-elle ?

— Elena.

— Jenny a une amie en troisième cycle ?

— Elle était… Je crois que c'est une voisine. Si tu veux lui parler, je pourrais…

— Non, parce que tu n'iras pas.

— Et si je laissais Elena conduire à ma place ?

— Non, Grace. Je suis navrée que vous soyez encore en train d'argumenter, Cleve et toi, mais vous n'aurez qu'à discuter par téléphone. Et si tu veux aller à l'UNC un de ces jours, on organisera ça à l'avance. Tu me prouveras d'abord que tu es à l'aise au volant…

— Elena sait conduire.

— C'est n'importe quoi. Tu n'iras pas ! Je regrette, ma décision n'est pas négociable.

Elle a bondi de son siège et fondu en larmes.

— Tu n'as rien compris !

— Alors, aide-moi à comprendre.

Je l'ai rattrapée par les épaules et serrée fort tandis qu'elle tentait de m'échapper.

— Cleve et toi, vous pourriez résoudre ce problème par téléphone, non ?

Elle s'est dégagée brutalement.

— Je voulais y aller, c'est tout ! a-t-elle crié en pivotant sur ses talons.

— Grace, ne t'enfuis pas comme ça ! Parle-moi !

Trop tard. J'entendais déjà ses pas dans l'escalier. Je me suis effondrée sur un siège. Encore un échec, mais je ne voyais pas comment j'aurais pu m'y prendre autrement. C'est normal, me suis-je dit. Les mères et les filles sont comme chien et chat.

J'ai touché ma joue à l'endroit où je l'avais pressée contre ses cheveux. J'aurais voulu sentir encore cette douceur humide sur ma peau. Cette douceur qui m'avait rappelé l'époque où elle était une petite fille, si heureuse quand je la berçais dans mes bras.

Une époque révolue...

40

Emerson

Mon plan laissait à désirer, car je n'avais pas prévu que Jenny se sentirait trop mal pour sortir cet après-midi-là. Je guettais donc anxieusement la voiture de Ian, depuis la fenêtre du salon. Le ciel était gris et chargé de nuages ; une averse imminente. J'ai pris le registre de Noelle, ainsi que le mince dossier contenant sa lettre à Anna et les copies des informations obtenues sur le site des Enfants disparus.

Je me suis éloignée de la fenêtre quelques secondes pour sortir la plaque de *spanakopita* du four. De retour à mon poste d'observation, j'ai aperçu la voiture de Ian garée devant la maison, mais aucun signe de lui. J'ai compris qu'il était déjà en train de remonter l'allée vers la porte de derrière.

Les gens ont l'habitude de pénétrer dans ma cuisine sans frapper. J'ai donc traversé la maison en courant pour lui barrer la route ; il allait entrer à l'instant où j'ai ouvert.

— Jenny est à la maison, ai-je murmuré, un doigt sur mes lèvres. J'espérais qu'elle sortirait, mais elle est malade... Surtout, fais comme si de rien n'était en m'écoutant.

Ian s'est rembruni.

— Mais que se passe-t-il ?

— Je t'expliquerai...

— Salut !

Jenny se tenait sur le seuil, en short de pyjama et débardeur, ses cheveux tirés sur le côté.

— Bonjour, Jenny, a dit Ian. J'apprends que tu ne vas pas bien ?

— Les suites de cette folle soirée !

Elle parlait d'une voix rauque en se frottant la gorge, et son regard signifiait sans équivoque : *Mais qu'est-ce que Ian vient faire ici ?*

— Ian et moi devons discuter de certains points concernant les biens de Noelle.

Il m'a semblé qu'elle scrutait le registre et le dossier d'un air soupçonneux, mais peut-être étais-je victime de ma paranoïa.

— Je peux te préparer quelque chose, Jen ? Un thé au citron et au miel ?

— Je ferais mieux de retourner me coucher.

— Bonne idée. Veux-tu monter un jus de fruits dans ta chambre ?

— Ouais, peut-être.

Elle s'est dirigée vers le réfrigérateur. Je l'ai devancée, après m'être débarrassée du registre et du dossier sur la table de cuisine, et je lui ai servi un verre de jus d'orange.

Elle a marmonné : « Merci. A tout à l'heure », et a rejoint l'escalier.

— Elle paraît mal en point, a constaté Ian en la suivant des yeux.

— Je sais… On peut grignoter les restes de la réception, ai-je suggéré en posant une assiette de *spanakopita* sur la table.

— Tes mains tremblent, m'a dit Ian, avant de baisser la voix : Il s'agit vraiment du testament de Noelle… ou de l'autre problème dont on a parlé à son sujet ?

— Ni l'un ni l'autre.

Les mains croisées, je me suis contentée de respirer à fond.

— Je t'expliquerai dans un moment, ai-je ajouté avec un dernier regard vers l'escalier.

J'aurais préféré que personne ne soit à la maison pendant que cette conversation avait lieu, surtout pas une fille souffrante qui risquait d'avoir besoin de moi. J'ai fait signe à Ian de s'asseoir.

— Café ? Thé glacé ? Je peux t'offrir un déca si tu veux… A moins que tu ne préfères un verre de vin quand tu entendras ce que j'ai à te dire.

— Je prendrais volontiers un café.

Il s'est assis et m'a dévisagée. Je lui ai préparé une tasse, puis je me suis affalée à l'autre bout de la table, les yeux à nouveau tournés vers le vestibule.

— De quoi s'agit-il ? m'a-t-il demandé en me désignant le registre et le dossier.

— Je viens d'ouvrir la boîte de Pandore et je ne sais pas comment la refermer !

J'ai ajouté que j'étais incapable de garder pour moi ce que j'avais découvert. Puisqu'il était la seule personne à qui je pouvais me confier, je souhaitais son aide…

— Un problème juridique, Em ?

— Oui et non.

J'ai sorti la lettre écrite à Anna par Noelle et je l'ai placée sous ses yeux. Il s'est décomposé en la lisant.

— Mon Dieu ! Et maintenant ? Qu'est-ce que Noelle nous réserve encore ? Et qui est cette Anna ?

Je lui ai expliqué comment j'étais tombée sur cette lettre, et comment Tara et moi avions finalement découvert l'identité d'Anna.

— Quant à ta question sur les prochaines révélations, je peux te donner tout de suite la réponse !

Il ne semblait pas convaincu de vouloir en savoir plus. Je me suis penchée vers lui et j'ai chuchoté :

— Je pense que le bébé que Noelle a laissé tomber était... celui de Tara.

Il a sursauté comme si je l'avais piqué avec une épingle.

— Qu'est-ce qui te fait croire une chose pareille ?

— J'ai trouvé sur le site des Enfants disparus la date de la disparition du bébé d'Anna Knightly, du moins sa date de naissance. Le seul nouveau-né mis au monde à cette date par Noelle est Grace. Ou plutôt... la *vraie* Grace.

J'ai sorti une feuille de papier du dossier.

— Les renseignements imprimés ici proviennent du site des Enfants disparus. Lily Ann Knightly, née le 29 août 1994, a disparu d'un hôpital de Wilmington, Caroline du Nord, peu après sa naissance.

Ian avait l'air toujours aussi peu convaincu.

— A peu près la date de naissance de Jenny, non ?

— Jenny est née le 31 août, Grace le 1er septembre. Mais j'ai accouché à l'hôpital, et Noelle n'est pas intervenue. Tara avait ses contractions pendant que j'accouchais par césarienne.

Ian a levé les yeux au plafond.

— Je me souviens parfaitement de la nuit où est née Grace. Nous étions fiancés, Noelle et moi, tu te souviens ?

Je me souvenais.

— Elle m'a appelé plusieurs fois de chez Sam et Tara pour me dire comme c'était difficile. Je la sentais très soucieuse. Elle a envisagé d'hospitaliser Tara, mais, pour finir, tout s'est bien passé. Je suis persuadé, a conclu Ian en hochant la tête, que si on avait substitué un autre bébé au sien, Tara l'aurait su !

— Mes souvenirs ne sont pas aussi précis puisque j'étais en train d'accoucher, mais je me rappelle une chose... Tara m'a raconté qu'elle était si sonnée après la délivrance qu'elle se rappelait à peine avoir tenu Grace dans ses bras avant le lendemain matin.

— Sam était présent ! a protesté Ian. Il était réveillé et lucide, lui ; donc si son enfant était mort brusquement, il l'aurait su.

J'ai frissonné.

— Ne parle pas comme ça !

— C'est de cela qu'il s'agit, oui ou non ?

Ian était maintenant hors de lui. J'aurais souhaité qu'il parle plus bas.

— Noelle a tué un bébé, dont elle s'est débarrassée je ne sais comment. Ensuite, elle s'est lancée dans...

Il a brandi la lettre.

— ... dans cette machination aberrante, et elle a trouvé un substitut vraisemblable qu'elle a ramené... Tout cela aurait eu lieu alors que Sam et Tara dormaient, pendant la nuit la plus passionnante de leur vie ? C'est dur à avaler.

— Pourtant, c'est arrivé ! Noelle nous le dit en toutes lettres.

— Elle a peut-être mis au monde des bébés qu'elle n'a jamais signalés dans ses registres, a suggéré Ian.

— Dans ce cas, il y aurait eu des pages déchirées. Or, il n'y en a aucune en 1994.

— Vous auriez dû venir me parler immédiatement, Tara et toi !

— Nous ne nous doutions pas... Honnêtement, Ian, nous n'avions pas imaginé une seconde que ça irait si loin. Au fond, on espérait que tout ça n'était qu'une énorme méprise.

Après avoir ôté ses lunettes, Ian s'est frotté les yeux.

— A quel point Tara est-elle au courant ?

— Elle ne se doute pas le moins du monde qu'il pourrait s'agir de Grace. Noelle a cessé d'exercer en 1998, elle suppose donc, tout naturellement, que c'est l'année où cette femme a... perdu son enfant.

Ian s'est emparé du registre.

— Je voudrais voir le compte rendu de la naissance de Grace.

J'avais marqué ces pages, et il a pris le temps de parcourir le récit de Noelle – Grace se présentait par le siège et des heures de manipulations et de douleurs atroces avaient suivi –, dont la lecture m'avait profondément impressionnée. En lisant ces notes, je m'étais dit que Noelle avait accompli un miracle en mettant Grace au monde.

— C'est effrayant, a soupiré Ian, mais il n'est pas question d'un bébé qu'elle aurait laissé tomber.

— Comme de juste, elle n'a rien raconté à ce sujet. Elle a falsifié les événements ! Au cas où tu ne l'aurais pas encore compris, ma sœur Noelle était une championne du mensonge.

— Où est le bébé ? Le *vrai* bébé... celui dont Tara a accouché ?

— Je ne veux même pas y penser !

Des larmes me brûlaient les yeux, car je considérais Tara comme une sœur plus que comme une amie, et j'étais horrifiée par le sort de son enfant. Avait-il été enterré à la va-vite, jeté dans une poubelle ? Qu'était-il advenu du bébé que nous aurions été en droit d'aimer et de pleurer ?

— Ian, que dois-je faire ? ai-je demandé.

— En premier lieu, Tara doit être mise au courant !

— Mon Dieu !

L'évidence même, mais j'avais besoin d'entendre quelqu'un me le confirmer.

— Ça me paraît si cruel...

Croyant percevoir un infime craquement du côté de l'escalier, j'ai tourné la tête vers le vestibule, mais Ian n'avait rien remarqué.

— Si nous savions, Tara et moi, que Jenny n'est pas ta fille biologique, voudrais-tu que nous te le disions ?

— Oui, bien sûr, mais je...

J'ai fermé les yeux en essayant d'imaginer ma réaction.

— Ça me tuerait d'apprendre que mon enfant est mort sans que je le sache... et que Jenny a été volée à une autre femme. Oui, ça me tuerait littéralement !

— Non, ça ne te tuerait pas, puisque Tara serait là pour te soutenir. Vous en avez vu des vertes et des pas mûres ensemble, et elle pourra compter sur toi. Sur moi aussi !

— Elle vient de perdre Sam, Ian. Comment pourrions-nous lui prendre aussi sa fille ? ai-je gémi.

J'étais bouleversée, mais j'ai éprouvé un soulagement inattendu en réalisant qu'il ne s'agissait plus de ma *seule* responsabilité.

— Il n'est pas question de lui prendre sa fille, s'est récrié Ian. A vrai dire, j'ai des recherches à faire pour trouver la meilleure approche, mais un pas après l'autre ! On devrait pouvoir retrouver sans trop de difficultés les inspecteurs qui ont enquêté sur cette affaire en 1994. Je connais peut-être certains d'entre eux...

— A mon avis, il faut avertir Tara avant d'en parler à qui que ce soit. Elle m'en voudra peut-être de t'avoir parlé en premier, mais je lui dirai

369

que j'ai pu me tromper... Nous n'avons pas de preuve irréfutable, n'est-ce pas ? Je lui raconterai ce que je sais... et il se peut que j'aie mal interprété les faits.

— Absolument exact ! Il y aura des tests ADN et une enquête. Et je te répète qu'il faut avancer pas à pas.

— On doit la mettre au courant aujourd'hui ?

Je m'exprimais d'une voix hésitante, car j'appréhendais la suite des événements.

— Si on attendait deux jours ? m'a suggéré Ian, les bras croisés devant lui. Je pars ce soir pour Charlotte où je participe à un tournoi de golf demain, toute la journée.

Il souriait pour la première fois depuis son arrivée, et il a posé une main à plat sur le registre.

— Ne t'imagine pas que je donne la priorité à mon tournoi, mais demain est un jour férié, et cette histoire date d'il y a seize ans. Je n'appellerai pas la police tant que nous n'aurons pas prévenu Tara. Donc, si tu supportes d'attendre, nous irons lui parler mardi après-midi, après ses cours.

Un autre craquement, dans l'escalier, m'a surprise. Cette fois, nous avons tous les deux tourné la tête.

— Jenny ?

N'obtenant pas de réponse, j'ai murmuré dans un souffle :

— Oui, je peux attendre.

41

Grace

J'avais l'impression d'avoir une énorme pelote d'épingles dans la poitrine. Une douleur terrible. Comme si je souffrais d'une sorte de dépression. J'avais espéré qu'on allait se remettre ensemble, Cleve et moi. Je mourais d'envie de le rappeler, ce qui me fit réaliser que je passais mon temps pendue au téléphone. Je l'avais peut-être lassé. Je pouvais l'appeler pour lui demander pardon de l'avoir appelé trop souvent. Toutes sortes de prétextes me venaient à l'esprit, mais il me fallait résister, sinon il s'éloignerait encore plus de moi.

J'avais passé l'après-midi allongée, les pieds sur la tête de lit, et j'avais téléphoné à Jenny pendant que ma mère était sortie. Je lui avais parlé de mon projet d'aller en voiture à Chapel Hill et de l'interdiction de cette garce. Au cas où ma mère la questionnerait à ce sujet, je l'avais prévenue que j'avais inventé l'existence d'Elena. Je ne mentais presque jamais, alors que je connaissais des gens qui mentaient tout le temps. Pas moi ! Et pourtant ma mère était si crédule que ça n'aurait pas été difficile.

Bon, j'ai dû admettre que c'était une très mauvaise idée, même si j'avais toujours envie d'aller là-bas. Il tombait des cordes maintenant, et je ne serais pas arrivée avant la nuit, en ne sachant où dormir. J'avais l'adresse d'une résidence... C'était tout de même une idée stupide, et Cleve m'aurait prise plus que jamais pour une emmerdeuse.

Jenny m'a annoncé dans un texto qu'elle allait chercher un jus de fruits ; je suis donc restée quelques minutes seule avec mon portable. Dangereux ! J'ai écrit à Cleve : « Pardon de t'avoir ennuyé comme ça », mais j'ai tout effacé.

Le jus de fruits de Jenny n'en finissait pas. « Tu es là ? » Elle n'a pas répondu à mon message et j'ai fini par m'endormir. Quand je me suis réveillée, mon téléphone sonnait, et son numéro s'affichait sur l'écran. Je n'ai pas dit « allô » mais :

— Je dormais, Jenny.

— J'arrive tout de suite !

Elle était si enrouée qu'elle articulait difficilement.

— Il pleut des trombes, tu es malade...

— J'ai quelque chose à te dire et à te montrer. Ta mère est déjà rentrée ?

— Non, mais qu'est-ce que tu...

— J'arrive !

J'ai abaissé mes pieds, toujours sur la tête de lit, et je me suis assise.

— Il s'agit de Cleve ?

Elle avait déjà raccroché.

Quand je lui ai ouvert la porte, quelques minutes plus tard, Jenny frissonnait sous son parapluie. Je l'ai empoignée par le bras pour la faire entrer.

— Qu'y a-t-il de si important ?

— Ta mère n'est pas encore là ?

Elle avait une voix caverneuse, le nez rouge, et elle tenait un sac en plastique avec une sorte de livre à l'intérieur.

— Non. Je parie qu'il s'agit de Cleve...

S'il avait été victime d'un accident, j'en mourrais.

Jenny m'a poussée doucement vers l'escalier.

— Il ne s'agit pas de Cleve. Allons dans ta chambre.

Dans l'escalier, j'ai murmuré :

— Tu me fais vraiment flipper.

— Avance, Grace !

Dans ma chambre, Jenny a pris mon paquet de mouchoirs en papier sur l'une des tables de nuit, puis s'est installée en tailleur sur mon lit avec la boîte d'un côté, le sac en plastique de l'autre. Elle s'est mouchée, tandis que je me tordais les mains, debout, en attendant qu'elle lâche le morceau.

— Ecoute, m'a-t-elle finalement déclaré, je regrette que ça tombe si mal, mais j'ai découvert quelque chose que tu dois savoir. Ça a un rapport avec toi, avec ta personne...

— Ma personne ?

Qu'entendait-elle par là ? Avais-je un trait de caractère si effroyable qu'elle devait courir sous la pluie pour m'en parler, un soir où elle était malade comme un chien ? Peut-être... Après tout, Cleve n'était pas si enthousiaste à mon sujet, ni ma mère. Ni moi non plus !

— Ecoute-moi bien et souviens-toi que je serai toujours ta meilleure amie. Toujours, toujours, Gracie, quoi qu'il arrive !

Elle avait les yeux vitreux et j'ai fondu en larmes sans savoir pourquoi. Une chose qui la mettait dans un état pareil ne manquerait pas de me bouleverser.

— Dis-moi, Jenny.

— Ian est passé à la maison, il y a une heure.

Que venait faire Ian dans cette histoire ?

— Ian ? C'est encore à propos du testament ?

Ça m'était bien égal que Noelle ait légué plus d'argent à Jenny qu'à moi. Elle le méritait bien.

— J'ai cru moi aussi qu'il s'agissait du testament, mais ça n'a rien à voir. J'étais dans ma chambre et on s'envoyait des textos toi et moi ; ensuite, je suis descendue pour me chercher un jus de fruits et je les ai entendus tous les deux... J'ai oublié ce que disait ma mère, mais ça m'a donné envie de m'arrêter pour écouter. Ils disaient...

Jenny a hésité.

— Je suis vraiment désolée d'avoir à t'annoncer ça...

— A m'annoncer quoi ?

— Ils disaient que tu n'es pas vraiment la fille de ta mère, parce qu'on t'a volée à une autre femme...

— Quoi ? Tu es sûre qu'il s'agissait de *moi* ?

— Oui.

— Ça me paraît ridicule !

— A moi aussi, mais c'est ce qu'ils racontaient et j'ai été terriblement choquée.

Jenny s'est mouchée une seconde fois.

— Je suis restée un moment à les écouter et à essayer de comprendre leur histoire. Ta mère n'est pas au courant, mais ils vont lui expliquer.

— Elle n'est pas au courant de quoi ? Comment peuvent-ils savoir, à mon sujet, quelque chose que ma propre mère ignore ? Je n'ai jamais rien entendu d'aussi bizarre !

— Oui, mais...

— Tu te rends compte à quel point c'est absurde ? Tu viens de me dire que ma mère m'a volée... Si elle m'a volée, comment peut-elle ignorer que j'ai été volée ? Tu te paies ma tête, Jenny ?

— Ecoute-moi, je peux tout t'expliquer.

Elle a ouvert le sac en plastique, dont elle a sorti un grand livre à couverture marron et un dossier en papier kraft. Ses mains tremblaient.

— Je suis restée assise dans l'escalier jusqu'au départ de Ian ; ensuite je suis entrée dans la cuisine comme si je voulais reprendre un jus de fruits. Maman avait peur que je les aie entendus, mais j'ai fait semblant d'être descendue de ma chambre à l'instant même. J'ai vu qu'elle rangeait ce registre et tout ça dans le tiroir de la cuisine. Tu sais, à côté du bureau qu'elle utilise ?

Je me suis assise sur le lit, près de Jenny.

— C'est quoi, ce livre ?

— Un registre, avec des notes de Noelle quand elle mettait des bébés au monde. J'ai vu ce qu'elle avait écrit au moment de ta naissance et je n'ai rien remarqué de spécial. Mais il y avait aussi...

Elle a sorti du dossier une feuille de papier dactylographiée.

— C'est une lettre... le commencement d'une lettre écrite par Noelle.

Elle m'a tendu le papier et ce que j'ai lu m'a horrifiée.

— C'est ignoble ! Je n'arrive pas à croire que Noelle ait fait une chose pareille.

— Moi non plus, mais...

— Pourquoi penses-tu que je suis le bébé qu'elle a volé ?

— Je ne comprends pas exactement comment ils le savent, mais ils n'ont aucun doute, Grace. Je crois que c'est à cause de ça, de cette date.

Après avoir sorti deux feuilles imprimées du dossier, elle m'a montré celle du dessus.

— Tu vois la barre d'adresse, en bas ? Ça vient du site du Bureau des enfants disparus.

Elle a lu de sa voix enrouée : « Lily Ann Knightly, née le 29 août 1994, a disparu d'un hôpital de Wilmington, Caroline du Nord, peu après sa naissance. »

J'ai secoué la tête, au bord de la nausée.

— Il n'y en avait pas d'autres ? Ça ne pourrait pas concerner un autre bébé mis au monde par Noelle ? Pourquoi sont-ils si sûrs que c'est moi ? Ta date de naissance est plus proche, d'un jour, de la sienne... *Lily*. Est-ce que ça serait mon vrai prénom ?

— Souviens-toi que Noelle n'a rien eu à voir avec *ma* naissance !

Jenny m'a enlacée. Nous prenions toutes les deux conscience de la vérité. Nous savions que je ne ressemblais pas du tout à mes parents – bien que j'aie leurs yeux bruns, comme la moitié des enfants de ce pays. Tout le monde me trouvait intelligente et paisible, comme mon père, mais des tas d'enfants sont intelligents et paisibles. Et je n'avais absolument aucun point commun avec ma mère !

— J'ai du mal à y croire, ai-je admis posément.

— Désolée, a soupiré Jenny, mais je pensais que tu avais le droit de savoir, et je n'étais pas sûre qu'ils t'en parlent un jour.

J'ai effleuré la feuille de papier portant le nom de *Lily Ann Knightly*. *Lily*...

— Qui suis-je ?

Sa joue sur mon épaule, Jenny a resserré son étreinte.

— Tu es Grace, ma meilleure amie. Ne l'oublie jamais !

Mon esprit vagabondait à des kilomètres de là.

— J'ai toujours su que je n'étais pas à ma place... Ma mère... C'est sûr qu'elle souhaiterait que je sois une autre. Ce bébé mort... c'est la fille qu'elle aurait dû avoir.

Je me suis levée, très agitée.

— Mon Dieu, Jenny ! Un bébé est mort... Je hais Noelle. Comment a-t-elle pu faire une chose pareille ?

— Si elle ne t'avait pas volée, tu ne serais pas mon amie, et cette idée me tue.

Effectivement, je n'imaginais pas ma vie sans Jenny, mais ç'avait l'air d'être le seul et unique élément positif de mon existence.

— Quand vont-ils parler à ma mère ? ai-je demandé.

A cet instant, ma mère cesserait définitivement de m'aimer. Jusque-là, elle s'était sentie obligée de m'aimer et de m'accepter. Elle comprendrait alors pourquoi on n'avait aucun point commun, et elle ne pourrait s'empêcher de penser que sa vraie fille aurait été différente et... parfaite.

— Mardi, je crois. Ne lui dis pas que je t'ai prévenue, a insisté Jenny. Ma mère m'en voudrait à mort si elle apprenait que je l'ai espionnée. Il faut que je remette ça en place avant qu'elle découvre que j'ai tout emporté.

J'ai montré à Jenny les deux pages imprimées, sur ses genoux.

— Et ces papiers ?

Elle les a aussitôt rangés dans le dossier.

— Sans intérêt !

Jenny était une épouvantable menteuse.

— Montre-moi quand même.

Après avoir hésité, elle a sorti du dossier un autre papier imprimé, venant du site des Enfants disparus.

Anna Chester Knightly, la directrice du Bureau des enfants disparus, est âgée de 44 ans et travaille depuis dix ans pour cet organisme. Lily, sa première fille, a disparu après sa naissance, en

1994, d'un hôpital de Wilmington, Caroline du
Nord. Elle a une autre fille, Haley.

Je suis restée muette. Ma mère ? Une sœur ?
— Où vivent-elles ? ai-je fini par demander.
A Wilmington ?
— Je ne pense pas. Elle dirige ce Bureau des
enfants disparus, qui n'est pas à Wilmington, il
me semble.
— Elle me cherche... Depuis ma naissance,
elle est à ma recherche...
J'éprouvais une immense sympathie à son
égard et une émotion qui rayonnait de mon cœur
jusqu'au bout de mes doigts.
— Elle me croit peut-être morte.
Jenny m'a repris la feuille et l'a glissée dans le
dossier.
— Ecoute, il faut que je rentre. J'ai raconté à
ma mère que j'allais acheter un remède contre la
toux. Elle va m'appeler d'une seconde à l'autre.
— Laisse-moi ces papiers.
— Impossible ! Elle va remarquer qu'ils ont
disparu.
— S'il te plaît, Jenny...
Je lui ai arraché le dossier qu'elle s'apprêtait à
ranger dans le sac et je l'ai serré contre ma
poitrine.
— Grace, il me faut ces documents !
— Je les garde. Ils m'appartiennent, ils
parlent de *moi*.
— Gracie, je t'en supplie ! Elle va me tuer.

Elle a tendu la main. Après avoir pivoté sur moi-même, j'ai ouvert le tiroir de ma commode et j'y ai déposé le dossier.

— Grace !

Je l'ai repoussée quand elle a voulu ouvrir le tiroir.

— Tu peux trouver la même chose sur le site des Enfants disparus !

Je lui ai fait barrage. Effectivement, je pouvais trouver ces informations sur le site, mais ce n'était pas une raison. J'avais l'impression que je ne supporterais plus qu'on me prenne quoi que ce soit...

— Laisse-les-moi, Jenny, l'ai-je suppliée, en pleurs. Laisse-les être à moi...

Elle m'a dévisagée un moment, puis elle m'a prise dans ses bras en murmurant :

— Fais des copies et rends-les-moi demain.

Je n'aurais su dire laquelle de nous deux versait le plus de larmes.

Après le départ de Jenny, je suis restée assise une bonne heure dans ma chambre, les deux feuilles de papier sur mes genoux. Il faisait trop sombre pour que je parvienne encore à distinguer les mots, mais je n'avais pas l'énergie de bouger. Quand ma mère a ouvert la porte en me prévenant qu'elle avait acheté des sandwichs pour le dîner, j'ai allumé aussitôt pour voir si je la trouvais différente. Elle était toujours la même : ce n'était pas elle qui avait changé au cours des dernières heures.

Dès qu'elle est descendue, je me suis mise à surfer sur Internet. J'ai trouvé le site des Enfants disparus et la page au sujet d'Anna Knightly. Le souffle coupé, j'ai vu... une photo.

Mon Dieu, elle était merveilleuse ! Un beau visage ouvert... Une photo en dit long, et j'ai tout de suite su qu'elle était douce et pleine d'amour. Elle avait des yeux verts, d'où sans doute les paillettes vertes qui apparaissaient dans les miens. A part ça, je n'avais pas l'impression qu'elle me ressemblait. Ma mère – celle qui m'a élevée – me ressemblait plus. J'ai essayé de me reconnaître dans son visage en tenant un miroir devant moi, pour aller et venir entre mon reflet et son portrait. J'ai conclu que je devais ressembler plutôt à mon *vrai* père. J'ai frissonné à l'idée que j'avais un autre père que celui auprès de qui j'avais grandi – celui que j'aimerais toujours, quoi qu'il arrive.

J'ai relu plusieurs fois la phrase : *Lily, sa première fille, a disparu, après sa naissance.* Comment lui avait-on annoncé la disparition de son bébé ? J'imaginais cette délicieuse jeune femme entrant dans la pouponnière de l'hôpital pour ramener sa fille à la maison, toutes les infirmières fouillant les lieux pour retrouver le nouveau-né, et leur panique quand elles réalisaient qu'il n'était plus là. *Je* n'étais plus là... Je n'arrivais toujours pas à prendre conscience que Lily était *moi*. J'imaginais ce qu'avait ressenti Anna Knightly en apprenant la nouvelle. Comme elle avait dû pleurer Lily. Comme elle avait dû me pleurer. Ma vie aurait pu être totalement différente...

Les enfants disparus, on les retrouvait morts. C'est ce qu'on entendait toujours aux informations, et après si longtemps, c'était ce à quoi Anna Knightly devait s'attendre. Elle ne connaissait pas la suite de mon histoire.

J'ai adressé la parole à l'image affichée sur l'écran.

— Je suis vivante. Je suis là !

Où vivait Anna ? Pouvais-je trouver son numéro de téléphone ? J'aurais voulu lui dire, à l'instant même, que j'étais vivante. Si l'une de nous mourait tout à coup, nous n'aurions jamais la chance de nous connaître.

J'ai noté le numéro de téléphone du Bureau des enfants disparus. Il y avait aussi une adresse à Alexandria, Virginie – un Etat voisin. Ma mère biologique vivait tout simplement dans l'Etat d'à côté.

Incapable de dormir, je me représentais la carte. Alexandria était dans le nord de la Virginie, me semblait-il. Près de Washington ? Washington n'était qu'à cinq heures de route. Il fallait à tout prix que je rencontre Anna et que je découvre ma vraie identité. Je pouvais l'appeler le lendemain matin au Bureau des enfants disparus, mais il était largement préférable que je la voie en personne. Je me suis assise dans mon lit, tétanisée. Demain, Anna pouvait se tuer au volant, en allant au travail ; ces choses-là survenaient parfois.

J'ai empoigné mon téléphone et j'ai appelé Cleve. Quand il a répondu – *il a répondu !* –, j'ai éclaté en sanglots.

— Surtout ne raccroche pas ! Il faut que je te parle. N'aie pas peur, il ne s'agit pas de nous deux. Laisse-moi te parler sinon je vais devenir folle.

— Grace, il est près de minuit.

Il semblait parfaitement réveillé et des gens papotaient à l'arrière-plan ; une fille gloussait.

— On pourrait discuter demain, non ?

— Je viens d'apprendre que j'ai été volée à une femme quand j'étais bébé !

Silence au bout du fil.

— Bon Dieu, qu'est-ce que tu racontes ?

Je lui ai tout expliqué. La conversation surprise par Jenny entre sa mère et Ian, la lettre de Noelle à Anna Knightly, le bébé volé, le Bureau des enfants disparus.

— Je n'y crois pas, a répliqué Cleve. Tu veux me faire marcher ou quoi ?

— Non. Tu n'as qu'à interroger Jenny demain si tu ne me crois pas. Mardi, ils vont tout raconter à ma mère. Elle pense déjà que...

D'une voix brisée, j'ai bafouillé que je n'avais jamais été la fille qu'elle voulait et que l'autre bébé, celui qui était mort, aurait probablement été tout à fait à son goût.

— Attends une seconde, Grace !

J'ai entendu Cleve se déplacer ; un bruit de porte. Au bout d'une minute, il a prétendu qu'il était dans le couloir et que son compagnon de chambre avait des invités, puis il m'a sermonnée :

— Grace, je ne comprends pas ce qui t'arrive, mais tout le monde a des problèmes avec sa mère ! La moitié du temps, je voudrais renier la mienne, mais je sais qu'elle m'aime, et la tienne aussi.

— Il y a une différence : Suzanne est ta mère, alors que ma mère n'est pas la mienne. Je veux rencontrer ma vraie mère et tout lui dire. De toute façon, j'y vais.

— Où ?

— Je vais la voir en Virginie.

— Quand et comment comptes-tu y aller ?

— En voiture, demain.

Il a ricané.

— Tu te comportes comme une gamine de douze ans.

— Tu ne sais pas ce que ça fait ! ai-je répondu, piquée.

— Demain, tu raconteras à ta mère ce que Jenny t'a dit, et...

— Je ne veux pas mettre Jenny dans le pétrin. Elle n'est pas censée savoir tout ça.

— Jenny s'en remettra. Parle à ta mère ! Si ce que tu me dis est vrai – et j'en doute – vous avez besoin d'un avocat, ta mère et toi. Ian est avocat, non ? Il y aura un tas de problèmes juridiques à régler.

— Les avocats compliquent tout.

Je pensais à mon père qui avait été un grand avocat, mais il freinait toujours le mouvement quand la question du procès approchait. Ian était sûrement pareil. Papa voulait que tout le monde prenne son temps. Pas de précipitation ! S'il était vivant, que ferait-il de cet embrouillamini ?

— Oh, Cleve, ai-je ajouté, papa n'était pas mon vrai père…

— Il est ton père, et ta maman est ta mère. Même si cette autre femme t'a mise au monde, tes parents sont quand même tes parents.

— J'ai la trouille, Cleve.

En fait, mon esprit voguait déjà au loin. J'étais allée m'asseoir devant mon ordinateur et j'ai cliqué sur Google Maps.

Cleve a soupiré plusieurs fois.

— Promets-moi au moins de parler à ta mère dès demain et de ne pas faire de bêtises. Je tiens à toi, Grace ; il n'y a pas de raison que ça change. Alors, c'est promis ?

— Promis !

Tout en lui répondant, j'étais déjà en train de taper l'adresse du Bureau des enfants disparus.

42

Anna

— Tu me trouves comment, papa ?

Haley interrogeait Bryan qui venait d'ouvrir le rideau, autour de son lit d'hôpital. On l'avait installée dans cette chambre depuis quelques heures et il était très tard, mais elle semblait se calmer seulement maintenant, après l'excitation provoquée par les stéroïdes. Elle avait soulevé le rabat de son plateau-table pour se regarder dans la glace, et passait une main sur le chaume sombre de ses cheveux, apparu au cours de la semaine.

— Très jolie !

Debout à côté de son lit, Bryan a caressé ses courtes mèches. Je savais qu'il ressentait sous sa paume ce léger chatouillement qui me donnait un sentiment illusoire de sécurité. Ces cheveux ras n'étaient qu'une accalmie avant la tempête ; j'avais du mal à l'admettre.

Le lendemain, elle recevrait une autre dose de chimiothérapie d'entretien, et ce régime se poursuivrait jusqu'au jour où l'on aurait trouvé un donneur. La chimiothérapie et l'irradiation qu'elle subirait alors détruiraient bien plus que ses cheveux, car il faudrait préparer son corps à la transplantation.

Je refusais d'imaginer qu'on ne pourrait trouver un donneur à temps pour Haley. Ce soir, je voulais simplement profiter de son reflet dans le miroir et de ces dernières heures avec Bryan. Je passerais la nuit auprès d'elle tandis qu'il regagnerait son appartement. Il s'envolait demain pour San Francisco, où il était convoqué pour un emploi à Washington. Son départ me contrariait. J'avais presque toujours veillé seule sur ma fille et je n'avais donc pas besoin de son aide – bien qu'elle soit précieuse –, mais je m'attachais de plus en plus à lui, comme Haley. Nous voulions qu'il reste avec nous.

— Bonjour, ma grande, voici ta pilule pour la nuit.

Tom, l'infirmier préféré de Haley, venait de surgir.

— Je savais que tu faisais ton admission ce soir, a-t-il ajouté. J'ai découpé ça pour toi, au cas où…

Il lui tendait une copie de l'article sur la collecte de moelle osseuse, paru vendredi dans le *Washington Post*. Haley avait été formidable avec le journaliste du *Post*, et meilleure encore avec celui de WJLA. Elle avait évoqué son premier épisode de leucémie : « Je m'imaginais que tous les petits enfants passaient leur temps, comme moi, à prendre des médicaments foudroyants. » Et elle avait parlé de Lily d'une manière dont j'aurais été incapable : « Ma mère a perdu ma sœur, je ne veux pas qu'elle me perde moi aussi. » En l'entendant faire cet aveu, j'avais espéré que personne ne douterait de sa sincérité, car elle s'exprimait du fond du cœur. Apparemment, d'autres que moi avaient été émus : le lendemain, le show-room du concessionnaire de voitures était envahi de volontaires.

Quand Tom est sorti, Haley a abaissé le relève-buste de son lit pour s'allonger presque à plat.

— Donc, tu reviens mercredi, papa ?

— Mercredi à seize heures.

Il a éteint la lampe de chevet. Assise au pied du lit, j'observais le mouvement des muscles de son dos sous son polo. J'avais réalisé, au cours de la semaine, que les hommes célèbres n'étaient pas les seuls à me rendre toute molle. Comment aurais-je pu deviner que l'homme que j'avais méprisé pendant tant d'années produirait un tel effet sur moi ? Si quelqu'un m'avait prédit cela, je l'aurais traité d'imbécile.

— Qu'est-ce que je te rapporte de San Francisco, Haley ? a ajouté Bryan.

— Toi seulement !

J'ai vu l'émotion se refléter sur le visage de Bryan. Haley exprimait ses sentiments avec une telle franchise ces temps-ci... Elle n'arborait jamais le masque derrière lequel tant d'humains cachent leur vulnérabilité, comme si elle avait compris qu'elle n'avait pas de temps à perdre avec des simagrées. On ne pouvait se fier au lendemain. Aucun de nous n'avait ce privilège. J'apprenais tant de choses grâce à ma fille...

— Tu es adorable, a murmuré Bryan, mais que dirais-tu de quelques chocolats Ghirardelli ?

Haley a fait la grimace.

— Aujourd'hui, ça pourrait me plaire, mais j'en aurai probablement pas envie mercredi.

— On les gardera pour après, si tu veux. J'ai intérêt à me dépêcher, a conclu Bryan en regardant sa montre.

— Je te raccompagne.

Je me suis tournée vers Haley, pelotonnée sous les couvertures, avec Fred dans ses bras.

— Tu peux rester seule un petit moment ?

Elle a acquiescé en bâillant. Bryan s'est penché pour l'embrasser sur la joue, et elle a passé un bras autour de son cou.

— Ne nous oublie pas, papa.

Il s'est redressé, en tenant sa main dans les siennes.

— Non, Haley. Jamais !

Nous avons marché tranquillement jusqu'à l'ascenseur, qui nous a menés au parking, presque vide à cette heure tardive. J'ai accompagné Bryan jusqu'à sa voiture : je ne voulais pas le voir partir. Partageais-je l'inquiétude de Haley, sa crainte qu'il ne nous oublie ? En fait, il m'a semblé qu'il y avait autre chose : sa présence m'était nécessaire et je ne tarderais pas à tomber le masque moi aussi.

Après avoir déverrouillé sa portière, il s'est tourné vers moi.

— Reviens vite, ai-je murmuré.

Un sourire aux lèvres, il m'a serrée longuement dans ses bras et j'ai senti mes souvenirs affluer. Mes souvenirs de l'époque où nous étions des jeunes gens à l'avenir prometteur.

— Attends !

Il m'a lâchée pour ouvrir la portière arrière, puis il est monté et m'a attirée à lui. Je riais en m'effondrant sur la banquette. Il m'a embrassée et nous avons batifolé comme au bon vieux temps. Deux adultes d'une bonne quarantaine d'années, en train de s'ébattre sur une banquette arrière, dans un parking... Un peu ridicule, non ? Au bout d'un moment, nos rires se sont tus ; on n'entendait plus, dans la voiture, que le bruissement de notre souffle et de nos caresses. Le délicieux recommencement d'un amour compliqué.

43

Grace

Wilmington, Caroline du Nord

A trois heures du matin, j'étais encore en train
de réfléchir, dans mon lit, à la manière de m'y
prendre. Plus j'y pensais, plus aller à Alexandria
s'imposait comme la seule solution. J'avais déjà
imprimé l'itinéraire du Bureau des enfants
disparus, assez simple selon toute apparence.
Presque en ligne droite de Wilmington à Alexandria, bien que je ne puisse m'imaginer faisant le
trajet d'une seule traite. C'était plus loin que je
n'aurais cru. D'après Google Maps, il me faudrait
cinq heures cinquante pour m'y rendre. Cinq
heures cinquante pour retrouver ma mère biologique... Sous cet angle, ça ne me semblait pas
long du tout.

Je devrais partir dès l'aube. Ma mère n'enseignait pas le lendemain, un jour férié, mais elle ne
faisait jamais la grasse matinée. Me lever la
première ne serait pas une mince affaire. J'avais
mis le réveil de mon téléphone à six heures,
avant de changer pour cinq heures, de façon qu'il
fasse encore nuit. J'arriverais au moment du
déjeuner. Mon cœur battait la chamade à l'idée

d'entrer au Bureau des enfants disparus et de révéler mon identité à la femme qui était ma mère.

Et si, justement, elle était sortie déjeuner ? Un de ces longs déjeuners d'affaires comme en avait mon père... Après avoir pris mon portable sur la table de chevet, j'ai éclairé l'écran pour voir l'heure. Trois heures dix, et j'étais aussi réveillée que si j'avais bu un seau entier de café ! Si je partais tout de suite, je serais au Bureau des enfants disparus bien avant midi, mais il faisait très sombre dehors et j'entendais encore la pluie tambouriner contre ma fenêtre. Je n'avais pas conduit souvent sous la pluie avant de perdre complètement mon calme au volant.

« Vas-y ! » m'a soufflé une voix intérieure.

Je me suis levée en vitesse et j'ai enfilé le pantalon court que j'avais porté toute la journée. J'ai posé sur mon lit mes livres et mes cahiers et j'ai fourré à leur place, dans mon sac à dos, des sous-vêtements propres, ma brosse à dents, mon dentifrice, et le dossier laissé par Jenny. Je me dépêchais comme pour une course. En effet, je voulais battre au poteau la partie de moi-même qui jugeait mon projet non seulement stupide mais dangereux. Je n'avais pas conduit depuis la mort de mon père ; avant, je n'avais jamais pris le volant seule et plus de deux heures à la fois. L'itinéraire imprimé à la main et le sac à l'épaule, j'ai descendu l'escalier sur la pointe des pieds. J'ai attrapé les clés de la Honda dans le petit placard près de la porte de derrière, et j'ai quitté la maison avant d'avoir le temps de changer d'avis.

J'ai conduit de mon mieux pendant une heure environ. Beaucoup trop lentement, sans doute, mais la visibilité était très mauvaise. La pluie transformait la route en un miroir brillant, et je m'attendais à voir des cerfs surgir de l'obscurité devant ma voiture. J'avais la chaussée quasiment pour moi toute seule, une sensation à la fois agréable et lugubre.

Tout à coup, la pluie est devenue incroyablement forte. *Forte* n'est pas le mot exact. Elle cinglait ma voiture en vagues aveuglantes, qui cognaient le toit avec une telle violence que je n'entendais même plus la radio. J'avais réglé mes essuie-glaces à leur vitesse maximale, mais je voyais difficilement à quelques mètres devant moi. J'ai ralenti à cinquante, puis à quarante kilomètres-heure... Il y avait de plus en plus de véhicules sur la route, et leurs conducteurs me dépassaient sans se préoccuper, apparemment, de l'averse. Agacé par ma lenteur, l'un d'eux a klaxonné, mais j'ai continué mon bonhomme de chemin, mes mains moites serrées sur le volant et penchée vers le pare-brise, comme si je voyais mieux dans cette position.

J'avais pris la décision de me garer pour attendre une accalmie, quand la pluie s'est brusquement apaisée. Je me suis redressée avec un soupir de soulagement, et j'ai accéléré jusqu'à cent à l'heure, le maximum que je m'autorisais avant le lever du soleil. Une vitesse suffisante pour ces cinq heures cinquante minutes de trajet.

Il faisait jour quand j'ai franchi la frontière de la Virginie, mais il pleuviotait encore. Je réfléchissais à la possibilité d'appeler Jenny pour la prévenir, quand une pensée effroyable m'a traversé l'esprit. Je me revoyais en train de régler mon réveil téléphonique sur cinq heures au lieu de six ; mon portable était posé sur la table de chevet et je n'avais aucun souvenir de l'avoir rangé dans mon sac à dos !

J'ai freiné aussitôt pour me rabattre sur le bas-côté. Un camion a klaxonné ; j'ai senti ma voiture tanguer quand il m'a dépassée à une vitesse fulgurante, en me frôlant presque. J'ai enfoncé le poussoir des feux stop d'urgence et j'ai fouillé mon sac à dos, tout en sachant parfaitement que mon mobile n'y était pas. Quelle imbécile ! Je me trouvais à des heures de chez moi, sur l'auto-route, et sans téléphone. Je suis restée paralysée quelques minutes, en scrutant le plancher et le siège du passager comme si mon portable allait réapparaître par miracle. Que faire ? J'avais déjà parcouru les deux tiers du trajet... Il ne me restait plus qu'à aller de l'avant. Le cœur serré, j'ai éteint mes feux d'urgence et j'ai attendu une longue pause entre les véhicules pour me glisser à nouveau dans le flot de la circulation.

Deux heures après, je ne savais pas exactement où j'étais mais j'étais bel et bien coincée. Les gens se plaignaient des heures de pointe à Wilmington, mais ils ne savaient pas de quoi ils parlaient. Je restais cinq minutes à l'arrêt, puis avançais de quelques mètres, et ainsi de suite. J'avais la sensation d'être prise au piège par les énormes camions qui flanquaient ma voiture. Tant que j'avais conduit sous la pluie et dans l'obscurité, mon unique objectif avait été de rester en vie ; épuisée comme en cet instant, je commençais à me dire que le projet qui m'avait semblé si génial à trois heures du matin était aberrant.

J'aurais dû laisser un mot à ma mère ; pour lui dire quoi exactement ? Quand elle constaterait ma disparition, elle s'imaginerait que j'étais allée à Chapel Hill. Tant pis ! De toute façon j'allais avoir des tonnes d'ennuis.

Tout à coup, je me suis rappelé une remarque de papa, un jour où j'étais fâchée contre ma mère. « Tu sais que ta mère dispose des quartiers d'orange sur une assiette pour ton équipe de foot et qu'elle prévoit deux mois à l'avance des jeux pour tes fêtes d'anniversaire. C'est sa manière de te montrer son amour, Gracie. » Pourquoi ce souvenir me revenait-il maintenant ? J'entendais la voix de papa aussi distinctement que s'il avait été assis sur la banquette arrière. *C'est sa manière de te montrer son amour, Gracie.*

Elle m'aimait, je n'en avais jamais sérieusement douté. Elle allait souffrir en apprenant que je n'étais pas sa fille et que *son* bébé était mort. J'imaginais Emerson la faisant asseoir pour lui révéler la vérité et je voyais son visage se décomposer.

La circulation redémarrait. J'ai laissé les camions s'éloigner et j'ai aperçu de vieux immeubles, des cheminées et des grues, mais tout était flou à travers mes larmes.

Agrippée au volant, je murmurais entre mes dents :

— Qu'es-tu en train de faire, Grace ?

44

Tara

Grace prolongeait sa nuit, une bonne chose selon moi. Elle avait été bouleversée par cette histoire au sujet de Cleve la veille et j'avais conscience de ne pas avoir bien géré cette affaire. Certes, je devais m'opposer à son escapade à Chapel Hill ; mais aurais-je pu m'y prendre d'une manière différente ? D'une manière qui n'aurait pas coupé toute communication entre nous ? Quelle communication ? Nous ne communiquions plus du tout. La semaine prochaine, j'appellerais la psy que nous avions consultée plusieurs fois après la mort de Sam. Grace refuserait sans doute de lui parler, mais cette femme m'aiderait peut-être à prendre un nouveau départ avec ma fille. Nous en avions besoin, Grace et moi.

A la cuisine, j'ai dressé une liste des courses à faire : je ne voulais pas me focaliser exclusivement sur le problème brûlant de mes relations catastrophiques avec ma fille. Je lui ai laissé un petit mot sur la table pour la prévenir que je sortais et je suis allée au garage. Là, je me suis figée sur place.

La vieille Honda de Sam avait disparu. Un flash d'espoir irrationnel m'a donné l'illusion que Sam, toujours vivant, était parti travailler, et que les sept derniers mois n'étaient qu'un affreux cauchemar. Mais j'ai trop les pieds sur terre pour m'appesantir sur ce genre de fantasme. Soit la voiture avait été volée, soit Grace l'avait prise. Je n'aurais su dire laquelle de ces deux hypothèses me déplaisait le plus.

Grace n'a pas répondu quand j'ai frappé à la porte de sa chambre ; je suis donc entrée. Habituée à son désordre, j'ai dû déplacer les livres et les vêtements entassés sur son lit pour m'assurer qu'elle n'était décidément pas là. Au lieu de la colère, une terreur absolue s'est emparée de moi. Ma petite fille était manifestement en route vers Chapel Hill. Il pleuvait, son chagrin lui troublait l'esprit, et elle n'avait pas conduit depuis sept mois ! Elle roulait sur l'autoroute avec des rampes d'accès compliquées, des voitures filant comme des bolides, et des conducteurs qui n'avaient pas dessoûlé depuis la veille. Sam avait trouvé la mort au carrefour de Monkey Junction qu'il connaissait bien. Comment Grace pourrait-elle arriver vivante à Chapel Hill ?

J'ai pris le téléphone fixe sur le bureau de Grace, mais j'ai renoncé à composer son numéro. Il ne fallait pas qu'elle me réponde en conduisant. Je me suis alors rappelé qu'une vieille copine de Jenny l'accompagnait et était probablement au volant. J'ai poussé un soupir de soulagement, tout en regrettant de ne pas connaître cette jeune fille. Etait-elle digne de confiance ?

Après avoir composé le numéro du portable de Grace, j'ai bondi en l'entendant sonner à quelques centimètres de moi, sur sa table de nuit. Déroutée, j'ai empoigné l'appareil : le numéro de chez nous s'affichait sur l'écran lumineux. Elle était partie sans son téléphone. J'ai raccroché et je me suis assise sur son lit. Que se passait-il ? Grace n'allait nulle part sans son mobile...

J'ai parcouru son répertoire et j'ai appelé Jenny. Elle m'a répondu après plusieurs sonneries. Je l'avais réveillée.

— J'ai pensé à toi toute la nuit, a-t-elle dit d'une voix enrouée. Ça va ?

Elle était donc au courant de cette grande aventure...

— C'est Tara, Jenny !

— Oh !

Après un silence, elle a murmuré :

— Pardon... Mais pourquoi m'appelles-tu avec le téléphone de Grace ?

— Il me faut le numéro du portable de ton amie qui est avec elle. Je ne me souviens plus de son nom...

— Je ne vois pas ce que tu veux dire... Grace n'est pas là ? a balbutié Jenny après un nouveau silence.

— Non. Elle est partie ce matin avant que je sois levée. Elle a pris la Honda et oublié son téléphone. Je suppose... je suppose qu'elle est allée voir Cleve à Chapel Hill. Elle m'avait annoncé hier qu'elle voulait y aller, en compagnie de l'une de tes amies, plus âgée que toi.

Jenny se taisait : soit elle me dissimulait quelque chose, soit elle était aussi dépassée que moi par les événements.

— Jenny ? ai-je repris. Sais-tu où elle est ?

— Je n'en ai pas la moindre idée !

— Comment s'appelle ton amie ? Helen... ou Elena ? Oui, c'est Elena !

— Je n'y comprends rien...

Je me suis levée d'un bond, paniquée.

— Jenny, que sais-tu exactement ? C'est sérieux. Grace t'a dit qu'elle allait à Chapel Hill ?

— Non. Honnêtement, je ne sais pas où elle est. Tu as essayé de l'appeler ?

— Je t'ai dit qu'elle avait oublié son portable ! Bon, je vais essayer de joindre Cleve. Si tu as des nouvelles de Grace ou d'Elena... As-tu une amie appelée Elena ?

Silence.

— Jenny !

— Non, a-t-elle admis.

Dieu du ciel !

— Appelle-moi si tu as des nouvelles.

J'ai trouvé le numéro de Cleve dans le répertoire de Grace, et je me suis adressée à sa boîte vocale.

« Cleve, ici Tara. Appelle-moi dès que tu auras ce message. C'est sérieux. »

Je lui ai indiqué mon numéro pour lui faciliter la tâche.

Après avoir raccroché, j'ai jeté un coup d'œil à ma montre. Un peu plus de dix heures... Puisqu'elle était partie avant que je me lève, à sept heures, il était possible – bien qu'improbable – que Grace soit déjà arrivée à Chapel Hill.

Par la fenêtre de sa chambre, je voyais la pluie fouetter les feuilles de notre érable. J'imaginais difficilement Grace conduisant ne fût-ce qu'autour du pâté de maisons ; l'idée qu'elle avait roulé si longtemps sous la pluie me paraissait à la fois invraisemblable et terrifiante.

Mon Dieu, faites qu'il ne lui arrive rien !

J'ai repris le téléphone et tenté de joindre Cleve une seconde fois.

45

Grace

J'étais sur une route à grande circulation, dite « voie périphérique », et je n'avais jamais vu tant de voitures rouler si vite en même temps.

Les muscles de ma jambe se sont mis à trembler quand j'ai appuyé sur l'accélérateur pour suivre le mouvement. Mais quelle joie quand j'ai aperçu la sortie vers Alexandria ! Après quelques tournants annoncés par mon GPS, je me trouvais brusquement sur une route animée d'une petite ville. J'avais besoin d'essence et, plus encore, d'un café. Une fois garée dans une station-service, j'ai acheté pour vingt dollars d'essence et un peigne. Le seul en rayon était pour hommes, avec des dents si serrées que je n'arriverais sans doute jamais à le passer dans mes cheveux. Ensuite, je me suis offert un café, fade et tiède, mais ça m'était bien égal.

Quand j'ai repris la route, mon GPS m'a signalé que je n'étais plus qu'à un kilomètre de ma destination, puis un demi-kilomètre, puis cent mètres, et je commençais à penser qu'il m'avait induite en erreur. Le Bureau des enfants disparus devait être dans un grand immeuble... Pendant le trajet, je m'étais imaginée retrouvant ma mère au quatrième ou cinquième étage d'un imposant building ; mais il n'y avait, dans le coin, que de petits édifices faisant plus penser à des boutiques ou à des maisons de ville qu'à des bureaux.

J'étais arrêtée à un feu rouge quand j'ai aperçu une bannière, une rue plus loin. Elle flottait dans les airs, tendue au-dessus de la chaussée. Parade de Columbus Day. Oh non ! J'avais oublié que c'était un jour férié. Le Bureau des enfants disparus serait-il fermé ?

« Arrivée à destination », affirmait mon GPS. Certainement une erreur, mais la circulation était bloquée, et j'ai pu regarder le numéro des bâtiments. Il s'agissait bien du numéro 237. Une petite bâtisse jaune, au milieu d'un ruban de maisonnettes similaires. Je croyais toujours à une erreur, mais j'ai aperçu une plaque rectangulaire à coté de la porte. De là où j'étais, pas moyen de la lire. Il faudrait que je m'approche.

Je ne sais pas faire les créneaux : j'ai échoué à chacun de mes essais pendant mes leçons de conduite. Avec tous ces véhicules, il n'était pas question que je tente ma chance. Je me suis donc engagée dans une rue latérale et, deux pâtés de maisons plus loin, j'ai trouvé deux places en enfilade qui m'ont permis de me garer sans mal. Enfin, j'ai coupé le contact, et je suis restée dans la voiture une minute, le temps de prendre conscience de ce que j'avais fait. Je venais de conduire d'une traite de Wilmington à

Alexandria. Tout en me disant que c'était la plus grande des folies, je me sentais fière de moi. Quoi qu'il arrive ensuite, je venais de réaliser un véritable exploit.

Mais le plus dur restait à venir...

Je me suis regardée dans le rétroviseur : j'avais une sale tête et, avec ce peigne ridicule, impossible de me coiffer.

Une fois sortie de voiture, avec sur le dos le sac contenant le dossier révélateur, je me suis dirigée d'un pas vif vers la grande rue, tout en priant le ciel que *ça* soit ouvert.

Bureau des enfants disparus était gravé sur la plaque rectangulaire à côté de l'entrée. Une lumière brillait à l'intérieur. J'ai poussé la porte, qui n'était pas verrouillée, et j'ai pénétré dans une petite pièce : quelques sièges vieillots, une causeuse, et une baie vitrée, encombrée de plantes vertes. Un bureau trônait au milieu de tout cela, mais pas trace de présence humaine. Que faire ?

J'ai entendu un cliquetis en provenance de la pièce voisine, et une femme est apparue sur le seuil. Cheveux gris, très courts, petites lunettes cerclées de noir, elle tenait une branche de céleri à la main, et ses sourcils ont formé un accent circonflexe quand elle m'a aperçue.

— Vous m'avez fait peur !... Que puis-je pour vous ? a-t-elle ajouté en souriant.

— Je suis venue voir Anna Knightly.

— Oh, Mme Knightly est avec sa fille à l'hôpital des enfants, m'a-t-elle répondu en s'asseyant derrière son bureau.

La tête me tournait en entendant quelqu'un parler d'Anna Knightly comme si elle existait pour de bon. Je finissais par me demander si elle n'était pas le fruit de mon imagination... Tout à coup, j'ai dû me retenir au bord du bureau pour garder mon équilibre.

— Ça va, mon petit ?

Je réalisais maintenant qu'elle m'avait parlé de sa fille, donc de *ma sœur*.

— Elle est à l'hôpital ?

— Oui, à l'hôpital de pédiatrie.

La femme m'a regardée bizarrement.

— Vous aviez rendez-vous avec elle ? Je croyais avoir prévenu tout le monde.

— Je n'avais pas rendez-vous, mais j'ai besoin de la voir.

A l'hôpital ? Ma sœur était-elle malade ?

— J'ai appris quelque chose au sujet d'un enfant disparu et je dois lui parler.

Je ne voulais pas révéler à cette femme qui j'étais. Elle risquait de me prendre pour une menteuse, d'appeler la police...

— Eh bien, vous pouvez me communiquer cette information. En général, Mme Knightly ne reçoit pas personnellement les...

— Non, il faut absolument que je lui parle. Quand revient-elle ?

— Elle s'est absentée quelque temps pour être auprès de sa fille. Voulez-vous un café ? Un soda ?

Cette femme semblait maintenant inquiète à mon sujet. Je devais faire peur à voir, après une nuit blanche, avec mes cheveux mal coiffés.

— Non, merci. Mais je viens de loin…

Ma voix tremblait.

— Comment faire pour lui parler ? Je vous en prie, il faut que je la voie !

La femme m'a regardée d'un air perplexe.

— Donnez-moi votre numéro de portable et je…

Les mains nouées devant moi, j'ai marmonné que j'avais oublié mon téléphone en partant.

— Dites-moi simplement où est l'hôpital, ai-je ajouté, avant de réaliser que c'était une erreur.

— Mme Knightly a un sérieux problème d'ordre privé. Je ne peux pas la déranger.

J'étais moi-même un sérieux problème d'ordre privé.

— Je comprends ! Je ne me permettrais pas…

La femme m'a tendu un petit bloc-notes.

— Inscrivez donc votre nom et la manière de vous joindre.

— Impossible. Je vous l'ai dit, j'ai oublié mon téléphone portable.

— Alors, mon petit, dites-moi de quoi il s'agit, afin que je puisse vous aider.

— C'est personnel.

Elle s'est carrée sur son siège, en m'adressant un sourire qui trahissait une certaine lassitude.

— Eh bien, voyons… Je suis ici jusqu'à dix-sept heures et j'aurai certainement l'occasion de m'entretenir avec elle au cours de la journée. Je lui demanderai comment vous pouvez la joindre, et si vous repassez en fin d'après-midi, je vous communiquerai sa réponse. Mais quelques informations complémentaires seraient fort utiles…

J'ai pensé à ces téléphones prépayés que l'on trouve dans le commerce. Jamais je n'en avais fait usage, mais je pourrais peut-être m'en procurer un, et indiquer le numéro à cette femme pour qu'elle le transmette à Anna Knightly.

— Pouvez-vous me donner votre numéro ? ai-je demandé.

— Bien sûr !

Elle m'a tendu une carte posée sur un petit plateau ; je l'ai aussitôt rangée dans ma poche.

— Merci, ai-je chuchoté, avant de tourner les talons.

— Vous reviendrez plus tard ?

J'étais déjà sortie et je réfléchissais à la suite des opérations.

Comme je passais devant une banque, j'ai pris de l'argent au distributeur automatique. Les quarante dollars que j'avais sur moi ne me suffiraient pas : il me fallait encore de l'essence, et peut-être un téléphone prépayé si j'en trouvais un. Mais mes pensées suivaient un cours bien différent... Dans ma voiture, j'ai allumé le GPS pour chercher à localiser les hôpitaux. Il y en avait un très grand nombre ; le seul en rapport avec les enfants s'appelait le Centre médical pédiatrique national. Etait-ce le bon ? Je préférais et de loin le terme « centre médical » à celui d'« hôpital ».

Il se trouvait à Washington. J'ai tapé l'adresse sur le GPS. Trente-deux minutes de route. La veille, cela m'aurait semblé un tour de force ; aujourd'hui j'avais l'impression de pouvoir faire ce parcours sans même y penser.

Mais cette femme avait parlé d'un « hôpital », indéniablement ; et je revoyais le visage ravagé de mon père. J'ai agité une main devant mes yeux pour chasser cette vision d'horreur.

J'ai décidé d'y aller... J'entrerais dans le hall et je demanderais à quelqu'un de remettre un mot de ma part à Anna Knightly. Après avoir parcouru plus de six cents kilomètres toute seule, sans avoir fermé l'œil de la nuit, je pourrais supporter de franchir le seuil d'un hôpital. Je n'avais pas le choix.

46

Emerson

Wilmington, Caroline du Nord

C'était un jour férié, pourtant le café était bondé. On aurait dit que la moitié des habitants de Wilmington s'étaient donné rendez-vous au Hot !. Nous manquions de croissants crème-framboise – ma spécialité – et la matinée s'annonçait difficile pour Sandra et ma serveuse. J'avais donc ignoré la sonnerie de mon portable, sans même prendre le temps de jeter un coup d'œil à l'écran. Jenny, qui n'avait pas cours, devait traîner à la maison, et je comptais vérifier mes messages dès que j'aurais une seconde de répit. Soudain, le téléphone du café a sonné ; impossible de ne pas répondre. C'était chose fréquente que les bureaux passent commande le matin pour le déjeuner, mais je ne m'attendais pas à de nombreuses demandes le jour de Christophe Colomb.

J'ai décroché le combiné près de la caisse.

— Ici Hot !.

— M'man ! J'ai quelque chose à te dire… a crié Jenny, la voix rauque et anxieuse.

A l'entendre, j'aurais pu croire qu'elle avait mis le feu à la maison.

J'ai emporté le téléphone dans la cuisine.

— Que se passe-t-il ?

— Tu vas me tuer ! Je crois que Grace est partie à la recherche de cette Anna Knightly.

J'ai froncé les sourcils : Grace et Jenny avaient donc entendu parler d'Anna Knightly...

— Qu'est-ce que tu racontes ?

— Tara a appelé pour me dire que Grace était partie. Elle a pris la voiture et Tara pense qu'elle est allée à Chapel Hill, mais j'ai peur que...

— Grace ne conduit même pas !

J'étais si troublée que je cherchais à mettre en doute l'histoire qu'elle essayait de me rapporter.

Sandra est passée comme une flèche, chargée d'un plateau de sandwichs, et j'ai reculé vers la porte pour lui céder le passage.

— J ai appelé Cleve. Il a discuté avec Grace hier soir, et elle aurait l'intention d'aller en Virginie pour retrouver sa mère...

— Mais enfin, l'ai-je coupée, comment elle et toi aussi d'ailleurs – d'après ce que je constate – avez-vous appris l'existence... d'Anna Knightly ?

La réponse de Jenny s'est fait attendre.

— Je t'ai entendue hier soir, m'man.

Elle semblait au bord des larmes.

— Je n'avais pas l'intention de t'espionner, mais quand je suis descendue, tu parlais avec Ian. Ensuite, j'ai trouvé cette lettre écrite par Noelle. Je suis allée chez Grace et je lui ai tout raconté.

Ce craquement, dans l'escalier, m'est revenu à l'esprit. Dieu du ciel ! Je me suis imaginé le traumatisme de Grace, et je croyais la voir en train de lire la lettre de Noelle à l'intention d'Anna Knightly.

— C'est à *moi* et pas à Grace qu'il fallait t'adresser, Jenny !

— Désolée, elle a le droit de savoir.

— Certainement, mais enfin, Jenny, on n'en a même pas encore parlé à Tara !

— Jamais je n'aurais cru qu'elle le prendrait comme ça. Cleve pensait avoir réussi à la convaincre, hier soir, mais elle n'est plus là ce matin, et elle n'est pas à Chapel Hill non plus. Du moins, elle n'y était pas quand j'ai appelé Cleve. Alors, je crois qu'elle est partie à la recherche de cette femme, a insisté Jenny, surexcitée.

— Il faut que je te laisse. Je vais aller voir Tara pour lui expliquer ce qui se passe.

— Grace est si nulle au volant, a dit Jenny. Si j'avais pu me douter qu'elle réagirait comme ça, jamais je n'aurais...

— Je sais. Maintenant, je te laisse !

Après avoir raccroché, j'ai attrapé Sandra au vol pour la prévenir qu'il lui faudrait se débrouiller sans moi pendant les prochaines heures. Elle m'a jeté un regard affolé, mais elle a lu sur mon visage que toute discussion était exclue. Avant de démarrer, j'ai essayé d'appeler Ian et je suis tombée sur sa boîte vocale. S'il était en pleine partie de golf, je serais donc seule dans cette affaire.

Quand je me suis arrêtée devant la maison de Tara, j'ai vu la voiture de Jenny, garée dans la rue. Ma fille m'attendait sur le trottoir, sous la bruine. La tête dans les épaules, les bras croisés sur la poitrine, elle tremblait de froid. Je ne serais pas seule, après tout.

47

Tara

J'ai entendu une portière claquer et j'ai couru à la fenêtre, avec l'espoir insensé de voir Grace dans l'allée. C'étaient Emerson et Jenny. En les voyant littéralement bondir vers ma porte d'entrée, j'ai supposé qu'elles avaient une nouvelle épouvantable à me transmettre. Bien que le scénario soit tout à fait différent, j'éprouvais la même angoisse que le jour où ce policier était entré dans ma classe pour m'annoncer la mort de Sam. A la seconde même où j'avais aperçu ce jeune homme en uniforme, j'avais deviné qu'un événement horrible avait eu lieu. J'étais maintenant dans un état d'esprit identique.

Je suis allée leur ouvrir.

— *Quoi ?*

Tout mon sang s'était retiré de mon visage et j'ai eu l'impression de les voir tourbillonner dans mon champ visuel.

— On croit savoir où est Grace, m'a lancé Emerson.

— Avec Cleve ?

Emerson m'a fait pivoter vers la maison.

— Nous pensons qu'elle est hors de danger, Tara. Si nous allions nous asseoir quelque part ? Nous avons des tas de choses à te dire.

Je l'ai laissée me guider jusqu'au séjour tout en la questionnant :

— Tu lui as parlé, Jenny ? Tu as dit que vous pensiez qu'elle était hors de danger... Ça veut dire quoi ? Où est-elle ?

— Nous avons la certitude qu'elle est hors de danger ! a rectifié Emerson.

Une main sur mon dos, elle me dirigeait vers le canapé. Je m'y suis effondrée. Jenny et elle ont pris place, épaule contre épaule, sur la causeuse.

— Elle est avec Cleve ?

Jenny a secoué la tête, puis baissé les yeux comme si elle ne supportait pas de croiser mon regard, ce qui ne m'a guère rassurée.

— Ecoute-moi, Tara, a dit Emerson, j'ai fini par découvrir l'identité du bébé que Noelle a volé à l'hôpital. Je pense que c'est Grace.

Je l'ai regardée sans comprendre.

— Sûrement pas ! Tu sais bien que Grace n'est pas née à l'hôpital.

Jenny continuait d'éviter mon regard, mais elle semblait au courant du vol commis par Noelle.

Emerson s'est penchée vers moi.

— Ecoute, mon chou, j'ai trouvé de nouvelles informations sur la date à laquelle le bébé d'Anna Knightly a disparu. C'était au moment de la naissance de Grace. Exactement à la fin du mois d'août 1994 !

J'ai protesté qu'il s'agissait de 1998, date à laquelle Noelle avait cessé d'exercer son métier de sage-femme.

— Non, c'était en 1994, a affirmé Emerson, et Grace est le seul bébé mis au monde par Noelle pendant cette période.

— Mais Grace est née le 1er septembre !

— C'est à peine croyable... mais je pense que Noelle a mis au monde ton bébé, qui n'était pas Grace, et qu'elle l'a laissé tomber accidentellement. Ensuite, elle est allée voler à l'hôpital le bébé d'Anna Knightly, elle l'a ramené chez toi, et elle l'a fait passer pour le tien. Ce bébé volé est donc Grace.

— Tu délires !

— Noelle n'a mis au monde aucun autre bébé pendant cette période, a insisté Emerson. Et il n'y a pas de pages déchirées dans son registre... Je suis persuadée qu'il s'agit de Grace, Tara. Je regrette vraiment !

Je me suis passé la main dans les cheveux en m'efforçant de réfléchir. Je me souvenais que, la nuit de la naissance de Grace, j'avais eu l'intuition que quelque chose ne tournait pas rond. Noelle, sur le point d'appeler une ambulance avant de faire pivoter le bébé dans mon ventre... Cette longue nuit sombre et le sommeil de plomb dans lequel j'avais sombré....

J'ai froncé les sourcils.

— Pourtant, je l'ai tenue dans mes bras ! Je l'ai nourrie immédiatement...

Elle était si douce et chaude contre ma peau. Jamais je n'oublierais cette chaleur délicieuse.

Ensuite, ce sommeil si lourd. Mais... Sam dormait-il aussi ? Avions-nous dormi assez longtemps pour que le bébé glisse entre les mains de Noelle ? Pour qu'elle ait le temps de courir à l'hôpital afin de trouver un nouveau-né de substitution ? Cette idée étrange me semblait de plus en plus invraisemblable.

— Tu veux dire que le bébé auquel j'ai donné naissance est mort ?

Emerson s'est levée de la causeuse pour venir s'asseoir à côté de moi, et elle m'a enlacée.

— Je suis navrée...

— Comment Jenny a-t-elle appris tout cela ?

Emerson a hésité.

— J'ai parlé à Ian quand j'ai fait le rapprochement entre les deux dates, et Jenny m'a entendue.

— Tu as parlé à Ian avant moi ?

Furieuse, je me suis arrachée à son étreinte.

— Serais-je la dernière personne à apprendre la vérité sur mon enfant ? Depuis combien de temps le sais-tu ?

— J'ai compris la veille de la soirée de Suzanne, a avoué Emerson.

— Et tu ne m'as rien dit ?

Pour un peu, je l'aurais giflée.

— Tu as osé parler à Ian avant moi !

— Je ne savais pas comment... J'avais peur de te faire souffrir.

C'en était trop, beaucoup trop.

— Où est Grace ? ai-je demandé.

A cet instant, il n'y avait pas de place dans mon esprit pour le bébé que j'avais perdu et qui n'existait pas réellement pour moi. Seul existait l'enfant que j'aimais de tout mon cœur.

— Où est-elle, et pourquoi...

Jenny m'a interrompue de sa voix toujours aussi enrouée :

— Elle a appelé Cleve hier soir, après que je lui ai tout raconté. Elle était traumatisée et elle voulait aller en Virginie, à la recherche de sa... de cette femme. Il a essayé de la dissuader.

— Tu n'aurais jamais dû tout révéler à Grace !

— Je sais, a admis Jenny du fond de la causeuse, les yeux injectés de sang.

— Tara, je t'en prie, Jenny regrette sa bêtise... s'est apitoyée Emerson.

Je faisais les cent pas entre le canapé et la fenêtre.

— Comment Grace sait-elle où chercher Anna Knightly ?

— Elle connaît l'adresse du Bureau des enfants disparus, à Alexandria, a lâché Jenny.

Alexandria ! J'imaginais Grace se lançant dans ce long trajet en se demandant *qui* elle était. Seule une terrible frustration avait pu la mettre au volant pour de si longues heures. Une frustration que je n'avais pas pu combler... « Ma pauvre petite fille », ai-je murmuré, en me souvenant de son calme cette nuit-là dans sa chambre. Etait-elle déjà au courant ?

Elle devait se sentir si mal, si perdue... J'osais à peine penser à sa panique en réalisant qu'elle avait oublié son téléphone à la maison.

— Je me sens affreusement coupable, a dit Emerson.

— Je me fiche de comment tu te sens, Emerson ! Mon seul souci est de retrouver Grace. Tu n'avais pas le droit de me faire des cachotteries qui risquent de la mettre en danger !

J'ai détourné la tête pour ne plus les voir.

— Je suis furieuse contre vous deux, et s'il lui arrive quelque chose, je ne vous le pardonnerai jamais.

Je me suis dirigée vers la cuisine pour téléphoner.

— Et maintenant, qui appeler ? Comment faire pour la retrouver ? ai-je crié dans le vague.

48

Grace

A une autre station-service, je me suis procuré pour pas cher un téléphone portable prépayé et je me suis fait une promesse : si je ne pouvais retrouver la trace d'Anna Knightly au Centre médical pédiatrique national d'ici une heure, j'appellerais la dame du Bureau des enfants perdus pour lui donner mon numéro. D'une manière ou d'une autre, je parviendrais à joindre ma mère dans la journée.

Enfin, j'ai aperçu un panneau du Centre et je suis descendue dans un immense parking souterrain ; c'était pire que de conduire sur l'autoroute. Des voitures se garaient devant moi et klaxonnaient derrière, mais j'ai fini par me trouver une place.

Un grand écriteau, à l'entrée du hall, demandait la présentation d'une pièce d'identité. J'ai donc sorti mon permis de conduire. Sans m'accorder un regard, le gardien m'a demandé où se trouvait mon adulte accompagnateur.

Les mains tremblantes, me demandant si mon mensonge se voyait sur ma figure, j'ai bredouillé que ma mère et ma sœur étaient à l'intérieur. Au même instant, le gardien a crié « Vous, là-bas ! » à l'intention d'un type, derrière mon dos, qui devait l'intéresser plus que moi, car il m'a fait signe de passer. Je ne me le suis pas fait dire deux fois.

Le hall était vaste et clair, et je me suis fait la réflexion que si je venais consulter un médecin, je me sentirais en confiance. Cet espace coloré n'avait rien d'un hôpital et ne me rappelait pas du tout la salle d'urgence où l'on avait transporté mon père. Mais je n'étais plus une gamine et je ne venais pas consulter. Je n'étais pas sûre à cent pour cent de ce que je faisais là… Il y avait partout des parents, des enfants, des médecins et des infirmières, qui avaient l'air de savoir où aller, contrairement à moi.

Comme j'avais aperçu un bureau d'accueil dans un coin du hall, je me suis adressée à la femme qui y était installée : une Afro-Américaine aux cheveux gris et à lunettes grises, souriante. J'ai fait de mon mieux pour paraître plus âgée que je ne l'étais, de peur d'être renvoyée.

— Bonjour… Je dois transmettre un message important à quelqu'un. C'est la mère d'une patiente hospitalisée ici. Si je lui écris un mot, vous pourriez le lui faire apporter ?

— Le nom de la patiente ?

Malgré son sourire, la femme grisonnante paraissait légèrement contrariée.

— Haley…

Mais Haley avait-elle le même patronyme que sa mère ?

— Sa mère s'appelle Anna Knightly. K-N-I...

— Inutile de me l'épeler. Sa fille est dans l'aile est, chambre 416. Donnez-moi votre mot et je demanderai à une bénévole de le lui apporter quand elle aura le temps. On manque de personnel, alors ce ne sera pas tout de suite...

La femme a tendu la main pour prendre le message que je n'avais pas encore rédigé. J'ai marmonné que je le lui confierais dans un instant.

J'ai trouvé un prospectus annonçant une course aux trésors pour les enfants. Le verso n'était pas imprimé ; je me suis assise sur un banc et j'ai sorti mon stylo de mon sac à dos.

Et maintenant ?

Madame Knightly, ai-je griffonné, *je m'appelle Grace Vincent. Je vous prie de venir me voir dans le hall. Je dois vous parler. C'est très important ! Je vous attends à l'accueil. J'ai seize ans et de très longs cheveux.*

J'ai tendu le papier plié à la femme, qui a réagi comme si elle ne m'avait jamais vue.

— Voici le mot pour la dame de la chambre 416, aile est !

Elle m'a répété que ce n'était pas pour tout de suite. De mon banc, j'ai vu arriver au bout d'une vingtaine de minutes un vieux bénévole, qui a pris un bouquet de fleurs au bureau d'accueil, avant de se diriger vers l'ascenseur. La responsable ne lui a même pas remis mon message.

Sur l'un des nombreux panneaux, une flèche indiquait l'aile est, à l'autre bout du hall. Chiche !

Je me suis levée et j'ai marché jusqu'aux ascenseurs. J'ai attendu avec plusieurs médecins, une infirmière, une femme, et un petit garçon ensommeillé, accroché à la jambe de sa mère. On est tous montés en même temps dans la cabine. L'infirmière a enfoncé le bouton du quatrième et ma tête s'est mise à tourner alors que l'ascenseur s'élevait. Je n'avais rien mangé depuis une éternité.

L'infirmière et moi sommes descendues au quatrième. Elle s'est éloignée dans le couloir, mais moi je suis restée figée. De grands motifs géométriques, sur la moquette, aggravaient mes vertiges. Un panneau indiquait la direction des chambres – la 416 était à ma droite – mais j'étais comme statufiée. L'odeur d'hôpital, que je n'avais pas sentie jusque-là, me prenait maintenant à la gorge.

Ce n'était pas le moment de penser à papa...

— Je peux vous aider ? m'a proposé une jeune femme.

Elle portait un stéthoscope autour du cou et le tissu de sa blouse était imprimé de petits chiens.

— Vous avez l'air perdue.

— Non, ça va.

J'ai ébauché un sourire et fait quelques pas comme si je savais exactement où j'allais.

La porte de la chambre 416 était entrouverte. Mon cœur s'est mis à battre si vite que j'ai craint de me retrouver d'une seconde à l'autre aux urgences. Des gens allaient et venaient dans le couloir, et je ne pouvais pas me permettre de rester plantée là jusqu'à la fin des temps. Après avoir rassemblé mes forces, j'ai regardé par l'embrasure de la porte pour voir lentement, le plus lentement possible, qui était dans la pièce.

Avant, ce n'étaient que des noms, pas des vraies personnes. Maintenant, la réalité me frappait au visage. Une fille presque chauve, assise dans un immense lit… Une femme près d'elle… Elles regardaient quelque chose sur les genoux de la fille, sans doute un livre. La femme a ri, la fille a souri. A cet instant, j'ai senti une immense tendresse entre elles. Elles formaient un bloc dont j'étais exclue, et j'ai tout de suite compris que ma place n'était pas dans cette chambre. Ma place n'était nulle part.

La femme a tourné les yeux de mon côté et nos regards se sont croisés. Je me suis lentement éloignée de la porte pour m'adosser au mur. Mon cœur battait si fort que mes oreilles bourdonnaient.

Du coin de l'œil, j'ai vu la femme sortir dans le couloir.

— Bonjour !

Je lui ai fait face ; elle avait un beau sourire. Je lui ai dit bonjour à mon tour. Elle m'a répondu, un peu sur le qui-vive :

— Vous êtes une amie de Haley à l'hôpital ?

— Non, je suis votre fille.

Son sourire s'est évanoui et elle a reculé d'un pas.

— Que voulez-vous dire ?

— Je viens de le découvrir… Je vis à Wilmington, en Caroline du Nord, et j'ai trouvé une lettre… Des amis ont trouvé une lettre que cette femme, la sage-femme de ma mère, vous a écrite, mais qu'elle n'a jamais envoyée.

Je me suis débarrassée de mon sac à dos pour en sortir le dossier, mais mes mains tremblaient si fort que j'ai dû y renoncer.

— Elle... la sage-femme vous demandait pardon d'avoir volé votre bébé à l'hôpital, la nuit de sa naissance.

La mère de Haley avait du mal à me suivre, ce qui était bien naturel. Elle se taisait et un pli profond marquait son front. Sa poitrine se soulevait si précipitamment que j'ai eu peur qu'elle tombe dans les pommes.

Après avoir passé ma langue sur mes lèvres, j'ai poursuivi mes explications :

— Elle a laissé tomber le bébé de ma mère – de la femme que je prenais pour ma mère –, et il est mort !

Ma gorge se nouait de plus en plus et j'étais à bout de forces. Tout à coup, ma mère me manquait terriblement. J'aurais voulu qu'elle me serre dans ses bras. Ma vraie mère, pas l'inconnue qui se tenait devant moi et dont les yeux disaient qu'elle me prenait pour une menteuse. J'avais eu tort de venir. J'aurais dû me méfier, ne pas céder à cette impulsion stupide. L'odeur de l'hôpital déferlait sur moi comme un raz-de-marée et, pour ne pas m'effondrer, j'ai dû me retenir au mur. J'étais si loin de ma maison et de ma mère. Il me semblait que j'avais traversé la planète entière pour arriver là...

424

— Qui t'a raconté cette histoire ? m'a demandé la femme. C'est une mauvaise plaisanterie ?

J'étais seule au monde, incapable d'articuler un mot, et je me suis contentée de secouer la tête.

— Viens avec moi, m'a dit la femme en me prenant par le bras.

49

Tara

Wilmington, Caroline du Nord

Nous étions dans la cuisine, et Emerson cherchait sur mon ordinateur portable le numéro du Bureau des enfants disparus, tandis que je me tenais toute prête à le composer. Debout près de l'îlot central, Jenny se mordillait les lèvres. J'aurais voulu leur dire d'aller au diable toutes les deux, mais j'avais besoin de leur aide pour retrouver Grace. J'évitais de les regarder et je m'efforçais de maîtriser ma colère.

— Voici le numéro, m'a annoncé Emerson. Oh, c'est un numéro d'urgence, pas celui du bureau...

Elle me l'a débité à toute allure pendant que je tapais les chiffres, puis j'ai expliqué à mon interlocuteur que je cherchais à joindre l'antenne d'Alexandria. Je pesais chacun de mes mots, tandis qu'Emerson me soufflait ce que je devais dire.

— La ferme ! ai-je fini par lui lancer.

Ensuite, j'ai présenté des excuses à ce même interlocuteur, qui s'est décidé à me communiquer le numéro de l'antenne d'Alexandria. Quand j'ai appelé, je suis tombée sur la boîte vocale.

— Je dois parler à Anna Knightly, ai-je expliqué. Peut-elle me rappeler, ou me faire rappeler immédiatement ? C'est extrêmement urgent.

Et j'ai laissé les numéros de mon téléphone fixe et de mon portable.

Emerson cherchait maintenant à contacter Ian, que je savais injoignable quand il était sur un terrain de golf.

— On devrait peut-être appeler la police, a-t-elle conclu après lui avoir laissé un autre message. Ils peuvent se lancer à la recherche de la voiture de Grace et envoyer quelqu'un attendre son arrivée au Bureau des enfants disparus.

— J'y vais !

— Tant que tu ne sais pas où elle est, tu ferais mieux de rester ici, a objecté Emerson.

J'ai empoigné mon sac et foncé vers le garage, en répétant : « J'y vais ! »

Emerson courait derrière moi.

— Je t'emmène. Tu es trop remuée pour conduire.

J'ai pivoté sur moi-même.

— Non, je ne veux pas de toi dans les parages.

— Tu as besoin de moi ! Et Grace aura besoin de Jenny ! On t'accompagne.

J'avais l'impression que la voiture volait. Assise sur le siège du passager, je m'agrippais à mon téléphone, et je bouillais d'angoisse et de colère au point de trembler de tous mes membres. Sur la banquette arrière, Jenny se confondait en excuses, Emerson aussi, mais je refusais de les entendre.

Pendant plusieurs heures, je n'ai pas dit un seul mot, sauf pour laisser sur la boîte vocale de Ian mon propre message, l'informant de l'endroit où nous étions et de ce qui se passait.

Emerson s'évertuait à me faire parler, mais je ne pensais qu'à Grace, seule, triste, et angoissée. Je savais ce qu'elle éprouvait et c'était sans doute la première fois, depuis sa petite enfance, que je devinais ses sentiments sans être à côté d'elle. La première fois, depuis bien longtemps, que je ressentais ce lien invisible entre nous. Mon sang coulait dans ses veines, mon cœur était le sien, et je me moquais de ce que pourrait révéler un test ADN. Elle était ma fille.

Je ne voulais pas penser à Anna Knightly. Quand j'avais cherché à découvrir qui avait aujourd'hui son enfant, j'avais eu de la compassion pour elle, mais elle m'était inconnue. Un nom sur une lettre. J'avais réfléchi à ce que peut ressentir une femme quand elle apprend la disparition de son bébé. Ce sentiment était maintenant le mien. Anna Knightly a eu une autre fille, songeais-je ; qu'elle s'en contente.

J'aurais tant voulu que Grace soit dans la voiture avec moi en ce moment… Je l'embrasserais, en lui disant combien je l'aimais, même si je n'étais pas à la hauteur en tant que mère. J'étais capable de tout pour elle. Qu'elle le veuille ou non, je l'étreindrais si fort que personne ne pourrait me l'arracher. Il est parfois difficile d'exprimer son amour avec des mots dont on ne mesure pas vraiment la profondeur. On ne parvient jamais à étreindre suffisamment quelqu'un qu'on aime. Je voulais avoir cette chance avec ma fille.

— L'une de vous a envie qu'on s'arrête ? a demandé Emerson quand la circulation a ralenti aux abords de Richmond.

— Non !

J'avais répondu pour Jenny et moi. Si Jenny éclatait sur place, ce n'était pas mon problème.

— Continue à rouler, ai-je ajouté.

Deux émotions antagonistes s'affrontaient en moi. Ma haine à l'égard de Noelle, qui débordait de manière irrationnelle sur Emerson et Jenny ; et mon amour pour ma fille.

— Oh, Grace !

J'avais prononcé ces mots à haute voix, sans le vouloir. Emerson a tendu un bras et posé sa main sur mon épaule.

— Ne t'inquiète pas ! Ça va aller.

Je me suis détournée.

— Tout est de ma faute, a chuchoté Jenny.

Sa voix vibrait de larmes. Depuis combien de temps pleurait-elle ainsi, derrière mon dos ?

Je n'avais que des reproches à faire... A Emerson et Ian, pour m'avoir caché la vérité. A Jenny, pour ses révélations à Grace. Enfin, à moi-même, qui n'avais pas su être une bonne mère – le genre de mère dont elle aurait eu besoin en apprenant l'effroyable vérité. Je pouvais aussi en vouloir à Mattie Cafferty, à l'origine de l'accident fatal à mon mari. Et, bien sûr, à Noelle, qui avait commis un acte criminel, impardonnable.

Mais sans Noelle, je n'aurais pas Grace, *ma* Grace...

Mon téléphone a sonné, je l'ai plaqué contre mon oreille, et mes mots ont fusé :

— Tara Vincent à l'appareil.

— Elaine Meyers, du Bureau des enfants disparus. Vous m'avez laissé un message.

— Oui, merci. C'est très compliqué, mais ma fille de seize ans va probablement se présenter à votre bureau, car elle cherche Anna Knigthly. Je voudrais...

— Une jolie fille ? Avec de longs cheveux ?

— Oui. Elle est là ?

— Elle était là. Je lui ai expliqué que Mme Knightly était absente. Elle paraissait très déçue... Elle disait avoir une information au sujet d'un enfant disparu.

— Où est-elle allée ?

— Aucune idée. Elle a refusé de me dire son nom, et elle n'avait pas de portable, paraît-il. Je me suis fait du souci à son sujet.

— Elle attend peut-être dans les parages ? Dehors ?

— Non, je lui ai dit qu'Anna était à l'hôpital pour enfants avec sa fille et qu'elle ne reviendrait pas avant...

— Avec sa fille ?

En m'entendant, Emerson m'a jeté un coup d'œil.

— Sa fille est très malade. Anna est à son chevet...

— Se peut-il que ma fille... Vous lui avez dit qu'Anna Knightly était à l'hôpital pour enfants, c'est ça ?

— En effet, mais je ne pense pas que...

— Où se trouve-t-il ? A Washington, non ?

— Oui, sur Michigan Avenue...

Sans perdre une seconde, Jenny a plongé sa main entre mon siège et celui d'Emerson pour me montrer l'adresse de l'hôpital en question sur son iPhone.

— J'ai trouvé l'adresse ! Ayez la gentillesse de m'appeler si vous apprenez quelque chose au sujet de ma fille, ai-je conclu.

Après avoir raccroché, je me suis tournée vers Jenny.

— Tu as l'itinéraire ?

— Oui.

J'ai alors réfléchi à haute voix, le téléphone contre mes lèvres.

— Ça m'étonnerait tout de même qu'elle entre dans un hôpital... Vous connaissez sa phobie et je ne la vois pas en train de...

— On appelle la police ? a demandé Emerson une seconde fois.

— Epuisons d'abord tous les moyens de la retrouver !

Je ne voulais pas que la police s'interpose entre ma fille et moi. *Personne* ne devait s'interposer entre nous deux...

50

Anna

Ce qui m'arrivait ne ressemblait en rien à ce que j'avais tant de fois rêvé. Dans mes songes, je voyais ma fille toute petite, à neuf ou dix ans, plus rarement à seize ans – son âge réel. A la différence de maintenant, j'avais toujours l'intuition immédiate qu'il s'agissait bien de ma fille, ma Lily, l'enfant que j'avais porté dans mon sein... Assise dans le petit salon avec Grace – elle avait plus l'apparence d'une Grace que d'une Lily –, je l'écoutais parler d'une voix si faible que je devais me pencher vers elle tout en observant son joli visage en cœur. Elle me montrait la lettre qu'elle avait retirée d'une main tremblante de son sac à dos, tout en me racontant le suicide de la sage-femme.

Cette lettre m'a laissée sceptique. C'était sans doute un traquenard. Il y avait eu tant de publicité autour de la collecte de moelle... Bryan et moi avions évoqué sans en faire mystère la disparition de Lily... Dans l'espoir d'attirer l'attention sur le sort de Haley et d'éveiller un maximum de sympathie à son égard. Des journalistes avaient parlé, écrit, brodé. Et, pour finir, quelqu'un avait fabriqué une lettre, inventé une histoire de toutes pièces, et envoyé cette jeune fille. Mais pourquoi ? Si certaines personnes me croyaient riche, elles se trompaient.

Qu'était devenue cette corde maternelle que j'avais sentie vibrer dans mes rêves ? Cette fille ne ressemblait ni à moi, ni à Haley, ni à Bryan. Elle avait de grands yeux marron, mais d'une forme totalement différente. Comment osais-je la disséquer ainsi ? Je la sentais s'éloigner de moi et se fermer, comme si elle avait perçu mon ambivalence.

— Quand es-tu née ? lui ai-je demandé, avec l'intention de la piéger.

— Le 1er septembre 1994.

— Vraiment ?

Elle a sorti son portefeuille de son sac, les mains à peine moins tremblantes que quelques minutes avant. Quand elle m'a tendu son permis de conduire, j'ai écarquillé les yeux : 1er septembre 1994. Une concordance parfaite ! Comment savoir si ce document était ou non un faux ?

Je l'ai scrutée à nouveau. J'avais peur de me laisser aller à espérer. Peur d'être déçue comme je l'avais déjà été... Cette jeune fille était peut-être Lily, mais au lieu de me dire : *Effectuons tout de suite un test ADN !*, j'avais une autre idée en tête. Je pensais à sa moelle osseuse : une réaction qui m'horrifiait, mais contre laquelle je ne pouvais rien. Au lieu de la considérer comme ma fille éventuelle, je voyais en elle un moyen – oui, un moyen – de sauver la fille qui était la mienne sans le moindre doute.

— Tes parents savent que tu es ici ?

Je lui ai posé cette question en supposant que si elle ne mentait pas, quelqu'un devait s'inquiéter à son sujet.

— Mon père est mort, m'a-t-elle répondu, et ma mère – la femme qui se prend pour ma mère – ne sait pas que je suis ici. En fait, elle n'est pas encore au courant. Son amie a découvert la vérité et ne lui a rien dit...

Cette histoire devenait si complexe que je commençais à la trouver vraisemblable. Personne n'aurait pu inventer un tel scénario.

— Où te croit ta mère ?

— Sans doute à Chapel Hill, avec mon copain... mon ex-copain.

— Il faut l'appeler immédiatement et lui dire que tu es à Washington.

— Mais elle ne se doute de rien ! Elle ne sait même pas que je ne suis pas sa fille.

— Ça n'empêche qu'elle doit savoir où tu es.

— Bon...

La jeune fille, à demi paniquée, n'a pas esquissé le moindre geste vers son téléphone.

— Ecoute, ai-je dit enfin. C'est extrêmement étrange... Je ne te connais pas et tu ne me connais pas non plus. En temps normal, nous pourrions faire tranquillement connaissance et chercher à savoir si tu es ma fille, mais, actuellement, Haley, ma fille – j'avais failli dire *ma vraie fille* –, est très malade. Elle souffre d'une leucémie. C'est une gamine formidable, et elle a

434

besoin d'une greffe de moelle pour survivre. C'est sa seule chance, mais il faut trouver un donneur compatible. Pour l'instant nous n'avons personne.

Ma voix s'est brisée sous le coup de l'émotion.

— Il se pourrait qu'une sœur soit compatible. Une éventualité...

Je me trouvais cruelle. Cette fille, sous mes yeux, n'avait rien demandé, elle ne s'attendait pas à cela, mais je m'en moquais. Je voulais qu'elle effectue un test, savoir si elle était compatible, qu'elle soit ou non la sœur de Haley.

J'ai vu Grace déglutir et j'ai deviné sa peur. Ma manière d'agir me donnait mauvaise conscience, mais je n'avais pas le choix. Haley se mourait à petit feu...

— Si vous êtes d'accord toutes les deux, tu pourrais rencontrer Haley, ai-je repris. Ensuite, tu décideras si tu souhaites effectuer un test de compatibilité. C'est un simple prélèvement à la joue, qui ne fait pas mal du tout. Si tu acceptes, il faudra demander l'autorisation de ta mère.

Calée sur mon siège, j'ai émis un long soupir, tandis que la jeune fille gardait ses mains anxieusement serrées sur ses genoux.

— Je ne comprends pas ce qui nous arrive, Grace, ai-je poursuivi. Mais certaines choses se produisent pour une raison précise que nous avons beaucoup de mal à expliquer.

Elle a relevé le menton et j'ai senti que mes paroles trouvaient en elle un écho. J'ai murmuré :

— Toi aussi, tu crois que certaines choses n'arrivent pas par hasard, non ?

— J'aimerais le croire...

Elle a hoché la tête, et ses yeux, qui n'avaient rien de commun avec ceux de Haley, trahissaient ses doutes. Mais il y avait tant de sensibilité et de spontanéité dans sa réaction que je me suis adoucie.

— Je ne crois pas que tu sois ma fille, lui ai-je dit. Ça n'est pas plausible. Mon bébé avait des cheveux plus sombres que toi, exactement comme Haley, comme ceux de son père... Les tiens devaient être très clairs à ta naissance.

— Plutôt bruns ! Plus que maintenant.

Elle a effleuré sa longue et épaisse chevelure.

— Je me fais faire des reflets...

— Je doute qu'ils aient été aussi bruns que ceux de ma fille.

En me levant, je lui ai proposé de boire ou de manger quelque chose ; elle a croisé les bras sur sa poitrine.

— J'en serais incapable !

— Tu te sens angoissée ?

— J'ai horreur des hôpitaux.

— Alors, il t'a fallu bien du courage pour venir ! Je dois maintenant parler à Haley.

Je craignais de l'avoir effrayée et j'aurais aimé la retenir à l'aide d'une longe pendant que je m'éloignais.

— Promets-moi de ne pas bouger d'ici, ai-je ajouté. Appelle ta mère pour la rassurer et, surtout, ne pars pas ! Tu n'es pas obligée de passer ce test. C'est juste que...

— Je ne partirai pas... J'ai fait tout ce chemin pour venir, il n'est pas question que je reparte.

— Où tu étais ? m'a demandé Haley quand je suis entrée dans sa chambre.

— Eh bien, Haley... il vient de se passer quelque chose.

— Tu trembles ?

En effet, je tremblais comme une feuille, appuyée au pied de son lit, au point de l'ébranler. Je me suis redressée en ébauchant un sourire.

— As-tu remarqué cette jeune fille, dans le couloir, une minute avant que je sorte de ta chambre ?

— Non.

— Il y avait là une jeune fille, une adolescente... Elle prétend être Lily.

— *Notre* Lily ?

— C'est ce qu'elle affirme.

Les yeux ronds, Haley a répété dans un souffle :

— Notre Lily ?

— Je n'ai aucune certitude...

Je refusais toujours de me bercer d'illusions.

— Tout ça n'est pas très clair, mais elle m'a montré une lettre écrite par une sage-femme... Tu sais ce qu'est une sage-femme ?

Haley semblait ignorer ce mot.

— Une sage-femme est quelqu'un qui met des enfants au monde, ai-je précisé. Celle qui a écrit cette lettre faisait, apparemment, des accouchements à domicile. Je vais aller vite parce que j'ai laissé cette jeune fille dehors...

— Dépêche-toi alors ! Elle est là, dans le couloir ?

— Elle m'attend dans une petite pièce un peu plus loin.

Du moins l'espérais-je, car j'avais dû l'effrayer de mille manières. J'ai raconté à Haley tout ce que cette lettre m'avait appris. Elle m'observait, bouche bée.

— Sacré nom de Dieu !

— Comme tu dis ! En tout cas, sa date de naissance concorde avec la disparition de Lily et elle se prend pour Lily. Elle est venue de Wilmington jusqu'ici, parce qu'elle croit que je suis sa mère.

— Et tu l'es ?

— Je me souviens si bien de Lily... Je la revois comme si son image était gravée dans mon esprit et je n'ai pas l'impression qu'elle ressemblerait maintenant à cette jeune fille. Pourtant...

— Je veux la voir !

— En es-tu sûre ? Ça va te faire drôle, Haley. Je te rappelle que rien ne prouve qu'il s'agisse de ta sœur. Tu risques de te mettre des idées en tête...

— Je tiens absolument à la rencontrer. Toute ma vie, j'ai attendu ce moment.

— Elle n'est peut-être pas...

— Je voudrais tant qu'elle soit Lily !

Les paroles de Haley quand on avait diagnostiqué sa rechute me revinrent en mémoire : elle aurait aimé que Lily soit là pour que je ne reste pas seule si elle mourait. Son courage et sa générosité m'avaient émue, mais je ne voulais pas qu'elle éprouve un pareil sentiment.

J'ai posé une main sur son pied, caché sous la couverture.

— Jamais personne ne pourra prendre ta place, Haley. Personne !

Des deux mains, elle m'a fait signe de m'éloigner.

— Il faut que je la voie, m'man ! Va vite la chercher avant qu'elle disparaisse une seconde fois.

51

Grace

Les mains croisées sur mes genoux, je suis restée assise, sans bouger. J'avais beau être paniquée à l'idée de ce qui allait se passer, je n'arrêtais pas de penser à ma mère.

A quel moment avait-elle remarqué mon absence ? Quelle inquiétude serait la sienne quand elle réaliserait que je n'étais pas à Chapel Hill ! Elle appellerait sans doute Emerson, qui lui apprendrait que je n'étais pas sa vraie fille. Ma gorge se nouait à cette idée, et j'ai pressé mes mains de toutes mes forces l'une contre l'autre. Ma mère se sentirait si seule alors. Sans mari, sans fille ! Elle penserait à son vrai bébé – celui qui était mort – en imaginant la merveille qu'il serait devenu. Un être brillant comme son père, et d'une grande sociabilité comme sa mère. Rien à voir avec la fille qu'elle avait crue sienne.

Mais ma mère m'aimait, et j'aurais voulu être avec elle. Je souhaitais la rassurer sur mon sort, lui expliquer que je devais régler cette histoire par mes propres moyens. Et pourtant, j'avais peur de l'appeler. Tout allait devenir si compliqué...

Cette Anna était la froideur même. Je m'attendais à une tout autre réaction de sa part. Je croyais qu'elle rayonnerait de joie en apprenant la nouvelle ; qu'elle m'attirerait contre son cœur avec cet amour instinctif que les mères éprouvent pour leurs enfants. Grossière erreur ! Elle se méfiait de moi et ne s'intéressait qu'à sa fille, Haley. J'étais tombée dans une faille entre deux mondes. Ma vraie mère – Anna – me croyait morte depuis longtemps et avait transféré tout son amour sur son autre fille ; et la mère qui m'avait élevée était probablement en train de pleurer le bébé qu'elle avait perdu.

Maman... J'avais pris l'habitude de la repousser, elle qui se faisait du souci à mon sujet et qui devait être folle d'inquiétude en cet instant !

J'ai sorti mon téléphone de mon sac à dos et composé son numéro. Il a sonné deux fois, puis elle a répondu :

— Allô ?

Au son de sa voix, j'ai deviné qu'elle était affolée.

— C'est moi.

— Grace ! Grace ! Tu vas bien ? Où es-tu ? D'où m'appelles-tu ? Tu as oublié ton portable...

— Je vais bien, promis. J'ai quelque chose à faire, et ensuite...

— Tu es à l'hôpital pour enfants ?

Comment savait-elle ? Et que lui répondre ?

— Tu es là-bas, n'est-ce pas ? Je suis en route avec Emerson et Jenny. Je t'aime, Grace. Je t'aime très fort. Tu m'as fait si peur, ma chérie.

— M'man, surtout ne viens pas !

En levant les yeux, j'ai aperçu Anna sur le pas de la porte.

— Il faut que je te laisse.

Sur ces mots, j'ai refermé mon portable.

— C'était ta mère ? Tu lui as parlé ?

Le téléphone sonnait, je l'ai glissé dans mon sac à dos.

— Tu ne veux pas prendre cet appel ?

J'ai secoué la tête et Anna m'a souri. Elle avait vraiment un beau sourire.

— Haley aimerait te rencontrer, si tu es d'accord.

Je me suis levée. Anna a passé un bras autour de mes épaules – le bras d'une étrangère – et plaqué sa main sur mon dos pour me guider, comme on fait avec une personne qu'on ne connaît pas très bien. La voix de ma mère résonnait encore dans mes oreilles : « Je t'aime, Grace. Je t'aime très fort. » J'ai souri intérieurement.

— Ma mère m'a dit qu'elle arrivait.

— Très bien ! On aura pas mal de points à éclaircir, non ? Elle est loin d'ici ?

— A Wilmington, mais elle est déjà en route. Je ne sais pas exactement où elle se trouve maintenant... Ma meilleure amie et sa mère l'accompagnent.

Je les imaginais toutes les trois dans la voiture...

— Voilà, a dit Anna alors que nous étions revenues à notre point de départ, la porte de Haley. Tu peux entrer !

Je lui ai emboîté le pas, en m'arrêtant sur le seuil.

— Haley, je te présente Grace. Grace, voici Haley.

Haley était assise en tailleur dans son lit, reliée par des fils à des tas de poches et de pieds de perfusion. Elle avait des cheveux bruns, très courts : soit parce qu'on les avait rasés comme ça, soit parce qu'ils commençaient tout juste à repousser.

J'ai articulé un « Bonjour ! ». Elle m'a répondu :

— Oh, tu n'es pas du tout comme j'imaginais Lily !

Donc, je les décevais toutes les deux... J'ai serré mon sac à dos contre moi, sans parvenir à sourire malgré mes efforts.

— Moi, je ne m'attendais pas du tout à avoir une sœur !

— Et tu n'as peut-être pas de sœur, a souligné Anna avant de s'adresser à Haley : La maman de Grace sera là bientôt. Nous y verrons plus clair alors. En attendant, je vais appeler ton père.

Elle m'a désigné un canapé, en face du lit de Haley.

— Si tu t'asseyais, Grace ?

J'ai obéi, sans lâcher mon sac à dos.

Anna a précisé qu'elle revenait dans quelques minutes, et je me suis retrouvée seule avec Haley. Quand mon téléphone a sonné, je l'ai sorti de mon sac pour le mettre en mode silencieux.

— C'était peut-être ta mère ? m'a dit Haley.

— C'est pas grave.

Je ne savais vraiment pas quoi lui dire. J'étais navrée qu'elle soit si malade ; elle était bien plus courageuse que je ne l'aurais été dans sa position. J'ai chuchoté :

— Comment te sens-tu ?

— Maman m'a tout raconté à propos de la sage-femme et de ce drame, a-t-elle déclaré comme si elle n'avait pas entendu ma question, mais elle ne me lâchait pas des yeux. Tu as l'air d'avoir froid...

Effectivement, je grelottais, et la température de la pièce n'y était pour rien.

— Ça va.

— Regarde sous mon lit et prends une couverture.

Je me suis levée. Il y avait une couverture sur une planche, sous le lit. Une couverture bleu pâle que j'ai drapée autour de mes épaules.

— Tu crois vraiment que je suis ta sœur ? a dit Haley.

J'ai fouillé encore une fois dans mon sac, d'où j'ai sorti *la* lettre.

— Est-ce que ta mère t'a parlé de cette lettre ?

— Mon Dieu... a murmuré Haley après l'avoir lue. Quelle histoire de fous ! Mais ça serait génial que ça soit vrai, parce que, maman et moi, on s'est donné pour but de retrouver Lily. Je n'aurais pas cru qu'elle réapparaîtrait, que *tu* réapparaîtrais comme ça...

Je lui ai repris la missive et je l'ai pliée en deux avant de la ranger dans mon sac à dos.

— A quoi ressemblent tes parents ? m'a demandé Haley. Les gens qui t'ont élevée ? Tu te sentais quelquefois différente ?

— Tout le temps !

Ce n'était pas la pure vérité, car je me sentais différente de ma mère, pas de mon père.

— En fait, je n'ai jamais eu l'impression d'avoir été adoptée ou quelque chose dans ce genre, mais je ne m'entends pas bien du tout avec ma mère.

— Et ton père ?

— Il est mort dans un accident, en mars. Une des élèves de ma mère – elle est enseignante – a embouti sa voiture : elle écrivait un texto en conduisant.

— Bon Dieu, c'est horrible ! s'est exclamée Haley.

Un accessoire, sur l'un des pieds de perfusion, à côté d'elle, a émis des bips. Elle a pressé un bouton pour le faire taire, comme si c'était sans importance, et elle a ajouté :

— Il n'y a pas longtemps que je connais vraiment mon père... Je veux dire, je savais qui il était et tout, mais il est parti quand j'étais petite. Au moment de ma rechute, récemment, il a refait surface. Au fond, je l'aime bien... Bien sûr, je lui en veux d'avoir été absent pendant une grande partie de ma vie, même s'il envoyait de l'argent, etc. D'après maman, il était immature et il est parti parce qu'il ne supportait pas de me voir malade. Il y a eu la disparition de Lily, ensuite la maladie de maman ; alors quand ça a été mon tour, il a craqué. Tout mon respect pour lui s'est envolé... Ma mère, elle, n'aurait pas pu se permettre de faire pareil. Enfin, il est revenu maintenant et il essaye de se comporter comme un père. Il organise cette grande collecte pour trouver un donneur de moelle osseuse compatible avec moi.

Toujours tremblante sous la couverture, j'ai murmuré qu'il était aussi *mon* père.

— Oui, si tu es Lily, a approuvé Haley.

Alors qu'elle venait de retrouver son père, l'étrangère que j'étais surgissait pour réclamer sa part... J'ai protesté que je ne demandais rien et que je n'avais absolument pas l'intention de marcher sur ses plates-bandes.

Elle m'a fait taire en souriant.

— Stop ! Si tu es Lily, ta place est avec nous. On a prié le ciel pour te retrouver. Disons plutôt que moi j'ai prié, parce que ma mère ne prie pas vraiment. Depuis que je suis toute petite, je suis à ta recherche.

— Quel âge as-tu ?

— Presque treize ans.

J'avais du mal à croire que nous avions plus de trois ans de différence. Elle était pâle, un peu bouffie, et visiblement malade, mais je la trouvais si confiante et sûre d'elle... Comme Jenny ! On se connaissait depuis à peine cinq minutes, et j'étais déjà en concurrence avec elle. J'ai bégayé :

— Tu es si... Tu n'es pas du tout comme moi...

— Qu'est-ce que tu veux dire ?

— Tu me fais beaucoup penser à ma mère. A la mère qui m'a élevée... Tu lui ressembles plus que moi. Tu as l'air vraiment positive et extravertie.

Haley a haussé les épaules.

— Je ne suis pas toujours si positive et il m'arrive de me sentir terriblement déprimée. On m'a mise sous antidépresseurs des millions de fois ! Mais l'espoir ne me quitte pas : Hope est mon second prénom. J'ai eu une rémission après ma première leucémie... Seulement, je crois que l'espoir ne suffira pas cette fois-ci.

Elle a tourné les yeux vers l'une des poches suspendues à un pied de perfusion.

— Cette maladie me pourrit la vie...

— Ta mère m'a expliqué qu'une greffe de moelle pourrait t'aider.

— A condition de trouver un donneur. Elle se dit que, si tu es Lily, ça pourrait marcher.

— Je sais.

— Elle n'a jamais perdu l'espoir de retrouver Lily et elle n'a jamais cessé de la chercher. On est allées un nombre incalculable de fois à Wilmington, pour essayer de trouver quelqu'un qui me ressemble...

— Je n'ai pas bougé de cette ville !

— A quoi ressemblait ta vie ?

— Ma vie...

Désarçonnée par cette question, j'ai pris le temps de réfléchir. Je revoyais notre maison toujours impeccable, à l'exception de ma chambre. Je nous revoyais, Jenny et moi, en train de repeindre nos chambres l'été précédent. On avait couvert les murs de pois de toutes les

447

couleurs, en discutant de Cleve et Devon, et en riant à en avoir mal au ventre. Je me rappelais les boissons au café que nous élaborions, papa et moi. Pendant des semaines, après sa mort, les gens nous avaient apporté des plats cuisinés... Le cœur serré, je repensais à mes anniversaires, organisés par ma mère, qui planifiait jusqu'à la couleur du sucre glace saupoudré sur le gâteau. « C'est sa manière de te prouver son amour, Gracie. » Je repensais au fait d'avoir grandi avec Jenny, Emerson, Ted, et même Noelle, en les considérant comme ma famille élargie. Je me rappelais aussi Wilmington et tout ce que j'aimais dans cette ville : la mousse espagnole aux branches des chênes, la Promenade le long du fleuve, le petit parc près de chez moi...

Brusquement, il m'était impossible d'imaginer une vie différente de celle que j'avais menée. Mon existence se composait de toutes ces choses, bonnes ou mauvaises. Dire que j'avais osé me réjouir en apprenant que Noelle m'avait volée !

Comment faire pour expliquer cela à quelqu'un qui ne connaissait aucun des lieux et aucun des êtres de mon univers ? D'une voix faible, j'ai répondu :

— J'ai eu une vie comme tout le monde. Du bon et du mauvais...

— J'espère que tu feras un test, mais je ne te blâmerai pas si tu refuses, m'a déclaré Haley. A peine tu découvres ta vraie famille, on te met le grappin dessus et on s'en prend à ton corps !

Elle a ri, et j'ai resserré la couverture autour de moi.

— Ta mère m'a dit que c'est juste un prélèvement à la joue ou quelque chose comme ça.

— Oui, d'abord la joue. Ensuite, si les cellules
de ta joue conviennent, on analyse ton sang. Et si
ça marche encore, il y a une intervention chirur-
gicale pour prélever un peu de ta moelle osseuse.
A mon avis, ce n'est pas si pénible que ça. Moins
pénible, en tout cas, que ce qu'on me fera à moi !
Une chimio et une irradiation qui détruiront tout
mon système immunitaire, pour que je ne rejette
pas la moelle osseuse. Il paraît que c'est ma seule
chance de m'en tirer...

J'ai pensé à mon père et à ma réaction en
apprenant sa mort : si j'avais eu un moyen quelconque de le ramener à la vie, je n'aurais pas
hésité une seconde. J'ai pensé au mail que j'avais
envoyé par erreur à Noelle et qui avait pu la
pousser à se tuer. Cette fois, j'avais peut-être la
possibilité de sauver une vie humaine, grâce à
une chose effrayante, mais juste et bonne. Ça
impliquait des aiguilles, des scalpels, et probablement l'obligation de passer une nuit à
l'hôpital. Mais si je pouvais sauver une vie... La
vie de ma sœur.

Pourtant, je ne les laisserais pas me toucher
avant que ma mère m'ait rejointe. Je voulais
l'entendre me dire que tout se passerait bien.

52

Anna

Dieu que j'avais peur !

Assise près de la cafétéria de l'hôpital, j'ai composé le numéro du portable de Bryan avec appréhension. Il venait d'avoir le courage de réapparaître dans nos vies, il commençait à peine à trouver son équilibre auprès de nous, et voilà ce qui nous arrivait... Je redoutais qu'il ne reparte. Et s'il décidait finalement de rester en Californie ?

Je me suis rappelé qu'il avait changé depuis la disparition de Lily et l'époque où Haley était tombée malade pour la première fois. Il avait mûri, il était devenu plus fort. A moins que je ne me berce d'illusions ? Je le voyais peut-être tel que j'aurais voulu qu'il soit. J'étais plus préoccupée encore à l'idée de croire que la jeune personne restée dans la chambre de Haley était bel et bien Lily, et d'être ensuite déçue. J'avais appris à ma fille qu'il ne faut jamais perdre espoir, mais je savais que l'espoir peut aussi faire perdre le sens des réalités.

J'avais laissé Haley et Grace en tête à tête, le temps d'appeler Bryan, car il fallait à tout prix que je lui parle avant l'arrivée de la mère de

Grace. Il n'était pas question que je lui cache cet événement une minute de plus.

— Tout va bien ?

Cette chaleur dans sa voix, je ne voulais pas la perdre. Ce je-ne-sais-quoi qui s'était recréé entre Bryan et moi, je craignais qu'il ne s'évanouisse.

— Oui, ça va.

Non, rien n'allait, mais je connaissais le sens de sa question. Il voulait dire : *Pas d'aggravation pour Haley ?* Effectivement, il n'y en avait pas.

— Il s'est passé une chose incroyable, ai-je ajouté.

— Incroyablement bonne ou incroyablement mauvaise ?

— Aujourd'hui, une jeune fille prétendant être Lily s'est présentée à l'hôpital.

Bryan n'a pas bronché et je me suis demandé ce qu'il ressentait. Se méfiait-il comme moi d'un faux espoir ?

— Qui est-ce ? Quel jeu joue-t-elle ? a-t-il enfin marmonné. Crois-tu que toute cette publicité...

— Aucune idée !

Je lui ai parlé de la lettre que m'avait montrée Grace, et de sa date de naissance sur son permis de conduire.

— A mon avis, personne ne la manipule, ai-je précisé, mais il y a quelque chose qui cloche et je n'arrive pas à mettre le doigt dessus. Sa mère est en route... Apparemment, cette fille – Grace – a tout appris par une amie, et elle est partie sans prévenir sa mère. Son père est mort...

— Tu as parlé à sa mère ? m'a demandé Bryan, pensif.

— Pas encore. Grace accepterait de faire un test pour savoir si elle est compatible.

— Penses-tu qu'il s'agit vraiment de Lily ?

— Je n'en sais rien... Bien sûr, je le souhaite, mais je ne l'imaginais pas du tout comme ça. Et puis, elle ne ressemble à aucun de nous deux, et encore moins à Haley. C'est une jolie fille, sympathique...

— Où est-elle maintenant ?

— Avec Haley.

— Tu l'as laissée rencontrer Haley ?

Malgré la réprobation évidente de Bryan, j'étais certaine d'avoir eu raison. Je me suis retenue de lui répondre qu'il ne connaissait pas encore vraiment sa fille.

— J'ai tout expliqué à Haley et je lui ai fait part de mes doutes, mais elle a voulu absolument la rencontrer.

— Ecoute, je prends l'avion dès ce soir. L'entretien de ce matin s'est très bien passé ; je suis censé rencontrer demain matin un responsable, mais j'évoquerai une urgence familiale qui m'oblige à...

— Non, ne change rien à tes plans ! Je me débrouillerai sans toi.

— Tu te débrouilles toute seule depuis dix ans. Je tiens à être là, a insisté Bryan.

— Très bien. Appelle-moi quand tu sauras l'heure d'arrivée de ton vol.

Après avoir raccroché, j'ai regagné la chambre de Haley, un petit sourire aux lèvres. Il allait revenir...

53

Tara

Dans la voiture, j'ai composé le numéro de Grace une bonne dizaine de fois avant qu'elle se décide à me répondre.

— Reste en ligne ! ai-je lancé. Je t'en prie, parle-moi jusqu'à mon arrivée.

— Je n'ai pas assez de minutes disponibles, m'man ! C'est un de ces téléphones prépayés... Maman, je voudrais que tu les autorises à me faire passer un test, pour voir si je suis compatible avec cette fille qui est ma sœur. Tu as entendu parler d'elle ? De Haley ? Elle a une leucémie, et une greffe de moelle pourrait la sauver. Ils ont besoin de voir si je suis compatible.

La panique s'est emparée de moi. Que faisaient-ils à ma fille ? Jamais je ne l'avais sentie aussi vulnérable qu'à cet instant.

— Grace...

Le calme de ma voix me surprenait moi-même. Il nous fallait un avocat. Si au moins Ian se décidait à consulter sa foutue boîte vocale...

— Pas de précipitation, ma chérie ! Une fois à l'hôpital, j'irai parler à l'équipe médicale et à tout le monde... Tu as peut-être l'impression de connaître ces gens-là, mais tu te trompes. Nous ne les connaissons pas ! *Tu es ma fille*, ai-je martelé en détachant chaque mot. Tu comprends ? Personne ne te touchera sans mon autorisation. Dès mon arrivée, on tirera cette affaire au clair.

Emerson m'a jeté un bref regard interrogateur.

— Elle risque de mourir, insistait Grace. M'man, je ne sais pas quoi faire...

Je connaissais ce ton. Elle avait peur. Elle comptait sur mon refus et elle voulait que je la protège. Je connaissais ma fille beaucoup mieux que je ne le croyais.

— J'arrive dans...

Je me suis tournée vers Emerson.

— Dans combien de temps ?

— On y est presque. Tout dépend de la circulation.

Au bord des larmes, j'ai dit à Grace que je serais là incessamment et que nous allions nous en sortir, elle et moi. J'aurais voulu que notre conversation se prolonge, mais elle a raccroché sans un mot de plus.

J'ai éteint mon téléphone en maugréant.

— Que se passe-t-il ? m'a demandé Jenny, penchée au-dessus de la banquette.

— Il semblerait que la fille d'Anna Knightly ait besoin d'une transplantation de moelle osseuse. Ils veulent faire passer un test à Grace pour voir si elle est compatible.

— Sans blague ! s'est indignée Emerson. Ces gens n'ont pas de cœur.

— Grace vient les voir, et ils la considèrent comme un paquet de cellules plutôt que comme un être humain ? M'man, accélère !

Jenny trépignait, je l'ai rassurée :

— Ne t'inquiète pas, personne ne pourra la toucher sans mon accord.

Mon téléphone sonnait. Le numéro de Ian s'est affiché sur l'écran. J'ai presque hurlé :

— Ian !

— Tara, désolé que tu aies appris...

— Je suis folle de rage contre toi, mais, dans l'immédiat, je te demande juste de m'aider. Tu comprends ?

— Cette Mme Knightly... Surtout ne lui parle pas, Tara. Repars immédiatement avec Grace. Arrange-toi pour que l'avocat de cette femme me contacte, et nous discuterons ensemble. Je vais appeler certaines de mes connaissances dans les services de police de Wilmington. En attendant, mets Grace en lieu sûr.

— Très bien.

— Je me doute que tu...

— Ian, je ne veux pas occuper la ligne, au cas où Grace me rappellerait.

— D'accord, on se reparle plus tard.

Après avoir raccroché, j'ai passé une main sur mon front. Je transpirais à grosses gouttes.

— Il m'a dit de repartir immédiatement avec Grace ! Elle doit être si effrayée...

Sentant ma culpabilité revenir en force, je me suis tournée vers Jenny.

— Dis-moi quels sont mes torts et pourquoi je n'arrive plus à rien avec elle !

— C'est un problème banal de communication entre adultes et enfants... a suggéré Jenny, indulgente.

— Non !

— Bien sûr que si ! a insisté Emerson.

Je ne quittais pas Jenny des yeux.

— Ta mère et toi, vous avez une bien meilleure relation que Grace et moi. J'ai l'impression d'avoir raté mon coup.

— Tu n'as rien raté du tout ! a proclamé Jenny. Grace est une fille extrêmement sensible – plus sensible que la moyenne – et c'est parfois difficile de parler avec elle.

Quoi qu'elle en dise, je la trouvais généreuse à mon égard. Sam n'avait jamais eu le moindre problème avec Grace. J'ai repensé aux paroles de Noelle, quand elle avait prononcé l'éloge funèbre : « Sam était un virtuose de l'écoute, ce qui faisait de lui un si bon avocat, un si bon mari, un si bon père. » Sa voix s'était brisée dans le silence de l'église, et elle avait ajouté : « Et un si bon ami. »

Oui, un si bon père... Il avait l'art de garder son calme avec Grace, tandis que j'éprouvais toujours le besoin de discuter, de bouger, d'agir.

Emerson a tendu un doigt devant elle.

— Un panneau indique la direction de l'hôpital. Tu préfères que nous venions avec toi ou que nous t'attendions à la cafétéria pendant que tu vas chercher Grace ? Notre présence risque d'accroître la confusion, à ton avis ?

J'aurais adoré qu'Emerson m'accompagne pour me soutenir moralement, mais puisque j'allais repartir illico en emmenant Grace avec moi, comme me l'avait conseillé Ian, on pouvait éviter de faire notre numéro à quatre.

— Allez toutes les deux à la cafétéria, ai-je répondu. Mais laisse ton portable allumé, Emerson, au cas où. D'accord ?

L'hôpital a surgi devant nous : un imposant volume de verre et d'acier. Ma fille était là-dedans. Comment avait-elle eu le courage d'y pénétrer ? De conduire toute seule jusque-là ? Elle était d'une extrême sensibilité, comme me l'avait rappelé Jenny. Je voulais maintenant explorer sa sensibilité dans toute sa profondeur, mais je craignais qu'il ne soit déjà trop tard...

54

Grace

Anna se déplaçait dans la chambre. Elle changeait la disposition des livres, des télécom-
mandes, des boîtes de mouchoirs et des verres,
tandis que Haley parlait d'un film qu'elle avait
vu et que je ne quittais pas le seuil du regard.
Nous attendions toutes les trois l'arrivée de ma
mère. Tout allait changer, avec ma maman
présente. Elle prendrait la direction des opérations et j'ai réalisé à quel point je comptais sur
son intervention.

Nous parlions de choses absolument sans
intérêt – mon lycée, la Vieille Ville d'Alexandria,
Wilmington – comme si j'étais juste venue leur
rendre visite, sans être une fille ou une sœur.

Je tressaillais chaque fois que j'apercevais
quelqu'un dans le couloir, et elle a fini par apparaître. Ma mère. Difficile de la reconnaître : elle
était si pâle, si exténuée... Quand j'ai bondi du
canapé, droit dans ses bras, la couverture a glissé
de mes épaules.

— Maman !

Tout ce que j'avais vécu ces dernières vingt-
quatre heures m'accablait brusquement : la
lettre montrée par Jenny, ces centaines de

kilomètres sous une pluie battante, la recherche d'Anna Knightly. Les muscles de mes jambes ne répondaient plus et je me serais effondrée si ma mère ne m'avait pas soutenue.

— Ma chérie, ma fille chérie, tout va bien, je suis là...

Elle chuchotait d'une voix douce à mon oreille ; je me suis agrippée à elle.

— Pardonne-moi d'être partie sans prévenir !

— Ce n'est rien, a-t-elle dit, les larmes aux yeux. Ça n'a aucune importance.

J'aurais pu rester toute ma vie comme ça, blottie dans ses bras. Mais je sentais la présence d'Anna derrière moi, et Haley nous observait depuis son lit. Je me suis détachée de son étreinte et j'ai dit à Anna :

— Voici ma mère.

Maman s'est approchée d'elle, une main tendue :

— Tara Vincent...

— Anna Knightly, et je vous présente ma fille, Haley.

Maman a salué Haley, puis, un bras autour de mes épaules, elle s'est adressée à Anna :

— J'ai parlé à mon avocat. Il va prendre contact avec vous.

La tête inclinée sur le côté, Anna ne semblait pas apprécier ce qu'elle venait d'entendre.

— Pourrions-nous parler une minute, s'il vous plaît ? De mère à mère ?

Ma mère n'avait sûrement pas réalisé que ce qui se jouait dans cette chambre était une question de vie ou de mort.

J'ai murmuré :

— M'man, on ne peut pas partir comme ça.

Elle nous a regardées l'une après l'autre en disant qu'elle voulait parler d'abord à sa fille en tête à tête. Je suis sûre qu'Anna avait peur que maman m'emmène avec elle. Et moi je ne demandais qu'à partir, mais je n'aurais pas osé.

— Il y a une petite pièce, presque toujours vide, au bout du couloir. Allez-y, a finalement proposé Anna.

Maman m'a pris la main dans le couloir, comme si j'étais une petite fille. *Sa* petite fille. J'aurais tellement souhaité l'être !

55

Tara

Tant de choses me venaient à l'esprit. J'aurais voulu lui poser des milliers de questions au sujet de ses craintes et de son trouble, savoir exactement ce qu'elle pensait et ressentait. J'aurais voulu lui affirmer qu'elle serait toujours ma fille, que je n'autoriserais personne à nous séparer, que son corps lui appartenait... Rien ne l'obligeait à offrir ne serait-ce qu'une de ses cellules pour savoir si elle était compatible avec une inconnue, allongée sur un lit d'hôpital !

Pourtant, je n'ai rien dit de tout cela quand on s'est assises sur la causeuse, dans la petite pièce. Je n'ai posé aucune question. Je croyais sentir Sam auprès de moi, et sa présence m'apaisait. Il aurait écouté Grace sans l'influencer, sans la titiller, car il savait comment aimer notre fille.

Je me suis contentée de chuchoter :

— Je t'aime.

Elle a fondu en larmes aussitôt, en me demandant pardon – pour la deuxième fois – d'être partie sans prévenir. Elle se jugeait stupide et je l'ai rassurée :

— Ce n'est rien. Tout ce qui compte, c'est que tu sois saine et sauve.

— J'aurais préféré ne jamais apprendre que tu n'es pas ma mère.

— Je le croirai quand nous aurons fait un test ADN, mais un test ne changera jamais mes sentiments pour toi, Grace.

Elle a enroulé une mèche de ses cheveux autour d'un doigt.

— Je suis souvent furieuse contre toi et il m'arrive de te détester, mais aujourd'hui je ne me rappelle même plus pourquoi tu me mets parfois dans cet état. Je voulais aller voir Cleve, tu m'en as empêchée, et j'étais folle de rage ; maintenant ça me paraît absurde.

J'ai hoché la tête pour que Grace sache que je l'écoutais.

— En ce moment, je ne pense même plus à Cleve. Il est pratiquement le dernier de mes soucis.

Elle a arrêté de jouer avec ses cheveux en se penchant vers moi.

— Je ne sais plus qui je suis, m'man.

J'aurais aimé lui dire qui elle était. L'écrivain en herbe de la famille, la jeune fille sensible qui avait tant de choses à exprimer sur du papier. Le trésor de son père et le fil qui nous avait toujours liés l'un à l'autre. (Au diable les liens du sang !) La beauté qui, en vérité, ne ressemblait ni à lui ni à moi. Ma fille que je voulais apprendre à connaître.

J'ai opté finalement pour les mots les plus simples, à la manière de Sam.

— Tu es toujours Grace.

J'avais visé juste, car elle a légèrement froncé les sourcils en m'observant, et j'ai eu la conviction que les rouages de son esprit se mettaient en marche.

— Je ne veux pas perdre Grace, m'man, même si je souhaite si souvent ne pas être… moi, et être davantage comme toi…

Elle aurait souhaité me ressembler. Première nouvelle ! Sur le point de lui demander pourquoi, j'ai réussi à me taire.

— J'aimerais aussi ressembler à Jenny. Tout le monde l'aime. Moi, je ne sais jamais quoi dire aux gens et je me sens si… différente. Je suis spéciale.

Non, tu ne l'es pas ! J'allais riposter, mais Grace a continué à parler sans me laisser la possibilité d'intervenir.

— Je ne veux pas être la fille de quelqu'un d'autre. Haley est sympathique. Elle est cool… Mais tout le monde a l'air de vouloir que je lui sauve la vie, et… je t'en prie… Tu peux m'éviter tout cela ?

Je me suis rapprochée d'elle et je l'ai prise dans mes bras.

— Nous voulons exactement la même chose, toi et moi, Grace.

J'ai caressé ses cheveux d'une main, un geste qu'elle ne tolérait plus depuis bien longtemps…

— J'aimerais t'éviter tout cela, mais je me demande comment faire.

Moi qui avais l'habitude de prendre les choses en main, je n'avais jamais eu l'impression de perdre le contrôle à ce point.

— En tout cas, ai-je ajouté, je te promets de ralentir le mouvement.

— Elle risque de mourir si je ne lui donne pas ma moelle épinière.

Sur le point de rectifier son erreur, je n'ai pas bronché. Elle me semblait si petite, dans mes bras. Un enfant qui ne faisait pas la différence entre moelle *osseuse* et moelle *épinière* ! Je la laisserais être cet enfant aussi longtemps que possible.

Sa joue sur mon épaule et son souffle dans mon cou, elle a murmuré :

— Ton bébé est mort...

Je savais que, tôt ou tard, ce bébé fantôme se fraierait un chemin jusqu'à mon cœur, mais le moment n'était pas encore venu.

— Ce n'est pas à ce bébé mais à toi que je pense, ai-je répliqué.

— M'man, s'il te plaît, je peux rester avec toi pendant que tu parles à Anna ?

Quand Ian m'avait conseillé de repartir sans attendre avec Grace, il m'avait semblé que c'était le bon sens même. Mais je n'étais pas encore entrée dans cette chambre d'hôpital où Anna Knightly avait cessé d'être un simple nom pour devenir une femme. Une mère !

J'ai serré Grace plus fort contre mon cœur : elle avait peur qu'Anna me persuade de la lui livrer sans résistance. Je comprenais si bien ma fille ce jour-là... L'avais-je toujours comprise sans le savoir ?

— Oui, lui ai-je répondu, tu peux rester avec moi, car tout cela te concerne personnellement.

56

Anna

Cette femme, Tara, a voulu que Grace reste avec nous quand on s'est installées dans la petite pièce. A mon avis, il aurait été préférable qu'elle n'assiste pas à notre discussion. Elle pouvait tenir compagnie à Haley pendant que nous parlions, mais Tara et Grace s'étaient liguées contre moi, à deux contre une. Très bien, après tout, car si Grace était *ma* Lily, je ne pouvais qu'apprécier de la sentir aimée et protégée, elle qui me semblait si fragile... Et puis, ça ne me regardait pas.

Grace ressemblait certainement beaucoup plus à Tara qu'à moi, tout en ressemblant fort peu à chacune de nous. Assises sur la causeuse, elles se tenaient par la main. Elles avaient probablement des cheveux bruns sous leurs reflets blonds et leurs yeux étaient marron, mais leurs traits étaient dissemblables. Je ne pouvais m'empêcher de les observer et de comparer leurs nez, la forme de leurs lèvres, la courbe de leurs sourcils.

Je ne parvenais pas à ressentir quoi que ce soit pour Grace, sauf qu'elle représentait un donneur potentiel pour Haley. Cette froideur de ma part me contrariait... Jamais je ne me serais crue capable d'une telle indifférence à la perspective d'avoir ma fille disparue assise en face de moi.

— Je ne comprends pas ce qui a pu se passer, m'a dit Tara. Vous viviez à Wilmington ?

— Je m'interroge de mon côté depuis plusieurs heures, ai-je admis, éprouvant en fait le besoin de tout récapituler. Non, je ne vivais pas dans cette ville, mais j'étais représentante en pharmacie et je me rendais souvent à Wilmington. A l'époque, Bryan, mon mari, était cantonné à l'étranger. J'étais enceinte d'environ trente-cinq semaines quand j'ai eu des contractions. J'étais alors en déplacement à Wilmington et j'ai accouché prématurément de Lily. Elle pesait déjà trois kilos et était en bonne santé, mais j'avais une tension trop élevée... Quelques heures après la naissance de ma fille, je suis tombée dans le coma.

— Mon Dieu ! a murmuré Tara.

— On m'a transportée à l'hôpital universitaire de Duke. Toujours en Somalie, Bryan a demandé une permission pour rentrer ; évidemment, je n'avais pas la moindre notion de ce qui se passait. A son retour, il a pris une chambre d'hôtel près de l'hôpital. J'imagine que c'était une période effroyable pour lui...

Je n'avais jamais vraiment réfléchi aux terribles difficultés qu'il avait rencontrées alors !

— Notre maison était à Alexandria, notre nouveau-né à Wilmington, et moi dans le coma à Durham. Quand Bryan a appelé l'hôpital de Wilmington au sujet de Lily, elle n'y était pas. On lui a répondu qu'elle avait dû être transférée en même temps que moi, mais les urgentistes qui s'étaient occupés de moi n'avaient pas enregistré la présence d'un bébé. Elle – j'ai tourné les yeux vers Grace – s'était donc évanouie dans la nature, sans aucune déclaration de naissance. Bryan ignorait même le nom du médecin qui l'avait mise au monde.

J'ai repris mon souffle un instant, avant de poursuivre mon récit :

— Quel gâchis ! J'ai passé un peu plus de deux semaines dans le coma. Grâce à Dieu, j'ai eu très peu de séquelles. Une petite faiblesse du côté gauche, de légers troubles de la vue et de l'élocution. Encore aujourd'hui, ma main gauche manque de force... Ma mémoire était défaillante et j'avais oublié le nom de mes médecins ; mais je me souvenais parfaitement que j'avais eu un beau bébé et je voulais qu'on me le rende.

— C'est si triste... a dit Tara.

Au même instant, je l'ai vue serrer très fort la main de Grace dans la sienne, comme si elle comptait ne plus jamais la lâcher.

— Quand j'ai été en état de me déplacer, on est allés à Wilmington. Lily devait avoir sept semaines environ... On se disait que les autorités avaient pu la prendre pour un bébé abandonné – ce qui n'était pas totalement faux – et qu'elle avait été placée en nourrice. On a donc exploré le système d'accueil...

— Quelle épreuve ! a déclaré Tara, toujours accrochée à la main de Grace.

— J'ai vu la lettre que m'a écrite votre sage-femme, ai-je ajouté après sa remarque, et... je suis outrée que... Vous vous doutiez de quelque chose ?

— De rien du tout ! Noelle est morte récemment... Tu en as parlé, Grace ?

Grace a hoché la tête.

— Noelle s'est suicidée, a précisé Tara. Mon amie et moi, on a trouvé la lettre ; on s'est donc mises en quête de cette Anna à qui Noelle écrivait. On a fini par découvrir que c'était vous, mais on ne savait pas à qui appartenait le bébé qu'elle... Le bébé qui était mort... L'idée ne nous a jamais effleurées qu'il pouvait s'agir du mien.

— Vous n'aviez pas vu votre bébé ? Vous n'auriez pas remarqué s'il avait été différent tout à coup ?

— J'ai accouché en pleine nuit, après d'interminables contractions, m'a répondu Tara. Quand Noelle a déposé mon enfant dans mes bras, le matin, je suppose qu'elle avait déjà fait l'échange, car il s'agissait bien de Grace.

— Votre sage-femme ne m'inspire pas beaucoup de sympathie !

— Elle a agi d'une manière impardonnable ! s'est écriée Tara, mais il y a d'autres facettes de sa personnalité...

— Parle-lui du programme pour les bébés, m'man, est intervenue Grace.

— Si tu t'en chargeais toi-même ? Tu es plus impliquée que moi dans cette affaire.

— Eh bien, m'a expliqué Grace, elle a mis sur pied une organisation pour venir en aide aux prématurés, aux bébés de familles démunies, aux nouveau-nés malades... Elle a gagné le prix du Gouverneur, mais elle n'a pas voulu l'accepter...

J'avais si peur de m'attacher à cette petite que j'évitais de la regarder. Je me suis adressée à Tara, en faisant un grand geste dans les airs qui nous englobait toutes trois :

— Sans doute s'estimait-elle indigne d'une récompense.

— Oui, peut-être... a fait Tara en enlaçant Grace. Il nous faut un test ADN, et je pense que nous ferions bien de prendre un avocat, vous et moi. Ce qui ne signifie pas que nous allons entrer en conflit...

Je l'ai approuvée aussitôt.

— Effectivement, nous avons besoin d'y voir clair ; mais j'ai expliqué à Grace que Haley est dans l'attente d'une greffe de moelle osseuse. Nous cherchons un donneur... Haley est extrêmement malade... En phase *terminale*... ai-je précisé en frissonnant à ce mot. Tout à l'heure, Grace m'a donné son accord...

— Grace n'avait pas réalisé de quoi il s'agissait ! s'est indignée Tara. Je suis navrée, mais je dois mettre un frein à cette démarche. Prenons les choses un peu plus posément... Je vais prier mon avocat de contacter le vôtre, et j'écouterai ses conseils en ce qui concerne la marche à suivre.

Pour un peu, j'aurais bondi de mon siège pour bloquer la porte ; heureusement, mon expérience professionnelle m'avait appris à me maîtriser... Pas de larmes... Surtout pas de larmes !

— Dans un monde normal, votre réaction serait logique... Mais je vous en prie, Tara, comprenez-moi !

Ma voix chevrotait malgré moi.

— J'ignore si Grace est réellement Lily...

Je me suis tournée vers Grace.

— Excuse-moi de parler de toi à la troisième personne. Mais supposons que Grace soit Lily, qu'elle soit compatible avec Haley et que nous nous en apercevions trop tard... On n'a pas encore trouvé de donneur compatible, et un frère ou une sœur a huit chances sur dix de convenir !

Tara a secoué la tête.

— Vous lui en demandez trop. Cette décision ne peut pas être prise dans l'immédiat.

— Mais je veux le faire ! Je dois le faire ! s'est exclamée Grace en fixant sa mère.

— Ma chérie, tu n'as aucune obligation, a protesté celle-ci.

— J'y tiens, m'man.

Pourvu que Tara ne s'interpose pas ! ai-je pensé. Un avocat nous aurait sûrement dit d'attendre, mais, en l'occurrence, nous étions deux mères et deux filles...

J'ai vu Tara fléchir, puis elle a cédé en murmurant :

— Très bien, Grace. Si tu es sûre...

57

Emerson

La glace de Jenny avait fondu en une soupe couleur moka qu'elle faisait tournoyer dans sa coupe avec sa cuillère. Je n'avais pratiquement pas touché à ma salade. Assises près d'une vitre de la cafétéria, nous nous sentions comme dans une bulle, parmi les bavardages des médecins, des infirmières et des visiteurs.

Aurions-nous dû accompagner Tara dans la chambre de cette jeune fille ? J'avais estimé qu'il valait mieux les laisser en petit comité, et que deux personnes supplémentaires n'auraient fait qu'ajouter à la confusion. Je m'étais réjouie que Tara ne souhaite pas notre présence, car je n'aurais pas supporté de la voir se débattre avec tous ces problèmes. Je me sentais si coupable ! Coupable de ne pas lui avoir dit immédiatement que je soupçonnais Grace d'être la fille d'Anna Knightly. Coupable à l'idée que ma propre fille avait révélé à Grace une vérité cruelle. La pensée de ce que Tara éprouvait à cet instant me tourmentait.

J'imaginais la conversation entre Tara et Anna Knightly, deux mères se battant pour leur fille. Evidemment, Grace serait toujours la fille de

Tara. Une autre hypothèse était invraisemblable. Mais on avait volé son bébé à Anna... N'allait-elle pas exiger qu'on lui rende au moins une part de ce qu'on lui avait dérobé ?

Jenny a repoussé sa coupe.

— Je suis vraiment désolée...

Combien de fois m'avait-elle déjà présenté des excuses ?

— Ecoute ! ai-je murmuré en écartant mon assiette. Tu as eu tort de ne pas m'avouer que tu avais surpris ma conversation avec Ian... J'ai eu tort de ne pas parler immédiatement à Tara... Mais cela ne change rien au fait que Noelle a agi comme elle a agi, et que tout le monde en subit les conséquences. Nous devons donc, toi et moi, aider Tara et Grace à faire face.

— Je ne veux pas que Grace aille vivre dans une autre famille et...

— A mon avis, c'est peu probable. A seize ans, elle aura son mot à dire au moment de la prise de décision. Et peux-tu imaginer Tara disant à cette femme « bien sûr, je vous la rends » ?

— Que ferais-tu si tu étais à la place de Tara ?

J'ai soupiré, les yeux au plafond.

— J'accorderais toute ma sympathie à cette Anna Knightly, mais j'agirais comme, je l'espère, Tara agit maintenant. J'emmènerais Grace et je laisserais les avocats se débrouiller entre eux !

J'étais pourtant inquiète. Nous avions hésité, Jenny et moi, à manger quelque chose, car nous pensions que Tara nous appellerait sans tarder. Près de quarante minutes s'étaient écoulées. Pourquoi était-ce si long ?

— Et toi, Jenny, comment ferais-tu si tu étais maintenant à la place de Grace ?

Elle s'est mordu les lèvres.

— J'aurais envie de connaître ces gens... ma seconde famille, mais je n'admettrais pas qu'ils cherchent à me détacher de toi et papa. Je les en empêcherais par tous les moyens ! Et puis, je serais triste que ton bébé soit mort de cette manière. C'est affreux... Pauvre Tara !

— Oui, je n'ose même pas y penser.

— Grace doit se sentir si mal...

J'ai regardé ma fille dans les yeux.

— Tara et elle auront sûrement besoin de notre aide, Jen.

— Nous aurions dû les accompagner dans la chambre.

Jenny était plus courageuse que moi.

— Tu voudrais être avec Grace ? lui ai-je demandé.

Elle a acquiescé d'un signe de tête et je me suis levée.

— Dans ce cas, allons tout de suite les rejoindre.

58

Grace

Egale à elle-même, ma mère bavardait avec Haley et Anna, tandis que nous attendions, sur le canapé de la chambre, qu'une infirmière vienne me faire un prélèvement. Quelqu'un avait apporté une chaise pour que tout le monde puisse s'asseoir. Comme j'avais encore froid, je m'étais drapée à nouveau dans la couverture bleue qui me tenait lieu d'armure. Je me demandais ce que je devais souhaiter. Si j'étais compatible, j'avais peur de la suite des événements. Si je ne l'étais pas, Haley risquait de mourir...

Quand je raisonnais de cette manière, j'avais la sensation d'être dans une impasse.

Ma mère était aussi anxieuse que moi. Elle parlait à cent à l'heure (rien d'étonnant de sa part), et en moins de dix minutes elle avait appris l'essentiel sur l'environnement de Haley et d'Anna en Virginie, les études de Haley, et des tas de choses de ce genre. Elle se comportait comme la Tara Vincent de tous les jours, mais son regard faisait des allers et retours entre Haley et Anna d'un côté, la porte ouverte de la chambre de l'autre. Elle s'était assise tout contre moi et ne cessait de me toucher depuis son arrivée à l'hôpital. Ça me faisait plaisir. J'avais envie de dire à Anna : *C'est à elle que j'appartiens ! Je sais que je suis votre bébé et que quelqu'un m'a enlevée, mais j'appartiens à la maman qui m'a élevée. Vous comprenez ?*

Pendant que ma mère papotait, Anna et Haley ne me quittaient pas des yeux, comme si j'étais une pêche qu'elles hésitaient à acheter chez le marchand de quatre-saisons.

À bout de nerfs, je leur ai crié :

— Pitié, arrêtez de me regarder comme ça !

Maman s'est encore rapprochée de moi, mais Anna et Haley ont ri.

— C'est plus fort que nous, a dit Anna.

— J'aimerais tellement avoir un peu de tes cheveux, a murmuré Haley.

Existait-il un moyen de lui en donner une partie ? De les couper pour que l'association les Mèches de l'amour en fasse une perruque ? Mais peut-on choisir la personne à qui l'on destine sa chevelure ?

Je me posais cette question quand Emerson et Jenny sont apparues sur le seuil.

— Toc, toc, a fait Emerson. Nous voulions seulement voir ce que deviennent Tara et Grace...

Anna a bondi sur place comme si quelqu'un l'avait piquée avec un aiguillon, et Haley s'est brusquement assise dans son lit en marmonnant « Sacré nom de Dieu ! » entre ses dents.

Ensuite, tout a dérapé.

59

Noelle

Wilmington, Caroline du Nord
1994

Elle avait déjà effectué des accouchements difficiles et éprouvants, quand une naissance *a priori* sans complications devenait brusquement problématique ; mais la venue au monde de Grace resterait à jamais l'une des expériences les plus effroyables de sa vie professionnelle.

Tara l'avait appelée de bonne heure ce matin-là pour la prévenir que le travail avait commencé. Au lieu d'ingurgiter son cocktail habituel de drogues pour calmer son mal de dos, elle s'était contentée de placer des pincées de curcuma entre sa joue et sa gencive. Les plantes médicinales avaient du bon en obstétrique, mais se révélaient décevantes dans son cas. Ses douleurs avaient empiré depuis quelque temps. Seuls les médicaments la soulageaient, et elle bénissait les inventeurs du Percodan et du Valium.

Pendant que se déroulait le long travail épuisant de Tara, elle souffrait à tel point qu'elle devait par moments cacher ses larmes. Tara et

Sam n'étaient pas censés s'inquiéter à son sujet, alors qu'ils avaient avant tout besoin de se concentrer sur eux-mêmes. Pour sa part, elle était tiraillée entre sa tâche immédiate et les comprimés qu'elle avait dans son sac. Un Percodan, *un seul*, allégerait sa douleur... mais elle se refusait à en prendre.

Vers quatre heures de l'après-midi, un appel d'Emerson, en larmes, lui annonça que sa poche des eaux s'était rompue et qu'une voisine la conduisait à l'hôpital. Ted assistait à un congrès d'agents immobiliers en Californie ; elle était donc seule pour affronter ses contractions.

— Ted revient par le premier avion, précisa-t-elle, mais il doit changer à Chicago. Ça va prendre un temps fou !

— Tu es entre d'excellentes mains, lui répondit-elle, faute de mieux.

Sans Ted ou ses deux meilleures amies à ses côtés, Emerson souffrirait moralement, mais sa sécurité semblait assurée du point de vue médical. En principe, tout irait bien ; elle avait déjà perdu deux bébés, et Noelle ne pouvait imaginer autre chose que la naissance sereine d'une petite fille en parfaite santé.

Elle chercha à l'apaiser et à lui remonter le moral par téléphone, pendant ses contractions. Dès que Tara aurait accouché et que la mère et le bébé seraient hors de danger, elle conseillerait à Tara et Sam d'appeler la doula avec qui elle travaillait depuis plusieurs années. Tara connaissait Clare Briggs et serait en confiance avec elle. Si Emerson était encore en travail, elle pourrait courir à l'hôpital lui tenir compagnie.

Tard dans la nuit, alors que Ted était coincé à Chicago et que Tara luttait contre l'angoisse et la douleur, Noelle apprit, en appelant l'hôpital, qu'on faisait une césarienne en urgence à Emerson. Comme elle aurait voulu être là pour tenir la main de sa sœur ! Elle était restée en contact avec le service, dont elle connaissait presque toutes les infirmières. Quand on lui annonça que Jenny était née et que la mère et l'enfant allaient bien, elle poussa un soupir de soulagement.

Elle versa du jus de pomme dans trois verres et, entre deux contractions de Tara, ils portèrent un toast à la naissance de Jenny McGarrity Stiles. Seul à connaître sa relation avec ce bébé, Sam, assis au bord du lit, pressa sa main entre les siennes. Elle avait hâte de voir sa nièce, mais elle avait d'abord un bébé à mettre au monde.

Son métier de sage-femme était éprouvant sur le plan physique. Se baisser, se pencher, se retourner étaient inhérents à la charge et, pour la première fois de sa vie, Noelle n'était pas sûre d'y parvenir. La torture que lui infligeait le bas de son dos ne diminuait pas ; elle jouait à nouveau avec l'idée de prendre un comprimé. *Un seul !* Elle les entendait presque l'appeler depuis son sac, dans la cuisine. En ayant moins mal dans ses mouvements, elle serait plus efficace, mais elle ne voulait pas céder à la tentation. Elle avait conscience du danger, car l'enfant se présentait par le siège. Le bébé était coincé. Et

478

elle savait que la meilleure option consistait à faire hospitaliser Tara pour stimuler ses contractions avec de l'ocytocine. Tara sanglotait à cette idée.

Noelle objectait qu'un bébé en bonne santé valait mieux qu'un accouchement à domicile, mais qu'elle ferait le maximum avant d'opter pour cette solution. Elle cherchait à dissocier l'intérêt d'un transfert à l'hôpital de son envie indéniable de rejoindre Emerson et son nouveau-né. Elle avait également besoin d'en finir avec cet accouchement pour prendre un analgésique de plus en plus indispensable. Sam et elle œuvraient de concert, soutenant physiquement Tara, la changeant de position sur le lit, la faisant marcher autour de la chambre et lui donnant des herbes médicinales. En somme, tout ce qui pourrait aider cette petite fille qui ne demandait qu'à naître.

Elle tenta une rotation manuelle, la dernière option possible avant une hospitalisation. Cette manœuvre délicate lui sembla durer une éternité, et sans doute plus encore à Tara... Il lui aurait fallu une assistante : quatre mains, et pourquoi pas cinq ? Enfin, le bébé se mit en bonne position ; son cœur battait à un rythme normal. Quelques secondes après, il venait au monde. Dans la moiteur sombre de la chambre, l'épuisement et le soulagement étaient à leur comble.

Elle baignait le nouveau-né dans la cuisine quand Sam entra pour assister au spectacle.

479

— Tara va bien ?

Elle le rassura, car son angoisse avait été presque palpable au moment où Tara avait brièvement perdu conscience, après l'accouchement. Elle savait combien il aimait sa femme et en avait la preuve dès qu'elle était en leur compagnie : un réel bonheur l'envahissait alors devant ces deux êtres chers, ainsi qu'une envie poignante qui n'avait jamais faibli. Maintenant qu'un enfant était venu sceller l'union de Tara et Sam, elle se félicitait d'être à quelques mois seulement de son mariage avec Ian. Pour la première fois de sa vie, elle avait quelqu'un avec qui faire des projets d'avenir. Son désir d'avoir des enfants, une famille unie par les liens du sang, allait bientôt se concrétiser.

Elle renvoya Sam au chevet de Tara, finit d'examiner le nouveau-né et appela Clare Briggs pour qu'elle vienne. Elle enveloppa ensuite le bébé dans des couvertures chaudes, avant de le déposer avec précaution au bout de l'îlot sur une serviette moelleuse, tout en fouillant dans son sac à la recherche de ses comprimés. L'accouchement était enfin terminé ! Clare serait là d'une seconde à l'autre, et elle avait droit à un moment de répit.

Sam et Tara étaient blottis l'un contre l'autre quand elle amena le nouveau-né dans la chambre. Tara ébaucha un sourire et tendit les bras vers sa fille.

— Nous l'appellerons Noelle, proclama Sam.

Il lui avait donc pardonné la nuit sur la plage, mais elle ne pouvait en aucun cas accepter cette attention touchante. D'autant plus qu'il lui arrivait encore – comme à cet instant précis – de se sentir coupable...

— Non, surtout pas ! Promettez-moi de ne pas affubler ce bébé de mon nom !

Sa véhémence dut les surprendre, car ils firent promptement machine arrière. Elle se sentit rassurée. Comment aurait-elle pu laisser Tara, dans sa naïveté, donner son nom à sa fille ?

Clare fit irruption dans la maison avec son aplomb habituel, qui mettait les nouveaux parents à l'aise. Noelle s'assura que tout le monde se sentait en confiance et partit pour l'hôpital. Bien qu'épuisée, elle ne pouvait attendre une seconde de plus pour vérifier l'état d'Emerson et voir sa nièce – un bébé qui lui ressemblerait peut-être. Elle s'en réjouissait, tout en espérant qu'une ressemblance trop évidente n'attire pas l'attention.

Elle reprit un Percodan avant de quitter Sam et Tara, car elle avait souffert le martyre pendant les dernières vingt-quatre heures. Tandis qu'elle roulait vers l'hôpital, ses douleurs commencèrent à s'atténuer, les muscles de son dos se détendirent peu à peu, et ses mâchoires contractées se relâchèrent. A son entrée dans l'unité d'obstétrique, elle avait l'impression délicieuse de flotter. Elle avait presque le tournis tant elle était à la fois soulagée, exténuée, et excitée en pensant au bébé d'Emerson.

Elle aimait l'unité d'obstétrique la nuit, quand elle était faiblement éclairée et quasi silencieuse.

On l'avait organisée en modules de quatre chambres chacun, au centre desquels se trouvait un poste d'une ou deux infirmières. Dans le module d'Emerson, Jill Kenney, qu'elle connaissait depuis des années, était penchée sur l'un des deux berceaux en plastique, près du comptoir, et changeait les couches d'un nourrisson couleur caramel.

Jill lui sourit d'un air las. Elle semblait avoir passé une nuit longue et pénible.

— Salut, Noelle, je parie que tu viens pour le bébé Stiles. Je m'attendais à te voir plus tôt...

Elle lui rendit son sourire.

— Une autre de mes amies accouchait à domicile ! Je leur demanderai de planifier un peu mieux leurs enfants la prochaine fois.

Debout sur le seuil du module, elle croyait rêver : son dos avait la souplesse et la douceur du coton, et, miraculeusement, elle ne souffrait plus.

Jill se redressa et alla se laver les mains dans l'évier.

— Le bébé s'appelle Jenny. Pas Jennifer, Jenny... Joli, n'est-ce pas ?

Noelle s'approcha des berceaux.

— Qui sont ces deux-là ?

Assise au comptoir, Jill se frictionnait la tempe du bout des doigts ; sa pâleur contrastait fortement avec ses cheveux noirs, coupés court. Elle lui désigna le nouveau-né à la peau plus sombre.

— La maman de celle-ci avait besoin de repos.

— Tu ne te sens pas bien ? s'alarma Noelle.

— Pas bien du tout ! J'ai la migraine. Therese prend bientôt la relève et je vais rentrer chez moi, mais ça a été une nuit de folie. Toujours la même histoire, non ?

Après avoir jeté un coup d'œil à l'un des écrans du comptoir, Jill pressa deux touches de son clavier.

— Il n'y a jamais autant de travail que les fois où on n'est pas en forme !

Noelle l'approuva, avant de la questionner au sujet du second berceau :

— Et cet autre bébé, que fait-il là ?

— Un cas tragique ! La maman a eu une attaque et elle est dans le coma.

— Mon Dieu, soupira Noelle en plongeant son regard dans le berceau.

Les fins cheveux bruns du poupon dépassaient sous son petit bonnet tricoté. Trois kilos, pensa-t-elle. (D'un regard, elle était capable d'estimer le poids d'un nouveau-né.) Un teint parfait. L'état de la mère ne semblait pas avoir affecté l'enfant le moins du monde.

— La mère va être transférée au CHU de Duke. Je ne sais pas s'ils ont décidé d'envoyer le bébé avec elle ou de le placer dans l'unité pédiatrique…

Une main plaquée sur le comptoir, Noelle avait hâte d'aller s'asseoir dans la chambre d'Emerson, car ses jambes flageolaient légèrement.

— Pronostic de la mère ?

Jill hocha la tête et tressaillit, à croire que ce mouvement n'avait eu aucun effet positif sur sa migraine.

— Pour l'instant, ce n'est pas bon. En plus, le père est absent. Tu te rends compte ? La maman a accouché quatre semaines avant la date prévue. Elle était ici en voyage d'affaires, donc il n'y a pas de famille. On appellera Ellen à la première heure, à moins qu'on n'emmène la mère et l'enfant ce soir.

Ellen était l'assistante sociale de l'unité d'obstétrique.

— Bien ! dit Noelle. Où est la chambre d'Emerson ?

— Derrière toi. Elle dort, mais j'étais sur le point de changer le bébé et de lui donner son biberon, déclara Jill en lui jetant un regard plein d'espoir. Tu pourrais t'en charger ?

Noelle lui adressa un sourire compatissant. Elle n'ignorait rien de la souffrance physique ; la sienne s'était merveilleusement dissipée et la sensation de flotter dans les airs s'était encore accentuée.

— Tu as vraiment besoin de rentrer chez toi et de t'allonger dans le noir !

Jill jeta un coup d'œil à sa montre.

— J'attends ce moment avec impatience. Therese sera là dans une minute.

— Je m'occupe du bébé Stiles, promit Noelle, une main sur l'épaule de son amie. Prends bien soin de toi !

Emerson dormait profondément dans la pénombre de la chambre. Emue par sa beauté et navrée de ne pas avoir été à son chevet, Noelle se pencha avec une immense tendresse pour

484

l'embrasser sur le front. Elle avait dû se sentir si seule en ces moments pénibles...

— Tu as enfin ton bébé, Em, murmura-t-elle. Ta petite fille...

Après avoir posé le biberon donné par Jill sur une table basse, près du fauteuil inclinable, elle alla se laver les mains avant de s'approcher du berceau.

Bizarrement, elle eut une sensation de déjà-vu, comme si ce n'était pas la première fois qu'elle avait cet enfant sous les yeux. Son petit bonnet rose, bordé de cheveux couleur miel... Son visage aux traits délicats... Et son poids de trois kilos... Au bout d'une seconde, elle réalisa qu'elle le confondait avec le bébé vu juste avant, au poste de Jill. Une seconde seulement de décalage, mais elle avait compris que sa lucidité laissait à désirer.

— Bonjour, mon trésor !

Elle commença à changer la couche de Jenny. Avec une petite grimace, celle-ci remuait en émettant un infime gémissement, tandis que Noelle se mordait les lèvres pour ne pas fondre en larmes.

Le bébé une fois propre et changé, elle le souleva de son berceau, puis alla s'asseoir sur la chaise longue en le tenant dans ses bras. Jenny se mit à cligner des yeux ; elle fronçait ses sourcils à peine esquissés, et ses lèvres adorables s'entrouvrirent comme pour lâcher un cri affamé. Noelle les taquina avec la tétine et ne fut pas peu fière quand la petite se mit à téter sans qu'elle ait à insister davantage. La minuscule main reposait sur la sienne, chaque doigt pareil à une œuvre d'art minutieusement sculptée. Elle se pencha pour déposer un baiser sur son front ; c'était la première fois qu'elle murmurait « je t'aime » à un nouveau-né. Pourtant elle en avait tenu des centaines dans ses bras.

60

Anna

Quand cette fille est apparue sur le seuil, j'ai senti au premier regard que mon cœur s'élançait vers elle, tandis que mon corps restait figé sur place. Debout près du lit de Haley, j'avais une main sur son plateau-table, l'autre contre ma poitrine. Tara s'est approchée de l'adolescente et de sa mère tout en faisant les présentations, mais je ne comprenais pas un traître mot – comme si c'était du chinois. Haley a agrippé ma main et enfoncé ses ongles dans mon poignet ; j'ai réalisé qu'elle ne voyait plus ni Grace, ni Tara, ni l'autre femme. Elle n'avait d'yeux que pour la fille...

Le bourdonnement de la voix de Tara s'est interrompu brusquement. Elle nous dévisageait.

— M'man, dis quelque chose, a supplié Haley.

— Que se passe-t-il ? a demandé Tara.

Si Haley et moi avions aperçu cette fille au cours de nos expéditions dans les rues de Wilmington, nous l'aurions pourchassée sur des kilomètres pour la rattraper. Nous la cherchions depuis si longtemps... Nous aurions su instantanément que nous l'avions retrouvée, comme nous le savions maintenant.

— Est-ce que la sage-femme...

J'ai dû me racler la gorge.

— Est-ce que Noelle t'a mise au monde ?

Je questionnais cette jeune fille bien que je connaisse déjà la réponse. La femme, sur le seuil, l'a enlacée tendrement, avant de répondre à sa place :

— Non, Jenny est née à l'hôpital. Un obstétricien l'a mise au monde.

Elle mentait. Ce n'était pas possible autrement. Mes jambes devenaient pareilles à du coton, mais j'ai fait deux pas pour prendre sur la table de nuit la photo de Haley avec ses cousines Collier, sur les Outer Banks. En la tenant des deux mains comme un objet fragile, je me suis approchée de la femme et de sa fille, restées sur le pas de la porte.

— Voici ma belle-sœur et ses filles, les cousines de Haley. Regardez !

Je savais ce qu'elles voyaient. Quatre gamines aux yeux ronds et sombres, aux cheveux presque noirs et à la peau claire. Des mentons un rien fuyants. Des nez un soupçon trop épatés pour être beaux. J'ai reculé pour rejoindre Haley : au moindre contact avec cette fille, je serais trop tentée de l'attirer dans mes bras. Le simple fait de respirer le même air qu'elle me troublait déjà. C'était elle, enfin *elle*.

Tara et Grace se sont approchées de la femme ; Tara a effleuré le cadre, que j'ai cru voir trembler.

— Oh, mon Dieu, Emerson ! Comment est-ce possible ?

Pour tenter de reprendre en main une situation qui lui échappait, Emerson a pris son amie à témoin :

— Tara, c'est impossible... Impossible !

Je les ai observées toutes les quatre, les yeux rivés sur la photo, tandis que la vérité faisait son chemin. Je tenais la main de Haley dans la mienne, en attendant le moment où je pourrais serrer contre mon cœur mon premier enfant – ma fille aînée. Ce moment tant attendu, dont je rêvais depuis seize ans.

— Si j'ai bien compris, tu t'appelles Jenny, ai-je enfin articulé.

Elle a levé lentement les yeux de la photo.

— Oui...

— Tu n'as pas à avoir peur, tu sais.

Grace a jeté un regard interrogateur à sa mère.

— Alors, ce n'est pas moi... ?

— Non, je ne pense pas, a répondu Tara avant d'effleurer l'épaule de son amie. Comment expliques-tu... Te souviens-tu de quelque chose ?

— J'ai accouché de Jenny à l'hôpital, a insisté Emerson. C'est absurde !

J'ai demandé à Jenny sa date de naissance.

— Le 31 août, a-t-elle chuchoté.

Mon bébé... J'avais les yeux embués de larmes. Elle avait passé deux jours à l'hôpital, sans mère pour la câliner, pour lui parler ! Seule, jusqu'au moment où la sage-femme l'avait volée sournoisement, en ne laissant aucune trace de son existence afin que je ne puisse jamais la retrouver.

— Jenny, tu es ma Lily. J'en suis sûre !

J'en avais trop dit, et trop vite, mais c'était plus fort que moi.

— Ça suffit ! m'a lancé Emerson en attirant sa fille contre elle.

Jenny s'est arrachée à sa mère, pour filer dans le couloir. Grace l'a suivie. Alors qu'Emerson s'apprêtait à leur emboîter le pas, Tara l'a retenue par le bras.

— Laisse-la avec Grace.

Emerson semblait affolée.

— Je n'y comprends rien...

— C'est Lily, absolument Lily, murmurait Haley.

Tara s'est tournée vers moi, sans lâcher son amie.

— J'aimerais parler à Emerson...

— Comme vous voudrez.

Je ne voulais pas qu'elles s'en aillent. Je craignais que Lily ne s'évanouisse dans les airs une seconde fois ; mais qu'y faire ?

Sans attendre ma réponse, Emerson m'avait déjà tourné le dos et fonçait comme une flèche dans le couloir.

— Surtout ne partez pas ! ai-je ajouté, mais elles étaient déjà trop loin pour que ma voix leur parvienne.

Seule Haley m'a entendue...

61

Noelle

Wilmington, Caroline du Nord
1994

Quand elle se réveilla en sursaut, il lui fallut
un moment pour se repérer. La faible lumière de
la chambre la déconcertait, et elle dut cligner des
yeux avec insistance pour accommoder. Le petit
lavabo. Le berceau. Elle tourna la tête sur sa
droite et vit le lit où dormait Emerson. Sentant,
à travers sa jupe, un objet dur contre sa cuisse,
elle baissa les yeux et aperçut un biberon sur son
fauteuil. Elle avait nourri le bébé... Comment
s'appelait cette petite fille ? Grace ? Ils avaient
failli l'appeler Noelle. Non, ce n'était pas Grace,
mais l'enfant d'Emerson, Jennifer. Jenny.

Elle eut la vague impression d'être allée la
recoucher, pourtant le berceau était vide. Jill
serait-elle venue lui reprendre l'enfant qu'elle
tenait dans ses bras ? Elle inspira profondément
avant d'envisager de se lever, car elle craignait
que ses jambes ne la lâchent. Comme elle prenait
appui sur son siège afin de trouver son équilibre,
son regard tomba sur le sol. Le bébé gisait à ses

pieds : il avait glissé de ses bras affaiblis, sur le tissu soyeux de sa jupe.

Le souffle coupé, elle se pencha aussitôt pour s'en emparer ; mais, dans sa précipitation, elle tomba de son fauteuil et atterrit sur la hanche. Elle prit l'enfant, le posa sur ses genoux. De toute évidence, il était trop tard, beaucoup trop tard ! La tête du bébé formait un angle anormal avec son corps et ses lèvres étaient bleues.

Hébétée, elle regarda le nouveau-né en se répétant : Je l'ai tué ! Je l'ai tué ! D'une main tremblante, elle tenta de redresser la petite tête sur le cou brisé ; puis elle se pencha pour insuffler un souffle de vie entre les lèvres violacées et dans les narines minuscules, au bord desquelles une goutte de sang avait coagulé.

Elle se releva en s'aidant du lavabo. Il lui sembla qu'elle gémissait, mais ses gémissements étaient bloqués au fond de sa poitrine. Le bébé une fois replacé dans son berceau, elle resta un moment tétanisée, s'évertuant à mettre de l'ordre dans ses pensées.

Le bébé qu'elle avait vu au poste des infirmières... La quasi-jumelle de celle-ci, dont la mère était mourante et le père absent...

Comment faire pour éloigner Jill ? Elle traversa la chambre sans faire de bruit et poussa la porte du poste des infirmières : Jill n'y était pas et le bébé dormait toujours dans son berceau. Cheveux bruns, trois kilos et quelques. Pas un instant à perdre. Trop tard pour réfléchir.

Elle le souleva dans ses bras, prit la feuille de renseignements accrochée au cadre du petit lit, avant de se faufiler à nouveau dans la chambre d'Emerson. Ses mains tremblaient affreusement quand elle déposa l'enfant sans mère à côté de celui d'Emerson. Elle enveloppa le bébé inerte – la petite Jenny d'Emerson – dans une couverture de flanelle, puis le fit glisser doucement dans son grand sac en cuir.

Les bracelets ! Elle plongea une main dans son sac et échangea le ruban, autour du poignet de Jenny, avec celui du bébé arraché de son berceau, non sans avoir lu son nom : KNIGHTLY. Elle fourra le carton et le bracelet dans son sac, avec l'intention de les brûler à la première occasion.

Sur le chemin de la sortie, elle croisa des infirmières et un obstétricien de sa connaissance. Ils la remarquèrent à peine car l'unité d'obstétrique était fort agitée cette nuit-là. Aussi agitée qu'elle-même le serait jusqu'à la fin de ses jours.

Il était trois heures trente du matin quand elle arriva chez elle. Agissant sous le seul effet de l'adrénaline, elle trouva une pelle dans le cabanon, puis opta pour le coin de son jardin le plus éloigné de la maison, afin d'y creuser la terre ameublie par les pluies du mois d'août. Tel un automate, elle fit un trou étroit et profond et enveloppa le bébé dans l'une de ses jupes préférées, une belle jupe qu'elle éprouvait le besoin de sacrifier.

Allongée de tout son long, elle plaça avec précaution le corps au fond du trou et le recouvrit de pelletées de terre, avant de donner libre cours à ses larmes.

Elle s'assit ensuite à même le sol, au-dessus de la petite Jenny d'Emerson, et resta ainsi, immobile, malgré la pluie fine qui s'était mise à tomber. Quand des traînées roses, jaunes et lavande teintèrent le ciel, semblables à un bouquet de fleurs destiné au bébé, elle prit une décision : elle irait le matin même à la jardinerie choisir des plantes qui s'épanouiraient en un merveilleux tapis de fleurs pastel. De sorte que chaque passant se dirait en les voyant : *Voici un jardin empli d'amour.*

62

Tara

Nous avons trouvé Grace et Jenny dans la petite pièce, au bout du couloir. Assises par terre, elles s'étaient adossées à l'une des causeuses, et ma fille – *ma* fille, sans aucun doute possible – avait passé un bras autour des épaules de sa meilleure amie. Quand nous sommes arrivées, Emerson et moi, elles ont levé les yeux.

— M'man, a murmuré Jenny, dis-moi qu'elle n'est pas ma mère, je t'en supplie ! Le fait que je ressemble à ces filles de la photo ne signifie rien.

Emerson, le visage blême, s'est affalée sur la causeuse. Elle a caressé la tête de Jenny, en serrant doucement une poignée de ses cheveux comme si elle cherchait à la retenir.

— Je ne vois pas comment tu pourrais être sa fille, Jenny. Noelle n'est pas intervenue au moment de ta naissance !

J'ai lu un doute sur le visage d'Emerson tandis qu'elle parlait. Nous avions eu sous les yeux, elle et moi, la photo de ces fillettes. Jenny était interchangeable avec chacune d'entre elles !

— Dans sa lettre à Anna, Noelle ne précise pas l'endroit où elle se trouvait quand elle a laissé tomber le bébé, si ? ai-je demandé.

Emerson m'a lancé un regard noir, comme si elle se sentait trahie :

— Tu crois vraiment que Jenny pourrait être ce bébé ? Dis-moi comment une chose pareille aurait pu se produire !

Assise sur la causeuse, face à Emerson et Jenny, je réfléchissais à ma réponse. Comment leur dire la vérité sans me montrer cruelle, maintenant que tout devenait clair dans mon esprit ?

— Noelle se désolait que tu sois seule pendant tes contractions...

Emerson et Jenny ne me quittaient pas des yeux.

— Ted essayait de trouver un avion pour rentrer, et elle était avec Sam et moi, tu te souviens, Em ? Mais, après la naissance de Grace, elle a appelé une doula pour aller te voir à l'hôpital.

— Elle n'a pas passé une seule seconde à l'hôpital !

Les yeux baissés, je tripotais mon alliance.

— C'est ce qu'elle a prétendu à l'époque, naturellement !

J'ai redressé la tête pour regarder mon amie.

— Soi-disant, elle était tellement épuisée qu'elle a dû rentrer chez elle pour dormir... Ça ne t'a pas paru incroyable qu'elle ne soit pas venue te rendre visite, Em ?

Emerson fuyait mon regard, une poignée de cheveux de Jenny toujours serrée dans sa main.

— M'man, je ne peux pas supporter d'entendre ça ! s'est écriée celle-ci, les mains sur les oreilles comme si elle refusait d'en savoir plus.

J'éprouvais un immense soulagement, maintenant que nous avions échappé, Grace et moi, à notre cauchemar ; mais je revivais les émotions de cette longue journée à travers une amie très chère. *Dis à Jenny qu'elle sera toujours ta fille*, ai-je pensé en me penchant vers Emerson.

Comme si mon message silencieux lui était parvenu, elle a chuchoté :

— Je n'y comprends rien, Jenny ; nous allons tirer au clair cette histoire. Mais qui que soit ta mère biologique, ton papa et moi nous t'avons élevée et tu es notre fille !

— Haley a besoin d'une greffe de moelle, a lancé Grace inopportunément. J'étais sur le point de faire un test pour savoir si je suis compatible. Un simple prélèvement à la joue...

Je l'ai interrompue d'un ton plus sec que je ne l'aurais voulu :

— Grace, laisse à Jenny et Emerson le temps de réaliser ce qui leur arrive ! Rappelle-toi, ma chérie, dans quel état tu étais il y a seulement quelques heures.

— C'est vrai, a admis ma fille d'un air penaud. Pardon !

Grace avait mûri au cours de cette journée. Elle avait parcouru, seule, des centaines de kilomètres ; elle était entrée dans un hôpital ; et elle avait accepté de se soumettre à des examens médicaux pour aider une sœur qu'elle connaissait à peine. Grace n'était plus la même que la veille...

— Je voudrais rentrer à la maison, m'man, a marmonné Jenny. Ne m'oblige pas à retourner dans cette chambre ! Rentrons vite, s'il te plaît.

Emerson s'est tournée vers moi.

— Je crois qu'il est temps de partir. Il faut que je parle à Ian.

— Eh bien, je vais de ce pas leur annoncer que nous nous en allons, ai-je déclaré en me levant. Mais je devrai leur donner tes coordonnées, Em. Et je prendrai les leurs. D'accord ?

— Je ne veux pas qu'elles m'appellent !

— Dans ce cas, je leur communiquerai uniquement le numéro de Ian.

Emerson a acquiescé à contrecœur et je l'ai embrassée. Avant de m'éloigner, j'ai déposé un baiser sur le sommet du crâne de Jenny, en lui disant que je l'aimais.

Anna était assise au bord du lit de Haley. Manifestement, elles avaient toutes les deux pleuré. J'imaginais leur détresse : parvenues si près de la personne qu'elles désespéraient de retrouver un jour, elles ne pouvaient ni la toucher ni même lui parler.

Anna s'est levée d'un bond et m'a rejointe en deux enjambées.

— Alors, comment se sent-elle ?

— Sa mère et elle ont besoin de réfléchir. Elles ne sont pas sûres de... Je venais vous prévenir que nous partons et que...

— Non ! a gémi Haley. Il faut que nous parlions à Lily !

J'ai secoué la tête avant de lui répondre :

— Désolée, Haley, Jenny voudrait rentrer chez elle, et je pense que c'est la meilleure solution pour l'instant. Mais Emerson va consulter son avocat et il prendra contact avec ta mère et toi, très bientôt. Comment vous joindre facilement ?

Anna, au bord des larmes, a pris une carte de visite dans son porte-documents. Elle a ajouté d'autres numéros au dos de celle-ci, et j'ai inscrit le numéro de Ian sur une feuille arrachée à mon bloc-notes.

— Nous ne voulons aucun mal à Lily, à Jenny... a murmuré Anna en me tendant sa carte. Il n'y a pas de temps à perdre, car Haley a besoin de...

— Je sais, mais Jenny est encore sous le choc, comme Emerson.

J'ai ébauché un sourire.

— Et comme moi...

— Comme nous aussi ! s'est exclamée Haley.

Je tournais les talons pour sortir de la chambre quand Anna m'a retenue par le bras.

— En voyant Grace pour la première fois, j'ai été frappée par sa beauté, mais je n'ai rien ressenti ici, a-t-elle affirmé, une main sur le cœur. En revanche, dès que j'ai aperçu Jenny, j'ai su ! Même si elle n'avait pas été le sosie des cousines de Haley, j'aurais eu cette certitude. C'était comme si une partie manquante de mon cœur s'était brusquement matérialisée. Vous comprenez ce que je veux dire ?

J'ai acquiescé d'un signe de tête. La partie manquante de mon propre cœur m'attendait au bout du couloir, et, en ce jour terrible, j'ai senti qu'elle se remettait tout doucement en place.

63

Grace

On était assises à l'arrière et ma mère était au volant. La voiture d'Emerson était restée au parking de l'hôpital. On n'avait pas eu le choix, car une seule d'entre nous était en état de conduire : ma mère. Et encore, elle ne s'en tirait pas si bien que ça !

Tout s'était inversé bizarrement. Comme si vous deviez réaliser un exploit à peine concevable – par exemple, marcher pieds nus sur des braises – et que, soudain, votre meilleure amie prenait votre place. Vous saviez exactement ce qu'elle ressentait, parce que vous aviez ressenti la même chose, et vous souffriez de la voir endurer cela.

J'avais déjà réfléchi à la manière dont l'amour se taille un chemin jusqu'à notre cœur. Un jour, j'avais onze ans, je m'étais brusquement rendu compte que j'aimais Jenny autant que mon père et ma mère. On traînait ensemble au soleil, sur la plage de Wrightsville, on s'amusait à sauter dans les vagues. J'ai regardé Jenny et j'ai pensé : *Je t'aime*. Une sorte d'illumination. L'année suivante, Jenny m'a dit « Je t'aime » pendant que nous discutions au téléphone ; exactement comme nos mères se disaient ces mots-là entre elles. C'était comme si ma vie prenait plus de couleur...

Mais l'amour pouvait aussi faire souffrir. Quand Jenny s'est cassé la cheville, il y a deux ans, j'ai attendu l'ambulance avec elle en haut des marches et j'avais l'impression que ma propre cheville était cassée.

Assise à l'arrière de la voiture avec Jenny, je me sentais aussi mal en point que mon amie. Elle m'a questionnée :

— Elles ressemblent à quoi, cette femme et sa fille ? Je ne les ai pas vraiment regardées.

J'ai cherché à rassurer Jenny, bien qu'elles ne m'aient pas inspiré une sympathie particulière. Anna, surtout, m'avait paru très froide.

— Elles sont gentilles, mais c'est difficile à dire, parce que, tu sais, j'ai fait irruption dans la chambre en criant : « Bonjour, je suis votre fille ! » Elles n'en revenaient pas, alors quand tu es apparue...

Emerson et ma mère discutaient à voix basse. De ma place, j'apercevais un mouchoir froissé dans le poing d'Emerson. Pendant la première heure du trajet, je l'avais entendue chuchoter des phrases comme « Je refuse d'y croire », ou « Ça va tuer Ted », ou encore « Où est mon bébé ? ». Pour éviter que Jenny l'entende, je m'étais mise à parler plus fort. Au téléphone avec Ted, Emerson avait chuchoté si bas que je n'avais rien compris. Comment lui apprendre que, finalement, leur fille n'était peut-être pas leur fille ?

— Et si tu me parlais de cette maladie de Haley ? m'a demandé Jenny au bout d'un moment.

— Il s'agit d'une leucémie. On n'a pas bavardé longtemps, mais elle est cool.

Je me sentais un rien jalouse : si Jenny était la fille d'Anna, elle avait une sœur...

— Elle a l'air sacrément courageuse... On ne dirait pas qu'elle peut mourir d'un jour à l'autre, et pourtant...

C'était plus fort que moi. Ma mère estimait que Jenny ne pouvait pas affronter ce problème, mais, à mon avis, elle devait connaître la vérité. J'ai ajouté :

— Sans une greffe de moelle, Haley va mourir.

— Donc, sa mère et elle comptent sur moi, c'est bien ça ?

— Rien ne t'y oblige, mais je pense que tu devrais le faire. Un frère ou une sœur a une chance sur quatre d'être compatible.

Emerson, qui avait dû m'entendre, s'est tournée vers nous :

— Jenny, ce n'est pas le moment d'y penser ! On ne sait pas encore où cette histoire va nous mener. Et même si par hasard tu es le bébé volé par Noelle, ça peut attendre. Tu n'as pas à décider maintenant si tu veux t'intégrer dans leur vie, et encore moins si tu veux faire un don de moelle osseuse ! D'ailleurs, rien ne t'oblige à te prononcer, maintenant ou jamais.

Je n'avais jamais entendu Emerson s'exprimer sur ce ton. Jenny n'a pas réagi, mais quand sa mère s'est retournée vers l'avant, elle m'a glissé :

— Etre donneur, en quoi ça consiste ?

— D'abord un prélèvement à la joue. Ensuite, si tu es compatible, on te fait un test sanguin ; et si tu es toujours compatible, on te prend un peu de moelle osseuse. Je ne sais pas exactement comment ça se passe, mais si c'est le cas, je t'accompagnerai.

— Tu avais l'intention de le faire ?

— Ça ne veut pas dire que tu doives le faire.

— Tu es une vraie poule mouillée et pourtant tu étais prête à accepter !

Je me surprenais moi-même... Avec un haussement d'épaules, j'ai rappelé à Jenny que Haley risquait de mourir. Penchée vers sa mère, elle lui a tapoté l'épaule :

— M'man, je veux savoir si je suis compatible avec elle... avec Haley.

Emerson nous a dévisagées l'une après l'autre. Son visage d'un blanc crayeux était tout barbouillé de mascara.

— Très bien. Nous en discuterons.

Le téléphone de Jenny sonnait ; le numéro de Cleve s'est affiché sur l'écran.

— C'est Cleve... Je l'ai appelé de la voiture sur la route de Washington et je lui ai raconté ce qui se passait. A ton avis, je lui réponds ?

Je lui ai arraché le téléphone des mains.

— Salut, Cleve !

— Grace ! Tu es avec Jenny ? Où êtes-vous ? Je me faisais du souci à ton sujet. J'étais fou d'inquiétude...

J'ai souri à l'idée qu'il avait été « fou d'inquiétude ».

— Ça va, mais je n'ai pas le temps de t'expliquer maintenant. On se parle demain ?

— Dis-moi seulement que tu vas bien !

— Je vais bien.

Cleve n'avait rien à voir dans cette histoire. Il ne pourrait jamais comprendre ce qui m'était arrivé. J'étais avec des gens qui eux comprenaient : maman, Emerson et Jenny. Cleve appartenait à une autre partie de ma vie, qui me semblait tout à coup si lointaine... Au cours de cette interminable journée où j'avais eu l'impression que tout allait changer, j'étais effectivement devenue une autre.

64

Emerson

Ile de Topsail, Caroline du Nord

J'étais debout devant la baie vitrée du cottage, en front de mer, que nous avions loué. En pleine semaine, au mois d'octobre, il n'y avait pas un chat sur la plage. Nous savions que l'île serait presque toute à nous, c'était la raison de notre choix.

Ted et Jenny promenaient les chiens quelque part. J'étais restée à la maison sous prétexte de cuisiner des lasagnes pour le dîner ; en réalité, j'avais besoin d'un peu de solitude pour prendre le temps de réfléchir.

Les résultats du test ADN étaient arrivés la veille et je n'avais pas craqué. J'avais sans doute déjà réalisé, au moment où nous avions reçu le coup de téléphone, que l'explication proposée par Tara était la seule plausible. Ted avait appelé un agent immobilier de ses amis pour la location, et j'avais prévenu le lycée que Jenny n'assisterait pas aux cours pendant quelques jours. Nous avions besoin de passer un moment ensemble, tous les trois, avant de laisser qui que ce soit — Anna Knightly et sa famille, plus précisément —

s'immiscer dans notre univers. Trois journées de répit nous aideraient, Jenny, Ted et moi, à affronter cette réalité nouvelle.

Plusieurs jours durant, après cette expédition navrante à Washington, je m'étais laissé entraîner par un tourbillon d'émotions infernal. Une seconde, j'étais furieuse contre Noelle ; la seconde suivante, je débordais de gratitude. J'étais parfois submergée de chagrin en pensant à ce bébé disparu sans que j'aie pu le voir ou le toucher, puis je me noyais presque dans un amour insondable pour Jenny. Toutes ces émotions s'effaçaient maintenant que je m'interrogeais simplement sur notre avenir. Mon unique certitude était que je voulais aider Jenny à trouver sa voie. Mes craintes, mes regrets, mes colères n'avaient plus d'importance. Seule Jenny comptait.

J'ai d'abord aperçu les chiens. Shadow et Blue bondissaient dans les eaux peu profondes et se pourchassaient avec une énergie inhabituelle. Ted et Jenny marchaient à une certaine distance, en arrière. J'ai vu Ted décrire un arc de cercle, pour évoquer probablement l'immensité de l'océan. A moins qu'il ne fasse allusion à l'immensité de son amour paternel... Jamais je ne m'étais sentie aussi proche de lui que ces derniers jours.

Nous faisions équipe, et il avait dit à Jenny avec force : « Tu es notre fille. Ne va pas croire qu'un simple test ADN peut y changer quelque chose ! »

Comme ils s'approchaient de la maison, Ted a pris la main de Jenny dans la sienne et ils se sont mis à balancer les bras d'avant en arrière, comme des gosses. On aurait dit que rien de grave ne nous était arrivé et qu'aucune menace ne planait sur notre avenir. En les regardant, j'ai éprouvé un soudain bonheur.

J'ai fait coulisser la vitre et je leur ai adressé, depuis la terrasse, un signe auquel ils ont répondu aussitôt. Ils ne tarderaient pas à me rejoindre... Ce soir, après le dîner, nous regarderions un film, peut-être ferions-nous un jeu. Plus tard viendrait le moment de réfléchir à notre futur incertain ; mais j'étais persuadée que nous pourrions l'affronter ensemble, mon mari, moi et ma fille.

ÉPILOGUE

Tara

Wilmington, Caroline du Nord
Mars 2011

La purification du cottage de Noelle est une idée d'Emerson ; je suis ravie qu'elle y ait pensé. Je m'arrête, impressionnée par ce que je vois : une maison jaune, aux finitions blanches, avec des volets noirs. Charmante ! Deux rocking-chairs blancs sont installés sur la petite véranda, et les azalées resplendiront bientôt de couleurs.

Suzanne emménage la semaine prochaine. Elle n'est pas au courant de la purification. Apparemment, le fait que Noelle se soit suicidée entre ces murs ne l'a jamais perturbée, mais nous sommes convaincues que Noelle aurait apprécié ce que nous allons faire aujourd'hui.

La voiture d'Emerson est stationnée dans l'allée, et je me gare de l'autre côté de la rue. Je suis entrée dans le cottage un certain nombre de fois depuis sa rénovation. La cuisine et la salle de bains ont été remises à neuf, les parquets refaits, tous les murs repeints dans de chaudes couleurs toscanes, selon les suggestions de Suzanne. Les travaux ont duré une éternité, car Emerson avait d'autres soucis en tête. Enfin, tout est prêt maintenant. Il n'y a plus qu'à attendre l'arrivée de Suzanne, qui donnera une nouvelle vie à ces lieux.

Emerson m'accueille dans la cuisine.

— Tu te chargeras du côté est, m'annonce-t-elle.

Elle me tend un bol contenant des brins de sauge, dont s'élève une volute de fumée. D'un geste, elle m'indique la seconde chambre, au fond de la maison, puis me donne ses instructions.

Ce soir, une fois la purification menée à bien, Grace et Jenny commenceront à installer les sacs d'affaires pour bébés dans la seconde chambre – avec l'aide de Cleve, revenu pour les vacances de printemps. Je n'irai pas jusqu'à dire que Grace en a fini avec lui. Je sens toujours son cœur battre un peu plus vite quand il est dans les parages, mais elle sort depuis quelque temps avec un ami de Devon, le copain de Jenny. Elle m'a dit qu'elle le trouvait « pas mal », ce qui signifie, selon moi, qu'elle l'aime bien.

Je ne lirai jamais à livre ouvert dans son cœur, comme on peut lire dans le mien. J'ai réalisé que plus je creuse, plus elle se dérobe. Mais si j'attends, si je me contente d'être présente, sans insistance, comme Sam autrefois, il lui arrive de se tourner vers moi. C'est une épreuve de patience, et chacune de ses confidences est un précieux cadeau. Une journée entière, je me suis interrogée sur son identité et sur notre relation… Paradoxalement, c'est le jour où j'ai craint de ne plus être sa mère que j'ai appris à me comporter vraiment en mère.

Jenny n'était pas compatible avec sa sœur, mais Haley a pu être greffée en janvier, quand on a trouvé un donneur grâce à la base globale de données. Sa convalescence a été extrêmement difficile : toutes sortes d'incertitudes, d'infections, et des hospitalisations successives. Elle est maintenant de retour chez elle pour quelque temps au moins ; Jenny et elle communiquent régulièrement par Skype. *A chaque instant*, prétend Grace, un peu jalouse de la relation qui s'est créée entre Jenny et sa sœur. Emerson doit gérer sa propre jalousie. Comme nous tous, elle apprend à partager Jenny avec Anna, et elle s'efforce d'étendre son concept de famille à Anna, Haley et Bryan.

Grimpée sur un escabeau, elle est en train d'enlever les piles du détecteur de fumée. Elle allume ensuite ses feuilles de sauge à une bougie, posée sur le plan de travail, puis elle souffle pour que les flammes couvent sous la cendre.

— J'espère que nous n'allons pas mettre le feu à la maison, marmonne-t-elle en se dirigeant vers l'ancienne chambre de Noelle.

Dans la seconde chambre, je tourne en rond et m'arrête pour emplir tous les coins de la fumée aromatique. Par les fenêtres, j'aperçois le jardin où des jonquilles et des crocus semblent avoir éclos du jour au lendemain. Nous n'avons (et n'aurons jamais) aucune certitude, mais nous croyons comprendre l'amour de Noelle pour ce bout de terrain et pour le bassin à oiseaux, avec sa statue de fillette. A force de réfléchir, nous avons réalisé qu'elle avait planté ce jardin peu après qu'Emerson eut mis au monde sa fille... Noelle, qui ne s'était jamais intéressée au jardinage jusque-là, avait soigné ce petit espace avec un tel amour ! Un amour que l'on prodigue habituellement à un enfant. Peut-être à une nièce.

Sam savait. J'en suis persuadée. Un jour où Noelle ne supportait plus de garder pour elle-même ce terrible secret, elle l'a prié de la rejoindre à un endroit où personne ne risquait de les surprendre. A Wrightsville Beach, par exemple. Elle lui a peut-être tout raconté, comme une cliente à son avocat. Et elle a dû lui parler de son jardin, ce qui l'a incité à me poser ensuite cette question incongrue : « Le jardin de Noelle a quelque chose de particulier ? »

A travers la fenêtre de la chambre, je vois Emerson traverser le terrain. Elle retire quelques feuilles mortes du bassin à oiseaux et laisse reposer sa main sur la tête de la petite fille en bronze. Mon amour pour elle m'envahit. J'emporte mon bol de sauge à la salle de bains et j'y fais couler un filet d'eau, avant de le placer sur la commode. Je veux être avec Emerson. Au cours de cette année mouvementée, une seule chose est demeurée sûre et stable : mon lien avec ma meilleure amie. Je sors pour l'aider à préparer la venue du printemps dans le jardin.

Remerciements

La Caroline du Nord offre tant de sites exceptionnels pouvant servir de cadre à un roman ! J'ai été heureuse d'apprendre à mieux connaître la belle ville de Wilmington, en écrivant *Confessions d'une sage-femme*. Merci à mes agents de publicité de Caroline du Nord, Tori Jones et Kim Hennes, de m'avoir fait partager leur amour pour Wilmington quand ils m'ont pilotée à travers la ville. Vous avez été tous les deux d'excellents guides. Merci aussi à Beth Scarbrough, qui a étudié à l'UNC de Wilmington en même temps que les filles de Galloway, de m'avoir aidée à dépeindre leur vie sur le campus.

Comme d'habitude, les six autres membres des Weymouth Seven m'ont aidée à élaborer cette histoire, entre des parties de Balderdash, des conversations avec des fantômes, et les moments où elles travaillaient à leurs propres romans. Merci à vous, Mary Kay Andrews, Margaret Maron, Katy Munger, Sarah Shaber, Alexandra Sokoloff et Brenda Witchger. Deux autres amies, Emilie Richards et Mauren Sherbondy, m'ont aussi fait part de leurs idées à différents stades de ce roman ; de même que ma sœur, Joann

Scanlon, et mon assistante, Denise Gibbs. Je suis reconnaissante à chacune d'entre elles.

Merci à Tina Blackwell pour la légende indienne sur la mousse espagnole, que j'ai adaptée sans vergogne en fonction de mon histoire. Merci à Kelly Williamson de m'avoir donné un aperçu de la vie d'une lycéenne de Caroline du Nord. Merci à Janina Campbell d'avoir partagé avec moi ses souvenirs poignants de son père, quand j'ai conçu le personnage de Grace. Eleanor Smith m'a aidée à décrire les recherches d'Emerson en bibliothèque ; Phyllis Sabourin m'a permis de mettre à jour mes souvenirs d'unités obstétricales et de pouponnières, datant de l'époque lointaine où j'étais assistante sociale en milieu hospitalier.

Internet permet d'effectuer des recherches factuelles et impersonnelles, mais d'avoir aussi une approche personnalisée de la vie des « vraies gens », grâce à leurs blogs. Mes recherches au sujet de la leucémie de Haley m'ont donné accès à un grand nombre de récits qui m'ont profondément émue. J'ai été particulièrement touchée par ce qu'a vécu Kay Howe, aux Pays-Bas. Mes recherches achevées, j'ai continué à lire le blog du père de Kay, car je m'étais attachée à cette courageuse fillette de dix ans, dont le goût de vivre m'a inspirée chaque jour. J'ai été bouleversée quand Kay a perdu son combat contre la leucémie. Sa famille et elle auront toujours une place dans mon cœur.

Merci à mon agent, Susan Ginsburg, qui doit être la personne la plus positive du monde de

l'édition. J'adore son optimisme ! Des remerciements particuliers à mon éditrice, Miranda
Indrigo, qui ne confond pas les arbres avec la
forêt, et qui m'aide toujours à me frayer un
chemin dans les sous-bois.

Enfin, merci à toi, John Pagliuca, d'avoir lu
chaque mot de presque chaque projet, de m'avoir
présenté honnêtement tes critiques tout en
m'offrant ton soutien, d'être mon photographe-
résident et mon meilleur ami. Désolée de ne
pas avoir trouvé une place pour cette course-
poursuite que tu souhaitais. La prochaine fois,
peut-être !

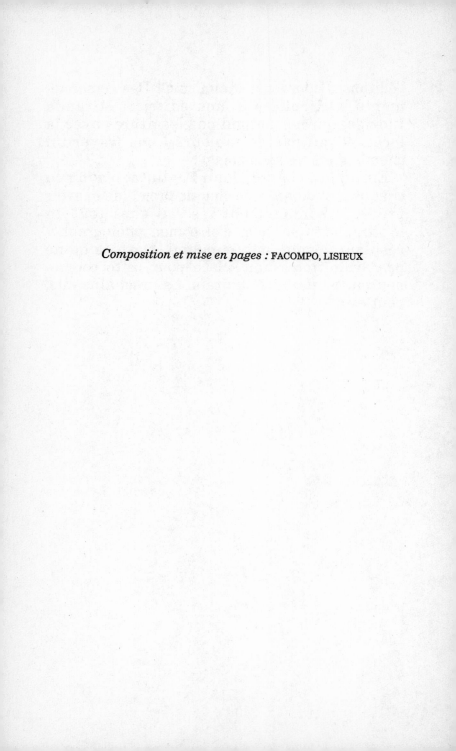

Composition et mise en pages : FACOMPO, LISIEUX

Achevé d'imprimer par N.I.I.A.G.
en mars 2013
pour le compte de France Loisirs, Paris

N° d'éditeur : 72362
Dépôt légal : avril 2013

Imprimé en Italie